MALDITA
CERCA
DE
ALAMBRE

****

Una historia de amor y redención

Ana López Anderson

Published by: CreateSpace Independent Publishing Platform (on 12/03/2015)

Comentarios sobre *Maldita cerca de alambre*

"*Maldita cerca de alambre* es una novela con un enfoque socio-cultural, el cual conecta al lector con las experiencias de una serie de personajes, quienes se entrelazan en una trama de intriga, amor, odio y pasión. A través de sus vivencias, los protagonistas se ven involucrados en un ambiente de suspenso, motivando así a que se continúe leyendo sin interrupciones. *Ana López-Anderson* nos presenta, de una manera muy elocuente, la cultura, el idioma, las tradiciones e idiosincracia de un pueblo, logrando así un verdadero vínculo entre los Puertorriqueños de la Isla del Encanto y la Ciudad de Nueva York. El análisis presentado en este libro hará posible que el lector se identifique con sus raíces, las cuales siempre serán una parte intrínseca de su vida, no importa adonde se encuentre en el globo terráqueo."

Lisandro García-Marchi, Editor
Ciudad de Nueva York

"Desde el primer capítulo, fui cautivada. Me pregunté: ¿Quiénes son estos personajes? ¿Por qué la tristeza, la culpabilidad y el remordimiento? Me gustó cómo la autora empezó en el presente, para después volver al pasado; donde estaban escondidas las respuestas a todas mis preguntas. Encontré todos los personajes muy interesantes y graciosos, y yo quería descubrir más acerca de ellos. Personalmente me conmoví; sentí tristeza, alegría y el profundo amor entre las parejas, amigas y familia.'*Maldita cerca de alambre*', definitivamente, no se puede leer superficialmente, porque nos enseña del arrepentimiento, perdón, salvación y esperanza. El libro me encantó y lo recomiendo."

Delia Margarita Rivera-Díaz, Pennsylvania

Para Mami, Tía Miriam, Delia López-Rivera e Ivis Román-Vera

Índice

Agradecimiento

Gracias a mi querida hermana Elsa Millán, mi sobrina Delia Diaz y mi amiga María Cristina Cruz, por leer mi primer borrador lleno de ideas abstractas y poder visualizar mi concepto. Su amor y pasión por la literatura, nuestra cultura y su música, me ayudó a terminar este proyecto. Estoy agradecida por el apoyo de estas tres mujeres; el sostén de Evelyn López e Iris Hernandez y el interés que todas han demostrado al yo caminar esta jornada.

A mi editor, Lisandro García-Marchi, que sólo Dios pudo haber puesto en mi camino. Gracias por convertir un manuscrito sencillo, en uno tridimensional. Palabras negras en páginas blancas tomaron un nuevo significado al ellas moverse por los capítulos provocando emoción, "shock" y suspenso. Has pulido mi libro con orgullo, dedicación y franqueza. Sólo la pericia tuya, pudo captar mi objetivo al yo tratar de plasmar el espíritu de mi cultura.

Quiero reconocer a mi esposo Edward Anderson, por hacerme reír durante todo el proceso. A mis hijos Stephen y su esposa Marisena, mi hijo Edward James y mi hija Eileen, por su paciencia mientras yo dedicaba horas escribiendo en la computadora.

Gracias a mi amada nieta Emily Paige Roses por modelar para la portada. No puedo concluir mi agradecimiento sin mencionar a mis nietos Stephen, Anthony y Samantha, porque en todas sus visitas me preguntaron algo de la novela. No puedo olvidarme de mi nietecito menor Joey… te amo.

Por último, quiero reconocer a mi cuñada Myrna Miranda López, que indirectamente ha contribuido con las ideas espirituales de esta novela. Reconozco el impacto que ella ha tenido en mi vida cristiana y no quiero que crea que su misión ha sido en vano.

Introducción

Este cuento ficticio existió sólo en mi mente. Con la experiencia de haber estudiado apenas cuatro meses en Puerto Rico cuando era niña, decidí escribirlo en español. Con suerte, me acordaré de lo que aprendí esos meses en primer grado. Un verdadero reto para mí.

Como muchas familias en busca de una mejor vida, la mía peregrinó a Los Estados Unidos en 1958. Soy residente de Nueva York y hablo inglés. Siendo bilingüe me facilitó el poder redactar esta novela, no olvidando el 'Internet,' y sus programas autónomos (aplicaciones), llenos de definiciones, sinónimos y conjugaciones.

Enfocada con el tira y hala de la vida, mi cuento y sus personajes tristemente desvanecieron a través de los años. Ahora jubilada, más madura y con mucho tiempo en mis manos, decidí retomar la aventura y sus personajes. Escondidos en un baúl de cedro, los saqué, los sacudí y limé sus esquinas ásperas. Es mi primer libro y un placer para mí compartirlo con ustedes.

Agradecida por las muchas oportunidades que este país me ha brindado, le doy gracias a Dios por sus bendiciones. Sin embargo, no puedo arrancar de mi alma y corazón el amor que siento por mi tierra natal y sus canciones borinqueñas que me hacen llorar. Apasionada con la cultura de mi tierra, Puerto Rico, manifiesto esas emociones por medio de sus comidas, la música y de la manera que expreso mi amor por el terruño que me vio nacer.

Cada paso que yo doy, lo tomo primero como mujer cristiana, esposa, madre y puertorriqueña. Mi devoción es hacia mi Dios, esposo, familia y amigos íntimos. Ellos definen quien yo soy… y los amo.

'Maldita cerca de alambre,' es una novela de liberación. Se origina en 1950 en la bella isla de Puerto Rico, en el pueblo de Ensenada. La Joya de los Zancú era parte de este pueblito; adornado con carreteras de polvo y piedras, casas de madera y montañas ostentosas.

Es una novela que define su cultura por medio de sus frases, sus creencias espirituales, así también como las sobrenaturales. Está llena de ideas expresadas por medio de cinco generaciones, hasta poder ser conformadas a nuestras vidas únicas en el presente.

La novela es acerca de cuatro amigos de la infancia… una tragedia… y cuatro vidas cambiadas para siempre. Su título representa un sitio, en donde nos escondemos para evitar los muchos obstáculos de la vida. Obstáculos que nos desafían diariamente; paralizándonos físicamente e impidiendo nuestro desarrollo emocional y espiritual. "La maldita cerca de alambre" es…mágica; a donde el asopao de fe, esperanza y paciencia se manifiestan, asignándonos al fin a una vida… no perfecta… pero llena de paz y amor.

Arquitecto Divino

Señor del universo,
Señor de todo lo creado,
Dios de las flores y de los prados,
de los montes y de los valles,
de los ríos y de los collados.

Allí estás Tú, el Arquitecto Divino, con el pincel en tu mano
dando calor y vida a todo lo creado.

En primavera, invierno y verano
por el poder de tu Palabra,
das aliento y vida al hombre
que del polvo de la tierra fue formado.

Impartiendo en su vida
promesas de vida eterna,
de fe y de esperanza,
con tu presencia lo llenas de tu Gloria.

Por Blanca Miriam Román-Rivera

Capítulo 1

Deja que la lluvia seque tus lágrimas

En el humilde pueblo y área rural de Ensenada, Puerto Rico, la Joya de los Zancú descansa más abajo de las montañas de la Banderita; un bosque costero seco tropical, a donde el sol arde constantemente. Es un vecindario en donde todos se conocen y los gallos y gallinas con sus pollitos comparten los patios de todos los vecinos. A donde los chillidos de los cerdos se oyen exigiendo su comida y los niños andan descalzos pidiéndole la bendición a todas sus madrinas.

La casa de madera con ventanas sin cristal y techo de zinc, descansa fijamente en su propiedad. Alta en el cerro y gravitando al oriente hacia el sol; destacando su existencia con los rayos de su luz. Rodeada de flores, árboles y follajes en una forma circular, resaltando e intensificando su reino vegetal.

La puerta de la casa se abrió abruptamente golpeando las paredes de su alrededor.

—¿Qué fue ese ruido? — Rosa exigió saber —. ¿No me digas que has abierto la puerta de la entrada? — su voz alta y lejana —. Te dije que salieras por la cocina.

—El viento la sopló y se abrió — gritó Jessie, con el candado de la cerradura y la fiambrera en su mano.

—¿No ves que ya viene una tormenta por ahí? — oyó Jessie a su tía decir —. No quiero que la casa se encharque.

—Yo no veo nada — contestó la niña de seis años, embobada con las nubes envolviendo las montañas de la Banderita y desafiando a su tía.

—¡Cierra la puerta! — ordenó su tía Rosa con un buen grito —. ¡Ahora mismo! — enfatizó. Y dando Jessie unos pasos hacia afuera de la casa, obedeció.

Don Jacinto, el vecino, estaba regando las matas del balcón cuando se fijó que Jessie estaba sentada sola en las escaleras de la casa de su tía. La niña estaba vaciando la fiambrera llena de comida y llenando sus bolsillos con su contenido. Evitando Don Jacinto de que su tía se diera cuenta de su travesura, la llamó.

—¿Qué tú haces muchachita? — asustando a los gallos y las gallinas —. Si te coge tu tía, te va a dar duro.

Con sus bolsillos abultados y pies descalzos, la niña se metió por un roto entre la maldita cerca de alambre; la cual se mueve extrañamente sin el viento, como las olas del mar. La niña de seis años con su traje blanco manchado hasta los tobillos, lazo colgando y sin peinar; nerviosamente se le acercó a su vecino. Jessie extendió su mano y le ofreció un surullito de maíz al viejito.

—Tenga Don Jacinto — entregándole uno de su bolsillo sobrecargado —. Todavía está calientito.

Don Jacinto miró sus manos llenas de fango y aceptó su oferta con mucho pesar.

—¿Uno? — mirando el surullito medio enfangado y rogándole a Dios que la niña no le ofreciera otro más. Sonriendo y sin vacilación, Jessie le entregó otro.

—Gracias — sonrió el viejito —, por tu generosidad.

Don Jacinto quería a la muchachita como si fuera su propia nieta y desde su casa aseguraba su protección y seguridad.

—De nada Don Jacinto — notando la fiambrera vacía —, que le aproveche —, prudente Jessie de que todavía le quedaban algunos surullitos en los bolsillos del traje.

—No te quedes por ahí mucho tiempo — le aconsejó —, que ya viene la lluvia.

La comida que Rosa acostumbraba mandarle a Don Jacinto diariamente como buena vecina, rara era la vez que llegara a sus manos en un pedazo. Jessie se la daba a las cabras y puercos, para después transformar la fiambrera en un caldero y mezclar fango. Se escapaba de la casa de su tía frecuentemente, para jugar en la lluvia.

Jessie encontraba refugio jugando en la proximidad de la cerca que la acorralaba. Cantaba, hablaba y lloraba en las orillas de sus postes rodeados de flores. Los mismos postes que sujetaban la maldita cerca de alambre firmemente. Fue ahí que ella organizó su colección de gusanos en colores y tamaños.

Don Jacinto oyó una transferencia de energía saliendo de la cerca. Era un ruido extraño que sonaba como un radio mal sintonizado. Él juró haber visto un brillo sobrenatural cuando Jessie estaba correteando cerquita de la misma. Cuando los otros vecinos expresaban lo que él ya había presenciado, la respuesta de Don Jacinto era siempre igual. "Esos son cuentos de la gente", haciendo la señal de la cruz.

—¿Quién va a creer en esas boberías? — le decía a sus vecinos.

—Por favor Jacinto — dijo un vecino de muchos años —, no puede negar que hay algún encanto 'mágico' saliendo de esa cerca.

—Yo he vivido aquí por muchos años y nunca he visto nada — mintiendo —. Si hubiera alguien que hubiese visto algo… hubiera sido yo.

—¿No se recuerda usted cuando la nena de esa casa salió para la calle —recordando el vecino el incidente —, y los perros callejeros la corrieron?

—Claro que sí — tratando Don Jacinto de olvidar esa mañana —. Y por eso mismo, la pobre muchachita ya no sale del portón.

—¿No lo encuentra usted raro — sospechoso el vecino —, como la cerca de alambre encarceló a esos cuatro perros? — mirando a Don Jacinto como si él estuviera escondiendo algo —. Recuérdese que se necesitaron cuatro hombres para soltarlos.

Quien iba a olvidar esa mañana, cuando los gritos de Jessie, como si la estuvieran matando, despertaron a la mitad del vecindario. Creen que ella caminó sonámbula por el patio hasta llegar a la calle. Al oír los ladridos de los perros con rabia, despertó y corrió hacia su casa. Inexplicablemente encontraron la cerca de alambre rota en dos lados en forma de manos, abrazando a sus cuatro presas.

17

Rosa se encontraba en la cocina cuando oyó un trueno. Curiosamente miró por la ventana, pero el panel de las cortinas ocultó su visión.

—!Caramba! — susurró —, parece que ha empezado a llover.

En la mesa adónde Rosa preparaba el almuerzo y cerca de una fuente, ella vio un cucharón. Con sus manos todavía mojadas y cubiertas de harina de maíz, consideró cómo iba a mirar para afuera. Pero el segundo trueno con todo su poder la convenció y usó el cucharón como una prótesis, para separar las cortinas y contemplar la tormenta.

Unas nubes negras y esponjadas cubrían el pasto. Las nubes se acercaban con rapidez y propósito. Los relámpagos aunque todavía lejos, anunciaban las lluvias torrenciales. Ensenada, pueblo semi-árido y tierra rodeada por los preciosos montes de Puerto Rico; hoy la naturaleza te ha escogido; te saluda y te brinda con alegría, y disculpándose, una mezcla de lluvia, viento, truenos y relámpagos. Es su manera de acariciarte e hidratar la aridez y resucitar sus flores, sus colores y fragancia.

A través del sonido de la lluvia que caía sobre el techo de zinc, Rosa oyó una voz suave y frágil. Rosa, una mujer de edad media, estiró su cabeza hacia el pasillo oscuro para oír mejor. Con su cabeza todavía inclinada, caminó hacia los cuartos ubicados detrás de la casa. Oyó la voz otra vez y sin diligencia siguió las paredes desnudas del pasillo hacia los cuartos.

Gloria se encontraba en la entrada de su cuarto y al ver a su amiga Rosa, suspiró.

—Estoy tan cansada — descansando Gloria su cuerpo contra la pared —. No tengo ánimo para nada.

—¿Qué te pasa mujer? — mirando a su amiga que parecía estar harta de la vida —. ¿No puedes dormir?

—¿Quién va a dormir? — totalmente agotada. Su pérdida de sueño era transparente al observar Rosa sus ojos hundidos y oscuros.

—Acuéstate — le aconsejó —. Trata de dormir un ratito más.

—Estoy cansada de estas pesadillas que me atormentan y me persiguen noche tras noche — se quejó —. No descanso... y no le encuentro fin a esta tormenta.

—Y las pastillas para dormir — preocupada Rosa —, ¿no te han ayudado?

—Nada me ha ayudado — exhausta —, y yo no puedo seguir viviendo así.

En los últimos siete años Gloria ha sufrido de insomnio crónico y depresión. No recuerda la última vez que durmió toda la noche.

—Hoy tengo que descansar — disgustada —, aunque me cueste la vida.

—Voy a llevarte a la clínica más tarde para que el doctor te escriba otra receta — recomendó Rosa, al ver a su amiga tan agotada —. El doctor podrá cambiar tu receta — le aseguró.

Gloria caminaba por el cuarto en cámara lenta, como si estuviera elevada en el aire sin tocar el piso.

—¿Y la escalera de mano, adónde está? — todavía Gloria en su bata de dormir —. No la he visto.

Sin contestarle, Rosa invirtió sus pasos hasta llegar al final del pasillo y abrió el armario que dividía la sala de los cuartos. Haló la escalera de mano pesada, cubierta con pintura vieja, polvo y tela de araña. Respiró profundo para apoderarse de toda su energía y la enderezó, trayendo con ella astillas que minutos antes eran parte de la pared. Molesta, Rosa volvió al cuarto.

—Aquí tienes — entregándole la escalera —. Cuando termines con ella me la devuelves.

—Está bien — sin poder manejar la escalera con firmeza —. Una vez que termine con ella te la entrego.

Rosa observó las cortinas de seda tiradas en el piso y se preocupó. Su amiga estaba demasiado débil y cualquier resbalón la podía aterrizar en el hospital.

—No te vayas a caer — le advirtió —, que es lo único que falta.

Irritada al oír su advertencia, Gloria viró sus ojos al cielo. Las advertencias de Rosa estaban hasta el punto de molestia.

—¡Ay Rosa! — con mucho coraje —, he usado la escalera de mano varias veces y hasta ahora no me ha pasado nada.

—No estoy hablando de la escalera — aclarándole Rosa su preocupación —. Mi temor es que te vayas a enredar en esas cortinas y darte un golpe.

—Déjate de estar tratándome como una niña — dándole una patada a las cortinas —. Yo no necesito tus advertencias.

Con dificultad, Gloria descansó la escalera contra la pared y se quedó mirando las cortinas como si estuviera en un dilema. Todavía parada en la entrada del cuarto, Rosa observaba a su querida amiga sin llamar mucho la atención. Cada día se le hacia más difícil aceptar el empeoramiento de esta alma. Después de todo, debajo de sus ojos hundidos, su insalubre melena y su cuerpo esquelético, mantenía un reflejo de su belleza.

Gloria se había aprovechado de la ausencia de sus dos amigos, Elba y Red y se ha negado a comer una dieta adecuada desde su partida. Ellos han viajado para Nueva York por dos meses, dejando a Rosa totalmente encargada. Su querida amiga enferma, ha perdido más de diez libras en los últimos dos meses. Rosa se preocupaba sobre lo que ellos iban a pensar al regresar y ver a su amiga desgastada.

Desde el principio, Elba se dedicó a la dieta de Gloria y Red la complacía con otros gustitos.

—Por favor Gloria — viéndola Rosa comer sobras —, eso no es bastante ni para sostener a una hormiga.

—¡No tengo hambre!

"¡Basta ya…..carajo!" frustrada Rosa. Estaba cansada de sentarse por horas esperando que Gloria comiera. ¿Por cuánto tiempo más tendrá que sufrir las consecuencias de su pecado? Estaba viviendo un mismo infierno, aquí en la tierra. Rosa hubiera preferido que Dios la hubiese recompensado después de la muerte.

—Mi tiempo es valioso Gloria — agitada —. ¡Muérete ya, si es eso lo que quieres!

—Vete a realizar tus tareas — indiferente Gloria —, y ¡déjame en paz!

La Hermana Elsa, la monja de la parroquia de Rosa, se llevaba a Jessie para el convento para disminuir su carga. Las últimas semanas han sido bastante difíciles para Rosa y está muy fatigada. Extrañaba a sus amigos y estaba loca que volvieran. Elba y Red la ayudaban y apoyaban mucho, para ella poder luchar con esta carga.

—Ellos vienen pronto — le aseguró la monja —. Yo me llevo a la niña los fines de semana, para que tú puedas descansar un poco.

—Estos dos meses han sido una tortura — compartió Rosa —. Algunas veces me siento que me voy a volver loca.

—No te preocupes hija — consolándola —, ya ellos vienen pronto.

Gloria tenía la habilidad de exprimirle el jugo a cualquiera por completo. La exigencia de su cuido era tan angustiosa que Rosa juraba sudar sangre por los poros. Cada día la carga se le hacia más laboriosa y necesitaba oír palabras de apoyo. Ya ella no tenía el ánimo de contemplar a su amiga desgastarse y evaporarse en el aire.

—Cuando nuestros amigos regresen — discutía Rosa —, van a encontrar un esqueleto. Tu ignorancia te está matando.

—¿Crees tú que eso me importa? — convirtiéndose Gloria en una persona completamente diferente —. Quizás entonces, encontraré paz.

La joven humilde y dedicada que Rosa conoció años atrás, se había convertido en un mismo demonio. Era muy fácil entender que su rebeldía era un mecanismo de protección, como resultado de su tragedia.

—Te debe de importar — cansada Rosa de repetir lo mismo —, porque tú tienes una hija que te necesita. ¿No quieres verla crecer?… ¿no quieres verla graduarse de la universidad?

—Yo te la entregué a ti al nacer — deseando Gloria evitar el tema de su hija —, ¡y tú aceptaste!

—Ella te necesita Gloria — emocionada Rosa —. Es inteligente y nota tu indiferencia.

—¿No entiendes tú que yo la amo? — llorando —. Y que simplemente no tengo las fuerzas ni energía para demostrar mi amor.

El tema de su hija siempre finalizaba igual. Rosa se emocionaba y Gloria lloraba. Después de siete años el pecado de Rosa todavía la perseguía. Cada maldito tropiezo en la vida de su amiga Gloria, lo inició ella. Ella era la creadora de esta tormenta… de esta tragedia y de cada lágrima que su querida amiga derramaba. Recordar el pasado para Rosa era como un tiro penetrante, rompiendo cada una de sus costillas…una y otra vez; hasta llegar a su corazón y destrozarlo en pedazos por completo. Rosa había quedado embrujada por los acontecimientos de aquella noche trágica, las acusaciones y el desprecio de sus vecinos; y eso era muy poco castigo para ella.

El trueno potente sacudió **la casa** y Gloria frágilmente caminó a la sala al rato, a donde Rosa se encontraba.

—No he visto a Jessie — interrumpiendo Gloria sus pensamientos —. ¿Adónde está?

Rosa reaccionó como si de pronto se hubiera recordado de algo. Se levantó de la silla y se sacudió las manos en el delantal. Jessie una vez más la ha desobedecido. Rompe todas las reglas que se le dan. La muy sinvergüenza es muy parecida a su tía Rosa.

—Esa muchachita es al revés de los cristianos y le voy a meter un cocotazo, para que se acuerde de mí el resto de su vida — no creyendo Rosa su tardanza —. Es demasiado niña para querer hacer lo que le da la gana.

—Quiere ejercer su independencia — excusando Gloria las travesuras de su hija —, y debe de estar por el patio.

—Hace más de una hora que la mandé a la casa de Don Jacinto — reveló Rosa —, para llevarle unos surullitos.

—Ya tú la conoces. Debe de estar entretenida con algo.

—Entretenida va a estar cuando yo la coja — soltando Rosa el lazo de su delantal —, tú veras.

22

—Está jugando con sus gusanitos en el fango — evitando Gloria que Rosa viera la sonrisa en su cara —. No te preocupes.

Hacía rato que Rosa había mirado por la ventana y había visto a Jessie enfangada jugando en la lluvia como una loca. Creía que al ella oír otro trueno, vendría corriendo. "Uno de estos días va a caer un trueno encima de esa maldita cerca y la va a electrocutar," Rosa decía siempre. Gloria la disculpaba e insistía que la dejara disfrutar de su niñez, para que tuviera buenos recuerdos.

—No escarmienta — disgustada Rosa —. Te juro que esa muchacha nos va a matar con sus locuras.

Gloria le recordaba a Rosa que Jessie era una niña y no tenía sentido del tiempo.

—Le voy a dar unos cuantos minutos más — convencida Rosa de que Jessie lo estaba haciendo de maldad —, y si no llega — decidida —, la voy a castigar por una semana.

Los ojos de Gloria brillaron con orgullo y se sonrió; pues su hija era una soñadora, como ella.

Los últimos siete años han sido muy dificultosos para estas dos amigas. No recuerdan la última vez que se rieron como cuando eran jóvenes. A este punto, su amistad era cuestionable.

—Rosa — murmuró Gloria —, ¿sabes que te amo?
Nada dulce ha salido de la boca de Gloria por un tiempo.

—¡A Dios! — sorprendida Rosa —, ¿y de dónde ha salido eso?
Gloria se sonrió. Reconocía que no había sido la mejor paciente por un tiempo.

—Salió de mi corazón — dispuesta a compartir sus sentimientos —, y no te debe extrañar de que todavía yo tenga uno.

— No quiero pelear más contigo — mirando Rosa por la ventana —. Mi vida fuera un poco más fácil si comieras.

—No quiero hablar de la comida — aprovechándose del momento Gloria —, sino que quiero hablar de nuestra amistad.

"¿Quieres hablar de nuestra amistad?" pensó Rosa. Te

he traicionado mi querida amiga. ¿Serás capaz de olvidar todo lo que te hice? Gloria era santa, pero no tan santa. Rosa prefiere que le diga lo mucho que la odia… con la misma repugnancia que sintió al mirarle la cara aquella noche trágica.

—Está bien — persuadida Rosa —. ¿De qué quieres hablar?

—Cuando me vaya — anunció Gloria —, no quiero que recuerdes las dificultades… sino los buenos momentos que hemos compartido.

"¿Y para dónde irá ella?" — pensó Rosa. Gloria, Gloria, Gloria… por favor. Nadie quiere pensar ni por un segundo lo que este mundo sería sin ti. Es como si Dios nos dijera: "Rosa, cuando despiertes mañana no habrá sol…… ni estrellas…… ni una luna. Estarás en tinieblas Rosa; en las mismas tinieblas que se encuentra tu amiga. "Maldita sea mi existencia," maldiciéndose Rosa al pensar. No fue sólo mi culpa. "Dime Tú…… allá arriba… con todo respeto — mirando al cielo—, ¿por qué siento estos deseos prohibidos; estos deseos tan carnales? Los que Tú creaste y… ordenaste. "¿Por qué entonces…… soy yo culpable?"

—A Dios — tratando Rosa de ignorar sus insinuaciones —, ¿y para dónde tú vas?

—No quiero que nuestros argumentos sean tus recuerdos de nuestra amistad.

Rosa no pudo resistir mirarla. Era tan bella y tenía un corazón de oro. Y su inocencia, pues ¿qué puede ella decir?; No tiene maldad; sólo paz, serenidad y amor en abundancia. No cualquier amor tampoco; sino, uno verdadero.

—Te prometo que los argumentos no serán mis recuerdos — confiada Rosa —. Somos como un matrimonio mal llevado — riéndose.

Gloria se rió y despaciosamente caminó hasta la ventana para estar cerca de Rosa.

—Cuidas a mi hija — dijo con ternura en sus ojos —, y quiero que sepas lo agradecida que me siento.

Si verdaderamente estuviera Gloria agradecida… y lo

está, eliminaría sus ideas del Apocalipsis. Vivir sin ella representa exactamente eso…… el fin del mundo. La ama demasiado para pensar o considerar un adiós.

—Yo lo que quiero — evitando Rosa emocionarse —, es verte feliz.

—Gracias por tus sacrificios — tocando Gloria su mano —. No creas que no estoy consciente de tu lealtad.

—No me hagas llorar Gloria.

—Me cuidas a mí — agradecida —, y no entiendo por qué.

Su respuesta hubiese sido fácil. "Porque eres fácil de cargar y estás más flaca que un fideo." Rosa sabía que Gloria se hubiera reído si conociera sus pensamientos. Siempre le decía lo cómica que era; pero hacía años que no se reían así.

—Después de todo, te cuido porque somos amigas. Y nadie más se atreve.

Las dos se rieron olvidándose de Jessie por unos segundos.

—Eres la única que sabe hacerme reír — sonriendo Gloria —, y es lo más que amo de ti.

—Lo más que yo amo de ti — contenta Rosa al verla sonreír—, es tu caridad Gloria… tu generosidad.

—Dame un abrazo Rosa — le pidió Gloria con los ojos aguados —. Te amo tanto mi querida amiga.

Gloria y Rosa se criaron en el pueblo de Ensenada toda su vida y eran amigas desde niñas. Disfrutaron de su niñez y adolescencia en la 'Joya de los Zancú.' Compartieron muchos de esos momentos con sus buenos amigos íntimos, Elba y Red. Entre ellos, no había secretos.

Muchas personas confundían la humildad de Gloria como debilidad, pero en realidad, Gloria no tenía pelos en la lengua. No iba a salir de su boca una mala palabra, pero sí iba a salir toda la verdad. Una verdad que hacía al hombre más grande encogerse de la vergüenza y humillación. Algo que sus amigos de muchos años admiraban de ella.

—Tu mamá me asusta — le confesó la niñita Gloria, a los ocho años, a su amiguita Elba, mientras evitaba un encuentro con la mamá de Elba que se mecía en el balcón.

La familia de Elba… los Orgegas, tenían mala fama en Ensenada. Los vecinos cerraban las puertas de su casa cuando veían a la vieja Orgega bajar la cuesta. Lo único que faltaba era que marcaran con sangre las puertas, como en la época de Moisés, cuando el Ángel de Jehová mató a todos los primogénitos.

—Ella no es tan mala como dice la gente — detectando la niñita Elba la insensibilidad de su amiguita chiquita —. No le hagas caso a los chismes de la gente.

—¿Por qué corrió a los muchachitos anoche? — le preguntó la niña Gloria, como si la regañase.

—Los corrió con un machete — confesó Elba —, después que le tiraron una piedra — excusando Elba la conducta de su mamá.

—Ella no tenía que usar un machete para asustarlos — recordando a los niños llorando —. ¡Eran niños, Elba!

Elba y Red, 'el Colorado,' eran parientes. Regresaron a Puerto Rico desde Nueva York cuando eran jóvenes, para estudiar en la escuela superior. Después de vivir cuatro años en Nueva York con un familiar, volvieron a Ensenada. Era la tierra donde habían nacido y adónde vivía la mayor parte de su familia. Sus padres querían introducirlos una vez más a la cultura de Puerto Rico y ayudarlos a mejorar su lengua materna.

El hermano de Elba y tío de Red en Nueva York, le escribió a sus padres y compartió con ellos lo mucho que Elba y su sobrino Red se habían americanizado. La vieja Orgega les sacó los pasajes para que regresaran a Puerto Rico inmediatamente, sin darles la oportunidad de despedirse de nadie.

—¡Son puertorriqueños! — les gritó —, y no americanos.

No hay orgullo más grande, como el que uno siente por su patria. Para los puertorriqueños, el patriotismo nos conecta a nuestra tierra, gente, música y comida. Representa los sacrificios y valores de nuestros padres.

—Yo nunca pretendí lo contrario — tratando Elba de explicarle el mal entendido a su madre.

—Aquí en Puerto Rico — escandalizada la vieja —, no pueden llegar a las tantas de la noche.

—Deja a esos muchachos quietos — corrigiéndola Don Orgega —, que ni tan siquiera los dejaste que se despidieran de sus amigos y familiares en Nueva York.

—¡No son americanos! — insistió la vieja —. ¡Esta es la tierra de ellos!

—Nosotros nunca hemos profesado lo contrario — saliendo Elba del cuarto llorando —. ¡Estás exagerando la situación mamá!

"¡Qué chavienda! Primero nos mandan a cruzar el Atlántico para un futuro mejor y después están con la jodienda de que no somos Americanos" - comento Elba un tanto molesta.

—Así que tendrás que aprender a comer arroz y habichuelas otra vez — con un orgullo distorsionado —. ¡Y no 'pizza!' Quizás, los haré buscar leña para que aprendan.

Elba no volvió a la escena de la discusión y Red calladito se fue al cuarto. Temía que su abuelita le metiera un moquetazo y lo acusara de ser irrespetuoso.

—Deja que los oiga burlándose de la música hispana — continuando la vieja con su cantaleta —, ¡Zánganos! — finalizando la vieja Orgega sus amenazas.

Gloria era amistosa, graciosa, y Elba y Red gravitaron como un imán hacia ella. Las palabras de Gloria nunca eran intencionalmente ofensivas y los aceptó bajo sus alas sin condiciones. Siempre los protegió de los otros estudiantes que trataron de aprovecharse de ellos; haciéndolos sentir seguros a su lado.

Gloria tenía una sonrisa sincera, piel como porcelana y una melena rubia con rizos que brillaban con los rayos del sol. Parecía americana con sus ojos azules, como muchos de los amigos de Elba y Red en Nueva York. Pero su cuerpo de sirena confirmaba que sus genes puros los había heredado de padres puertorriqueños. ¡Era bella!

Con poco conocimiento de cosas espirituales, Elba y Red se entretenían con las alabanzas de Gloria cuando joven. Cantaba y tenía un enlace especial con Dios y la naturaleza.

—¿Cómo es posible resistir la tentación de pasar por una flor sin oler su fragancia? — dramatizando Gloria su pregunta con sus ojos y manos en el aire —, ¿o sin contemplar su bello color?

— Tú eres una actriz — burlándose Red —, y mereces un premio.

— Si no la conociera mejor — riéndose Elba —, diría que está un poco ida de la cabeza.

La mayoría de la población de Ensenada era católica y los feligreses de la comunidad no encontraban la devoción de Gloria nada de raro… ni ridícula. Conocían a su madre Doña Miriam… que muchos llamaban 'la Aleluya,' aunque era católica. Una mujer consagrada y dedicada a las necesidades de los pobres.

—La gente entiende mis alabanzas y devoción — bailando Gloria y dando vueltas en la calle —. Soy como el viento…… obedeciendo cada mandato de Dios.

Elba y Red consideraban a Gloria cuarta en la lista, en el orden celestial. Primero Dios, los ángeles, el Papa y… Gloria. Era tan pura, tan ingenua y tan virtuosa. Pero cuando la chavaban mucho, le salía a cualquiera de atrás pa'lante.

—No somos religiosos — reveló Elba —. Es más… nunca hemos visitado una iglesia.

—No tienen que ser religiosos para observar las cosas maravillosas de este mundo — declaraba Gloria —, y reconocer que hay un Creador.

— Quizás, lo que queremos decir es que no somos tan vocales ni expresivos como tú Gloria — evitando Red ser juzgado.

A Elba y Red les fascinaba como Gloria cubría su cuerpo con estilos extraños de ropa. Sus trajes largos de seda colgaban sobre su cuerpo como trapos. Doña Carmen Elena Román Rivera Quiñones de la Torre, quien todos decían: "se quedó sin nombre," era dueña de una tienda de telas en Ponce. Vivía en

una de las casas americanas con un hijo que tenía discapaci-
dad mental. Gloria lo visitaba desde su adolescencia y como
agradecimiento, le regalaron rollos de telas de seda de diferentes colores. Rollos de tela que le duraron por años.

Gloria se ponía collares de bolitas antiguas que nadie
más usaba. Elba y Red querían quitárselos y donarlos a la
causa de los pobres. Ellos admiraban las flores frescas y naturales sobre su cabeza que Gloria se robaba de los jardines de
los vecinos. Estaban convencidos de que Gloria fue la primera
'hippie,' antes del movimiento de esa subcultura de los '60's.'
—Que 'free-love' — discutía Gloria con Rosa cuando adoles-
centes —, ni 'free-love.'
—El mundo ha cambiado — educando Rosa a su amiga Gloria
con sus opiniones personales —. Y tú mi amiga — intentando
ofenderla —, te has quedado estancada y no estás en nada.
—Mami siempre dice, "para qué comprar la vaca si la leche es
gratis" — un mandamiento en los ojos de Gloria.

"¿Quién va a querer casarse con alguien, después de
haber pasado por tantas manos?" siempre decía Doña Miriam.
Y Rosa se debe acordar de eso.
—Esta es una generación nueva — elaboró Rosa —. Una de
música y rendición.
—Sí — persuadida Gloria de lo contrario —, una generación
perversa.
—Los hombres no quieren pureza — insistió Rosa —. Lo que
quieren es una mujer con experiencia… si es que ¿entiendes lo
que quiero decir?
—Ellos quieren una mujer decente — convencida Gloria —.
Una que confiadamente puedan dejar en su hogar sin temor de
infidelidad.
—¿En qué siglo vives tú? — sabiendo Rosa que era inútil convencerla —. Tienes que aprender a cambiar con el tiempo.
—No la molestes más con tus opiniones — abrazando Red a
su amiga Gloria —. Gloria es todo lo que un hombre desea.
—¡Pajuato! — insultándolo Rosa —. Sus ideas no están en
nada.

—¡Así como tú, cuero! — inesperadamente respondió Gloria, mientras Red miraba para atrás para ver si había testigos.

—Me está juzgando — oponiéndose Rosa a sus insinuaciones —. ¡Virgencita!

—La pelea ha terminado — declaró Red, alzándole la mano a Gloria —, y la ganadora es Gloria.

—¿Saben que son unos estúpidos? — enojada Rosa —. Ustedes dos son igualitos.

La joven Rosa se preguntó, ¿por qué diablos había ella iniciado un tema tan delicado con su amiga cristiana?

—Yo sigo la ordenanza de la honestidad — dijo Gloria, ahora que Red le ha dado alas.

—Yo sigo el mandato de… amar a todos con todo mi cuerpo — queriendo Rosa ganar la batalla —, y complaciendo al hombre con todos sus deseos.

—Ese mandato parece que Rosa lo encontró en la pared del infierno — bromeó Gloria mirando a sus amigos —. Cuidado que no te quemes.

—Eso fue cruel Gloria — riéndose Red —. Le has dado por donde le duele.

—Se lo voy a decir a tu mamá — derrotada Rosa.

Sus amigos llamaban a Gloria la 'flor pura', por su inocencia. Es más, hasta su ropa era blanca. Cuando Rosa, Elba y hasta Red perdieron su virginidad, Gloria mantuvo su pureza. Era idealista y sus convicciones cristianas eran lo único que la separaba de sus mejores amigos. Gloria nunca llevó sus relaciones con el sexo opuesto a un nivel íntimo. Cuando bromeaban con ella acerca de ese tema, ella le seguía la corriente. Se reía declarando que Dios todavía no le había puesto en su camino al 'escogido,' especialmente creado para ella.

Gloria necesitaba ser libre y por ahora estaba interesada en la naturaleza, la música y actos de gentileza. Algo muy diferente a otras jóvenes de su edad. Ella expresaba su generosidad por medio de su trabajo voluntario en el convento y en los hospitales. Le imploraba a su mamá que le añadiera otra taza más de arroz a la olla, para ella llevárselo a los pacientes.

Le daba comida a todos los perros realengos y su mamá la tenía amenazada.

— Si traes otro perro aquí — furiosa Doña Miriam —, lo voy a cocinar.

—Mamá — tentándola —. No vamos a morirnos de hambre si compartimos un plato de comida.

—No estoy relajando Gloria — rabiosa Doña Miriam —. Si traes otro perro aquí, lo voy a cocinar como un lechón a la vara.

Doña Miriam criaba cerdos para después matarlos y venderle la carne a los vecinos. Una semana antes de matar a los puercos, tenía que hacer arreglos con la Hermana Elsa, para que se llevara a Gloria al convento. No quería que se repitiera el mismo incidente del año pasado, cuando Gloria los soltó y se escaparon.

—¿Cómo es posible que tú me hayas hecho eso? — llorando, al perder los cinco lechones.

—¡Son humanos! — gritó —, mientras corría para evitar una pela.

Como adolescente, Gloria no entendía a su madre. Era la responsabilidad de ella traerle fregao a los pobres cerdos. Una mezcla de arroz, habichuelas y cualquier "mestura"… y hasta a veces, hojas de guineo. "Mis chulos," como los llamaba su madre, estaban a punto de ser sacrificados. Cuando los miraba, Gloria se imaginaba las morcillas, los chorizos y jamones… y no iba a permitir que su madre los degollara.

Gloria odiaba el abuso y sus amigos podían contar con ella al encontrarse en algún problema. Red podía confirmarlo… pues cuando el peleón más grande de la escuela superior quería pelear con él, Gloria se paró entre ellos. Y cuando el muchachito quiso continuar con la pelea, Gloria cogió una posición que había aprendido viendo películas de 'karate' de Bruce Lee. Con sus manos en posición y una pierna en el aire, Gloria esperaba el primer golpe. Se mantuvo en esa posición por unos segundos, preparada para defender a su amigo. La pelea se terminó antes de que empezara y no por su habilidad en karate, sino por la risa de los espectadores.

—Déjate de estar metiéndote en peleas ajenas — preocupada su mamá que la golpearan —. Tú no tienes que estar defendiendo a nadie.

—Yo no voy a permitir que nadie abuse de mis amigos — convencida Gloria que para eso eran los amigos —, aunque tenga que sacrificar mi vida.

"Que exageración más grande", pensó su madre. No quiere sacrificar a los animales, pero está dispuesta a sacrificarse ella. Su hija verdaderamente era diferente. "¿Por qué no puede ser más como Elba y Rosa?", decía Doña Miriam con coraje. Gracias a Dios que no lo era. Es diferente… pero especial. Ha sido rociada con gracia por alguien allá arriba. No hay una persona que la conozca….que no la aprecie. Pero tiene que dejarse de entrometimiento y dejar que los otros vivan y se las arreglen a solas.

—¿No te acuerdas que por poco te mata aquel vecino? — le recordó su mamá —. ¿Y tú sabes por qué?… por entrometida. Por poco pierdes tu vida en las manos de ese hombre.

—Ese viejo loco — comentó Gloria sin compasión —, ya se murió.

—¿A quién se le ocurre meterse y que al frente de un hombre que está corriendo a la mujer con un machete? — recordando Doña Miriam ese día como una pesadilla —. Algunas veces lo único que se necesita Gloria, es un poco de sentido común.

—Ese viejo loco debe de estar en el purgatorio — recordando lo abusador y violento que era —, mientras su esposa descansando feliz en el cielo.

—Y otra cosa más — añadió Doña Miriam —, déjate de estar comentándole a la gente que se van a ir para el infierno — ya que Rosa le había chismeado a Doña Miriam lo que Gloria le había dicho —, porque tú no eres quien para estar juzgando a nadie.

—Quiero asustarlos para que lleguen al cielo — deseando Gloria de que se arrepintieran todos de sus pecados —. Eso no quiere decir que los estoy juzgando.

—¡Esas cosas no se dicen! — corrigiéndola —, especialmente cuando yo te enseñé que lo único que tienes que hacer es orar por ellos.

Rosa era diferente a Gloria en su juventud. Era la persona de quien Gloria siempre quería protegerte. Su personalidad dogmática, fuerte y terca asustaba a muchos que la conocían. Era una trigueña de pelo negro, rizos hasta el cuello, ojos redondos color marrón con pestañas largas. Aunque un poco más baja de estatura que Gloria, lucía un cuerpo bastante proporcionado en las partes que cuentan. Coqueta y un poco exhibicionista, Rosa usaba su ropa apretada y blusas bastante bajas para resaltar su busto.

A Rosa le gustaba llamar la atención de toda clase de hombres, para después deshacerse de ellos. Sufre del síndrome de 'bad boys,' y todos sus romances terminan en tragedia.

—Los hombres son buenos para una cosa y una cosa solamente — tratando Rosa de provocar a Gloria con sus vulgaridades —. Y es un placer para mí… acomodarlos con todos sus deseos.

—Búscate un hombre bueno — consciente Gloria de que a Rosa le gustaban los títeres y callejeros —, y no bambalanes como los últimos cien.

—No voy a buscar algo que no existe — ignorando sus consejos — especialmente en esta época de liberación.

—Te equivocas — convencida Gloria de que su amiga Rosa no sabía adónde buscar —, debe de haber un loco bueno por ahí para ti.

—Tú vives en un sueño — dijo Rosa —, y un día de estos vas a despertar.

Era la esperanza de Gloria de que algún día Rosa encontrara un hombre que verdaderamente la amara. Ella necesitaba a alguien en su vida que rompiera sus barreras de desconfianza. Se crió sin madre y sin padre, al perderlos en un accidente cuando tenía tres años. Su tío, un hombre de campo y borrachón, le ofreció lo único que tenía, un plato de arroz y habichuelas. Pero cariño, ánimo y esperanza, nunca fueron parte de sus enseñanzas. Él se la llevaba a trabajar en las casas americanas de Ensenada, cuando Doña Miriam no podía cuidarla. Vivían en las casas amarillas de Ensenada que él heredó de su padre.

Cuando Rosa era niña, dependía mucho de Doña Miriam para las cosas del alma. Aunque Doña Miriam era bastante mayor de edad, era una figura de autoridad y una mujer compasiva en la vida joven de Rosa. El mejor recuerdo de Rosa cuando niña, era cuando Doña Miriam le cocinaba harina los domingos por la mañana antes de ir a la iglesia. El olor a vainilla y canela por toda la casa, era un recuerdo que ella no puede olvidar. A Rosa le encantaba la cocina y Doña Miriam cogió todo el crédito por su entusiasmo.

Rosa creía deberle a Doña Miriam por su amor incondicional. Antes de Doña Miriam morir, le rogó a Rosa que velara por su hija.

—Pues m'ija — agonizando Doña Miriam —, tú sabes que Gloria cree que no hay un alma mala en este mundo.

Estaba bien claro que Doña Miriam se preocupaba demasiado por su hija Gloria. Era optimista y aunque estuviera lloviendo, su día era soleado. Gloria vivía una vida ejemplar y su fe estaba fundada en una roca que no se podía mover.

A Doña Miriam le inquietaba su inocencia, pero como creyente, la dejaba en las manos de Dios y de Rosa. De alguna manera u otra, Dios la recompensaría por haber criado a Rosa, una niñita extraña, huérfana y llena de vida que vivía con su tío.

—No tiene malicia — débilmente expresó —. Hasta hace poco… creía en Los Reyes Magos.

—¿Hace poco? — cogiendo a Rosa de sorpresa —. No puede ser.

Una sonrisa pícara cubrió los labios de Doña Miriam.

—Tú entiendes lo que yo quiero decir Rosa.

¡Ay Dios mío! Claro que entiendo. Su amiga anda con una aureola sobre la cabeza. Rosa personalmente quería cogerla por los hombros, sacudirla y gritarle, para que el mundo completo la oyera, "¡Gloria, libérate y di un carajo cuando te golpees el dedo chiquito del pie!" Puede que se nos salga una mala palabra de la boca...de sorpresa.....por una razón u otra. Pero no a Gloria. Era perfecta.

Rosa besó a la viejita y le prometió que todo iba a estar bien. La acarició y le separó los pelos sobre sus ojos lagrimosos. Sabía que Doña Miriam se despedía pronto y no quería dejar a la mujer que siempre estuvo a su lado... sola. Rosa oía los llantos de Gloria y le pidió fortaleza a Dios para tolerarlos.

—Mi viejita linda — sin poder resignarse Gloria de que ya los ángeles rodeaban a su madre para trasladarla a la eternidad—. ¿Qué voy a hacerme yo sin tu amor?

—Mi hija... mi hija preciosa — con una voz suave y calmante —, sigue los buenos caminos de Dios que algún día nos veremos otra vez, — preparada Doña Miriam para darle el último beso.

Doña Miriam miró a su hija intensamente anhelando llevarse su imagen hasta el más allá... a la eternidad. Tenía que decirle adiós a la niña que llenó el vacío más profundo de su corazón; a la hija que ella orgullosamente crió sola. La besó como nunca antes la había besado y cerrando sus ojos Doña Miriam dijo: —cántame un corito de la iglesia — siendo esas sus últimas palabras y petición.

Gloria susurró un corito, mientras se tragaba sus lágrimas. Doña Miriam nunca despertó. Se fue con el Señor confiando que Rosa nunca desampararía a su hija Gloria. No eran amigas, sino hermanas. Murió sabiendo lo mucho que Rosa la apreció y agradeció el cariño que le ofreció durante su niñez y juventud.

El padre de Doña Miriam era un hombre muy fuerte, alto y moreno. Se levantaba al amanecer para viajar de Yauco a Ensenada, para labrar la tierra de las casas americanas. La industria del azúcar en la Guánica Central despegó durante los inicios del siglo XX, dándole esperanza a todos los agricultores sin trabajo y al papá de Miriam, que había sido un campesino por años.

Un día, cuando era niña, Miriam y su madre lavaban ropa sin jabón, en las piedras del río. Su padre llegó excitado y jocosamente anunció que "ellas habían sido promovidas a tablas de madera y barras de jabón". Emocionado le explicó que él había aceptado empleo en la Guánica Central, para proporcionarles seguridad y oportunidades.

Dejaron su hogar en el Alto de Cuba en Yauco, para un terreno bien ubicado en La Joya de los Zancú. Los vecinos les dieron la bienvenida y en poco tiempo se ajustaron a su nuevo medio ambiente. Miriam y su mamá tenían varios clientes que le traían ropa sucia para lavar y planchar, y su buena reputación de cómo quedaban las camisas almidonadas se conocía por todo el pueblo. Era una época de gran pobreza y había que competir con las otras amas de casa para ganarse un chavito o dos.

—Miriam, vete para ayudar a esa bruja loca — le ordenó su mamá al oír la voz de su vecina gritar su nombre —. Que mujer más horrenda.

La Señora Orgega era la mujer más antipática del pueblo de Ensenada. La gente le dejaba el camino, para evitar encontrarse con la madre de quince años. Miriam miró por un roto de la madera de su casa y vio a la reina de los Orgegas al frente de su portón. Con una mano aguantaba al muchachito en la teta y con la otra cargaba una funda llena de camisas. La Señora Orgega la llamaba impacientemente y Miriam salió de la casa asustada para atenderla. La fama de la madre joven era peor que la de Rosa la Leona que había matado a tres hombres en un día.

—Dile a tu mamá que me le almidone bien los puños y cuellos — dijo la joven Orgega, entregándole la funda de almohada llena de ropa a Miriam —. Las recojo mañana.

—Está bien… yo se lo digo — corriendo la niña Miriam con la funda para la casa —, y muchas gracias.

Los padres de Miriam le habían aconsejado de no entretener a los clientes con mucha conversación. Eran nuevos en Ensenada y todavía no conocían bien a todos sus vecinos.

—Coge lo que ellos te traigan para lavar y planchar y métete adentro de la casa inmediatamente — le aconsejaron.

Con la desaprobación de su padre durante su juventud, Miriam se enamoró de Jacinto su vecino. Su padre le entró a patadas al encontrarlos besándose. La mandó a vivir a la Barriada Lluberas en Yauco, con una tía lejana.

Al oír Miriam años después que su padre había muerto, regresó a Ensenada. Solterona y todavía ilusionada con el hombre que había dejado en su juventud, cargó el arcón de boda. Al reintegrarse con su madre, Miriam averiguó que su pretendiente Jacinto se había casado. Con dolor en su alma salió esa noche y se entregó a un marinero de pelo color oro y ojos azules. Nunca más vio al extranjero puertorriqueño, que se desapareció dejándole una hija para ella criar. De la vergüenza, su madre la abandonó en la oscuridad de la noche, dejándole la casa a Miriam.

—¿Mamá, adónde está mi papá? — le preguntaba Gloria constantemente cuando niña —. Todos los niños en la escuela tienen uno menos yo.

—Tú papá anda por ahí — le contestaba.

—Una nena en la escuela me llamó bastarda — quejándose Gloria —, y yo le metí un puño.

—Bien hecho — aceptando su violencia —. Métele más duro si te sigue molestando.

Don Jacinto conocía la situación de Miriam como madre soltera y las muchas preguntas que Gloria le hacía. Le mostró mucho cariño a la niña y anónimamente la mantuvo. Como una erupción, las murmuraciones en el pueblo de Ensenada comenzaron al morir la esposa de Don Jacinto. Todos juraban que el amor muerto por la venganza de su padre, iba a renacer. Pero Doña Miriam no quería vivir un sueño del pasado, ahora que estaba avanzada en edad.

—Podemos combinar nuestros cheques del seguro social —tratando de convencerla Don Jacinto con su oferta —, y vivir el resto de nuestras vidas felices.

—Viejo loco — asombrada Miriam —. Mi único deseo es estar en paz y no tener a un viejo flácido por ahí molestándome.

—Te regalo el cheque completo si quieres — inconsciente de su insulto —, para que compres todo lo que necesites.

—Lo menos que yo necesito es dinero — dijo —, para que estés ofreciéndome tu cheque.

—Yo no te voy a molestar — oprimido el viejo —. Lo único que yo quiero es tu compañía.

—Pues yo no — haciendo al viejo enamorado entender su decisión—. Lo único que yo deseo por ahora son nietos — sonriendo — . Y por lo que veo me voy a quedar pasmada esperando.

El tío de Rosa también había muerto y le dejó la casita y unos chavos. Rosa se mudó a la casa del cerro con Gloria y su amistad se desarrolló como una relación de hermanas. Se aprovecharon de las oportunidades de una educación y los resultados fueron muy beneficiosos. Elba y Red no volvieron a Nueva York después de graduarse de la escuela superior y la amistad entre ellos cuatro creció, como adultos con madurez.

Gloria compartía mucho tiempo con Red, un muchacho cabezón con pelo colorado, "jincho", largo, flaco, medio "esmonguillao" y no muy atractivo el pobre. Siempre andaba "esmandao" y era un "averiguao". Cualquiera diría que su amistad era resultado de pena, pero eso no era el caso. Gloria verdaderamente amaba a su amigo, el hombre más feo de Ensenada.

—Vi a Rosa besándose con el hijo mayor de Don Jacinto — le contó Red a Gloria —. Los oí haciendo planes para ir al cine.

Gloria amaba a su amigo, pero…… "que hombre más chismoso", eran sus palabras para mejor describir a Red. No sólo se le cagó en la madre de los feos… pero para completar, era un entrometido. Olvídense de las amas de casa chismean do por todo Ensenada; ellas no podían competir con Red... el enredador. "Pero que feo se ve eso en un hombre," Rosa siempre decía.

Red la ignoraba. La satisfacción o el placer que sentía él al revelar las cosas privadas de otros, era lo único que le importaba. Era la persona perfecta para uno consultar y saber..... a quién le estaban pegando cuernos. Sus amigas estaban bien informadas de todos los bochinches de la Joya y se entretenían con sus cuentos.

—Eres como el periódico — desordenándole Gloria el pelo a Red.

Las muchachas siempre le estaban buscando novia a Red, pero era demasiado tímido. No sabía qué decirle a las jóvenes y menos invitarlas a salir a un cine por su cuenta. Gloria, Elba y Rosa lo convencieron un día... y por fin llevó a una joven llamada Rosie al cine.

Al principio, toda iba de lo más bien. Después de la película, Red llevó a la muchachita a la casa de Gloria. Las muchachas estaban contentísimas al Red presentársela. Pero ese sueño se evaporó cuando Red se trepó en una mesa vieja a lo loco, para coger un álbum del armario. Perdió el balance y se dio tremendo guatapanazo. Colorado y abochornado, Red se metió al cuarto y no salió más.

—Ábreme la puerta — tocando Gloria en la puerta —, y sal de ahí.

—¡Yo no voy a salir de aquí!

Ya ellas estaban cansadas de las ñoñerías de Red y no querían que él perdiera esta oportunidad.

—Por el amor de Dios Red — le rogó Gloria —. ¡Dame un 'break!'

—¡Déjenme quieto! — respondió.

Lo trataron de sacar físicamente, pero sus esfuerzos fueron en vano. La joven se fue y no la vieron más.

Elba era muy diferente a sus amigas. Probablemente porque residió unos años en Nueva York. Adquirió cierta finura que sus amigas no compartían. Alta, con piernas largas, ojos oscuros y muy confiada en si misma; Elba demostraba cierta distinción. Su pelo negro acentuaba sus pómulos, semejando la elegancia de modelos de revistas.

Tenía su cabeza bien puesta en sus hombros y todos la consideraban la más normal de la tribu. Su facilidad de evaluar y resolver situaciones dificultosas era muy admirable. Se aprovechó de las muchas oportunidades que la escuela superior le proporcionó, y se ofreció como voluntaria. Elba le enseñó inglés a Rosa y a Gloria y efectivamente pudo acumular créditos adicionales.

—Quiero tener dinero para algún día vivir bien — consultando Elba con su consejera en la universidad —. Y tan pronto me gradúe, salgo de aquí.

Salir Elba de esa miseria era el menor de sus problemas. "¿A quién diablos le ocurre parir doce muchachos?" pensaba. Si su madre no le hubiera dado la teta a todos esos muchachos, se hubieran muerto de hambre. Ambiciosa desde una edad temprana, Elba se trazó un plan. Estudiar… y salir de Ensenada como un petardo…y nunca mirar atrás. El egoísmo, no era parte de su 'ADN.'

"¡Estúpida! "¿Por qué pienso tanto en mi familia?" ¿De adónde salió toda esta consideración hacia ellos…cuando ellos nunca la consideraron y nunca fueron buenos ejemplos?

—Tus calificaciones son excelentes y vas a tener éxito — le aseguró su consejera —. Vas a poder hacer todo lo que has planificado.

—Quiero estudiar en Nueva York después de mi bachillerato — expresando su interés en una educación intensa —. Lo más probable que no vuelva a Puerto Rico otra vez.

—¿Qué quieres estudiar?

—Leyes…quiero estudiar leyes.

La familia de Elba era la más grande en toda Ensenada. Su popularidad también se conocía en otros pueblos cercanos. Si buscan la definición de 'bochincheros,' encuentras el retrato de la familia Orgega como parte de la definición. Eran chusma y siempre estaban metidos en algún problema. Los varones eran guapos, peleones y unos enamorados. Tenían diferentes mujeres por todos los pueblos e hijos realengos.

—¡Mamá! — gritó una de las hijas de la vieja Orgega —. Aquí hay una mujer diciendo que esos tres muchachos son de Cacho.

—Que se vaya para el infierno — defendiendo a su hijo la vieja Orgega—. Lo que quiere esa puerca sucia son chavos.

No era nada nuevo que diferentes mujeres vinieran tocando para exigir alguna fortuna de la familia Orgega. ¿Y qué le iba a ofrecer, ... un racimo de guineos? El pobre viejo Orgega sólo se veía yendo y regresando del trabajo... para poder mantener todas esas bocas. Así que una mujer con tres muchachitos, no iba a ser bien recibida por los Orgegas.

Las hembras de la familia Orgega no se quedaban atrás. Como las puercas de Juan Bobo, se ponían a bailar indecentemente al ritmo de la música de la vellonera en el club social. Un sitio adónde los marineros estacionados en los muelles del embarque de Ensenada, venían a bailar con las muchachas. Eran unas peleonas y no fallaba que la noche se convirtiera en un corre corre, por los disturbios de las hermanas Orgega.

Cuando venía la policía no se encontraban ni en los centros espiritistas. Lo único que se oía eran los ladridos de los perros, despertando al vecindario completo.

—Señora Orgega, soy el sargento Romero — al visitar su casa para una investigación —, y estoy buscando a sus hijas porque trataron de cortarle la cara a uno de los marineros.

—¡Fuera! — evitando la vieja el arresto de sus hijas —. Y no joroben más.

La policía visitaba más la casa de los Orgegas que a la panadería del pueblo. El apellido Orgega era conocido en Ensenada y en todos los precintos de los pueblos vecinos. Las autoridades se burlaban cuando llegaba un preso nuevo, alegando que estaba relacionado con esa familia.

—No me digas que te llamas Orgega — bromeando el policía —, porque ya tenemos la camita reservada con tu nombre.

Rosa juraba que Elba era adoptada, o que la habían encontrado en un zafacón. Era tan diferente a su familia y su afán y fidelidad hacia ellos era encomendable. No se avergonzaba de ellos y los defendía. Su madre era medio espiritista y una mujer insoportable. Por las tardes, la vieja Orgega se sentaba en un sillón en el balcón con una lata de cerveza, mascando tabaco y tirando peos. Los espíritus diabólicos se manifestaban en esa casa, porque siempre ellos estaban maldiciendo.

Elba era la más joven de las hijas y dedicaba muchas horas a los asuntos de su familia. Era inteligente y ellos contaban mucho con ella. Esa gente tenía muchos secretos que Elba no compartía con nadie. Odiaba oír comentarios negativos de su familia y fueron muchas las veces que Gloria y Rosa tuvieron que callar para no ofenderla. Era buena hija y algún día iba a ser una buena esposa y madre. Tenía el don del habla y sus compañeras siempre bromeaban que Elba podía hablar de 'cenizas' por horas.

El Papá de Elba era un hombre de mucha integridad, humilde y muy trabajador. Cargaba un machete en una mano y una fiambrera en la otra, en camino al trabajo. Le tiraba chavitos prietos a los muchachos jugando bolita al pasar y a las muchachitas le regalaba un pedazo de caña.

—Bendición señor Orgega — saludándolo la niña Gloria y esperando su canto de caña —. Que tenga buen día — era lo que su madre le había enseñado a decir.

—Dios te bendiga hija — caminando el viejo Orgega hacía el portón para darle un pedazo de caña.

El viento sacudió la casa y Rosa salió apurada para buscar a Jessie. Cubriéndose de la lluvia debajo del techo de zinc y madera, ella revisó el patio. Vio a la niña entripada y sentada en un charco de fango con algo en la mano. Parecía un pollo mojado y pensó que debe de apestar como uno también. La llamó varias veces, pero la niña no reaccionó.

Pensó que quizá la ignoraba o que la lluvia no permitió que la oyera. Rosa corrió hacia ella y la sorprendió. Jessie la miró un poco asustada escondiendo la fiambrera llena de fango y gusanos.

—M'ija — le dijo Rosa, con sus manos cruzadas sobre el pecho —. Te cogí con las manos en la masa. ¿No me oíste?

—No tía — sentada Jessie en el pantano —. No te oí.

—Yo no creo lo que veo — con los ojos brotados al observar el surullo con gusanos colgando de su bolsillo —. Estás completamente enfangada.

—Mamá me lavará el traje — limpiando los cúmulos de tierra sobre su traje —, así que no te preocupes.

—¿Tu mai? — consciente Rosa de que Gloria no podía hacer nada —. Tu mai no puede ni limpiarte el fundillo.

Con la esquina del ojo, Rosa vio afuera del portón la reflexión de uno de los hermanos de Elba. Cacho la miró y, parado como una estatua mojándose, la saludó como un soldado saluda a su sargento. El come-mierda parecía que estaba *ajumao* y Rosa lo ignoró abiertamente. Odiaba a la familia Orgega y era obvio.

Rosa cogió a Jessie por la mano y corrió con ella hasta la casa. La imagen de Cacho en el portón la alarmó y eso era razón suficiente para correr la distancia con más rapidez. Chisporroteos, como un carro corriendo sin gomas, lanzaban destellos desde la cerca de alambre. Entendiendo Rosa que no había una explicación, le metió una patada al pasar.

—¡Maldita cerca de alambre!

Rosa no tenía buenos recuerdos de Cacho porque era un fresco y atrevido. Cuando a Doña Miriam se le llenó la letrina, vinieron como seis vecinos cargando palas para hacerle un hoyo nuevo. Cacho era un adolescente y vino para acompañar a su hermano mayor y ayudarlo. Al fin del día dejaron a Cacho encargado de guardar todas las palas, para ellos terminar el próximo día. Rosa era una niña de seis años y muy curiosa. Se asomó para mirar el hoyo y adentro estaba Cacho.

—Mira nena — con una mirada perversa —, ¿quieres bajar y ver el hoyo?

—Es hondo — respondió Rosa, con sus ojos brotados.

—No te preocupes que yo te ayudo — tratando Cacho de convencer a la niña —. Te cogeré en mis hombros — le aseguró.

—Está bien — curiosa e inocentemente aceptando la invitación.

Cacho maliciosamente bajó a Rosa al hoyo frotando su cuerpo contra el de ella. Manoseó su cuerpecito puro y le tocó las tetitas que todavía ni tenía. Rosa sabía que eso era malo y empezó a llorar.

—Yo quiero irme con Doña Miriam — llorando en alta voz.

—Está bien… está bien — velando que nadie viniera —, pero no puedes decirle nada a nadie — amenazándola con su mirada —, porque te mato.

Asustado, Cacho la hizo prometer que no iba a decir nada. Rosa dejó de llorar y Cacho la ayudó a treparse al nivel de la tierra arriba. Rosa nunca compartió su experiencia con nadie hasta que fue mayor de edad. Ahora con más capacidad le encantaría meterle unas cuantas bofetadas a Cacho el perverso.

Rosa llegó al balcón fatigada. Se paró y miró hacia el portón, asegurándose de que el idiota se había desaparecido.

—¿Qué estaría mirando ese estúpido? — murmuró, apretándole la mano a Jessie.

Los relámpagos alumbraron la tierra con potencia y Rosa se tapó los oídos para evitar los crujidos de los truenos. La cerca, transformada en unas figuras como de humo y en forma de remolinos, se movía en unidad, como si estuviera dirigiendo una orquesta.

—No te asustes — cautivada Jessie con las figuras de la cerca e interrumpiendo las muchas maldiciones que Rosa le estaba echando a Cacho —. La cerca no te va a lastimar.

—Si sólo pudieras desintegrar a Cacho con un choque eléctrico — susurró Rosa mirando la cerca —, me harías feliz.

Claro que no lo va a lastimar. Se edificó para proteger a la mujer que ella cuidaba. La mujer que en su juventud andaba sin miedo, cantando y bailando en las calles. La mujer que pelearía hasta el fin, para proteger a esos que amaba. Sin embargo, ahora temía a su misma sombra.

—Estoy segura de que no me va a hacer nada — consciente Rosa que estaba respirando rápidamente —, pero siempre la condena me asusta.

—No te voy a dejar sola tía — mirando la cerca Jessie, como si estuviera ordenándole que parara.

—Estoy respirando así — fatigada Rosa —, porque tengo que dejar de fumar.

—Mamá dice que tú fumas mucho — mirando a su tía con sus ojos penetrantes —. Eso lo dice mamá — asustada por haber repetido algo que oyó.

—¡Oye! Pero que chismosa te has puesto — dijo Rosa —. Ya te pareces a tu tío Red.

Jessie era una niña virtuosa y llena de vida. Celebró su cumpleaños de seis años y podrá empezar el primer grado pronto. Su nacimiento refrescó las muchas almas atormentadas, como un vaso de agua fría en el mismo infierno. Su voz y tono imperativo y sonrisa deslumbrante, atraían la atención de los que la conocían. Aunque un poco soñadora como su madre, Jessie era su propia persona. Era una líder a su corta edad y sus cuentos de fantasías divertían a la familia.

Su imaginación curiosa y a veces peligrosa, se topó con la realidad cuando trató de volar. Con sus manos elevadas como un águila en el aire, se tiró por las escaleras de la casa; aterrizando en el patio. Tenía más cicatrices en las rodillas que los atletas profesionales. Jessie se comparaba a los planetas del universo y su obsesión con las tormentas era fascinante.

La muy sinvergüenza era una amenaza durante la 'época del gungulen,' porque le hacía tantas maldades a su tía Rosa. Gloria tuvo que intervenir, con temor de que Jessie fuera a matarla del susto. Colectaba todos los gusanos que salían de la tierra cuando llovía y los cuidaba sanamente hasta poder devolverlos a su hábitat. Pero su colección de gusanos salió por la ventana volando, cuando Rosa los encontró debajo de su almohada. La niña vengó a sus animalitos y corrió a Rosa tirándole con mojones de cabra.

—¡Mataste a mis amiguitos! — acusándola del crimen —, y por eso pagarás.

Jessie se parecía mucho a Rosa y a Elba. Su pelo castaño sin rizos, ojos color avellana y pestañas como abanicos, la relacionaba físicamente con la familia de su padre. Ocasionalmente había que recordarle que era una niña y que no podía contestarle a la gente como sus otras tías lejanas.

La caridad de Jessie la heredó de Gloria, mientras su firmeza y confianza al andar la adquirió de su tía Elba. Era astuta como una serpiente, algo que ellos le atribuyeron a la sangre que fluía por sus venas.

Jessie y Rosa entraron entripadas a la casa y se limpiaron los pies en la alfombra. El dulce aroma fuerte a comida, hizo a Rosa pensar en Doña Miriam. No había nada más agradable para ella cuando niña que llegar de la escuela a su casa, hambrienta y oler su comida. Respiró profundo para inhalar ese recuerdo y aroma; deseando esos días del pasado.

Rosa le quitó la ropa a Jessie en la entrada de la casa y la metió en el fregadero de la cocina para limpiarla. Era algo que acostumbraba a hacer cuando era más chiquita. Pero por lo que ya puede ver, está hecha una manganzona.

Rosa miró a la niña muy seriamente y ya ella sabía lo que le venía.

—Cuando yo te mando para la casa de Don Jacinto — mirándola Rosa sin parpadear —, no es para que te quedes. Un día de estos te va a raptar un extraño y no te vamos a ver más.

—Perdona tía — consciente de que su tía Rosa la quería espantar —, pero yo estaba dentro del portón.

Rosa se preocupaba comoquiera y no apreciaba su desobediencia.

—Y el hermano de Elba — enjabonando Rosa a la niña —, ¿te habló? Parece que estuvo parado allí mucho tiempo.

—No tía — jugando con las cucharas en el fregadero —, lo vi cuando tú lo viste.

46

—¿Qué te dijo? — todavía indagando Rosa —. Quizás, quería saludarte.

—¡Quiero mucho a tío Cacho! — molesta Jessie de la distancia entre ella y sus tíos —. ¿Por qué eres tan mala con él?

Rosa evitó hacerle más preguntas porque era demasiado perceptiva e iba a detectar su curiosidad. Al rato, la niña se había olvidado de Cacho por completo y Rosa decidió no mencionarlo más.

La niña estaba creciendo y estaba diferenciando entre la fantasía y la realidad. En lugar de leerle un libro de noche, Rosa se inventaba los cuentos.

—¿Tú te acuerdas del cuento de los surullitos? — recordando Jessie un cuento en particular.

—Yo te hago tantos cuentos — insegura Rosa —. En realidad no me acuerdo.

—El cuento de los surullitos — repitió determinada Jessie —. ¿No te acuerdas, que son el camino al corazón del hombre?

—Sí — recordando Rosa el cuento —, ahora me acuerdo.

—¿Qué quiere decir eso? — confundida la niña —. "Hasta el corazón del hombre"— haciendo a Rosa reír.

—Es muy fácil Jessie — dijo Rosa —. El amor, la limpieza y la comida son la llave al corazón del hombre hispano.

La mujer más enamorada de Ensenada quería enseñarle a Jessie un poco de cultura. No exactamente para que Jessie hiciera a un hombre feliz, sino para que se defendiera en el futuro. Tenía que aprender a cocinar, limpiar y amar… preferiblemente, no como Rosa había amado.

—¿Es lo único que tengo que hacer? — dudosa Jessie.

—¿Tú ves a todos esos hombres con esas pipas grandes? — le preguntó —. Son felices porque sus esposas le dan mucho de comer.

—Pero yo no quiero un hombre con una barriga grande.

Rosa se rió al pensar que Jessie posiblemente fuera igual de superficial que ella.

—No te preocupes por eso — sonrió Rosa —, el tuyo será muy guapo.

Guapo como los de las novelas; con sus dientes blancos bien alineados, uñas limpias y con esos pelos desplumados de las orejas, nariz y cejas... así como las gallinas.

—Y tú tía— como un perrito que acaba de mearse encima de la cama —, ¿quieres llegar al corazón de Don Jacinto?

Rosa inmediatamente entendió su preocupación.

—¿Por qué me preguntas? — todavía riéndose Rosa y confirmando sus sospechas —. ¿Porque le mandé surullitos a Don Jacinto?

Temiendo quedar huérfana como los niños del convento, Jessie quería oír con seguridad de que su tía Rosa no la iba a reemplazar con Don Jacinto.

—Don Jacinto es demasiado viejo para mí — riéndose —. Le mandé surullos porque su esposa está en el cielo y algunas veces él no cocina.

Jessie miró a Rosa extrañamente porque sabía que su tía no era muy caritativa y si le daba algo a alguien, era porque esperaba algo a cambio.

—Eso era lo que tu mamá siempre hacía con sus vecinos — le recordó Rosa —, ayudarlos.

—Yo quiero ser igualita que mamá.

Rosa la sacó del fregadero y la puso en el piso para secarla.

—Márchate — dándole una nalgada —, al cuarto que compartes con tu mamá y no al mío.

—Está bien tía — corriendo con las nalgas por fuera.

—Después que te vistas — le instruyó —, te vienes a comer.

Rosa se aprovechó de la oportunidad de que Jessie estaba con su madre y se fue a cambiar de ropa. Al terminar, regresó a la cocina, oyendo a Jessie abriendo y cerrando las gavetas de su armario. A la niña le encantaba cantar y de la cocina Rosa la oía.

—" Suéltame el rabito que te voy a morder..... que te voy a morder..... que te voy a morder" — cantaba Jessie.

Gloria estaba en su cuarto admirando el paisaje maravilloso afuera de su ventana. El olor de una vida floral variada y aromatizada, en forma de un vapor hidratante, se colaba por las aberturas. Con una mirada lejana, vacía y envuelta en su vestidura de seda; Gloria ignoraba a su hija que había entrado.

—¡Mamacita! — tranquilamente murmuró para no asustarla —. ¿Qué haces?

Paralizada en su mundo, Gloria no contestó.

—¡Mamá! — su voz más alta —, soy yo… Jessie.

Gloria reaccionó y sobresaltada la miró.

—¿Qué te pasa — volviendo Gloria a la realidad —, mi amor?

—Creía que estabas durmiendo con los ojos abiertos — alejándose de su mamá —, … y me asustaste.

Jessie sabía que había algo extraño en su mamá, pero no comprendía qué. No le gustaba estar a solas con ella, aunque la amaba.

—Estás tan grande y tan linda — con los mechones de pelo cubriendo sus ojos —, y todavía no creo que seas mi hija.

—Yo hice algo malo — confesó Jessie —, algo muy malo.

—¿Qué hiciste? — su voz angelical.

—Puse cuatro gusanos en el bolsillo del delantal de tía — sonriendo la niña —, y un gungulen.

—Vas a hacer a tu tía gritar y salir corriendo.

Jessie se vistió de princesa mientras su mamá la miraba.

—Cántame una canción — le pidió Gloria —, en lo que te peino.

Jessie obedeció y cantó una canción que siempre hacía a su mamá sonreír. Al terminar de peinarla, Gloria le puso una corona de princesa.

—¿Sabes tú lo que es una promesa? — cogiéndole la carita entre sus manos —. Porque quiero que me hagas una.

—¿Qué quieres que te prometa? — sus ojos fruncidos.

—¡Que nunca olvidarás este momento! — cogiendo Gloria a Jessie en sus brazos de repente y dándole vueltas alrededor del cuarto. Gloria se cansó inmediatamente y con dificultad la tiró al aire. Jessie se reía enterrando sus dedos en los hombros de Gloria, para no caerse. Fatigada, Gloria la soltó en la cama.

—Te prometo mamá — sonriendo —. Siempre lo recordaré.

Distraída en sus pensamientos, Gloria se movió lentamente por el cuarto en un ritmo coordinado y arrastrando su vestidura.

—¿Qué te pasa mamá? — sintiéndose la niña inquieta —. ¿Adónde vas?

—Me voy a sentar en el escalón de la escalera de mano.

—Te vas a caer mamá — le advirtió —, y tía se va a enfogonar.

—Olvídate de tu tía por un momento — dijo —, porque del escalón de arriba… quiero contemplarte.

Entretenida en la cocina, Rosa oyó un ruido extraño por el pasillo. Siguió cocinando confiada de que Jessie estaba segura con su mamá. Preparó la mesa para las tres y las llamó. Pero como siempre, Jessie se entretenía con sus canciones y probablemente los juguetes. Caminó hacia el cuarto secándose las manos en el delantal. Sintió algo en el bolsillo y al meter la mano gritó.

—Esa sinvergüenza no aprende — susurró.

La puerta del cuarto de Gloria estaba medio abierta y Rosa notó la escalera de mano tirada sobre el borde del pie de la cama. Pensó que eso había sido el ruido que oyó y poco a poco abrió la puerta. Se encontró con Jessie cantando en el medio del cuarto dando vueltas con sus manos en el aire y sus ojos cubiertos con un trapo.

—"Mamá vuela como un pichoncito… mamá vuela como un pichón" — cantaba Jessie vestida con su traje de princesa.

La brisa que entraba por la ventana soplaba las cortinas de seda que cubrían el cuerpo de Gloria. Jessie cantaba una canción nueva que se había inventado. El cuerpo de Gloria envuelto en las cortinas de seda como una toga, colgaba del techo. Horrorizada e inmovilizada por la escena, Rosa se paralizó. Sin fuerzas, estiró sus manos y agarró a la niña que estaba debajo de sus pies.

—¡Me encontraste! — dijo Jessie riéndose.

Rosa la abrazó fuertemente contra su pecho por unos segundos. Con un nudo en su garganta y su voz temblando le dijo: "me tienes que hacer un favor," quitándole el trapo de sus ojos y arrodillada al mismo nivel de la niña. Cuando Jessie preguntó: "¿qué favor necesitas tía?", Rosa le arregló la corona en su cabeza. Haciendo todo lo posible para que la niña no mirara para arriba; le pidió que corriera hasta la casa de Don Jacinto y le pidiera que viniera inmediatamente.

—Dile que tu tía no se siente bien — todavía aguantando Rosa su carita firme en sus manos, observó el cadáver meciéndose.

—¿Qué te pasó tía — preocupada —, el gungulen te picó?

—Vete Jessie — le ordenó —, ahora mismo — asegurando Rosa su salida del cuarto.

"¡Dios Mío!...¡Dios Mío!" gritó Rosa al salir Jessie de la casa. Agarró la escalera de mano tirada sobre el borde de la cama y desesperadamente la abrió. Sentía los latidos de su corazón como látigos contra su pecho y sus respiraciones normales convertirse en taquipnea. Rosa subió la escalera de mano tropezando en cada escalón, hasta llegar al último y agarró la soga alrededor del cuello de Gloria.

La soga gorda llena de nudos y vueltas, apretaba el cuello de Gloria sin misericordia. Rosa trató de desconectar, sin éxito, la soga del techo que había terminado con la vida de su querida amiga. Brincó del escalón al piso y corrió hacia la cocina. Con mucho pánico y gritando, encontró un cuchillo; volvió al cuarto y se trepó en la escalera una vez más. Balanceada en el último escalón y con todas sus fuerzas, agarró la soga, cortándola con el cuchillo.

—¡Don Jacinto! — lo llamaba Jessie del portón.

Don Jacinto miró por la ventana y vio a Jessie al frente del portón brincando como si tuviera que ir al baño.

—¿Qué te pasa Jessie? — abriendo la puerta del balcón.

—Tía está muy enferma.

Don Jacinto dejó la puerta del balcón de par en par y se apuró para ver qué le pasaba a Rosa. Entripada de la lluvia una vez más, Jessie lo siguió. Desde afuera de la casa, Don Jacinto oía una conmoción. Entró a la casa y siguió los gritos hasta llegar al cuarto.

Encontró a Rosa atacada llorando, dándole aire a Gloria y puños en el pecho. Don Jacinto detuvo a Jessie inmediatamente con sus manos, para evitar que entrara al al cuarto. Su madre estaba inconsciente en el piso con un color ceniza y sin la esperanza de despertar.

—¡No puede ser! — emocionado —. ¿Qué pasó? — gritó el viejito paralizado en el mismo sitio. Jessie se arrinconó a la pared del pasillo y se tapó los oídos.

"¿Qué diablos había pasado aquí?" "¿Se habrá el universo vuelto loco?" —, fueron los primeros pensamientos del viejo Jacinto. Espérate un segundito Señor, ¿te habrás equivocado? Esto es un asunto serio… verdaderamente serio. Lo más probable es que me estabas llamando a mí.

—¡Despierta Gloria! — le imploraba Rosa llorando sin cesar —, no me hagas esto. No es justo Gloria…¡despierta! — angustiada Rosa —. Perdóname, perdóname — su súplica penetrando cada hueso de Don Jacinto —. ¡Perdóname! ¡Por el amor de Dios! — gritaba Rosa esperando un milagro —. ¿Cómo es posible que te hayas ido de esta manera?

El cuerpo de Gloria descansaba en el piso inmóvil. Su piel cianótica y su cuerpo fijo; sin vida, anunciaba su despedida. En el medio del piso, como una cáscara vacía, desaparecieron todos sus sueños y Gloria dejó de ser.

La lluvia daba contra la casa y los truenos con sus voces de terror la estremecían. Era como si el mismo cielo estuviera exigiendo una explicación por un alma inesperada.

—Gloria…mi santa — arrodillado Don Jacinto cerca de su cuerpo —. ¿Por qué no me llamaste?

Don Jacinto la lloraba inconsolablemente como un padre. La amaba tanto y no podía creer que se había quitado la vida. La había visto nacer, crecer y convertirse en una joven decente y bien educada. Era la hija que nunca tuvo y la hija de la mujer que amó. Había sufrido la tragedia de la enfermedad de Gloria en silencio por siete años. Conocía y comprendía su sufrimiento y estaba apenado que nada había mejorado; sino que cada día era una lucha para Gloria vivir.

El viejo Jacinto todavía oía los llantos de Rosa y sobando su espalda dijo: —Ya está bien Rosa — entendiendo su dolor —. Hiciste todo lo posible para ayudarla.

Rosa había dejado de resucitar a Gloria y se mantuvo arrodillada a su lado. No podía creer lo que Gloria había hecho.

—No entendí sus señales — le confesó Rosa a su vecino —. Hoy en particular había compartido tantas cosas conmigo.

—No te culpes Rosa — consciente él de su dedicación —. Has estado a su lado desde el principio.

—Sabíamos que estaba deprimida — llorando —, pero no al extremo de quitarse la vida — todavía sacudida Rosa.

—Mi amor — dijo Don Jacinto —, hay cosas que no podemos entender.

—Yo creía que al nacer Jessie ella iba a salir de su depresión — afligida Rosa —, que iba a desear vivir otra vez — con sus ojos fijos hacia Don Jacinto —. Jessie ha sido todo para mí y yo creía que lo iba a ser para su madre.

—Gloria tenía problemas mentales — le recordó —. Tú sabes que nadie en su sano juicio fuese capaz de suicidarse.

—¿Qué le diré a Jessie?

—Rosa — ayudándola a levantarse del piso —, Jessie no está sola. Le explicaremos que su madre se fue con Papa Dios.

Rosa puso sus brazos alrededor de Don Jacinto y se desahogó con sus llantos espantosos.

Vestida de princesa y con reverencia, Jessie esperaba afuera del cuarto. Respetó la orden que le dio Don Jacinto y no se movió de su sitio.

—Yo no voy a poder llamar a Elba y Red — anticipando Rosa su dolor inevitable —, con estas malas noticias.

—Yo los llamo — ofreciendo su servicio —. Los he conocido desde niños.

—Pobre Red — llorando Rosa inconsolablemente —, la amaba tanto.

Rosa buscó una sábana blanca para cubrir el cuerpo de Gloria. Se encontró con Jessie al salir del cuarto y la abrazó.

No compartió nada con la niña y ella tampoco preguntó. La niña entendía que algo había pasado y prefirió no preguntar.

Don Jacinto corrió hasta su casa para hacer la llamada telefónica. El vecino lo vio y lo aconsejó que no corriera.

—Déjese de estar corriendo que se va a romper una cadera — le advirtió —. Ya nosotros estamos demasiado viejos para estar de carrera. Don Jacinto siguió corriendo hasta llegar a su casa.

Don Jacinto no quería recordar jamás el desconsuelo de Elba y Red. Sus gritos de angustia viajaron por la línea telefónica como si estuvieran a su lado. Soltaron el teléfono al oír la noticia, sin él poder darle detalles.

Había dejado de llover y el sol empezó a salir. Los vecinos miraban hacia la casa al observar a las autoridades llegar. El Padre Chilo y la Hermana Elsa recibieron las malas noticias y no se tardaron en llegar.

Jessie oyó la puerta de su cuarto abrirse y notó que era la Hermana Elsa. Aguantando su muñeca de trapo, Jessie corre hacia ella y la abraza.

—Mi niña — abrazándola la Hermana Elsa —. Que abrazo tan bello y fuerte me has dado.

La monja visitaba a Jessie a menudo y los fines de semana se la llevaba para el convento. Aprendió a rezar y pronto iba a hacer la primera comunión. La monja era como una abuelita postiza y su protectora en general. Cuando Rosa no podía resistir más sus travesuras, la Hermana Elsa venía a su rescate sin titubeos.

—Un carro se llevó a mami — con sus ojos redondos bien abiertos — hace un ratito.

—¿Dónde tú crees que se la llevaron?

—No sé — pensativa Jessie.

—Y.....¿cómo tú sabes que se la llevaron?

—Yo estaba mirando por los rotos de las paredes y vi cuando la metieron en la ambulancia.

La Hermana Elsa notó que los ojitos de Jessie estaban lagrimosos.

—Esos ojitos se ven muy tristes y los quiero ver alegres

— poniéndola en su falda —. Tú sabes que yo vine para estar contigo.

—Estoy asustada y no quiero que te vayas.

—¿Asustada?

—Sí... bien asustada — repitió —, y yo creo que algo malo le pasó a mamá.

—Tú no tienes que estar asustada — haciéndola sentir segura a su lado —, cuando estás rodeada por tantas personas que te quieren mucho.

—¿Cuándo viene mamá?

—Jessie — aguantando sus lágrimas la monja —, mamá se fue con Papa Dios.

Jessie se soltó de sus brazos y con un brinco salió de su falda. Le dio la espalda a la Hermana Elsa, para que no viera sus lágrimas. Tiró la muñequita de trapo contra la pared, como si de pronto hubiese entendido la seriedad de la tragedia.

—No te voy a dejar sola Jessie — dijo la Hermana Elsa —, estaré aquí siempre contigo.

Jessie no contestó.

Capítulo 2

Unidos por sangre

Cuatro años de universidad le garantizaron a Gloria la licencia de enfermería y por los últimos siete años viajaba de Ensenada para el hospital de Mayagüez. Se especializó en niños recién nacidos y ocasionalmente cubría los turnos de las otras enfermeras, en la sala de parto. Es considerada una de las mejores enfermeras de su departamento y tanto el director de la unidad, como la directora de enfermeras, la han reconocido y promovido a supervisora del Departamento de Maternidad.

—Buenos días — saludando Gloria a su compañera de trabajo —. Parece que vamos a estar muy ocupadas hoy.

Gloria entró al vestuario de maternidad para cambiarse de ropa y ponerse el uniforme. Al salir, las otras enfermeras la esperaban para darle el informe de los pacientes de parto.

—La Señora Vega en el cuarto número uno — reportó su compañera de trabajo —, está dilatada siete centímetros.

—¿A qué hora rompió su fuente? — notando Gloria que no lo habían indicado en la pizarra.

—Gloria, esta señora asistió a nuestras clases de parto — sonriendo la enfermera —. Tan pronto vio agua bajando por sus piernas, vino al hospital — instrucciones que ellas le habían enseñado en las clases.

—Gracias a Dios — aliviada Gloria —. No puedo creer que alguien en la clase de parto, estaba prestando atención.

Gloria se ideó un nuevo proyecto y organizó una gala benéfica, para ayudar a las jóvenes embarazadas y sin compañeros. Las educo con clases de lactancia materna, cuido de niños y les enseño la importancia de vacunarlos. Fue una oportunidad para Gloria relacionarse con otras personas y compartir la importancia de su causa. Su ejecución con el programa la hacía sentir mejor persona y se sentía orgullosa de que ella podía darle algo de vuelta a la comunidad.

Como adulta, Gloria se consagró en las cosas espirituales. Era activa en su iglesia, comunidad y hospital; ayudando con los huérfanos y las personas sin hogares.

—Padre Chilo — llamándolo Gloria al verlo en el jardín de la iglesia —. ¿Cómo está usted hoy?

—No es como estoy yo — dijo el padre —, sino... como está la Hermana Elsa.

La monjita Elsa tenía una reputación muy diferente a las otras en el convento. Era una persona muy ordenada y recta, especialmente con los huérfanos al imponer sus reglas.

—¿Qué ha hecho ahora? — acercándose Gloria a él —. No me diga que nuestra monjita está involucrada en otro problema.

—Físicamente — riéndose el cura —, está bien.

—Su problema es más serio que eso — reaccionó Gloria —, por lo que veo.

—¿Mentalmente? — confesó el padre —, no sé como está. Ella simplemente no puede mantenerse fuera de problemas.

—No me diga — deseando Gloria oír más —. ¿De qué la acusaron ahora?

—Se ha pasado la semana entera anunciando las travesuras de los huérfanos.

—¿Otra vez? — no muy sorprendida Gloria.

El Padre Chilo y Gloria dejaron de hablar al ver a la Hermana Elsa salir de la iglesia.

—Buenos días mi querida hija y padre — saludándolos —. Pero que día más bello nos ha dado Dios.

—Buenos días — contestaron.

—Hermana Elsa — dijo Padre Chilo con una sonrisa —. Me puede hacer el favor de compartir con Gloria los últimos acontecimientos en este orfanato.

La Hermana Elsa sospechaba que algo se estaba desarrollando al ver al padre hablando con Gloria. Gloria era la confidente del sacerdote y la única que se moría de la risa, con los cuentos de la monjita.

—Aquí uno no puede hacer nada — enfunchada la monja —,

sin que el barrio completo lo sepa.

—Cuénteme — le pidió Gloria echándole el brazo por encima —, cuénteme su parte de la historia.

—Pues m'ija… como tú sabes — le explicó —, nuestros huérfanos están descontrolados y necesitan que alguien les ponga vergüenza de vez en cuando.

—Y me imagino que usted se ha encargado de eso — con una sonrisa Gloria —, cuando lo único que quieren es su amor.

—Los hice marchar por las calles con un rótulo que decía… "Soy huérfano porque soy un sinvergüenza."

—Pero mi querida Hermana Elsa — no tan sorprendida Gloria —, la gente va a creer que usted no los quiere.

—Que crean lo que le dé la gana — sin importarle —, porque la única que me ayuda con ellos eres tú.

Hacía un año que Gloria y Ramón Alberto, el hijo de Don Jacinto, se habían comprometido. Él era el diácono de la iglesia y un teniente de la Policía en el pueblo de Fajardo. Le confesó su amor y quería hacerla su esposa. Los fines de semana Ramón Alberto viajaba desde Fajardo para ver a Gloria y se quedaba en la casa de su padre. Gloria lo encontraba muy atractivo y disfrutaba de su compañía.

—El arquitecto nos envió los planos de la casa — le informó Ramón Alberto alegremente a Gloria —. La construcción de la casa empieza antes de casarnos el año que viene.

—¿De veras? — dijo Gloria —. No sé si es buena idea.

—¿Casarnos o empezar la construcción?

—Hacer las dos cosas a la misma vez — descontenta —. Prefiero un proyecto a la vez.

—Me imagino que escogerás la construcción de la casa — decepcionado Ramón Alberto —, retrasando más la boda.

Ramón Alberto estaba convencido de que si esperaba mucho, Gloria no se iba a casar con él. Dudaba de su amor y le molestaba que estuviera tan conforme con solamente verlo dos o tres veces al mes.

—No seas tan bobo Ramón Alberto — entendiendo Gloria su

comentario —, porque tú sabes que me quiero casar contigo.

—Algunas veces lo dudo.

—Y, ¿para qué hacer planes entonces, — mortificada Gloria —, si de veras lo dudas?

Gloria no lo encontraba muy varonil cuando Ramón Alberto se quejaba del tiempo que pasaban juntos, o de aplazar la boda. Cuando se ponía con esas idioteces, quería decirle: "Bájate los pantalones para ver que es lo que tienes entre medio de las patas." Algunas veces se comportaba como una misma nena de dos años.

—Primero me dijiste que querías una boda grande — le recordó Ramón Alberto —. Después una boda familiar.

—No entiendo — intentando Gloria de comprender sus comentarios —. ¿Qué quieres decir con todo esto?

—Que pronto no vas a querer una boda.

—Por favor — ignorándolo —, no seas tan ridículo.

—Quizás, tú no eres la que se opone — cuestionando su decisión Ramón Alberto —, sino tu amiga.

—¿Quién — entendiendo sus indirectas —, Rosa?

—¡Exactamente!

Mal comentario ha hecho Ramón Alberto. Y que enredar a Rosa con las decisiones de Gloria. ¡Pero, que bruto! ¿No se acuerda él que la última vez que metió a Rosa en sus discusiones, salió perdiendo?

—No quiero tener esta conversación contigo — irritada Gloria —, porque no vale la pena.

—Es ella — insistiendo —, ¿verdad?

—Te voy a decir algo de Rosa — tratando de salvar a su prometido de un encuentro con ella —. El día que Rosa tenga que decirte algo, te lo va a decir en la cara.

—Para decirte la verdad — exclamó Ramón Alberto —, yo no entiendo cómo demonios esa mujer y tú se hicieron amigas.

—Esa mujer — ofendida —, es como una hermana para mí.

—Ustedes dos… son tan diferentes.

—Tienes que respetarla Ramón Alberto — amenazándolo —,

porque ella siempre será mi amiga.

"Jehovah de los ejércitos… ¿que quiere decir ella con eso:" ¿Estará escogiendo?, pensó. Si Gloria tuviera que escoger, lo más probable que la escogería a ella. La tipa que se le cagó en la madre a la ' vergüenza '. ¿Esa basura; la cual define la inmoralidad como su estilo de vida personal?

Ramón Alberto y Gloria ahorraron bastante dinero, con toda intención de comenzar sus vidas económicamente estables. Él deseaba una familia grande inmediatamente y quería consultarlo con ella para evitar algún conflicto en el futuro.

—¡Eso es demasiado! — asombrada Gloria —. ¿Quién va a mantener a esos diez muchachos?

—Tú y yo — riéndose Ramón Alberto, después de compartir tal exageración.

—Yo no voy a poder trabajar — sonriendo Gloria —, si ese es el caso.

—No te preocupes — bromeando Ramón Alberto —. Mi padre te adora y nos mantendría.

La única aventura amorosa de Gloria, era lo que había leído en novelas románticas. Soñaba con el momento que tropezara cara a cara, con el amor de su vida. Quería estar expuesta a lo mismo que la protagonista de novelas había expresado, cuando un hombre la besaba por primera vez y sentía una incomodidad en el estómago… algo que llamaban mariposas.

—Estoy tan enamorado de ti — confesó Ramón Alberto —, y sueño con el día que te haga mi esposa.

—No puedo esperar tenerte en mis brazos para siempre — en un momento de pasión Gloria —, y nunca dejarte ir.

Ramón Alberto conocía a Gloria desde joven. Se enamoraron cuando él con mucho esmero sembró un arbolito frutal, cerca de su portón. Gloria lo encontró extraño, porque él cortó los árboles de la casa de su padre y en su lugar, construyó un almacén para sus herramientas. Era bueno con las manos y hacía chiripas ayudando a los vecinos con algún proyecto.

—Eres lo mejor que me ha pasado en mi vida — expresando Ramón Alberto su amor —. Nunca voy a dejar de amarte.

—Yo no me acuerdo como me enamoré de ti — recordando ella muy pocos detalles de su encuentro —. Quizás, fue cuando te ligaba por los rotos de mi casa, con astillas en sus paredes.

—¿Cómo que no te recuerdas? — besándola —. Especialmente cuando yo recuerdo lo que tenías puesto ese día.

—Por favor Ramón Alberto, no seas tan embustero. Que tú eres un hombre cristiano — comentó Gloria —. Lo más probable era que estabas mirando las curvas de este cuerpo fabuloso.

—Me cogiste — riéndose —, no puedo mentir.

Ramón Alberto besaba a Gloria apasionadamente, cuando ella sintió algo en su estómago. Creía que eran mariposas, pero se desilusionó cuando veinte minutos después tenía diarrea. No se consideraba una mujer apasionada y muchas veces se encontró fingiendo sus emociones. Apreciaba a Ramón Alberto, pero faltaba la pasión que ella había leído en las novelas. Estaba dispuesta a sacrificar esas emociones, para tener un hogar estable con niños.

Ramón Alberto por fin convenció a Gloria para que transformara su casa de madera a una de cemento, y de dos plantas. Cambios que empezarían pronto. Era una gran inversión, aunque Gloria se preocupaba por no tener dinero ahorrado para "un día lluvioso". No quería agotar todos sus ahorros después de haber sacrificado tanto en los últimos años.

Rosa se ofreció a compartir los gastos de la renovación y Gloria aceptó. Ansiosas y entusiasmadas, las dos empezaron a escoger diferentes estilos de losetas, gabinetes y utensilios de cuarto de baño.

—¿Cuánto dinero va a invertir Ramón Alberto en esta renovación? — curiosa Rosa, antes de que le añadiera su nombre al título.

— Él está encargado de todos los gastos de la boda y de amueblar el segundo piso.

—¡Estoy hablando del dinero hacia la casa Gloria! — dijo

groseramente —, y no algo que solamente va a beneficiarlos a ustedes.

—Yo me encargaré de los gastos de la casa Rosa — exclamó Gloria —. Así que déjate de estar hablando como si nosotros estuviéramos robándote algo.

Lo que le estaba molestando a Rosa, era que Gloria se casaba con Ramón Alberto. Constantemente Rosa expresaba su decepción con la pareja. Ramón Alberto no era santo de la devoción de ella y la sola idea de tener que compartir la casa con ellos, hizo que el estómago de Gloria se revolviera. El arquitecto estaba muy consciente de los temores de Gloria y le prometió hacer todo en su poder para complacerla. Iba a dividir los dos pisos con entradas separadas; garantizando su privacidad.

—Gloria — tratando Rosa de provocar una discusión —, exige que te compre la estufa y el refrigerador.

—¿No te cansas de la misma mierda? — observando Gloria a su prometido cerca —. El hombre tiene los gastos de nuestra boda y yo prefiero no molestarlo con otras cosas.

—No debe ser molestia alguna — dijo sarcásticamente Rosa—, para un hombre que profetiza quererte tanto.

Gloria quería evitar estos temas en la presencia de Ramón Alberto. Ya Rosa no le caía bien y no quería darle más razones para odiarla.

—¿Puedo hablar contigo en serio y en privado? — buscando Gloria un lugar lejos de Ramón Alberto.

—Claro que sí — consciente Rosa de su sarcasmo —, después que no vayas a pegarme.

Ahora en privado, Gloria le da la espalda a su amiga y miró por la ventana tristemente. Estas dos personas son muy importantes en su vida, sin embargo, la animosidad entre ellos la hace sentir triste. Se odian.

—Yo tengo un problema contigo Rosa — molesta Gloria —; un problema bastante grande.

—Tú y muchas otras personas — confirmando Rosa su conducta antisocial —, no me dices nada nuevo.

—Estoy hablando en serio Rosa.

—Está bien entonces... ¿Cuál es tu problema?

—Mi relación con Ramón Alberto es seria — su voz firme —, y me quiero casar con él.

—¡Está bien!

—Tú tienes tantos comentarios y ninguno positivo.

—Me conoces — como excusa —, y sabes que ese es mi estilo.

—Quiero que te olvides de tu estilo y te concentres más en nuestra amistad.

—La cual aprecio — sintiéndose Rosa arrepentida.

—Hablas mal de Ramón Alberto — sacándole en cara su insensibilidad—, y me ofendes.

—Mi ira no es contra ti Gloria — mirando a Ramón Alberto de lejos —, sino hacia ese hombre que no te merece.

Gloria a veces no creía la actitud de su amiga. Ha cometido tantos errores en su vida personal y no es quién para dar consejos.

Rosa tenía una personalidad fuerte y reconocía tanto sus virtudes como sus debilidades. Tenía problemas respetando a las personas en puestos de autoridad y escogió una carrera perfecta. Estudió Decoración de Interiores y abrió negocio propio en el pueblo de Yauco, impidiéndole tener un jefe. La tienda le ofrecía a los clientes ideas y productos para diseños de hogares y otras propiedades.

—¿Saben quién vino a la tienda hoy? — esperando Rosa que sus amigas adivinaran —. No se pueden imaginar quien.

—¿El presidente de los Estados Unidos? — exagerando Elba.

—No — con humor Rosa —, el gobernador.

—Déjate de embustes — no siendo Elba fácil de engañar —, tú siempre tienes una historia.

Rosa era loca con los cuentos. Era así que Doña Miriam la convencía que se fuera a dormir... prometiéndole un cuento. Por medio de los cuentos, Rosa vivía una vida diferente a la de su presente. Quizás, en esa vida, ella era la mujer que todos querían que fuera.

—Le dije a Padre Chilo que habías abierto un negocio nuevo —
alegre su amiga Gloria —, para que venga a bendecirlo.

—¡Tú eres una presentá! — irritada —. ¿Para qué viene el
padre? ¿Para asustar a los fantasmas?

—Yo me rindo contigo Rosa — comentó Gloria —. No aprecias
los buenos deseos de otros.

—Tú sabes que a mi no me gustan esas cosas.

—¿Qué prefieres? — enojada Gloria —. ¿Un 'strip-tease?'

—Ahora si que estamos hablando — dijo Rosa en tono de broma —. Que sea de piel canela y ojos verdes.

—Esta mujer no coge vergüenza — exclamó Elba —. Ya tú
eres una vieja Rosa.

—¿Quién? ¿Yo? — sorprendida —. No tengo ni treinta años. Al
contrario, mi vida está sólo empezando.

Rosa estaba muy contenta con sus logros y dedicaba
muchas horas al trabajo. Su vida romántica ha sido un fracaso
y fácilmente ha mandado a todos sus pretendientes a las ventas del infierno. Decidió que no iba a conformarse con cualquier
haragán y para estar mal acompañada, prefería estar sola.
Tenía días que no podía controlar sus historias imaginarias y
provocaba a sus amigas con sus cuentos.

—Ya el dueño de la tienda de zapatos me invitó a comer —
anunció Rosa —, y estoy pensando aceptar su invitación.

—Ese hombre es casado — totalmente en contra Gloria —, y
con hijos.

—¡Perfecto! — sin importarle a Rosa —. Lo prefiero así.

—Tú sabes que eso te puede traer problemas — evitando Gloria una desgracia —. Tú eres una muchacha soltera, guapa,
exitosa y ese comportamiento no es necesario. Tú puedes con-
seguirte un hombre soltero, sin hijos y con mucho dinero.

—Me encantan los hombres casados — sin convicción ninguna.

—Ten cuidado Rosa — le advirtió Gloria —. Un día de estos,
tus malas decisiones van a herirte a ti o a alguien que tú
quieres. Además, si la mujer te coge… te va a meter una pela.

Elba había estado en Nueva York estudiando leyes por unos cuantos años y conoció a un abogado y se casó. Regresó a Puerto Rico con su esposo y abrieron una oficina de abogados en San Juan. Los padres de Elba estaban viejitos y llenos de achaques y ella los visitaba frecuentemente. Se reunía con sus tres amigos todos los fines de semana para compartir sus experiencias nuevas y descansar un poco de sus responsabilidades. La amistad entre ellos siguió creciendo con madurez, ahora que eran adultos.

—Es bueno tener a mi esposo como socio en el negocio,

— comentó —, para compartir más tiempo con ustedes sin tener que preocuparme por los clientes.

—Tu esposo es un tesoro — con un poco de envidia Rosa —, y me gustaría algún día conocer a un hombre como él.

—Es un hombre bueno — confirmó Gloria —, y tú mereces toda la felicidad.

—Odio a esos hombres celosos que no dejan a las mujeres respirar — compartió Elba —, y como ya ustedes saben, hay muchos hombres así en nuestra cultura.

—Un hombre así — dijo Rosa —, me mataría.

—Tu esposo confía en ti — consciente Red de la fidelidad de su tía Elba —, y él no tiene que preocuparse.

—Eres una mujer respetuosa — añadió Gloria —, y él le debe dar gracias a Dios por sus bendiciones.

—El hombre sabe que tú no eres nada... pero nada como Rosa — bromeó Red riéndose —, y por eso disfrutas todos los fines de semana con nosotros.

—En menos de una hora — bromeando Rosa —, han logrado insultarme.

Red se graduó de Contabilidad pero no ha podido conseguir trabajo. Estaba sufriendo de depresión y algunas veces las muchachas lo encontraban sentado en el sofá, muy pensativo y fumando como una chimenea. Les confesó que era homosexual, como si hubiese sido una sorpresa.

Ellas le aseguraron su lealtad y amor; permitiéndole a Red elegir libremente.

Red prefería estar más en Ensenada que en San Juan, donde Elba le alquiló un espacio en su oficina. Aceptó la oferta para no oírle más la boca.

—Pronto los clientes estarán listos para hacer sus impuestos — le explicó Elba —, y con tu experiencia en contabilidad podrás atenderlos.

—Puedo hacer lo mismo aquí en Ensenada — discutió —. ¿Cuál es la diferencia?

—En San Juan hay más oportunidades para hacer ganancias Red — frustrada Elba —. Aquí tú conoces la mitad del pueblo y no le vas a cobrar por tus servicios.

—¿Qué estás tratando de decir? — comprendiendo Red que Elba tenía toda la razón —. ¡No soy un estúpido!

—No Red — dijo Elba —, sólo que tú tienes un corazón bueno.

Elba nunca comprendió como Red asistió a la universidad fuera del pueblo de Ensenada. Es tan mamao, cuando tiene que ver con reubicarse. Siempre necesita estar en la teta de alguien y ella está cansada de sus excusas.

—Lo haré entonces por un tiempo — acordó Red — para que no lo molestaran más. Pero a la vez que la temporada de impuestos termine, vuelvo para Ensenada.

—Como tú quieras Red — permitiendo que Red tome la decisión —. Te estoy tratando de ayudar.

—No estoy contento con mi alojamiento — expresó Red —, y a la vez que ahorre un poco más de dinero volveré a Ensenada.

—Red, no hay empleo en Ensenada Red — reiteró Elba —. No importa si te regresas hoy, mañana o el año que viene. Siempre vas a estar en la misma situación.

—Encontraré algo — prefiriendo Red que Elba le diera la oportunidad de quedarse —. Tienes que darme tiempo.

—Ya hace siete meses que estás desempleado — tratando Elba de hacerlo razonar —. ¿Cuánto tiempo más necesitas?

—Yo no quiero estar lejos de mi familia, ni de mis amigos.

—Tu familia y amigos no te van a mantener — agitada Elba —. Es tiempo que tú hagas tus cosas solo.

Red tomaba demasiado y las muchachas no estaban muy contentas. La predisposición del alcoholismo en la familia Orgega era bastante alta y ellas querían ayudarlo a controlar su consumo de alcohol. Lo encuentran medio descuidado y Gloria le recordó que era un profesional.

—Yo no sé Red — atribulada Gloria —, te veo demasiado pensativo — sospechando Gloria que el problema era más grande de lo que ha observado. Ya él no miraba a uno directamente a los ojos.

—A veces, siento el proceso de mis pensamientos — evitando Red contacto visual — un poco enredado.

—¿En qué piensas?

—¿En qué pienso? — avergonzado y evitando la respuesta —. Pienso que me gustaría estar muerto.

—Ay Red — entristecida —, tienes que ver a un doctor.

—No siento gozo — preparado para compartir lo que en realidad le está molestando —, y me siento solo.

—Nos tienes a nosotras.

—Y las amo mucho — conforme Red con la amistad entre ellos —. Pero estoy hablando de un compañero.

—Entiendo — tratando Gloria de no juzgar su elección —, pero no sé ni qué aconsejarte cuando tiene que ver con ese tema.

—No tienes que decir nada — respetando Red las convicciones de Gloria —, yo entiendo que no es tu tema favorito.

Gloria se sonrió y lo abrazó.

—Eso es entre tú y Dios — le recordó Gloria —, y yo no soy quien para juzgar. Estoy aquí solamente para amarte.

—Te amo mi querida amiga — le confesó —, y nada cambiará mis sentimientos.

Después de hablar con Gloria, Red siempre se sentía mejor. Ella no tenía todas las respuestas, pero lo escuchaba. La gracia que caía sobre ella, era bastante para él también disfrutarla.

—El padre de la iglesia es un hombre muy comprensivo y con mucha sabiduría — dijo Gloria —, y él te puede alentar.

—Lo dudo.

—Hombre de poca fe — riéndose Gloria —. Dale por lo menos una oportunidad.

—Déjame pensarlo.

—Quizás, quieras hablar con un profesional.

—¿Con qué dinero? — enseñándole Red sus bolsillos vacíos —. Estoy más pelado que Pedrito, el que se sienta en las esquinas del quiosco pidiendo chavos.

—Conozco varias personas en el hospital — no aceptando Gloria sus excusas —. Ellos te pueden ayudar financieramente por medio de diferentes servicios que tienen para personas como tú.

Red se le acercó y le dio un beso en la frente.

—Eres tan amable.

Red se sentía aislado y lamentaba no haber desarrollado relaciones con otras personas durante su juventud. Siempre ha compartido con las muchachas y ahora que ellas están comprometidas con la vida, no tienen tiempo para él. A su edad, se le va a ser difícil crear nuevas amistades, especialmente ahora con su estilo de vida diferente.

—Eres joven y puedes hacer amistades — apoyando Gloria a su mejor amigo.

—No va a ser igual.

—Trata de buscar relaciones que van a ser permanentes.

—No tiene que ser nada permanente — contrario a lo que Gloria pensaba —. Necesito un compañero para ir a cenar, jugar a la pelota y correr motora.

La hermana de Elba salió embarazada de Red a los trece años. Una hermana mayor crió a Red los primeros años de su vida, pero después le dejó la carga a su madre. Elba y Red eran más o menos de la misma edad y se criaron más como hermanos. Red no recibió tantas bofetadas de su abuela como sus tíos. Pero la abuela Orgega lo corría por el patio con el bate.

—Sinvergüenza — corriéndolo la vieja —, deja que te coja.

—Déjalo quieto — defendiéndolo Elba cuando pequeña.

—¡Métete, — con el bate de pelota en la mano —, que vas a llevar tú también!

—¡Papá! — buscando Elba auxilio —. Mamá le va a pegar a Red.

—Este muchachito se comió todos los aguacates de encima de la mesa— se quejó la vieja.

—¡Tenía hambre! — gritó Elba —. Él no sabía que eran para la comida.

—¿Qué diablos le pasa a ese muchachito? — dijo la abuela —. ¿Tendrá lombrices?

—Sí mamá — inventándose Elba un cuento para que Red no llevara fuete —. Me dijo que le picaba el culo y que le estaban saliendo gusanos cuando cagaba.

Red cumplió treinta años y compró una motora. El tío mayor de Red y hermano de Elba venía de Nueva York para visitar a sus padres y quedarse en Puerto Rico un tiempo. Roberto Orgega y la mujer se estaban divorciando y peleando en la corte por la custodia de sus hijos. Por lo que dicen, las cosas están bien feas.

Cuando niño, Roberto Orgega bajaba la loma casi desnudo en una camiseta.

—¡Don Jacinto! — gritaba el niño con la cara mocosa —. Mamá me quiere pegar.

—¿Qué hiciste ahora? — escondiendo Don Jacinto al muchacho de siete años detrás de las flores de la marquesina —. ¿Por qué estás tan asustado?

Don Jacinto era testigo del abuso de la vieja Orgega, con esos muchachos. Él los escondía en la marquesina cada rato; al verlos corriendo por sus vidas. Los pobres estaban llenos de marcas de correa y cicatrices por todo el cuerpo. Las chanclas de sus pies callosos volaban como discos voladores hacia sus hijos.

—Los hombres no lloran — al verlo sangrando la vieja —, así que déjate de ñoñerías; no quiero ver ni una lágrima —, le ordenaba su madre.

La marquesina de Don Jacinto era el refugio protector para todos esos muchachos. Corrían más rápido que la vieja, haciendo la primera izquierda al bajar la loma. Ahí en su casa, los esperaba Don Jacinto. Muchas fueron las veces que él los encontró durmiendo en la marquesina al abrir la puerta por la mañana.

Roberto Orgega era el más guapo de todos los hijos. Dejó la escuela en el noveno grado para hacer chiripas cambiando gomas de carros cerca de la central azucarera. Era bueno con las manos y tenía la habilidad de arreglar cualquier cosa mecánica que se rompiera.

Las jóvenes, damas solteras y hasta las casadas de Ensenada, velaban al mozo Roberto bajar la loma caminando. Él le tiraba flores y besos al pasar, como si fuera un cantante famoso. El sol no brillaba hasta que Roberto Orgega pasara por las tardes por los callejones escondidos entre las casas. Con su camiseta apretada enseñando sus molleros, el joven de dieciocho años entretenía a las mujeres de Ensenada.

—Buenos días Robertito — enamorada la muchacha —. ¿Quieres una taza de café?

—Oye Robertito… ¿Cómo te va? — mirándolo las jóvenes por la ventana —. Hazme la visita — con los pescuezos estirados hasta que él se desaparecía por las esquinas de las casas.

—¡Cásate conmigo Roberto Orgega! — al tirarle una guiñá, la jamona del pueblo —. No tendrás que trabajar… nunca jamás.

La Guerra de Corea maduró a muchos de los jóvenes de Ensenada, incluyendo a José Antonio el hijo mayor de Don Jacinto. Roberto y él eran amigos íntimos y decidieron servirle a su patria. Fue una oportunidad para ellos salir de su tierra y descubrir otras culturas y ciudades.

—Papá — le pidió José Antonio —, no quiero que se preocupe.

—No se preocupe Don Jacinto — le aseguró Roberto Orgega —. Así mismo como usted me protegió a mí cuando niño; protegeré yo a su hijo. Don Jacinto abrazó a su hijo y a Roberto sin dudar por un segundo de sus palabras.

Después de tres años volvieron a Ensenada hechos hombres y muy sociables. Roberto Orgega no solamente combatió al enemigo, pero también estaba combatiendo al alcoholismo. Era un hombre bastante decente sobrio, pero una bestia cuando estaba borracho.

Al año de regresar, conoció a una maestra y se casó. Se fueron para Nueva York por la falta de empleo en Puerto Rico. Al salir ella embarazada del segundo niño, las cosas cambiaron.

—No te atrevas pegarme — gritaba su esposa —, con un sartén lleno de aceite caliente en la mano —. ¡Atrévete!

—Eres una sucia y descarada — le gritaba Roberto Orgega —, y no mereces cuidar a mis hijos.

—Vete de esta casa — amenazándolo su esposa —, antes de que te llame a la policía.

—¡A mí no me importa! — empujándola —. Cuando lleguen te voy a matar al mismo frente de ellos.

Roberto Orgega estuvo en la cárcel en Nueva York un corto tiempo, por violencia doméstica. Elba lo alentó para que se quedara con su familia en Puerto Rico, en lo que las cosas entre ellos se calmaban. Su hermana Elba quería prevenir un desastre, especialmente ahora que estaban en plan de divorcio.

Roberto trabajaba en construcción y había desarrollado un cuerpo sólido y fuerte. Alto, con pelo negro y piel bronceada, lo ponen en la categoría de guapísimo. Pero como todos los machos de la familia Orgega, tiene la reputación de beber y ponerse violento.

—Salieron unos abusadores como tú — criticando Don Orgega a su mujer —, y no respetan a nadie.

—Por eso son hombres fuertes — contestó la vieja —, y no frágiles como tú.

—Son unos abusadores — repitió Don Orgega —, y me sorprende que estén todavía todos vivos.

—Yo era la que estaba con ellos día y noche — sacándole en cara la vieja su falta de participación —, y la que tenía que sacar la cara por ellos.

—Yo estaba trabajando — ofendido Don Orgega —, para que ustedes tuvieran algo de comer.

71

—Y cuando llegabas a la casa — resentida la vieja —, era para comer y dormir.

—No los dejé contigo para que abusaras de ellos — le acordó el viejo.

—Los enseñé a enfrentarse a la vida y ser hombres— dijo la vieja Orgega con orgullo.

Red esperaba a Roberto ansiosamente porque había enviado su motora de Nueva York a Puerto Rico, para usarla como medio de transportación. Roberto era un entusiasta de motoras y se ha ofrecido a enseñarle a Red varias maniobras.

Treinta años era un acontecimiento en la vida joven de Red y celebraba su cumpleaños en un hotel/restaurante famoso en Mayagüez. Elba hizo las reservaciones para las ocho de la noche y viajaba de San Juan a Ensenada para encontrarse con las muchachas.

Ramón Alberto había llegado de Fajardo temprano y esperaba una explicación de parte de Gloria. Ella había cancelado su cita para cenar, en el día de su aniversario como pareja.

—Treinta años es algo grande —le explicó Gloria a su prometido —, y esta noche estaré con Red y mis otras amigas celebrándolo.

—Entiendo Gloria — enojado —, pero es nuestro aniversario y eso también es importante.

—Ramón Alberto — agriada Gloria —, haz el favor de no estropearnos este día.

—Claro que no… que Dios no lo permita.

—Podemos celebrar nuestro aniversario mañana.

—No tuviste la cortesía de invitarme para esta noche — sintiéndose Ramón Alberto fuera del grupo —. ¿Qué es lo tuyo Gloria? Estás tan cómoda eliminando a tu prometido como un invitado.

—No seas ridículo Ramón Alberto — sorprendida Gloria al verlo tan ofendido —, el único con el derecho de invitar a alguien era Red.

—Ya ustedes se tienen que dejar de esta inmadurez — molesto

Ramón Alberto — y actuar como adultos.

—Dices eso porque no estás invitado.

—Adiós — despidiéndose Ramón Alberto —, y que goces en la fiesta.

No era la primera vez que Gloria escogía otras cosas en lugar de Ramón Alberto. Pensándolo bien, la iglesia, su trabajo voluntario y sus amigos siempre venían primero que él.

Al llegar a la casa de su padre, Ramón Alberto se tiró en el sofá.

—¿Qué te pasa hijo? — observando su estado de pena —. Parece que has perdido a tu mejor amigo.

—No entiendo a Gloria — dijo por fin Ramón Alberto haciendo a Don Jacinto reír.

—Nunca vas a entender a las mujeres — dijo con sabiduría —, así que ni trates.

—Lo único que nos mantiene juntos papá — pensativo Ramón Alberto —, es nuestra religión… nuestras creencias.

—Dudo que eso sea lo único — dándole esperanza a su hijo—. Ustedes comparten la misma cultura y me imagino… su amor.

—Sus prioridades son sus amigos — disgustado Ramón Alberto —, y yo no los incluyo a ellos en mi futuro.

—Tú sabes que todos esos muchachos se criaron juntos — abriéndole los ojos a su hijo —, y son como hermanos.

—¿Qué pasará cuando me case con ella papá?

—Hijo — le aconsejó su padre —, cuando uno se casa tiene que tener tolerancia y flexibilidad.

—No estoy dispuesto a cambiar — determinado Ramón Alberto —. Estoy muy viejo para eso.

—Pues si yo fuera tú — evaluando Don Jacinto lo poco que considera los deseos de Gloria —, no me casaría.

—¡Estoy cansado del pacto entre esos idiotas! — enfurecido Ramón Alberto —. Se creen que son jóvenes sin responsabilidades.

—Cuando tú te comprometiste con Gloria conocías su relación con ellos — le recordó su papá —, y lo aceptaste.

—Creía que ella iba a cambiar y preferir mi compañía — disgustado —, y mira lo que ella ha hecho en el día de nuestro aniversario.

—Siéntate con ella y explícale como te sientes hijo — confiado Don Jacinto que Gloria iba a entender —, y ella te complacerá.

—Lo dudo — sugestionado —. Gloria es una mujer demasiado liberada y determinada.

—Arreglen todos estos asuntos ahora — comprendiendo Don Jacinto que su hijo no era hombre para Gloria —, antes de comprometerse a un matrimonio con ideas un poco realistas.

Al entrar Elba en la casa de Gloria y Rosa, le llegó al olfato una combinación de perfumes. Entró al cuarto donde encontró a Rosa lo más guapa, tratando de ajustar su traje.

—Oye… me apesta a cuero — mirando a Rosa —. Ay, espérate un minuto, si es Rosa — riéndose Elba.

Rosa se volteó hacia Elba y con sus manos detrás del traje dijo:

—Ayúdame con este ziper — aguantando la respiración —, porque no puedo alcanzar.

—Te ves preciosa Rosa — mirándola Elba de arriba a abajo —, y muy sensual — ojeando su traje negro apretado hasta la mitad de sus muslos.

—¡Contra! — dijo Rosa —, no puedo casi respirar.

—¿Quién va a respirar? El traje está tan apretado que muestra cada línea y arruga de tu cuerpo.

—¿Qué tú crees… me veo como una chusma? — moviendo Rosa sus caderas inmoralmente —, porque es la impresión que estoy tratando de lograr.

—Puerca sucia, déjate de eso que Gloria anda por ahí.

—Quizás aprenda algo, — haciéndola Rosa reír más.

Elba sacó un traje azul con diamantes de fantasía de la maleta. Con sus manos lo alzó para que Rosa lo viera y lo sacudió.

—¿Qué crees? — esperando la opinión de Rosa —. ¿Te gusta?

—Me encantan las perlas transparentes — tocando Rosa el traje —, y ese color te queda como coco.

—Me lo regaló mi querido esposo para nuestro aniversario de bodas — sin modestia Elba —, y es la segunda vez que me lo pongo.

—Tiene buen gusto el muy condenado — observando los diseños elaborados del vestido —, ni que si fuera diseñador de modas.

Elba empezó a quitarse la ropa de trabajar cuando oyó los pasos de Gloria por el pasillo. Ella modelaba un traje blanco muy apretado; acentuando cada curva de su cuerpo. En su cuello, piedras preciosas combinando con sus pantallas. Su pelo rizo y rubio recogido sobre su cabeza, exponiendo su espalda desnuda. Elba y Rosa la miraron con la boca abierta al entrar. Se veía más bella que nunca.

—Te ves espectacular — sorprendida Elba —. Puedo ver tu espalda por primera vez.

Gloria muy presumida dio varias vueltas. Aunque no intentaba compartir con sus amigos la reacción de Ramón Alberto al descubrir sus planes, había decidido consultar con él en el futuro. Lo incluiría para ocasiones especiales, porque después de todo, están comprometidos para casarse en un año. Es tiempo ya de que él conozca mejor los estilos de estas tres personas que ella ama tanto.

—¿Y esas sandalias de adónde las sacaste? — preguntó Rosa.

Gloria echó su pierna hacia adelante para contemplar sus sandalias blancas amarradas hasta los tobillos.

—¿Te gustan?

—Están bellas — admirando Rosa el estilo único —. ¿Adónde las compraste?

—En el pueblo de Yauco — dijo Gloria —, cuando fui a llevarte la libreta de cheques.

Elba no podía dejar de mirar a Gloria y al acercarse dijo:
—¿de dónde ha sacado esta contrallá ese cuerpo? —, con sus manos en la cintura —. Que ni si fuera modelo — con un poco de envidia.

Gloria sonrió y se paró al frente del espejo para confirmar los piropos de sus amigas.

—¿No te acuerdas de las nalgas de Doña Miriam? — causando Rosa un escándalo —, parecían dos 'pitbulls' peleando dentro de una almohada — riéndose con sus amigas histéricamente.

—¡Si Doña Miriam pudiera verte ahora —, maravillada Elba con la belleza de Gloria —, diría que estás radiante!

—Eres bella, inteligente — declaró Rosa —, y todavía una… ¡virgen!

—¡Oye! — observando Gloria la risa entre sus dos amigas —, ustedes si… que me están matando con elogios e insultos, todos a la misma vez.

—Si te casas con ese bambalán — dijo Rosa —, te quedarás virgen para el resto de tu vida.

—Déjala quieta Rosa — reprendiendo Elba sus comentarios —. Gloria es una joven muy especial.

—Ese hombre parece que no sabe qué hacer con mujeres como nosotras — sobándose Rosa los senos —. Creo que nunca ha visto a una mujer desnuda — riéndose.

—Quizás, él no sabrá que hacer con una mujer como tú Rosa — acercándose Gloria a la puerta de salida —, porque ya te han hecho de todo — saliendo del cuarto apurada —. Chúpate esa en lo que te mondo la otra.

Las muchachas salieron de Ensenada hacia Mayagüez a las seis de la tarde. El viaje se le hizo bastante rápido porque hablaron por todo el camino.

—Después que se case Gloria — anunció Elba —, quiero empezar una familia.

Elba y su esposo han estado casados por tres años y nunca habían mencionado el deseo de empezar una familia.

—Eso me alegra mucho — encantada Gloria —, y los felicito.

—¿Por qué después que se case Gloria — curiosa Rosa —, y no ahora?

—Soy su dama preferida — sobrecogida Elba —, y no quiero tener una barriga para su boda.

Elba siempre fue muy consciente de su peso y no quería

dañar su figura, ni tampoco los retratos de boda.

—Y con tu suerte — dijo Rosa —, aumentarás cien libras.

—No — temerosa Elba con la imagen que le vino a la mente—, ni lo digas.

—Hay algo muy fascinante en las mujeres embarazadas — declaró la enfermera de maternidad —; desarrollan un brillo especial.

—¡Brillan! — exclamó Elba —. El rostro de una mujer embarazada tiene un resplandor muy bello.

—Y ustedes entienden como las hormonas fluctúan — dijo Rosa —. Tu querido marido tendrá que tolerar tus cambios de humor.

De las tres amigas, la más vanidosa era Elba. En realidad, las cogió de sorpresa al anunciar sus planes. Esa mujer usaba… cada crema de la piel, cada vitamina, cada pastilla de dieta que salía al mercado. Está muy consciente de sus buenas apariencias y no quiere perderlas.

—Lo más que me preocupa son las náuseas — confesó Elba —, porque odio vomitar.

—Yo tengo información valiosa en el hospital — recordando Gloria los muchos folletos en su oficina —. Los traeré, para que puedas estar preparada para ese día.

—Yo creo que el primer niño que nazca en nuestro grupo — emocionada
Elba —, se amará más que a ningún otro.

—Así que, ¿tú crees que no vas a querer a mi hijo — Rosa comentó con una desviación intencional en sus ojos y divirtiéndose —, porque no nació primero?

Hasta ahí llegaron. A nadie se le permitirá hablar del futuro de Rosa con hijos… especialmente ella. Eso seria una pesadilla… un desastre… ¡el fin del mundo! ¿Rosa con hijos? ¡Olvídalo!

—El día que tú tengas un niño Rosa — riéndose Gloria —, salgo yo de Puerto Rico corriendo.

—Ahora si que tú me tienes que explicar ese comentario

— todavía Rosa con sus ojos torcidos —, porque yo me considero una mujer bastante normal.

—Ese muchachito va a salir un malcriado, peleón, vulgar y peludo — completamente segura Gloria de su futuro —, y no será permitido afuera de la casa, de lo sinvergüenza que va a ser.

—Lo que tú has descrito aquí es un mono — muerta de la risa Elba.

—¿Peludo? — repitió Rosa —, ¿y por qué peludo?

Gloria se empezó a reír y perdió todo control. Pendiente para darle a Rosa una explicación varias veces, pero la risa no se lo permitía. Siempre que miraba a Rosa, se moría a carcajadas. Por fin, salió de su boca lo que quería decir.

—Porque va a heredar los pelos gruesos — sin poder contenerse más —, de tu culo.

Gloria dijo culo. Nadie, en el universo completo va a creer eso. Nadie va a creer que Gloria, la santa del grupo, ha sido contagiada por Rosa.

—Yo no te creo Gloria — mirando Rosa a su amiga —. Nadie tiene que saber eso — haciendo a Gloria reír más.

—Es la única mala palabra que me permitían decir — le recordó Gloria —, porque todas las otras eran prohibidas.

—Pues m'ija, añádele otra palabra más a tu vocabulario — le aconsejó Elba —. Porque me gustó como lo dijiste... con mucha determinación.

—Sí, claro... con mucha determinación. No la animes, para que me siga insultando — dijo Rosa —, que es capaz que salga con algo más.

—Eso no es una mala palabra — pensándolo bien Gloria —. Es una parte del cuerpo.

—Una palabra no muy práctica — dijo Elba —. Así que no la uses al frente de mi criatura.

— Elba — mirándola Rosa —, ¿y de adónde has sacado tú tanta finura?

Gloria quería hacer a sus amigas reír, pero las ha sorprendido.

—Yo no entiendo lo que le ha pasado a Gloria hoy — riéndose

Elba —. Está muy 'sexy' y un poco vulgar, diría yo.

—Eso no es vulgar — proclamó Rosa —. Vulgar sería Gloria cogiéndole las partes privadas a Ramón Alberto.

—Mala cosa hice yo — arrepentida Gloria —. Las he provocado a continuar con sus fresquerías.

El restaurante quedaba en un área de turismo y el tráfico estaba congestionado. Red había quedado de encontrarse con ellas en Mayagüez, porque viajaba en motora. A la vez que ellas llegaron a Mayagüez, decidieron estacionarse en el centro del pueblo. Se aprovecharían de las exhibiciones, las vitrinas y las tiendas alumbradas con luces de Navidad.

—¡Que bellas son las fiestas navideñas! — completamente hipnotizada Gloria con la música y las luces —. La alegría que se siente por toda la isla es extraordinaria.

—Es una ocasión muy especial para la familia — fascinada Elba con el gentío y la festividad —, y para amigas como nosotras.

—Para mí — riéndose Rosa —, es la época de emborracharse.

Era una noche preciosa y la avenida estaba llena de turistas. En cada esquina había músicos con sus guitarras, cuatros, güiros y micrófonos. Se sentía la algarabía del gentío, mientras bailaban al ritmo de la música navideña.

—¿Qué creen ustedes si compramos aquí los regalos de Navidad que nos faltan? — preguntó Rosa.

—Todavía nos queda una hora — mirando Elba su reloj —, para encontrarnos con Red.

—¿A quién más le falta comprar regalos? — entretenida Gloria con las pantallas que se exhibían en la vitrina de la tienda —. Yo ya terminé mis compras de Navidad el mes pasado.

—Red es el único que me falta — dijo Elba —, y yo estaba pensando regalarle una camiseta de motora con el diseño de un esqueleto pintado cubriendo la espalda y el pecho.

—Yo creo que Red preferiría — tratando Rosa de disimular su sonrisa —, el diseño de una bailarina cruzando su espalda.

—Y lazos color rosa — participando Gloria en la broma de su

querido amigo —, para mostrarlos en las manijas de la motora.

—No me puedo imaginar la reacción de los vecinos de Ensenada — dijo Elba —, con la declaración poco clara de Red.

—¿Y qué creen ustedes —no creyendo Rosa que sus amigas fueran tan tontas —, que la gente no se ha dado cuenta?

Las muchachas llegaron al frente del restaurante después de una hora y notaron a un grupo de hombres conversando y echándole flores a las muchachas. "*Si cocinas como caminas, yo me como hasta el pegao,*" riéndose todos al unísono. Al pasar Gloria, los títeres le tiraron un chupón grandísimo. Gloria juró haber sentido vientos de huracán, al sentir el ruedo de su traje elevarse.

Todavía paradas en la entrada del restaurante, oyeron el alto sonido rugiente de las motoras. Era Red con su tío Roberto.

—¿Quién lo invitó? — susurró Gloria en el oído de Rosa —. Yo no conozco bien a ese hombre.

—Tan guapo que está — intrigada Rosa y dándole un codazo a Gloria.

La presencia de Roberto no le agradó a Gloria, por lo que Elba pudo observar. Era mucho mayor que todos ellos y en realidad, no tenían nada en común. Aunque sorprendida Elba un poco, aceptó que era el cumpleaños de Red... y que él lo había invitado.

Roberto miró de mala gana a los tipos en la entrada del restaurante y las muchachas se apuraron temiendo un revolú. La vida de Roberto era un libro abierto y esa era su reputación.

—Me siento tan protegida con su presencia — susurró Rosa con una mirada estúpida —, y me alegro tanto de verlo.

—Sin embargo... yo no — conociendo Elba la reputación de su hermano —, y temo que se emborrache.

—Es tan fuerte — en una voz totalmente cambiada; continuando Rosa con sus fantasías —, y muy macho.

—Ese machismo siempre fue un problema — consciente Elba que su hermano se había dado unos tragos —, en todas sus relaciones.

—Que honor — en su estado de estupidez dijo Rosa —, tenerlo como invitado.

La música adentro del restaurante estaba tan alta que no se podía oír cuando hablaban. Un hombre de camisa blanca y gabán negro se les acercó con los menús y los saludó. Confirmaron su reservación y siguieron al hombre hacia la parte de atrás del restaurante, donde la música era más tolerable. Rosa le había echado el ojo a Roberto y sin vacilación rápido se le sentó al lado.

Había varias parejas bailando boleros y Rosa deseando bailar, miró a Roberto como una perrita mira a su dueño cuando tiene hambre. Su sensualidad calentó el espacio entre ellos y sus vibraciones estimularon a Roberto en sólo segundos. Se pusieron a bailar como dos enamorados, inquietando a sus amigas.

—Elba nunca me había dicho que tenía una amiga tan guapa — susurró Roberto en su oído —, y tan sensual.

Sintiendo cada soplo apasionado cerca de su oído, Rosa respondió como una mujer ovulando.

—Ella nunca me habló de su hermano — con sus ojos llenos de fuego —, aunque la conozco todos estos años.

Rosa era muy niña cuando Roberto se casó y no lo recordaba.

—Me gusta como se siente tu cuerpo contra el mío — apretándola Roberto más cerca a él —, y creo que hoy te llevo conmigo.

El cuerpo muscular de Roberto hizo a Rosa respirar más profundo y rápido.

—Acércate más — seduciendo ella su espíritu ardiente.

—¿Será eso posible?

—Todo es posible — abriendo la puerta de posibilidades para que Roberto se volviera loco —. ¿No lo crees tú así?

Roberto se excusó al final de la pieza y Gloria se aprovechó para hablar con Rosa.

—Tienes que tener cuidado con ese tipo; no es ningún santo.

—Ese tipo está tremendo — despreocupada Rosa y bebiendo su vino —, y estoy muy interesada en él.

—Quiero que tengas cuidado Rosa — preocupada Gloria —, y no le des mucha confianza.

—Soy una mujer adulta — pendiente Rosa de que Roberto saliera del baño —, y no una niña para que estés corrigiéndome de esa manera.

—Conoces la reputación de todos los hermanos de Elba — murmuró Gloria para no ofenderla —. No son personas agradables.

—¿Porque bailé con Roberto? — sospechando Rosa el temor de Gloria —. Eso no quiere decir que me voy a acostar con él.

—Y otra cosa más — finalizando sus advertencias Gloria —, estamos aquí para celebrar el cumpleaños de Red y no para que tú hagas papeles de puta.

—Yo no sé exactamente lo que te pasa a ti hoy Gloria — confundida Rosa —. Algo más te debe estar molestando para que tú me hables así.

Inmediatamente Gloria se arrepintió. Esa no era manera de comunicar su disgusto y Rosa tenía razón. ¿Qué exacta mente le pasaba a Gloria hoy?

—Perdóname Rosa — pidiendo excusas Gloria —. Eso fue completamente innecesario. Estaba fuera de orden.

—Está bien — echándole Rosa el brazo por encima —. Yo tengo días así también.

—Tú sabes que siempre me preocupo por ti — le confesó Gloria —, y tengo un mal presentimiento.

Después de la comida, el dueño del restaurante siguió trayéndole bebidas gratis, hasta que Elba lo detuvo. Con su última copa de vino en la mano, Roberto Orgega se levantó de su asiento para brindar por la ocasión. Con dificultad al hablar y caminar, se preparó para felicitar a su sobrino.

—Quiero felicitar a mi querido sobrino en su cumpleaños — mirando Roberto a su sobrino Red con cariño —. Es flaco, pecoso y tiene una chola grande — haciendo a todos reír —.

Pero fuera de todas esas faltas, tiene un corazón de oro.

—Esta chola te garantizó la victoria en muchos juegos de pelota — le gritó Red, tratando de olvidar su niñez —, y todavía tengo los chichones como prueba.

Roberto se empezó a reír inmediatamente. Su vida en la Joya de los Zancú fue dolorosa pero interesante.

—¿Todavía te acuerdas de eso? — admirando la memoria de Red —. Eso hace tantos años.

—¿A quién se le va a olvidar algo así? — tocándose Red la chola —. Son recuerdos que estarán metidos en mi cabeza para siempre.

—Perdona Red — sin remordimiento Roberto —, por haberte cogido por las patas para darle a la pelota con tu cabeza — entreteniendo Roberto Orgega a todos con su comedia.

—Así que yo no tengo que hacer más preguntas —interrumpiendo Rosa la risa de sus amigos —, porque el secreto de Red ha sido revelado.

—¿Qué preguntas son esas? — curiosa Elba.

—¿Qué diablos le pasó a Red cuando niño?

Todos se rieron y aplaudieron, haciendo a los clientes del restaurante voltearse para averiguar qué era toda la conmoción.

—Brindemos — su tío dándole tributo a Red —, y feliz cumpleaños.

En las últimas horas de celebración, lo único que bebieron fue agua y café. La música y la comida estaban excelentes y no querían irse. Después de cantarle feliz cumpleaños a Red, comieron bizcocho. Le regalaron un reloj de parte de todos, finalizando la ocasión en la pista de baile.

Red y Roberto no estaban en condiciones para viajar en motoras, aunque hacía horas que habían dejado de beber. Elba les ofreció pon, pero rechazaron su oferta.

—Ustedes no están en condición para manejar sus motoras — insistió Elba, consciente de que Roberto y Red todavía estaban borrachos —. Prefiero que se vengan con nosotras — pero ellos se negaron.

Elba les recomendó que la siguieran por la carretera, por si acaso se confrontaban con algún problema. No quería que se dañara una noche tan memorable… y Roberto y Red estuvieron de acuerdo. Red y Roberto se montaron en sus motoras y arrancaron a gran velocidad; provocando un tornado de polvo y piedras. Los hombres al frente del restaurante corrieron como 'mami chulos,' limpiándose la ropa y zapatos brillosos. Las muchachas estaban histéricas de la risa en su carro y arrancaron como un toro. Temían que los hombres las siguieran y golpearan.

Llegaron a Ensenada después de la una de la mañana. Elba se despidió al frente de la casa de sus amigas. Iba a pasar la noche en casa de sus padres, para regresar temprano en la mañana a San Juan. Al oír ella el ruido de las motoras suspiró, al ver que Red y su hermano habían llegado sanos.

—Quiero salir temprano para San Juan — despidiéndose Elba de su hermano y sobrino —. Así que los veo la semana que viene.

Red y Roberto se pararon afuera del portón para conversar con Rosa y Gloria un ratito. Gloria le dio un gran jalonazo a Red y lo besó.

—Te deseo que cumplas muchos… pero muchos — añoñándolo Gloria —, pero muchos años más.

—No lo digas muy duro que los vecinos te van a oír. No quiero que sepan lo viejo que me estoy poniendo.

—¿Por qué no te quedas conmigo esta noche? — sugirió Gloria —, y nos vamos a desayunar mañana tempranito al pueblo. Viendo la indecisión de parte de Red, Gloria insistió.

—Puedes dormir en la hamaca o en el sofá de la sala.

—Está bien — convencido Red —, es un trato.

Red puso su brazo sobre los hombros de Gloria, para despedirse de su tío.

—¿Vienes Rosa? — bostezando Gloria y muerta del sueño —. Ya los gallos van a cantar.

—No te preocupes que voy ya — dijo Rosa —. Yo también estoy cansada.

Roberto estaba observando la interacción entre Red y Gloria y no pudo resistir sorprenderlos.

—¿Y mi beso Gloria — atrevidamente preguntó —, adónde está? haciendo a Red y Rosa contestar.

— ¡Nunca! — conociendo ellos bien a su amiga Gloria.

Consciente de las botellas de ron; una en la mano y otra en el bolsillo de Roberto, Gloria ignoró su comentario.

—Buenas noches Señor Roberto — contestó con cortesía —, y no se tome todas esas botellas de ron a la misma vez.

—Todavía el 'party' no ha empezado — alzando Roberto sus manos sobre su cabeza en forma de un baile.

Gloria quería hacerle un exorcismo a Roberto Orgega como muchos en Ensenada querían hacer con su madre. El hombre tenía espíritus malignos controlando sus pensamientos, así como sus acciones. Gloria no quería hacer la situación más riesgosa ni peor y se despidió.

—Buenas noches — respetuosamente dijo Roberto —, y que duermas bien.

—No te tardes Rosa — casi como una advertencia —. Red y yo nos vamos a acostar inmediatamente.

—Está bien —consciente Rosa de sus verdaderos pensamientos.

—No me tardo mucho Gloria.

Red se despidió de Roberto y agradecido por haber compartido un tiempo agradable con él, lo abrazó.

—Que muchachito más sentimental — bromeó Roberto —. Buenas noches.

—Te veo mañana tío — sonriendo —, y vete a descansar.

Gloria y Red subieron hacia la casa abrazados, contemplando la belleza de la noche. Gloria se paró por unos segundos y miró hacia el cielo.

—La luna llena se ve tan atractiva — hipnotizada con la belleza del universo —. No puedo creer que los astronautas la hayan visitado.

La fascinación de Gloria con todos los planetas era conocimiento de todos ellos.

—Siento perfecta paz y armonía con su resplandor en la oscuridad de la noche — completamente cautivada.

—Yo lo que siento es sueño — respondió Red —. Así que vámonos a dormir.

—Algunas veces me siento más cerca del universo allá arriba que en la tierra.

—El universo está bastante lejos Gloria — no entonado Red poéticamente con Gloria —, y tu sitio es aquí con nosotros.

Gloria era tan soñadora que sus amigos no la entendían. Siempre amó a la naturaleza y creía ser parte de esa constelación.

—El pobre Ramón Alberto — pensando Gloria en su aniversario —. Lo dejé plantado anoche.

—Tú no mencionaste nada.

—Era nuestro aniversario y Ramón Alberto estaba muy enojado.

—¡Hay caramba Gloria! — rascándose la cabeza —. Va a decir que soy un intruso.

—Era tu cumpleaños Red — le recordó —, y era más importante para mi estar contigo.

Red abrazó a Gloria y le dio un beso, mientras Roberto los miraba del portón.

—Si mi sobrino no fuera homosexual, juraría que estaba enamorado de Gloria.

—Se quieren como hermanos Roberto — enfatizando Rosa una amistad sagrada entre ellos —, nada más.

—Ya veo — todavía mirándolos —. Amistades así tan sinceras ya no existen.

Hacía tiempo que Red y Gloria no hablaban en privado y se aprovecharon de que Elba y Rosa no los acompañaban.

—¿Qué encuentras tú en Ramón Alberto? — un misterio que Red no ha podido resolver.

—Creemos en Dios — admitiendo Gloria que era lo único que tenían en común —, es un hombre decente y me ama.

—Eres bella Gloria — observando Red su rostro bajo la luz de la luna —, y te mereces mucho más.

—No soy como otras mujeres — considerándose Gloria una mujer casera y religiosa —, y esta generación de hombres está buscando algo diferente. Algo que yo no le puedo dar.

—No hay un hombre en Puerto Rico que no te cortejaría.

—Quizás, pero mi intención es casarme antes de entregarme a un hombre. Por lo que oigo, esos hombres dejaron de existir.

—No estoy completamente de acuerdo Gloria — deseando que reconsiderara —, y me sorprende que pienses así.

—Hay sólo un hombre para mí — riéndose Gloria —, y ese hombre es Ramón Alberto.

—Tiene que haber otro más — cubriendo Red su cara —. Ramón Alberto no es para ti Gloria.

—Necesito ser libre — algo imperativo en su relación —, y aunque Ramón Alberto no está de acuerdo conmigo a veces, me concede la libertad.

Red no comentó porque Gloria ya tomó su decisión.

—Él confía en mí — sonriendo Gloria — y yo podré volar libremente como un águila y visitar a los enfermos — pensando solamente en cosas humanitarias —, y dedicar más tiempo como misionera.

—¿Lo amas?

—Con tiempo lo amaré — dispuesta a sacrificar esa emoción —, y confío en Dios que él me enseñará a amarlo.

Rosa estaba en los brazos de Roberto y como un quemazón, sentía el calor de su cuerpo.

—Con toda esta pasión a punto de explotar — comentó Roberto —, no entiendo como has podido quedarte soltera.

—Soltera por elección — aclarando el control que ella tiene sobre su vida —. Uno no se tiene que casar para dejar la pasión explotar.

—¿Qué tú crees si cenamos mañana? — su compañía le agradaba y estaba interesado en compartir más tiempo con ella —, y después nos vamos a ver una película.

—Por lo que entiendo — de pronto interesada en su estado civil —, usted es un hombre casado.

—Estoy en el proceso de un divorcio — dándose otro trago —, y ya pronto seré soltero... así como tú.

—Entonces, no sería un pecado — provocando los instintos de este hombre intoxicado —, compartir estos cuerpos íntimamente.

Roberto se tomó el último trago, terminando por completo la botella de ron. La invitación de Rosa fue muy significativa y como hombre no quería perder la oportunidad. Consideró su oferta al observar las llamas de fuego en sus ojos.

—¿Quieres una taza de café?

—Como no — besándola ferozmente.

La pareja subió hasta la casa de Rosa y entraron directamente a su habitación. Ya hacía una hora que Gloria y Red se habían acostado y el único ruido eran los gemidos y concupiscencia carnal de esta pareja.

Estaba amaneciendo y los cantos de los gallos interrumpían la dulce melodía de los coquíes. Había llovido en cantidad y los barriles con rotos se habían llenado; irrigando las flores que rodeaban la casa. Gloria despertó al ruido de las ramas de los árboles dando contra su casa y al aullido de la brisa fría del mes de diciembre por la ventana.

La conmoción afuera de su cuarto la hizo saltar de su cama como un sapo huyendo de su depredador. La voz alta y desesperada de Rosa penetraba sus oídos como un cuchillo afinado.

Gloria abrió la puerta y se confrontó con Rosa desnuda y Roberto Orgega agarrándola por el cuello contra la pared. El hombre salvaje con sus ojos afilados y sin pestañear, miró a Gloria. Como si estuviera en un episodio psicótico, Roberto Orgega reveló su desengaño con violencia.

—¡Déjala! — le ordenó Gloria gritando y acercándose a él —. ¡Te dije que la dejes! — agarrándole la mano que fuertemente ahogaba a su amiga Rosa por el cuello.

Pero Roberto continuó atacando a Rosa, sin oír los clamores de Gloria.

—¿No ves que la estás golpeando? — temiendo Gloria por la vida de Rosa —. ¡Suéltala!

Indiferente a sus pedidos y como un animal rabioso, Roberto Orgega cogió a Rosa por el pelo; arrastrándola por el piso.

—¿Quieres tú que yo suelte a esta puta y cuero que no vale nada? — con odio y una ira venenosa.

—No te ha hecho nada — tratando Gloria de soltar el pelo de Rosa enredado entre sus dedos y mano firme —. ¡La estás hiriendo!

—¿Qué sabes tú — gritó Roberto lleno de furia —, lo que ella me ha hecho? — empujando a Gloria para el lado.

Roberto seguía apoderado de Rosa sin soltarla y con sus dedos enterrados en su cráneo la golpeaba.

—¡Suéltala! — clamaba Gloria; agarrada ahora a su espalda como un mono —, la vas a matar — motivada Gloria a defender a su amiga.

Roberto sacudió su cuerpo hasta que Gloria cayó al piso y continuó su ataque. Al observar Gloria la furia de este lunático y como él sujetaba a su víctima, se lanzó sobre él como un jaguar en la selva. Encadenada Gloria sobre su espalda, lo atacó repetidamente a puñetazos. Pero el sudor y aceite del cuerpo de esta bestia la hizo resbalar, haciéndola caer al piso una vez más.

Gloria vio la plancha y sin pensarlo dos veces la usó como un arma; golpeándolo directamente en la cabeza sin misericordia, como él estaba haciendo con Rosa. Confundido y tambaleando como resultado de sus golpes, Roberto Orgega se apoyó en la pared.

Red se encontró con su tío Roberto en el pasillo al venir a socorrer a las muchachas. Oyó los gritos de Gloria y Rosa que lo aterrorizaron al despertar.

—¡Tío! — sacudiendo Red a su tío —. Soy yo, Red — asombrado.

—¡Así que quieres pelear! — metiéndole un puño a Red en la cara y dejándolo inconsciente —. ¡Sal de mi camino!

Roberto le ha dado a Red con tanta fuerza, que éste cayó al suelo automáticamente. Con sus pantalones abiertos y correa colgando, Roberto atacó a Rosa por última vez. Le dio como si fuera un hombre y Rosa cayó boca abajo al suelo y no se levantó más.

Gloria observó la sangre de Rosa correr por su rostro hasta empapar el piso. Aunque Gloria dudaba que iba a ganar la pelea, se le enfrentó a Roberto Orgega. Se encomendó a Dios y con todas sus fuerzas lo atacó.

—¿Te has vuelto loco? — grito Gloria, arañándole la cara y mordiéndolo —. ¡Animal!

—Loco por ti — con una sonrisa satánica mientras la sangre chorreaba por su cara —, y esta noche... serás mía — poseído Roberto Orgega con lujuria y adueñándose del cuerpo de Gloria.

Era temprano en la mañana cuando Rosa despertó de su estado casi en coma.

—Dios mío — adolorida Rosa y sin poder pararse.

Trató de enfocar sus ojos para mirar a su alrededor, pero estos estaban casi cerrados por la hinchazón de su cara. Con dificultad, trató de sentarse, contemplando la sangre seca en el piso y en sus manos. Rosa vio a Red de lejos y cogió la toalla de encima de la cama para cubrir su cuerpo desnudo.

—Gloria — murmuró, creyendo haber oído sus gritos —, Gloria — sin poder Rosa alzar su voz.

Red se quejó con sus ojos cerrados, mientras movía su cuerpo de lado a lado. Había un silencio espantoso en la casa, que daba escalofríos.

—Red, Red... ¿Me oyes? — llamándolo Rosa con cuidado —. Despierta Red — susurró.

Red abrió los ojos y se agarró la cabeza con las dos manos. Se quedó así por unos segundos tratando de localizar de dónde venía la voz.

—Red — repitió Rosa, temerosa de que Roberto Orgega la oyera —, contéstame.

Red alzó su cabeza y miró hacia el pasillo hasta que localizó a Rosa.

Desconcertado y sintiendo la presión e hinchazón en su nariz, Red trató de levantarse. Tenía la nariz acardenalada, torcida y en su agonía miró el reloj con su visión distorsionada. Eran las cuatro de la mañana y ya se oían los cantíos de los gallos.

Con mucha cautela, Rosa inspeccionó el camino para llegar hasta Red. Se le acercó envuelta en una toalla y le dio la mano para ayudarlo a ponerse de pie. Velando que nadie los oyera, se arrinconaron contra la pared.

—¿Estás bien? — viendo su nariz rota —. Te ves horrible.

—Tú te ves peor — perplejo Red —. ¿Qué pasó?

—Tu tío se enloqueció — murmuró —, y nos atacó.

—¿Qué? — no entendiendo —. ¿Mi tío?

—Si... tu tío — repitió Rosa —. Se volvió loco.

—¿Adónde está Gloria? — susurró Red suavemente —. Creo que la oigo.

El corazón de Rosa dejó de latir al oír los gemidos saliendo del cuarto de Gloria. Sin importarles quién más estaba en la casa, ellos se apuraron y entraron al cuarto que apestaba a licor y sudor.

—¡Ay! — se quejaba Gloria en forma de un susurro —. Dios mío, Dios mío — murmuraba.

Desnuda de la cintura para abajo, piernas separadas y cubierta en sangre, Gloria lloraba de dolor. Su traje blanco destrozado en pedazos y forrado de coágulos de sangre, revelaba una escena aterrorizante y muy real. Rosa quería despertar de esa pesadilla; de los gritos que oyó cuando perdió el conocimiento y esconderse para siempre... en el olvido.

Oyeron un portazo al frente de la casa y con temor corrieron hacia donde provenía el ruido. Todavía embriagado, Roberto Orgega bajaba la loma tropezando hasta llegar a su motora.

—¡Cobarde! — gritó Rosa levantando a sus vecinos —. ¡Maldito seas! — con lágrimas rodando por sus mejillas.

Roberto puso la llave en la ignición y se oyó su pie sobre el acelerador; arrancando como un cobarde en la noche.

—Se está escapando — anunció Red todavía embobado.

—No podemos permitir que se escape — atormentada Rosa por los quejidos de Gloria —. No puede escaparse con este crimen Red — cubriendo Rosa su cara y llorando.

Estimulado por la glándula suprarrenal y dispuesto a vengar a su amiga, Red corrió hasta llegar a su motora. Arrancó con notable ligereza como un animal furioso, listo para atrapar a su presa.

Capítulo 3

Que descanse en el infierno

El sol sin su brillo y en luto se escondió detrás de las nubes oscuras. Los vecinos asomados por sus ventanas miraban hacia la casa de madera, tratando de absorber las malas noticias y rumores. Con sus brazos doblados y mirando hacia el cielo, los residentes de la Joya de los Zancú se preguntaban "¿por qué?." No se sabía si el diluvio fue obra de la naturaleza o las lágrimas que el mismo cielo estaba derramando.

—¿Cómo es posible que algo tan terrible le haya pasado a una muchacha tan buena? — alarmado un vecino —. La pobre era un alma de Dios.

—Es muy triste — asintiendo con su cabeza el dueño del quiosco —, especialmente aquí en la Joya, un barrio tan seguro.

—La hermana de ese sinvergüenza y Gloria — dijo el vecino — eran íntimas amigas.

—Los hijos que salieron del vientre de esa mujer Orgega — comentó una señora comprando cigarrillos —, estaban endemoniados.

—Y el pobre Jacinto — comentaba apenado el vecino —, tenía que perder a su hijo mayor y nieto en la tragedia.

Como una plaga de tristeza, la comunidad de Ensenada había sido visitada por una sombra de amargura. Esta comunidad unida, estaba sobrecogida por los sucesos desafortunados de los últimos días. Se preparaban para los velorios y mantenían sus radios bajitos o apagados, escuchando sólo los susurros de sus oraciones.

Los portones de Gloria y Don Jacinto estaban forrados de ramos de flores, cartas y velas; conmemorando las vidas heridas y fallecidas. El dueño del quiosco de la esquina estaba ocupado con órdenes de galletitas, chocolate y café, como testimonio de los rituales culturales que estaban a punto de comenzar.

93

—¿Tiene galletas de soda? — sacando los chavos la co-madrona de Ensenada.

Gloria estuvo en el hospital por unos días después de su violación. Roberto Orgega viciosamente dañó su cuerpo acendrado. Pasarán meses antes de que se recupere físicamente, pero años para ella recuperarse emocional y mentalmente. Su inocencia robada por el mismo diablo, la hizo sentir desamparada. Cuestionaba su vida como una joven cristiana; no creyendo la injusticia de la naturaleza.

¿Qué le pasará a la relación personal entre ella y Dios, las cosas consagradas y celestiales que ahora han sido tiznadas? ¡La virgen de Ramón Alberto ha sido sacrificada!

—Hermana Elsa — preguntó Gloria —, ¿Cómo me puedo sentir limpia después de esta deshonra?

—Tú eres pura y limpia mi amor — afirmó la Hermana Elsa —. No dejes que el enemigo te haga creer lo contrario.

—He traicionado a mi Señor — con un dolor profundo —, y no soy digna de su amor. ¿Cómo voy a entrar ahora al reino del cielo?

—Te equivocas — lista la Hermana Elsa para enfrentarse a Pedro en la entrada de las puertas del cielo — Tú siempre has sido fiel Gloria.

—No siento su perdón — dijo entre llantos Gloria —, ni su presencia.

—¿De qué perdón hablas Gloria? — quitándole la Hermana Elsa toda duda —. No has cometido ningún pecado.

Gloria sentía que su alma refugiada se mecía entre el cielo y la tierra tratando de reclamar su lugar. Como un ángel contaminado, su alma ansiaba santidad. Ha desarrollado una compulsión con la limpieza y sus amigas están preocupadas.

—No quiero que te bañes otra vez — quitándole Elba la toalla —. Ésta es la cuarta vez que te bañas hoy.

—Ustedes no entienden — llorando Gloria —. Déjame bañarme que me siento sucia — concediéndole Elba por fin su petición.

Ramón Alberto, el novio de Gloria, perdió a su único hermano y a su sobrino gemelo de dos años. La camioneta de su hermano que viajaba por la carretera 'De los Muertos,' chocó con una motora por la madrugada y los pasajeros cayeron por

94

un barranco en llamas.

—No puedo creer que mi hermano haya muerto tan trágicamente con mi sobrino — lamentó Ramón Alberto —. Esto es una tragedia.

—Ten fe mi hijo — angustiado Don Jacinto y sintiendo la ausencia de su hijo y nieto —. Con el tiempo Dios sanará nuestras heridas.

—¡Maldita familia Orgega! — gritó Ramón Alberto, levantándose de su silla de repente y dándole un puño a la pared —. ¡Les deseo la muerte! — dándole otro puño a la pared, llorando y descansando su cabeza en el concreto con los ojos cerrados.

—El Señor no se regocija de estas cosas — le advirtió el viejito astuto —, y tenemos que aceptar su voluntad.

—Esa familia se debiera ir de Ensenada — exclamó Ramón Alberto —. Han herido a tantas personas.

—Ellos tienen el derecho de vivir donde les de la gana — no gustándole a Don Jacinto los prejuicios de su hijo —, como tú y como yo.

—Son animales papá — declaró Ramón Alberto lleno de rabia —, y esos animales deben de vivir enjaulados y en la selva.

—Como todo padre — sin convencerlo Don Jacinto —, ellos trataron de hacer lo mejor que pudieron.

—Que se vayan para el infierno — sin lamentar Ramón Alberto sus ofensas —. Allí estarán como si estuvieran en su casa.

—Hijo — echándole el brazo —, no dejes que tu pena ofenda a Dios.

Las personas que se despertaron por el accidente, comentaron que hubo una gran explosión, espantando a los residentes del vecindario que dormían. Observaron un humo negro y llamas ardientes que provocaron un ambiente de calor y luz. Una bola de fuego combinada con la atmósfera alta iluminó la región, incinerando tanto la camioneta como la motora.

El viento frío de la madrugada ayudó a encender más el fuego, mientras los vecinos miraban sin poder hacer nada al respecto. Uno de los espectadores del accidente salió de su casa corriendo y encontró a uno de los gemelos todavía vivo al lado de la carretera. Creen que el impacto del accidente le salvó la vida, al ser expulsado del asiento y aterrizando en un árbol con hojas esponjosas.

Pero el otro hermanito gemelo no tuvo la misma suerte y todavía en el camión con su padre, cayeron por el barranco y murieron calcinados. La carretera de 'Los Muertos' era muy arriba en las montañas y la escasez de agua demoró la extinción del fuego. El camión y motora con sus pasajeros fueron consumidos inmediatamente. El tanque de gasolina del camión estaba lleno y el fuego duró varias horas. Las autoridades no pudieron identificar los cuerpos de las víctimas, porque solamente quedaron cenizas. El único testigo del accidente fue Red que testificó que vio la camioneta del hijo de Don Jacinto chocar con la motora de su tío Roberto.

—¿Eran familia suya? — preguntó unos de los espectadores.

—Sí — contestó Red con lágrimas en sus ojos y mirando las llamas de fuego —. Mi tío viajaba en la motora y el vecino en el camión.

—Lo siento mucho — poniéndole el extraño el brazo sobre sus hombros.

Solo con su pena, Red se quedó en la escena del accidente hasta mucho después que los bomberos y policías se habían ido. Celebrar su cumpleaños en el futuro y en los aniversarios de esta desgracia sería demasiado doloroso. Tampoco podía olvidar la imagen de Gloria que se le presentaba en su mente como una película de horror.

—¿Quién vive en esa casa? — señalando Red hacia la estructura —. Vi a una señora salir de la casa y llevarse al niño herido en el carro.

—Ahí vive Doña Myrna y su esposo José — dijo el extraño —, con sus tres niñas — observando el extraño al señor de la casa sentado en los escalones de su casa.

—La señora actuó rápido — impresionado Red con su ligereza —. Ya ella tenía al muchachito en el automóvil cuando me di cuenta que era uno de los gemelos.

—¿Te puedo llevar al hospital? — le preguntó el extraño.

—No gracias — todavía afectado Red.

—¿Conoces bien al dueño de la camioneta?

—Es el hijo mayor de Don Jacinto — apenado Red —, mi vecino.

—Esto no es manera de empezar el año nuevo — enfocado el
hombre en las marcas de gomas en la carretera —, y que Dios
los ayude.

El Padre Chilo y la Hermana Elsa caminaban por la Joya
de los Zancú consolando a todos los familiares afectados por la
catástrofe.

—Los bomberos llegaron mucho más tarde después del fuego
— le contaba Don Jacinto al padre y a la monja —, y ya era
demasiado tarde.

—Gracias a Dios — dijo la Hermana Elsa —, que se pudo salvar la vida de uno de los gemelos.

—Estas cosas son difíciles de entender — dijo el padre —, pero
quiero que ustedes entiendan que no están solos.

—Mi hijo era un buen padre y muy trabajador — emocionado
Don Jacinto —, y cuidaba a sus gemelos mejor que cualquier
madre.

El hijo mayor de Don Jacinto, José Antonio, iba a
recoger a unos pasajeros al aeropuerto de San Juan temprano
en la madrugada. Metió a sus hijos en la camioneta como hacía
todas las mañanas, para ganarse unos chavitos.

—Quién iba a sospechar que se encontrarían con la muerte —
comentó un familiar —, en la carretera que viajaba todos los
días.

—Roberto y José Antonio se criaron juntos — añadió Don Jacinto —, y hasta a la guerra fueron juntos.

—Eran buenos amigos desde niños — dijo una vecina.

El Padre Chilo y la Hermana Elsa estuvieron horas con
Don Jacinto y su familia.

—Voy a darle el pésame a la familia Orgega — anunció el
padre — despidiéndose.

—Yo no voy para allá — anunció la monja —, ni para contar un
chisme.

—¡Hermana Elsa! — sorprendido el padre —. Recuerde que
usted es una monja y una sierva de Dios.

—Esa gente son espiritistas — reveló la monja. —, y son capaces de echarme un brujo.

—Como cristianos — le advirtió el Padre —, no podemos temer a esas cosas.

—Yo entiendo Padre — aceptó la monja —, pero esas cosas me asustan.

Hubo días de rosarios para recordar a los desafortunados. La familia Orgega se reunió en privado sin el apoyo de la comunidad. Ellos no asumieron responsabilidad por lo que había ocurrido y la comunidad trataba de racionalizar su enojo.

Los vecinos decidieron rociar sus casas con agua bendita, temiendo que la vieja bruja y mamá de Roberto Orgega le echara un brujo.

—Vamos a darle el pésame al Viejo Orgega — sugirió un primo lejano de la familia —, ya que el pobre ha sufrido tanto con sus hijos.

—¿Para qué? — respondió su compañero de trabajo sin ninguna simpatía —. Esa gente no vale nada.

—Como quiera que sea — molesto el primo de Don Orgega —, él ha vivido una vida ejemplar y después de todo, perdió a su hijo.

—Y la víctima — dijo su compañero —, perdió su honra.

Gloria y Rosa no asistieron a ninguno de los servicios fúnebres, aunque le dieron el pésame a Don Jacinto. Ramón Alberto visitó a Gloria dos veces al salir ella del hospital y al tiempo dejó de ir a verla. Rosa estaba harta de las excusas de Ramón Alberto y muy resentida por su amiga.

—Quizás, está confundido — sin saber exactamente lo que le pasaba a su prometido —. Verme a mí le trae recuerdos de ese día.

—¡Él es tu prometido! — esquivando Rosa todas las excusas —, y después de tantos días todavía no te ha llamado.

—Por favor Rosa... dale tiempo — le rogó —, para componerse un poco.

—¿Y las heridas tuyas? — queriendo Rosa hacerla reconocer que ella también era importante —, ¿Quién te ayudará a sanar esas cicatrices que todavía están abiertas?

—Tú mejor que nadie sabes como son los hombres.

—¿No te cansas de las excusas Gloria?

Ten mucho cuidado, Rosa Elena Román. Las reacciones de las personas a tu alrededor no pueden ser juzgadas, antes de que confieses y reconozcas tu culpabilidad.

—Me puedo imaginar cómo se siente el hombre— dijo Gloria—, y tenemos que entender su dolor.

—¿Ese idiota se considera un diácono? — enfurecida Rosa —. ¿Y él no ha tenido la cortesía de por lo menos darte una explicación por su ausencia?

—Está avergonzado Rosa — deseando Gloria que esa fuese la razón.

—Tú nunca te avergonzaste de él — herida Rosa con la indiferencia de Ramón Alberto —. ¿Por qué va él entonces a avergonzarse de ti?

—Está muy enojado — recordando Gloria la discusión que ellos tuvieron —, porque yo preferí ir al cumpleaños de Red.

—¿Y qué? — no dándole a Gloria la excusa de redimirlo —. Él sabe que Red es como un hermano.

—Recuerda Rosa — sintiéndose un poco culpable —, Ramón Alberto perdió a su hermano y sobrino — apenada — y quizás, me culpa indirectamente. Nada de esto hubiera pasado, si yo no hubiera cancelado los planes de nuestro aniversario.

—Por favor Gloria — rabiosa Rosa —. No me digas que él es más idiota de lo que yo creía.

—Déjate de estar hablando de él así — disgustada Gloria —. El hombre todavía está de luto.

—Todas las víctimas están muertas Gloria — tratando Rosa de buscar justificación —, y tú todavía viva — cuestionando ella más que nunca el amor de Ramón Alberto—. La única que queda con cicatrices eres tú… y eres la que lo necesita más que nunca.

Gloria sospechaba que Ramón Alberto ya no la quería porque había perdido su pureza. Algo demasiado doloroso para ella. Quizás, Rosa tenga un poco de razón. Pero ella no quería oír nada… especialmente, de la boca de Rosa.

—¡Basta ya Rosa! — harta de oírla Gloria —. Que venga cuando le dé la gana.

Con el tiempo, el nombre de Ramón Alberto se hizo

obsoleto y aunque Gloria lo extrañaba, aceptó lo inevitable.

Don Jacinto, muy avergonzado, trató de hacer las paces, al Ramón Alberto mudarse para Fajardo por completo.

—Mi hijo perdió su fe en Dios — le explicó a Gloria —, después del accidente.

—En ese caso, ya no tenemos nada en común, — lamentó Gloria.

—Nada le importa y creo que al perder a su hermano y sobrino, Ramón Alberto se rindió.

—Por alguna razón me culpa — exculpándose Gloria —, y ha decidido apartarse de mí.

—Tu tragedia — dijo Don Jacinto —, fue el colmo.

—Lo necesitaba Don Jacinto — dijo Gloria —, y necesitaba su apoyo.

—Lo siento tanto — apenado Don Jacinto —. Si yo hubiese tenido el poder de hacerte la vida más fácil Gloria… lo hubiera hecho.

Gloria abrazó a su vecino por sus palabras consoladoras. El viejo Jacinto siempre ha estado a su lado sin importarle lo que su hijo pensara. La trata como si fuese una hija y Gloria lo quiere muchísimo.

Después del divorcio de José Antonio y la madre de los gemelos, ella decidió residir en otro país. Don Jacinto se ha encargado de criar a su nieto Eduardo, el cual sobrevivió el accidente.

—¿Cómo puede una madre salir del país sin sus hijos? — una idea incomprensible hasta para Rosa.

—Era medio loquilla. Yo personalmente no entiendo cómo José Antonio se enredó con esa mujer — dijo Don Jacinto.

—El amor es ciego.

—En el medio del divorcio, la muy condenada salió embarazada.

—Su hijo amaba tanto a esos gemelos — recordando Rosa a José Antonio en el patio jugando con ellos —. Siempre estaban todos juntos.

—Al salir esa mujer del hospital después de dar a luz — afligido el viejo de la memoria —, esa mujer se desapareció con otro hombre.

—¿Y cómo supieron adónde estaba después que se desapareció?

—Una amiga íntima le reveló a José Antonio su residencia en otro país.

—¿Estaba José Antonio seguro de que los gemelos eran de él?

—Me hice esa misma pregunta muchas veces — confesó el viejo. Pero como abuelo, decidí amarlos sin importarme.

—Esos muchachitos eran locos con usted — sonriendo Rosa —, y recuerdo que no lo dejaban en paz cuando lo visitaban.

—Mi hijo quería tanto a sus hijos y en realidad no le hubiera importado de quién eran.

—Le doy mucho crédito por eso — recordando Rosa su corta relación con José Antonio cuando joven —. Siempre fue un hombre bueno.

Rosa abrazó al viejito cariñosamente al ver sus ojos vidriosos. Don Jacinto estaba dispuesto a sacrificar todo para garantizarle a su nieto Eduardo, el único que sobrevivió, una vida llena de felicidad.

—Ahora que tengo a Eduardo, le pido a Dios que su madre no se aparezca por aquí.

—Ni se preocupe usted de eso.

—Algunas veces por hacer la maldad nada más — intranquilo el viejo —, se antojan de quitarle a uno los nietos.

—No piense en eso Don Jacinto — viendo Rosa su preocupación —, porque esa mujer nunca volverá.

Gloria batallaba depresión severa y cada día para ella era una sentencia. Su estado mental era muy delicado y sus amigos estaban pendientes de ella, temiendo que atentara contra su vida. Gloria aceptó la recomendación del psiquiatra, cuando éste ordenó que dejara su empleo. Su trabajo se convirtió en una carga, que ella no podía arrastrar. A sus amigos se les asignaron tareas con respecto a Gloria, para que no tuviera tantas responsabilidades. Era incómodo para Elba y Red participar en su cuido al principio, conscientes de que ellos eran familia de Roberto Orgega.

—No los culpo a ustedes — le aseguró —, por el crimen de Roberto.

—Te amamos — aliviado Red —, y no permitiré que nada ni nadie intervenga.

—Quiero que me prometan que se mantendrán unidos si algo me pasa.

—Sin duda Gloria — le aseguró Elba—, te lo prometemos.

Rosa empleó a una vendedora, para que se encargara de su negocio en Yauco durante su ausencia. Incapaz de concentrarse en los asuntos del almacén y vigilar sus fondos; desafortunadamente tuvo que depender de esta nueva empleada.

—¿Una desconocida encargada de todas las fases de tu negocio? —desconfiada Elba —, no es buena idea.

—¿Qué remedio tengo? — insegura —. Tengo que confiar en alguien.

Era obvio que la recuperación de Gloria iba a coger tiempo y el objetivo de todos ellos era facilitar el proceso. El esposo de Elba no solamente aceptó el nuevo arreglo de vivienda de su esposa en Ensenada, sino que también añadió los clientes asignados a ella a su horario personal.

—Desde el principio mi esposo aceptó a todos mis amigos como parte de su vida.

—A ese hombre, lo único que le faltan son alas — dijo Rosa con mucha sinceridad —, y lo aprecio de verdad.

—Su integridad — noblemente compartió Red —, es verdaderamente su mejor virtud.

—Le he expresado mi agradecimiento — declaró Gloria —, con un beso y un abrazo.

Red reveló su deficiencia la noche del crimen como si ese hubiera sido su único problema. Aunque lo habían felicitado por su acto de valentía, él vivía con la idea de que se comportó menos que un hombre. Se ha concentrado en todo lo negativo de esa noche y no ha podido perdonarse.

El detective encargado del caso, aceptó las respuestas satisfactorias de Red. Prolongando la investigación, el detective continuó su interrogación.

—Cuéntame Red — dijo el detective —. ¿Qué viste?

—Mi tío viajaba por el medio de la carretera a gran velocidad — explicó —. El camión, él lo vio después de una curva y se tiró para la derecha.

—¿Y qué pasó después?

—La motora resbaló y chocaron — recordando Red los detalles —. Los dos cayeron por el barranco… resultando en una bola de fuego.

El detective prendió un cigarrillo y se acomodó bien en la silla. Era la tercera vez que lo interrogaba y las respuestas eran siempre las mismas.

—¿Cuándo te fijaste que uno de los gemelos estaba en la orilla de la carretera?

—Inmediatamente.

—El informe indica que el niño fue el único que se salvó.

—Así entiendo — apenado Red —, todos los otros se mataron.

La interrogación estaba por terminarse y el detective hizo su última pregunta.

—¿Estás seguro de que nadie más salió de esas llamas?

—Estoy segurísimo — declaró Red.

Rosa contemplaba a Gloria mientras reposaba sin una onza de preocupación. Dormía con sus manos juntas debajo de su cara y tenía las rodillas dobladas. Pero en realidad, Gloria no dormía. A través de sus párpados veía la sombra de su amiga Rosa. Abrió los ojos al sentirla, y con una sonrisa desconfiada, le preguntó:

—¿Pasa algo? — con los pliegues de la almohada en su cara —, te veo extraña.

—Nada — contestó Rosa —. Te ves tan libre de preocupaciones.

Gloria conocía a su amiga muy bien y presentía que Rosa tenía algo en su mente. Especialmente cuando la voz le cambiaba y trataba de hablar dulcemente.

—¿Qué hora es? — estirando Gloria la parte superior de su cuerpo —, me siento tan cansada.

—Son las diez de la mañana — completamente preparada

Rosa para el día.

—Está tan oscuro — arropándose ahora de pies a cabeza.

—Viene un aguacero por ahí — deseando animar a Gloria —, para alegrar tu día.

Rosa esperaba el tiempo oportuno para clarificar suposiciones que nadie más estaba dispuesto a debatir. La salud de Gloria estaba delicada y su depresión tan avanzada que evitaban cualquier conversación que la agitara.

—¿Cómo van esos vómitos? — disimulando Rosa su interés—. No puedes permitirte el lujo de bajar más de peso.

—Son menos — virando Gloria sus ojos hacía atrás —, mucho menos que ayer.

—¿Todavía tienes los mareos? — esperando que Gloria explotara —. Porque te oí vomitando.

—¿Qué quieres Rosa? — agitada —. Estás dando vueltas con tus preguntas.

Evitando indirectas, Rosa atacó la situación sin reservas.

—¿Crees que estás embarazada? — respirando profundo —. Tenemos que prepararnos.

Apresurada, Gloria se levantó buscando la bata y las chanclas antes de salir del cuarto. Rosa la siguió por el pasillo hasta llegar a la cocina en busca de algo.

—¡Necesito saber! — exigió Rosa.

Dándole la espalda, Gloria empezó a preparar una taza de café.

—"Tenemos que estar preparadas" — repitió Gloria burlándose de ella —. Que ridícula te oyes.

—Es importante Gloria — ignorando su sarcasmo —. Estas cosas hay que atacarlas inmediatamente.

—¿De veras? — fastidiando a su amiga —. Que triste que fuiste tú la que se dio el gusto.

Sus palabras hirieron a Rosa, pero la ignoró por completo porque quería hablar más de sus sospechas.

—Eres enfermera — insistiendo Rosa —, y sabes que estás débil de salud.

—¿Qué quiere decir eso exactamente? — mortificada Gloria —. Elabora tu argumento.

Rosa había practicado su discurso y escogido sus palabras con mucho cuidado. La confrontación no era para ofender en ninguna manera a las víctimas; sino resolver los resultados del crimen. Nunca se imaginó que hubiese necesitado escudo y armadura para protegerse de la ira de su querida amiga.

—Lo menos que necesitas ahora es un embarazo — aliviada Rosa al oír las palabras salir de su boca —, y tú no puedes esperar mucho tiempo.

Las insinuaciones de su amiga Rosa no la sorprendían. Se deshacía de sus problemas y situaciones sin pensarlo dos veces. Eran tan diferentes y no iba a permitir que Rosa la convenciera. Y sorbiendo su café esperó con calma, para compartir con Rosa lo que había estado pensando en los últimos meses.

—¿Cuántos años hace que me conoces? — preparando Gloria su discurso —. No puedo creer que trates de reorganizar mi persuasión, mis convicciones y mi persona.

—Te conozco por años — exclamó Rosa —, y te equivocas cuando tratas de acusarme de cambiar tus convicciones.

—Opino diferente — alzando su voz —, y tu enfoque es muy 'astuto'.

—Solamente quiero que sepas que hay otras opciones.

—Quizás, si tú estuvieras hablando con alguien… así como tú — dijo Gloria con toda intención de herirla —, podrías compartir tus sugerencias.

—¡No digas más Gloria! — le imploró Rosa.

—Déjame en paz entonces — determinada Gloria —, si es que no quieres que yo siga.

No era la intención de Rosa alarmar a Gloria. Pero no había otra manera de enfrentar la situación. Hubiera preferido tener a Elba y Red a su lado, pero ellos abandonaron *la nave*.

—Tengo grandes convicciones y soy honesta, moral y digna de confianza — destacando Gloria sus virtudes —, y tú no vas a cambiar eso. Son virtudes que tú no conoces; virtudes que sólo has oído, pero que has ignorado y rehusado aceptar, para vivir una vida llena de sólo placer; sin importarte un ser humano en tu vida. Eres egoísta Rosa y tus acciones han herido a otros profundamente.

Dándose cuenta del enfoque que Gloria había escogido

en la conversación, Rosa se preparó para oír mas ofensas.

—Vamos a empezar con la moralidad — con desprecio —, si es que sabes su significado.

Rosa hubiera preferido brincar por una ventana abierta. No so portaba el dolor al oír los insultos de su amiga.

—¿O prefieres que empiece con el dominio — sacándole Gloria en cara la noche trágica —, con respeto al placer?

Rosa no pudo controlar sus lágrimas y se sintió indefensa ante la presencia de Gloria. Sabía que se merecía cada insulto y quizás, hasta más.

—¡No te atrevas jamás — enfatizó —, hacerme ir contra mis convicciones y pecar contra Dios!

Al oír sus palabras, Rosa lloró. Estaba arrepentida de haber hecho sus recomendaciones para que Gloria se hiciera un aborto. El dolor que ella le provocó a su amiga bastaba y ha decidido cambiar su vida como una ofrenda de paz.

—Tienes razón Gloria y perdona mi insensibilidad.

—¡Perdonate tú! — completamente indiferente Gloria del remordimiento de Rosa.

Gloria se encerró en su cuarto y no salió hasta la noche. Tuvo mucho tiempo para pensar y analizar su vida y su situación. Ya el mal estaba hecho y decidió no dejar la amargura que sentía controlar su vida. No había discusión entre ellas que al fin del día no se resolviera. Pero esta vez era diferente. Y no podía permitir que esta tribulación fuera a interferir con su salvación. Como mujer cristiana era su responsabilidad perdonar.

Rosa se entretenía en la cocina haciendo sus tareas. Ahora dispuesta a hablar de su embarazo, Gloria inició la conversación.

—Calculé que tengo catorce semanas de embarazo.

Las sospechas de Rosa eran una realidad.

—¿Catorce semanas?

—Sí — dispuesta Gloria a compartir su estado —, y sé que pronto se me quitarán los vómitos.

—Me permites entonces — sumisa Rosa —, llevarte al ginecólogo.

—Me puedes acompañar — afirmó Gloria —, ya yo escogí a un doctor.

Gloria tenía más de tres meses de embarazo cuando Elba y Rosa la acompañaron a la oficina del ginecólogo. El doctor Millán se alegró mucho al verla y la saludó con un beso. Al examinarla, el doctor bromeó al darle la fecha de nacimiento del bebé.

—Calculando la fecha de tu último periodo — mirando él hacia el techo durante su examen vaginal —, podemos concluir que esta criatura va a nacer más o menos — pausando por un segundo —, para el 13 de septiembre.

El doctor se quitó los guantes y usando una rueda numérica, calculó y confirmó la fecha. Alegre de las noticias, Elba y Rosa se emocionaron al confirmar que "se añadirá otra persona a su tribu".

—El signo zodiacal de este sinvergüenza será 'Virgo' — dijo el Dr. Millán.

—Aunque yo no creo en ninguno de esos signos — leyendo Gloria una lista de un papel —, es mi entendimiento que mi niño será cumplidor, analítico, preciso, observador y servicial.

—Muy bien Gloria — consciente el Dr. Millán de que ya Gloria había hecho algunas investigaciones —, pero recuerda que también tendrá sus debilidades — le informó el doctor.

—Claro que sí — preparada Gloria para leer el resto de su lista —.Según mi información puede ser quisquilloso, escéptico, inflexible y preguntón.

—Tengo que enfatizar que también son muy inteligentes, agregó el doctor Millán —, y muy independientes.

—Oye — exclamó Rosa —. Por lo que veo esta mujer va a parir un genio — haciéndolos reír.

Al terminar el Doctor Millán su examen, le pidió a Rosa que lo acompañara a su oficina en lo que Gloria se vestía.

—Siéntese — le pidió —. Tengo que hacerle unas preguntas.

—Gracias.

—Gloria se ve bastante bien — compartió el doctor —, pero como tú eres la que vive con ella, quiero oír tu opinión.

—Doctor Millán — compartió Rosa —. No deje que las apariencias lo engañen.

—No entiendo.

—Gloria está mal — temiendo Rosa que Gloria entrara a la oficina —. No duerme y lo que come son porquerías.

—Gloria es una mujer inteligente — comentó el doctor —, y me extraña tanto que no se esté cuidando.

El doctor Millán conoció a Gloria cuando trabajaba de enfermera en Mayagüez. Era una de las mejores enfermeras en maternidad y él contaba mucho con ella para educar a sus pacientes.

—Nos extrañó a nosotras también — indicó Rosa —, pero todo lo que ha pasado la ha afectado mentalmente.

—Es un poco difícil creerlo — apenado —, cuando la veo tan relajada y expresiva.

—Es todo un frente — tratando Rosa de convencer al doctor—, y le va a decir a usted, lo que quiere oír.

—Quiero que vea a un psiquiatra — recomendó el doctor Millán —, durante su embarazo.

—Ella iba a uno y hace poco dejó de ir.

—Voy a tratar de hablar con ella a solas — oyendo pasos afuera de su oficina —, y convencerla para que consulte con un psiquiatra.

—Me está preocupando su estado mental doctor.

—Las hormonas afectan a las mujeres de diferente maneras — le informó el doctor —, y temo que Gloria vaya a sufrir de más depresión durante su embarazo y después del parto.

Gloria había expresado temor durante la noche y Don Jacinto construyó una cerca de alambre. La cerca se hizo alrededor de la casa completa. Muchas fueron las noches que Gloria angustiosamente lloraba, con su rostro apoyado contra los postes de la cerca y manos entre sus mallas. La perfección de la cerca de alambre y su *poder* fueron definidos por sus flores notables. Como barriles de agua; el charco de sus lágrimas alimentaba las semillas secas y deshidratadas. Era esta la maldita cerca de alambre protectora; la cual autorizaba quién salía y entraba por su casa.

—No se tendrán que preocupar más — le aseguró Don Jacinto —, de personas extrañas en su propiedad.—Ahora me siento protegida — confesó Gloria —, y podré dormir en paz.

—Ojalá — no muy confiada Rosa —, porque hace un tiempo que no duermes bien.

—Ustedes saben que yo no estoy muy lejos — dijo Don Jacinto, ofreciendo sus servicios —, y lo único que tienen que hacer es gritar si ven algo extraño.

—Gracias Don Jacinto — observando Gloria la cerca —, y le aseguro que oirá mis gritos desde aquí — haciendo a Don Jacinto sonreír.

Gloria contestó cada tarjeta y carta que los residentes de Ensenada le dejaron en el portón. Se sintió recompensada por el respeto y apoyo que le ofrecieron, durante su tragedia y embarazo. Mantuvieron su distancia, respetando su privacidad detrás de la cerca. Gloria los veía curiosos a la distancia y la saludaban con sus sonrisas. Las noches eran las más difíciles para ella. Sus pesadillas casi todas las noches eran reales y sus gritos penetrantes.

—¡Déjame, déjame! — gritaba Gloria durante la noche —, ¡no!

Elba, Rosa y Red despertaron alarmados con los gritos y alaridos de Gloria. Salieron de sus cuartos corriendo para averiguar qué le pasaba.

—¿Qué te pasa? — sacudido Red —. ¿Has tenido otra pesadilla?

Aliviada Gloria al verlos, se sentó en la cama. Estaba ensopada de sudor y se arrancó la frisa de encima.

—Estamos aquí Gloria — exclamó Elba —. Fue una pesadilla.

—¿Puede alguien comprobar si hay alguien afuera de la ventana?

Automáticamente, todos miraron por la ventana. Querían creer que sí en realidad había alguien; alguien para justificar sus gritos inquietantes.

—No hay nada — revisando el pasto Elba desde la ventana —. Podemos mandar a Red afuera para que estés más tranquila.

Gloria miró a Red aceptando la oferta con sus ojos.

—Está bien — anunció Red —. Salgo ahora mismo.

Elba se sentó a su lado y cariñosamente le echó los hilos mojados de sudor de su pelo rubio, para el lado.

—Está todo bien — le aseguró Elba sobándole la espalda —, no hay nadie afuera.

—Estas pesadillas son tan reales — descompuesta Gloria —. Algunas veces no puede distinguir si son verdaderas al despertar.

—Cuando amanezca, iremos al doctor — dijo Rosa —, para que te de algo más fuerte.

Red entró asintiendo con la cabeza. Llegó tan rápido que ellas sabían que había corrido el patio completo evitando *un encuentro*. Era el hombre más cobarde que ellas habían conocido y no se sentían muy seguras con él.

—No hay nada afuera — anunció —, sólo esa maldita cerca que me espantó al desprenderse un poste sorpresivamente.

—¿Cómo va a ser? — consciente Elba de lo cobarde que era su sobrino —. Don Jacinto aseguró la cerca con varios tornillos.

—Más preocupadas deben de estar ustedes de esa cerca que de un extraño — mirando Red la cerca sospechosamente por la ventana.

—Necesito un voluntario para dormir conmigo esta noche — anunció Gloria.

Rosa y Elba se turnaban durmiendo con Gloria después de sus pesadillas.

—Hoy me toca a mí — ofreciéndose Elba —, aunque hubiera preferido dormir con mi marido — haciéndolos reír.

—Mañana es el fin de semana — dándole Gloria esperanza —, y lo podrás ver.

Nadie entendía por qué las pesadillas embrujadas empezaron a atormentar a Gloria después de su embarazo. Habían consultado con el Doctor Millán, pero él no tenía una respuesta concreta. Por lo general, le echan la culpa a las hormonas, por los cambios en una mujer embarazada. "Lo único que pueden hacer después de sus episodios, es confortarla al despertar," recuerdan ellos que el doctor Millán les aconsejó.

El doctor no les aconsejó ningún remedio para ellos, que se despertaban azorados, al oír sus gritos.

—El mismo día que confirmaron su embarazo — hablando Rosa en privado con Elba —, empezaron sus pesadillas.

—Tiene que haber otra razón — no completamente convencida Elba —. ¿Estás segura?

—Ustedes estaban en San Juan — recordó Rosa —, cuando ella despertó esa noche gritando como una lunática. Para decirte la verdad, yo no se ni como llegué al cuarto. Los nervios no me dejaban andar. Y cuando prendo la luz del cuarto, me asusté más.

—Recuerdo tu llamada al otro día — sospechando Elba que todos los síntomas de Gloria tenían que ver con su mente.

—Más me asustaron las cortinas de su cuarto cuando se movían... mientras una nube espesa descansaba pulgadas encima de su cabeza. Despaciosamente Gloria salió de la casa, hasta llegar a la cerca.

—¿Y qué hiciste?

—Lo único que yo sé, es que desperté en el suelo con Gloria abanicándome.

Elba durmió la noche entera con Gloria. Siempre era la misma pesadilla,"*el hombre desnudo entrando por la ventana.*" Gloria ha visitado un psiquiatra y él está experimentando con diferentes medicamentos; para mejorar su estado mental. Pero como enfermera, Gloria investigó los efectos secundarios de las medicinas y sus amigas sospechan que no se las está tomando, temiendo que le afecte al bebé.

Ramón Alberto tuvo el valor de venir a hablar con Gloria después de varios meses. Rosa lo dejó entrar y cordialmente se disculpó para que ellos pudieran hablar en privado. Gloria tenía siete meses de embarazo, pero sus trajes de seda le escondían la barriga. Él estaba muy consciente de su embarazo y quería hablar con ella.

—¿Cómo te sientes? — inquieto Ramón Alberto.

—Gracias a Dios que me siento bastante bien — cuestionando Gloria el propósito de su visita —, y como puedes observar, aumentando de peso.

Ramón Alberto se sentó nerviosamente en el sofá como si no supiera qué decir.

—¿Y qué te trae por aquí? — rompiendo Gloria el silencio —. Hace meses que no te veo.

—Gloria — tratando Ramón Alberto de encontrar las palabras apropiadas —, he estado pensando bien en lo que sucedió y... y...

—Continúa — dijo Gloria, desesperadamente esperando lo que este demonio tenía que explicarle —, estoy muy curiosa por lo que tienes que decir.

—Pues... actualmente Gloria — temblando —, yo deseo disculparme por la manera en la cual me comporté y te debo una explicación.

Gloria lo miraba intensamente observando cada movimiento y cada palabra que salía de su boca. Este hombre fue su prometido; el hombre con el cual ella compartió sus sueños y secretos. Y ahora ella se preguntaba, "¿para qué?" Para que él los destruyera con su indiferencia. Sin embargo, el dolor que sintió al perderlo... ha desvanecido. Y ahora él es sólo un extraño... que ya ella ni aprecia.

—De hecho Ramón — haciendo mímicas Gloria de sus palabras y logrando hacerlo sentir hasta más incómodo —, no me debes ninguna explicación — completamente confiada —, así que no continúes.

Sorprendido Ramón Alberto por su respuesta, acomodó su espalda contra el sofá. Sentía la boca seca y cuestionaba la decisión que lo trajo a su puerta; a su presencia y posiblemente... a un altercado.

—Tu comportamiento habló mejor que tus palabras — permitiendo Gloria que sus hormonas controlaran el resto de la conversación —, y me reservo la opinión que tengo de ti.

—Sé que te ofendí Gloria — evitando contacto visual —, pero sinceramente te confieso que yo no supe manejar la situación.

—Entiendo que era una situación bastante delicada y al mismo tiempo — sus ojos azules fijos sobre Ramón Alberto —, escandalosa, — convenciéndolo Gloria de que quizás, su excusa era válida después de todo —, y créeme que no pensé en mí, sino en ti.

Ramón Alberto sintió remordimiento y dudaba que Gloria fuera a aceptar su disculpa.

—Ramón Alberto — admitió ella desilusionada —, nunca me imaginé que un teniente de la Policía en un pueblo tan *caliente* como Fajardo — le reprochó —, pudiera comportarse tan cobardemente.

—Estás enojada — sin poder terminar la oración —, pero…..

—¿Enojada? — preparada para atacarlo —. ¿Tú creías que yo estaba enojada porque un extraño abusó de mí y mi prometido me abandonó sin una explicación? ¿De verdad que es eso lo que tú creías? E*nojada,* no puedo revelar lo que yo sentí cuando mis lágrimas rodaban todas las noches sobre mi almohada.

—Gloria — con lágrimas Ramón Alberto en sus ojos —, yo no sabía que mi egoísmo había impactado tu vida de tal manera. Me cegué y pensé solamente en mi pena.

Avergonzado y expuesto a las críticas de Gloria, Ramón Alberto perdió la confianza con la cual había entrado. Todavía la amaba y había venido para reparar su relación y la seguridad del niño del otro hombre. Quería recuperar los meses que él codiciosamente la había dejado, inundada en sus lágrimas y soledad.

—¿Pretendes que yo acepte tu excusa inútil? — alzando su voz —. ¿De veras que eso era lo que tú creías?

Comprendiendo que esta relación nunca más se podrá reparar, Ramón Alberto permitió que Gloria se desahogara.

—Si yo fuera tú… Ramón Alberto, renunciaría al ministerio — levantándose Gloria del sofá y dirigiéndose a la puerta —. Tu deficiencia en compasión, amor e indiferencia hacia el prójimo, te descalifica como un siervo de Dios — siguiéndola Ramón Alberto hasta la puerta de salida.

—¡Vete! — dispuesta Gloria a cerrar este capítulo de su vida—, y no vuelvas jamás.

Ramón Alberto calculó erróneamente su intento de redención durante los cambios hormonales de Gloria. La maldita cerca crepitó al Ramón Alberto pasar por ella. Consciente de sus cuentos de terror, Ramón Alberto apresuró sus pasos. Con rapidez, bajó la loma y no volvió jamás.

—Bien hecho — aplaudiendo Rosa —, ya era tiempo que recibiera su castigo.

—No estoy orgullosa de lo que acabo de hacer — cubierta

Gloria de dolor —. Por meses, he anticipado este día.

—Fuiste sincera y era necesario que Ramón Alberto supiera lo mucho que te hirió.

—No fue fácil Rosa, pero me siento aliviada.

Red estaba muy mal mentalmente y Elba lo tuvo que llevar al psiquiatra. Estaba deprimido y le confesó que tenía ideas de suicidio. Era lo menos que Elba necesitaba en su vida, ahora que su esposo acababa de aceptar un puesto de empleo en Nueva York.

La empresa de abogados cerca de 'Wall Street,' le ofreció empleo con buenos beneficios y un sueldo excelente. Querían empezar una familia y él la estaba apurando. Le informó a Elba que Red se podía ir con ellos, con la condición de que buscara trabajo y un apartamento. Estos cambios se llevarían a cabo para el nuevo año y después que Gloria diera a luz.

—Yo creo que tu esposo ha sido bastante paciente — dijo Rosa —, y muy justo.

—Y se lo agradezco — movida Elba por la amabilidad y paciencia de su esposo —. Reconozco su sacrificio y le ha dado más que tiempo a Red para organizar su vida.

Todos estaban cansados de la majadería de Red. Él quería ser independiente, pero siempre fallaba al tratar de progresar. Elba se ocupó de él cuando niño y ahora se ha convertido en un parásito como adulto. Ellas entienden su depresión y que posiblemente ésa sea su disfunción. Pero era tiempo de devolverle a Elba su vida y dejar que Red se las entendiera a solas.

—Entiendo lo que ustedes me aconsejan — pero ya Elba había tomado su decisión —. Todos sabemos que Red está mal de la mente y por más que yo quiera que él aprenda, no lo puedo dejar solo.

—Tu responsabilidad es con tu esposo.

—Es mi sobrino Rosa y soy principalmente quien cuida de él.

—Eres una tía buena — una cualidad que hizo a su esposo enamorarse de ella —, pero tienes que dejarlo que se desenvuelva — deseando Rosa que Elba abriera sus ojos y viera la situación como todos ellos.

—Tienes razón — de acuerdo Elba —, pero necesito tiempo para hacer ciertos arreglos — haciéndolos creer que ella consideraría tales cambios.

Rosa vendió la tienda de Yauco al descubrir que el empleado a cargo de las ventas le estaba robando. No sabía si su situación con el asunto de Gloria iba a ser permanente o temporera; especialmente ahora que se ha convertido en un cuerpo decrépito. Era su esperanza de que todo se normalizara y que Gloria se recuperara. Pero por ahora, tendrá que vivir de sus ahorros.

—A la vez que Gloria se recupere — compartió Rosa —, podré volver a trabajar.

—Yo nunca pensé que fueses tan optimista — expresó Elba con su rostro lleno de dudas —. Admito que no tengo la misma ilusión.

—Para sobrevivir ésta — agotada Rosa —, uno lo tiene que ser.

—Gloria no es la misma — declaró Elba al ver a Rosa llena de esperanza —, y creo que no se recuperará completamente.

—Si tú fueras más como ella — tratando Rosa de no creerlo —, tuvieras la misma esperanza y fe en su recuperación.

—Su espíritu, cuerpo y mente han sido marchitados — apenada Elba —, y Gloria está muy alejada de la realidad.

—Quizás, al nacer el niño todo cambie.

—¡Para lo peor!

—¿Por qué dices eso? — sorprendida Rosa —. Gloria era loca con los huérfanos del orfanato.

Rosa no quería oír el que si esto o el que si lo otro. "Que no jorobe su amiga más con sus predicciones." Que se vaya a ayudar a algunos de sus familiares… porque entonces sí, la verán llena de esperanza e ilusiones. "Esos criminales sí… que no tienen esperanza." pensó Rosa.

—Un bebé será otra carga Rosa — convencida Elba —. Gloria no es la misma persona y parece que eso no te entra por la cabeza.

—Permíteme tener un poco de fe — desilusionada Rosa al conocer sus pensamientos —. Quizás, sea todo lo contrario y Gloria vuelva a ser la misma persona que conocíamos.

—Tienes que prepararte para una desilusión muy grande.

Gloria había consultado con Elba en privado para hacer a Rosa la madre adoptiva de su niño. Se sentía muy enferma y anticipaba no poder cuidarlo. Aunque todos dirían que estaba loca al decidir algo tan semejante, Gloria conocía a su amiga Rosa mejor que nadie. Le encantaba cocinar, limpiar y hacía sus tareas con orgullo y rapidez. La fachada de su corazón era negra, pero adentro era como la nieve pura. Gloria no dudaba por un instante de que Rosa fuera la madre perfecta para su niño. Detrás de todas sus barreras había una mujer buena.

—¿Estará tu mamá interesada en quitarme a mi niño? — preocupada Gloria —, sabiendo que ella conoce mi condición física y mental.

Elba dudaba que sus padres tuvieran el mínimo interés ni deseo, de criar a otro muchacho. Estaban viejos y habían fallado en criar bien los que Dios les dio.

—Vamos a preparar todos los documentos necesarios — evitando Elba complicaciones en el futuro —, para concederte tus deseos.

—Prefiero si no lo consultas con Rosa por ahora.

—Puedes confiar en mí. Además, no quiero asustarla y hacerla desaparecer.

El padre de la parroquia de Gloria vino a visitarla. Padre Chilo la conocía desde pequeña, cuando Doña Miriam la traía a la iglesia para cocinarle a los pobres. Gloria se puso muy contenta al verlo y lo saludó con un beso.

—Mi hija — contento —. ¿Cómo estás?

—Pues para decirle la verdad Padre — alegre Gloria en verlo —, me siento mucho mejor.

—Cuéntame del progreso de tu embarazo — mirándole la barriga —, porque parece que ya te queda poco.

—Sí padre — sonriendo Gloria y sobándose la barriga —, ya pronto.

116

El rostro de Gloria brillaba y su sonrisa podía engañar a cualquiera.

—Me dice la hermanita Elsa que estás hecha una costurera y que le estás cosiendo la ropa del bebé a mano.

—La Hermana Elsa está exagerando Padre — confesó Gloria —. Le cosí una gorra al bebé solamente.

—Tú sabes que la Hermana Elsa es la monja más imprudente y presentá que tenemos — haciendo a Gloria reír —, y me sor prende saber que te visita con frecuencia.

—La monjita es una gran ayuda.

—Ella es terrible con los muchachos — bromeando el padre —, así que no dejes que te convenza para cuidar al *chamaquito* cuando nazca.

—Padre — sonriendo Gloria —, la Hermana Elsa me ha dado tantas ideas buenas para escoger los colores apropiados para el bebé, porque no sabemos el sexo.

—La Hermana Elsa te ama Gloria — dijo el padre —, y se pasa hablando de ti en el convento como si fueras su hija. Considera ya a tu bebé como si fuera su nieto.

Padre Chilo y Gloria se rieron al compartir algunos chistes de la Hermana Elsa. Gloria lo dirigió a la cocina para ofrecerle una taza de café.

—Vine especialmente para hacer una oración por ti — deseando el Padre Chilo elevar su espíritu —. Porque para decirte la verdad Gloria, no hay una mujer en este planeta más valiente que tú.

—Gracias por sus palabras Padre — dijo Gloria con ganas de llorar —, muy amable.

—Te admiro Gloria — doblando el padre sus manos en preparación para una oración —, y respeto tu decisión.

—No fue una decisión difícil.

—Yo entiendo mi hija…Oremos — dijo el padre —. "Padre celestial, te presento a tu hija Gloria porque ha creído en tu palabra y ha decidido obedecerte. Bendice a esta alma y a su bebé y te rogamos que nunca desampares a este bebé, porque por medio de esta criatura habrá perdón y redención, Amén."

Gloria se limpió las lágrimas de sus mejillas y abrazó al

padre.

—Gracias padre.

Desde el principio del mes de septiembre, las muchachas ensayaron sus partes para el día que Gloria estuviera de parto.

—¿Tienes los números de teléfonos de los carros públicos? — confirmando Elba que todo estaba en la lista —. En caso de que el carro de nosotras se dañe.

—Tengo tres números de teléfono — leyendo Rosa su agenda —, más el de Don Jacinto

—Las maletas también están preparadas — anunció Gloria—, y ésas las cargan ustedes.

—Estoy loca que llegue ese día — cansada Rosa de esperar—, para apretarle los cachetes a ese muchachito.

—Está loca que llegue — dijo Gloria —, porque no tienes que sufrir cada contracción de parto.

Rosa y Elba estaban confiadas de que el parto de Gloria se simplificaría debido a su experiencia como enfermera en maternidad. Ella entendía todas las etapas del parto, técnicas de respiración y conoce al personal profesional en el hospital. Le han reservado un cuarto privado en postparto, ofreciéndole privacidad y facilidades para hablar con su asesora. Sus compañeras de trabajo conocían su situación, especialmente ahora que Gloria ha completado el término de su embarazo.

A las cuatro de la mañana Gloria les informó a sus amigas que tenía dolor. Habían practicado por meses para este día y de pronto se encontraron tropezando, una con la otra.

—Está bien — demostrándole Elba la técnica de respiración a Rosa —, respira profundo.

Anticipando más confusión por lo que ella acaba de observar, Gloria decidió empezar sus ejercicios de parto inclinada contra la pared.

—No entiendo por qué le estás diciendo eso a Rosa — confundida Gloria —, cuando la que está de parto soy yo.

Rosa se impresionó cuando oyó que Gloria estaba de parto y la sangre se le fue a los pies. Sin resistir Rosa la debilidad, se tiró al sofá completamente *monga*. Sus ojos en blanco y color pálido eran evidencia de que se había desmayado. Elba le entró *a pescozá* limpia, creyendo que estaba inconsciente.

—¡Rosa se ha desmayado! — anunció Elba; abanicándola a ver si el fresquito la despertaba.

Analizando la escena que se había desarrollado, Gloria rápidamente buscó el número de teléfono y llamó a Don Jacinto.

—¡Esto es increíble! — marcando Gloria el número de teléfono de su vecino —. Ustedes dos no me dejan disfrutar la experiencia de mi parto.

Don Jacinto esperaba la llamada y rápido se levantó. Él era su segundo plan, si el primero fallaba. Elba estaba abanicando a Rosa y Gloria le trajo un vaso de agua.

—Don Jacinto me va a llevar al hospital — les informó Gloria — porque con ustedes... no se puede contar.

—Ya se está sintiendo mejor — tratando Elba de sentar a Rosa —, así que no te preocupes.

—Me siento un poco mareada — Rosa todavía embobada y sin balance —. ¿Qué pasó?

Gloria estaba observando el espectáculo en el medio de la sala, cuando de pronto su fuente de agua se rompió. Congelada en la misma posición y con las piernas separadas, Gloria sintió el chorro de agua correr por sus piernas y formar un charco. Rosa salto del sofá, como una pelota de *ping pong* y resbaló en el charco formado en el piso, entre sus piernas. En el medio del charco con sus manos chorreando, Rosa planificaba su próximo paso.

Sin poder resistir la comedia que estaba ocurriendo, Gloria y Elba se empezaron a reír. Sentada en el piso con las manos elevadas y goteando, Rosa le imploraba su ayuda. Pero ellas, muertas de la risa estaban totalmente inútiles.

—Parecemos tres payasos — acompañándolas Rosa con su risa —, y yo no creo lo que ha pasado aquí.

—Me tengo que ir a bañar — caminando Gloria como un pato hacia el cuarto de baño —, porque ya Don Jacinto viene por ahí.

—Yo también — levantándose Rosa del piso, mojada y sin ayuda —. Tengo las nalgas entripadas.

Padre Chilo recibió la noticia de que Gloria estaba de parto y cumpliendo su promesa entró al santuario. Padre Chilo se arrodilló para rezar por Gloria y todos los involucrados. La Hermana Elsa lo vio y se sentó en el último banco de la iglesia, a donde ella también rezaba.

La monja podía oír al Padre rezando entre sollozos por su seguridad y dirección. La tragedia de Gloria lo había devastado y él todavía no lo creía.

Después de una hora observándolo de lejos, la Hermana Elsa preocupada se le acercó.

—Padre Chilo — arrodillándose ella a su lado —, siento su dolor. Padre Chilo limpió sus lágrimas y mirando la estatua del santo que colgaba al frente del altar dijo:

—Cuando yo llegue allá arriba tengo tantas preguntas para Dios — confesó el padre.

—Ni vergüenza le dé Padre — consolándolo la monjita —, yo también tengo unas cuantas.

Padre Chilo no se podía imaginar a la Hermana Elsa haciéndole ningunas preguntas a Dios. Con su reputación, tendrá suerte si San Pedro, el portero del cielo, la deje entrar. La monja es capaz de robarle la llave del cielo, si ella detectara cualquier resistencia.

—Una muchacha tan decente y consagrada como Gloria... ¿Cómo es posible que esto le haya sucedido?

—No entendemos estas cosas — de acuerdo la monja —, pero yo he pensado... ¿Quién mejor que a Gloria?

—No entiendo Hermana Elsa — sorprendido el padre —. ¿Qué dice?

—Esta tragedia no fue obra de Dios — murmuró la monja —, pero a la misma vez, esa criatura es inocente.

Padre Chilo era un hombre consagrado y de mucha fe. Aceptaba todo en su vida como voluntad de Dios.

—Quizás, Gloria era la última mujer en este siglo y en el mundo — especulando la Hermana Elsa — que no consideraría un aborto... bajo ninguna circunstancia.

—Yo no sé si estoy de acuerdo con su teoría Hermana Elsa —murmuró el padre —. Lo único que sé, es lo doloroso que esta situación ha sido.

Los dos siervos se quedaron al frente del altar rezando en silencio y pidiéndole a Dios por Gloria.

—Hermana Elsa, el día que yo fui a visitar a Gloria, encontré algo muy molesto.

—¿Cómo que encontró algo?

—Al mirarla — sin poder el padre continuar con la conversación por el nudo en su garganta.

—Cálmese padre.

—Al mirar sus ojos — penoso el padre —, vi el vacío de su alma. Ya Gloria perdió el gozo que nosotros los cristianos y creyentes sentimos.

—Esto ha sido una tragedia padre — sintiendo la monja un dolor tremendo en su corazón —, y una muchacha como Gloria, tan inocente y pura, no ha podido resolver ni aceptar esta parte oscura de su vida.

—Su tristeza domina su gozo — dijo el padre —, y he estado ayunando y rezando por ella.

—Todos necesitamos oración padre — dijo la monja —, y me alegro que ella nos tenga a nosotros en su vida espiritual.

—Como una actriz — sintiéndose indefenso el padre —, ella esconde la presencia de la persona que ahora existe en su cuerpo.

—Gloria siempre fue una joven muy fuerte — confiada la monja en que todo iba a pasar —, y tenemos que tener fe en Dios y creer que ella se recuperará.

—Su futuro me preocupa Hermana Elsa.

—Lo único que podemos hacer padre, es pedirle a Dios por ella y esa criatura que está a punto de nacer.

—Gloria va a necesitar mucho apoyo espiritual y yo quiero que usted se encargue de eso.

Ahora de camino al hospital en Mayagüez, las muchachas asistían a Gloria con cada contracción.

—Viene otra contracción — anunció Rosa al tocar su abdomen

endurecido —, y respira — le instruyó —. Exhala… muy bien… otra vez.

Al llegar al hospital sentaron a Gloria en una silla de ruedas y con rapidez se la llevaron a la sala de parto. Sus ex-compañeras de trabajo inmediatamente la reconocieron y pro-fesionalmente la acompañaron a su habitación. El doctor Millán la esperaba y al notar la excitación de Don Jacinto y las muchachas, los animó para que se fueran a la sala de espera.

El obstétrico la examina y anunció que el cuello de la matriz medía seis centímetros de dilatación. Le ofreció una in-yección epidural, un proceso que estaba siendo utilizado de forma esporádica y Gloria aceptó. Como primeriza, se espera-ba que Gloria tuviera varias horas de parto y el doctor propuso mantenerla lo más cómoda posible. Él vuelve a examinarla dentro de unas cuantas horas, con la ilusión de que ella estaría preparada para pujar.

Don Jacinto volvió a Ensenada consciente de las muchas horas que le faltaban a Gloria para dar a luz. Las muchachas se quedaron a su lado, mientras ella dormía. Los monitores fetales indicaban que el corazón del bebé estaba en un rango normal y las contracciones regulares cada dos minu-tos.

—Se ve tan cómoda — comentó Elba —, gracias a Dios.

—Ese es mi sueño — comentó Rosa al observar a Gloria dormir —, descansar hasta parir… y sin dolor.

—Las mujeres del presente no sufren como mi madre sufrió al parir a todos esos muchachos.

—¿Cómo es posible que tu madre haya sufrido cuando la mujer no tiene corazón?

—¡Yo no creo tu comentario! — alarmada Elba —. ¿Cómo es posible que tú hayas dicho tal cosa?

—Estoy bromeando Elba — sonriendo Rosa —, no lo cojas en serio.

—Yo te conozco — mirándola Elba —, y sé que lo dijiste en se-rio.

—Baja la voz — queriendo Rosa cambiar el tema —. La vas a despertar — al notar que Gloria se movió —. Vamos a dejarla tranquila.

Ahora que Gloria estaba descansando, Rosa y Elba bajaron a la cafetería para tomarse una taza de café y comer algo. Esperaban que Gloria tuviera horas de parto y querían desayunar para no dejarla sola más tarde. Vieron al doctor Millán de lejos y él se les acercó.

—Acabo de examinar a Gloria — les informó —, y está progresando bastante bien.

—Que bueno — dijo Rosa —, me alegro tanto.

—Así que no se tarden mucho — les aconsejó —. Pronto estará preparada para pujar.

—Gracias doctor — dijo Elba —, ya vamos pronto para arriba.

—Muy bien entonces — dijo el Dr. Millán —, las veo después.

Una niña de seis libras, veinte pulgadas y saludable, nació a las ocho de la noche. Con la administración de un sedante por medio del suero, Gloria pudo descansar tranquilamente sin darse cuenta de que había dado a luz.

—¡Mírenla! — excitada Elba con su sobrina —. Tiene el pelo negro y mira esas piernas bellas.

—Yo creo que va a tener el cuerpo de Doña Miriam — convencida Rosa —, pero tendrá que aumentar unas cuantas libras más.

—Es tan chiquitita — fascinada Elba —. Me da miedo hasta de cargarla.

La enfermera transportó a la niña para la guardería de infancia, mientras Rosa y Elba esperaban que Gloria fuera trasladada a post-parto. Estaban cansadas y se alegraron al ver a Don Jacinto acompañado por Red para recogerlas.

—Tienes que ver a tu prima recién nacida — dijo Elba —, y la muñequita de Gloria. Se parece a Rosa y a mí.

—Ha heredado las mismas piernas y manos — sonriendo Rosa —, de su madre.

—Me imagino que va a ser igual de bella — alegre Red.

Las muchachas llegaron a Ensenada tarde en la noche muertas del cansancio. Querían descansar, pero necesitaban darle las buenas noticias al padre y a la monja. Después de todo, ellos habían dicho que los llamaran a cualquier hora.

Le contaron a Red los eventos de esa mañana y cómo Rosa por fin se recuperó de su impresión.

—Tenemos que acostarnos — anunció Rosa —, para poder estar en Mayagüez mañana temprano.

—Estoy loca por ver a la nena otra vez — poniéndose Elba la bata de dormir.

Red se levantó temprano y de buen humor. Sorprendió a todos cuando dijo que iba a encontrarse con un cliente en San Juan, después de no haber trabajado por meses. Vino especialmente para visitar a Gloria y conocer a la recién nacida.

—Elba — con una sonrisa traviesa Red —, te *chavaste*.

—¿Cómo que me chavé? — curiosa por su comentario —. ¿De qué hablas?

—La nena de Gloria — eufórico —, será la más amada.

Red estaba bien informado de la conversación que Elba tuvo con ellas. Conocía su deseo de empezar una familia y había decidido ser más responsable y buscar empleo.

—¿De qué hablas zángano? — ahora recordando Elba la conversación que tuvo entre amigas —. Como quiera que sea, es nuestra sobrina y la vamos a amar.

—¡Exactamente!… y estoy preparado para amarla más que a ninguno de los muchachos que nazcan después. No olvides que lo dijiste tú.

Elba y Rosa se dirigieron directamente a maternidad con un gran ramo de flores. Trataron de darle un vistazo a la niña mientras la estaban bañando.

—¡Que gritos tan hermosos! — con sus ojos brillando de orgullo Elba.

—Esos gritos no serán tan hermosos — dijo Rosa —, a las dos de la mañana.

—Quiero aguantarla y besarla y halarle los cachetes — animada Elba —, y nunca más… soltarla.

—Yo quiero morderle los piececitos — dijo Rosa —, como si fuera un canto de lechón.

—Que nadie nos oiga — mirando por los pasillos Elba —. La gente va a creer que practicamos canibalismo.

Al fijarse la enfermera que las tías habían llegado, le hizo una señal para que entraran a la estación de enfermeras.

—¿Ustedes son familia de Gloria? — confirmando la relación entre las tres mujeres.

—Sí — temiendo Rosa que había un problema.

—Tenemos un problemita — confirmando la enfermera su temor —. Nada grave, pero algo que tenemos que resolver.

—¿Qué pasa? — intranquila Elba.

—Gloria está evitando establecer vínculos afectivos con su bebé — le explicó la enfermera —, y aunque no tiene que darle el pecho, es importante que la niña esté en el cuarto con ella.

—No sé que decirle — sin palabras Rosa.

—¿Ustedes van a estar aquí un rato?

—Sí — contestó Rosa —, nos quedaremos hasta la noche.

—Muy bien — aliviada la enfermera —. Les daré cuatro botellas de leche, para que se quede el bebé con ustedes todo el día.

Rosa y Elba no lo encuentran nada de extraño que Gloria quiera descansar. Estuvo enferma durante todo su embarazo y ahora esta zángana quería crear *un vínculo*, después de pujar a la muchachita por dos horas. "¡Que idiota!" …pensó Rosa. Y eso no incluye los nueve meses de embarazo que estuvo deprimida. Para eso estaban ellas… sus dos amigas… para aliviar sus preocupaciones y añoñar a la criatura.

Rosa no era muy amante de los niños y no sabía cómo se iba a sentir emocionalmente al Gloria ser madre. No había podido eliminar por completo el odio que sentía hacia Roberto Orgega, pero sí había hecho las paces para amar a su hija, la cual ella amó instantáneamente… al verla.

—¿Crees que esa enfermera estaba juzgando a Gloria un poco?

—Está haciendo su trabajo Rosa.

—Elba, tenía una mala actitud.

—Por favor Rosa — le advirtió Elba —, no te pongas con cosas al frente de Gloria.

—Yo no voy a decir nada — prometió —. Pero sí voy a hablar con la supervisora.

—Estamos aquí para ayudar y no para crear confusión.

La puerta del cuarto de Gloria estaba abierta y sus

amigas entraron con el ramo de flores.

—¿Cómo te sientes? — sonriendo Rosa y dándole un beso —.
Madrecita.

—Terrible — respondió.

—Has parido una niña de seis libras — entregándole Elba las
flores —. ¿Quién se va a sentir bien después de eso?
Las tres se rieron y Gloria cogió ánimo.

—Gracias por las flores — oliéndolas —. Están bellas.

—Ya la enfermera viene por ahí con la nena — le informó
Rosa —, y me encargaré de darle la botella.

—Me quiero levantar para lavarme — desarropándose
Gloria —. Me siento asquerosa.

—Elba te ayuda con eso — evitando la presencia de Elba
cuando llegue el bebé —, y yo espero aquí.

Elba ayudó a Gloria a sentarse en la cama poco a poco.

—Mira para el frente — le instruyó —, y respira profundo para
que no te marees.

—Ya la enfermera me levantó y no me sentí mareada.

—No queremos que te desmayes como Rosa — recordando
Elba la comedia del día anterior —. Logró el 'Record de Guin-
ness,' del mejor desmayo en el día más importante del mundo.

—¡Ay Dios! — no apreciando Rosa el comentario de Elba —.
Mira quien está hablando… la mujer que me entró a bofetá
limpia y casi me mata.

—Ni me lo recuerdes — riéndose Elba —. Que hasta vergüenza me da.

Gloria se puso las chanclas y con la ayuda de Elba caminó al cuarto de baño.

—Hay toallas y jabón en el baño — le informó —. Lo único que
necesito es una bata limpia.

—Está bien — ayudándola Elba —, te voy a sentar en el inodoro en lo que te busco la bata.

La enfermera llegó con la nena llorando en su cuna.

—Que pulmones más saludables tienes — cambiando Rosa su
voz a infantil al observar a la niña gritando —. Te oí desde el
pasillo.

126

—Le traje pañales y unas cuantas botellas de leche — le informó la enfermera —. Si necesitan algo más me llaman.

—Gracias.

Rosa la acomodó en su pecho y la acarició. Salieron instintos en ella… que no sabía que tenía.

—Está bien mi chiquita — meciendo a la niña —, ya te voy a dar la botella.

Rosa se sentó en la silla reclinable y le dio la botella a la recién nacida. No podía dejar de mirarla ni por un instante. Contó sus dedos expuestos y peinó su pelo suavemente con su mano.

—Mi canto de tocino — besándola Rosa —, eres tan bella.

Elba ayudó a Gloria a subirse a la cama al volver del baño. Con sus brazos extendidos, Elba se dirigió a Rosa, para coger a la nena al hombro.

—Es mi turno — observando que ya Rosa se había adueñado de la criatura —. Yo termino de darle la botella.

—Espera que le saque los gases — no dispuesta Rosa a renunciar a la bebé tan fácilmente —. Dame un segundo.

—¡Dámela ahora mismo! — en posición Elba para arrancarle la muchachita de sus brazos —. Levántate de la silla — le ordenó.

—No me digan que ustedes van a pelear — asombrada Gloria —, y hacerme pasar una vergüenza.

—¡Está bien! — levantándose Rosa del asiento.

Rosa se sentó en la cama cerca de Gloria, ahora que Elba le había quitado la muchachita.

—Tengo solamente una pregunta.

—¿Qué Rosa? — abriendo Gloria sus ojos grandes y azules.

—¿Qué nombre tienes para esta niña tan preciosa? — preguntó Rosa —. Que Dios me la bendiga.

—Se llamará Jessie — respondió Gloria sin pensarlo dos veces.

Rosa lo pensó por un segundo. "¿Y de a dónde habrá sacado Gloria un nombre tan inculto?" Para eso hubiera mejor escogido 'Marijuana,' o como una paciente del doctor Millán que nombró a su hija '*Chlamydia*.' Por lo menos lo escribió en inglés y a los meses descubrió su error.

—Así que su nombre es Jessie — repitió —. Me gusta.

—¿Y qué paso con el nombre Elba? — sonriendo ella —. Yo juraba que ese era el nombre que habías escogido.

—¿Les gusta? — sonriendo Gloria —, porque lo escogí desde niña.

Así es que has escogido un nombre de tu infancia. "¿En qué estabas pensando?" ¿Qué pasó con María, Carmen, Juana, Ana y hasta Josefa? Es demasiado tarde para hacer sugerencias. Y como quiera, ¿quién se va a atrever a decir algo?, cuando al pronunciar su nombre, Gloria sonrió.

—Nos encanta — contestaron sus amigas.

Elba y Rosa se quedaron con Gloria hasta por la noche. La enfermera de la mañana estaba exagerando. No era tan difícil entender por qué Gloria solamente quería descansar.

—Dame la nena un ratito — pidió Gloria.

—Cuando me vaya, te la doy — dijo Elba muy cómoda.

—¡Yo soy su mamá! — reclamando Gloria su tiempo —. La otra botella me toca a mí.

—Está bien mujer — de acuerdo Elba —, no te alteres.

Don Jacinto pintó un rotulo al frente de la casa anunciando el nacimiento de Jessie. Quería que todos los vecinos se enteraran de las buenas noticias y no tuvieran la tentación de entrar ilegalmente a la propiedad más tarde.

Después de muchas lágrimas derramadas al despedirse de sus compañeras y doctores, Gloria se vistió.

—Hoy es un día muy especial — tratando Elba de animar su espíritu —, y por fin te llevas a tu hijita para la casa.

—Una vida nueva — añadió Rosa dramáticamente, como si estuviera recitando una obra —, llena de felicidad.

—¡Callen ya! — les gritó Gloria —. Que las dos me tienen mareada.

Gloria firmó todos los papeles necesarios para el doctor darla de alta. Una mirada de auxilio cubría su rostro cuando la enfermera le entregaba a Jessie. Asfixiada e incómoda, Gloria miró a Rosa. Aunque no hubo ni una palabra entre ellas, Rosa entendió su mensaje. Y fue entonces que Rosa extendió sus brazos para recibir a la hija de Roberto Orgega.

Capítulo 4

Un ángel se despide

La noticia del suicidio de Gloria ha aturdido a sus vecinos y a la comunidad. Llenos de tristeza se despiden de ella por última vez. Para ellos, Gloria era un ángel disfrazado.

—Amaba a su prójimo — recordándola una hermana de la iglesia —, un mandamiento que Jesús nos dio antes de ascender al cielo.

—Lo que yo quiero saber es — perturbado otro hermano de la iglesia —, ¿a dónde está la caridad de la iglesia?

La Iglesia lloró su pérdida, pero se mantuvo firme en sus reglas y creencias. Gloria no iba a ser permitida en la capilla de su iglesia.

—Una de nuestras almas más fieles ha fallecido — al oír la directora del coro las malas noticias —, ¿y no pueden hacer una excepción?

—Yo no quiero saber de religiones — comentó el limpiador de la iglesia —. Todos son unos hipócritas — tirando la escoba contra la pared.

—Yo no sé como Padre Chilo va a reaccionar con la decisión del Obispo — comentó una monjita —, cuando Gloria para él era como una hija.

—Él siempre ha buscado las mejores soluciones — dijo Padre Benjamín —, para complacer a los feligreses.

—Padre Chilo siempre ha obedecido las reglas de la iglesia — prendiendo la Hermana Elsa una vela —, y confío que él tomará la mejor decisión para todos nosotros y la familia de Gloria.

La comunidad del pueblo de Ensenada exigió una explicación por tal decisión, pero al final, respetuosamente aceptaron que la iglesia interpretaba el suicidio como un pecado contra el Espíritu Santo y sin perdón. Su familia, compañeros de trabajo y el pueblo de Ensenada se congregaron para rendirle homenaje a una sierva que desinteresadamente los ayudó.

129

A Gloria nunca le importó religión, etnicidad o estatus de la persona. Dedicó su tiempo sirviéndole a su comunidad amablemente y con una sonrisa. ¿Por qué entonces castigarla más?... cuando en los últimos

años de su vida sufrió una tragedia que la condujo a padecer de depresión y de la mente. "¿Qué es exactamente lo que la iglesia no entiende?" pensó Rosa.

Por primera vez en muchos años la casa de madera, arriba en el cerro, fue decorada con luces brillantes. Hoy era el velorio de Gloria y sus amigos querían darle la bienvenida a todos; y en especial a los que respetuosamente mantuvieron su distancia durante su tiempo de crisis.

—Gracias por venir — abrazándolos Red.

—Bienvenidos — los saludaba Don Jacinto.

—Me alegro tanto de que estén aquí — dijo Elba al verlos entrar por el portón.

Jessie lucía un trajecito blanco hasta las rodillas y flores blancas sobre su cabello. En sus manos, una muñequita de trapo con un biberón en la cual ella encontraba consuelo. Se entretenía jugando con Eduardo, el nieto de Don Jacinto. Ocasionalmente, Jessie se acercaba al ataúd de su madre, para imitar a los que se arrodillaban y rezaban sobre su cuerpo.

Obediente y atenta como su tía Elba le había instruido, la niña de seis años honraba a su madre. Sus sollozos suaves e inocentes se oían al arrodillarse al frente de su mamá, haciendo que todos a su alrededor lloraran.

—Mamá te quiero — murmuró —. Dile a Papá Dios que lo veo después.

La familia Orgega vino al velorio y Jessie cariñosamente los besó. Gloria cambió de parecer en los últimos años de su vida y permitió que su hija los visitara en ocasiones especiales. Al verla, ellos la acariciaron y admiraron lo mucho que había crecido, lo inteligente que era y lo mucho que hablaba. Aunque habitan todos en el mismo pueblo de Ensenada, no la ven muy a menudo.

Sacaron dinero de sus bolsillos para darle, mientras Rosa los observaba de lejos. Hablaban con Jessie alegremente y se reían de todas sus respuestas. Aunque la familia Orgega no estaba de acuerdo de que la niña fuera privada de su amor, al final respetaron la decisión de Gloria. Ella tenía sus razones y sus amigas la apoyaron.

—Pero dime nena — sonriendo su abuelito —, ¿cuántos años tienes ahora?

—Tengo seis años — respondió jugando con su muñequita de trapo —, y estoy en primer grado.

—Oye — bromeando su abuelito —, pero… si ya estás más vieja que yo.

Jessie se sonrió y continuó jugando con su muñeca.

—¿Y cómo se llama tu muñequita? — preguntó el viejo Orgega.

—Yo le cambié el nombre — con sus ojos grandes y pestañas largas —, pero ya le encontré otro.

—Qué le cambiaste el nombre — repitió el viejo Orgega —, y ¿por qué?

—Por que un ojo se rompió — enseñándole a su abuelito el ojito malo de la muñeca.

—¿Y cuál es su nombre ahora que tiene ese ojito tan malo?

—Tuerta — seriamente —, se llama Tuerta.

La familia Orgega no pudo resistir la risa al oír la contestación de Jessie. Su abuelito la puso en su falda, mientras Rosa lo velaba.

—¿Sabes que soy tu abuelito — con una sonrisa muy grande Don Orgega —, y que te quiero mucho?

—Si abuelito — moviendo su cabeza y estando de acuerdo —, y yo te quiero mucho también — abrazándolo y dándole un beso —. Te tiro besos por la ventana cuando pasas por las mañanas.

—¿De veras? — asombrado el viejo y a punto de llorar —. Yo no sabía eso.

—Te miro por la ventana — dramatizando la historia con sus manos y ojos —, cuando caminas para trabajar.

—¡No me digas! — nunca se había fijado que ella lo miraba por la ventana —. De ahora en adelante… te tiro un beso.

Don Orgega entendió las circunstancias y respetaba los límites que se habían establecido. Al principio fue muy difícil aceptar esa decisión y la encontró injusta. Especialmente después de nacer su nieta. Elba los aconsejó y le explicó que sería lo mejor para las dos familias y él aceptó. Pero como abuelito, Don Orgega quería gritar y anunciarle al mundo entero que él no era responsable de las malas decisiones de su hijo Roberto. Jessie era su nieta y la hija de su hijo mayor que él había perdido.

—Si, abuelito — continuó contándole con una sonrisa —, siempre que te veo hacemos una oración para que Papá Dios te cuide.

El resto de la familia Orgega se quedaron espantados y le creyeron a Jessie. La animosidad entre el pueblo de Ensenada y la familia Orgega todavía existía. Eran juzgados por el crimen de su hijo Roberto y otros delitos cometidos por sus descendientes.

—Pues Jessie — agradecido por sus oraciones Don Orgega —, muchas gracias por echarme bendiciones con Rosa, porque…

En ese momento Jessie interrumpió a su abuelito.

—Mami te echó las bendiciones abuelito — aclarando el mal entendido—. Tía Rosa te manda para el otro sitio. Tú sabes… el sitio caliente y malo.

No lo cogió de sorpresa que Rosa lo mandara para las ventas del infierno, o mejor dicho… "el sitio caliente y malo." La familia entera se rió y miraron a Rosa que los estaba observando. Rosa solamente se podía imaginar lo que Jessie le había contado.

Los arreglos para la adopción legal de Jessie, fueron por medio de Elba y su esposo. Gloria lo deseó así y le dio la custodia a Rosa desde el principio. Como madre adoptiva, Rosa tendría todos los derechos. Segunda en la lista era Elba, por si acaso le pasaba algo a Rosa.

—Te prometo que la cuidaré como hija propia — llorando Rosa al completar el proceso de la adopción —, y lo considero un honor.

—Yo sé que la cuidarás mejor que yo — confiada Gloria —. Tú eres una persona buena Rosa.

Detrás de esa fachada, había una mujer con un buen corazón. Rosa era exactamente la persona que Gloria quería para criar a su hija.

—Tendrá una buena educación — le prometió Rosa —, y a Dios primero en su vida. Estoy segura que la Hermana Elsa se encargará de eso.

—Yo estoy tan emocionado — abrazando Red a Rosa y llorando —, y puedes contar conmigo.

—Ahora tienes que ser un buen ejemplo — le aconsejó Gloria —, y no enseñarle malas palabras.

Gloria reconocía sus limitaciones tanto mentales como físicas y no quería que nadie la acusara de ser una madre inadecuada. La adopción de la niña fue una prioridad para ella; temiendo que la familia Orgega tratara de quitarle a Jessie. Ellos estaban bien informados de los desafíos enfrentados por Gloria y ella quería evitar la posibilidad de perder a su hija. Al año de nacida, Jessie fue adoptada por Rosa.

—Te amo tanto — besándole los pies Gloria —, y quiero lo mejor para ti.

—Eres su madre Gloria — convencida Rosa de que Jessie la conocería como su madre —, y serás parte de su vida para siempre.

Los años confirmarían esas palabras, al la niña buscar refugio en los brazos de su madre. La niña sabía quien era su madre verdadera y estaban todos satisfechos con esa relación.

—Jessie los ama — sintiéndose Gloria bendecida por las personas que la rodean —, y sin ustedes… nuestra familia no estuviera completa.

—Pero… ¿Ustedes no se han fijado — comentando Elba del amor que Jessie expresaba hacia Red —, el cariño que esa muchachita le tiene a ese loco? ¡Es incomprensible!

—Le hace tantas maldades al pobre — riéndose Rosa —, y yo no entiendo como él la tolera.

—La sangre siempre llama — movida Elba —, y nuestro amor está garantizado.

—Tiene al pobre Red *salao* — riéndose Gloria —, y no lo deja quieto ni por un instante.

En el velorio, sus compañeras de trabajo hablaron de la dedicación de Gloria y lo mucho que sus pacientes la apreciaban. Madres que habían dado a luz en el hospital estaban presentes; alabando su forma de educarlas y su seguimiento hasta mucho después de los niños cumplir un año.

—Al salir embarazada a los quince años, mis padres me echaron de la casa — hablando abiertamente la madre joven—. Conocí a Gloria en el hospital y me encontró un sitio sano para yo vivir hasta que diera a luz — la joven se detuvo unos segundos para mirar a su niño de ocho años.

—Gloria me enseñó todo lo que yo necesitaba saber para el cuido de mi hijo — un poco emocionada —. Y eso nunca lo olvidaré.

Era tiempo de llevar a Gloria para el cementerio. Red, Don Jacinto, el doctor Millán y el esposo de Elba ayudaron a cargar el ataúd. Las líneas de carros se veían por los callejones de Ensenada, llenos de familiares, vecinos y hermanos de la iglesia. El Padre Chilo todavía no había hablado y se dirigía al cementerio acompañado por la Hermana Elsa. Ella al lado del sacerdote, lloraba por el camino desconsoladamente. Elba y Rosa caminaban juntas detrás de la caja, con Jessie a su lado.

Al llegar al cementerio, el padre, la Hermana Elsa y el resto de los hermanos de la iglesia se pararon al frente de su tumba para cantar unos himnos. Estaba nublado y se sentía la lluvia en el aire. El padre saludó al gentío, reconociendo que muchas de las vidas presentes habían sido tocadas por Gloria.

—Yo no sería digno de entrar a los reinos de los cielos de nuestro Padre celestial — mirando el Padre Chilo a la multitud —, si yo no elogiara a Gloria.

Se oyeron los amén y aplausos por todo el cementerio. Rosa y Elba emocionadas se echaron a llorar. Aunque ellas no expresaron su decepción porque la iglesia le negó a Gloria una misa, su dolor era transparente.

—Hay muchos aquí presentes — decía el padre con mucho orgullo frente a la multitud, — que tuvieron el placer, oportunidad y honor de conocer a Gloria. Y los que no, han perdido una bendición del mismo cielo.

Hubo silencio en el cementerio al hablar el padre.

—Gloria respetó el primer mandamiento con pasión y amó a su Dios con toda su alma — dándole énfasis a los mandatos bíblicos —, y obedeció al hijo de Dios, Jesús, cuando él nos instruyó al decir "Amarás a tu prójimo como a ti mismo" — con lágrimas en sus ojos —, y eso fue exactamente lo que Gloria hizo.

Se oyeron los murmullos del público al estar ellos de acuerdo con el padre.

—Levante la mano si alguna vez Gloria le trajo algo de comer — ordenó el padre, mirando las manos alzadas —. ¿Y cuántos aquí recibieron una visita de parte de Gloria cuando estaban enfermos o tenían otras necesidades? — observando el padre las muchas manos en el aire.

—El impacto — elogiando el padre a la difunta —, que Gloria tuvo en nuestras vidas es demasiado para explicarle a los que no la conocieron — sintiendo el padre ese impacto en su propia vida.

El Padre Chilo estaba muy emocionado y necesitó unos minutos para componerse. Silenciosamente la multitud esperaba, para oír más de esta mujer caritativa.

—Dedicó su tiempo y su energía a nuestra iglesia, a la comunidad, a nuestros ancianos, nuestros huérfanos, a los pobres, y creyó y confesó que Cristo era el hijo de Dios. El padre pausó un segundo y miró a su familia.

—Entiendo que hay muchos aquí que están heridos porque Gloria no fue permitida en la iglesia — oyendo los abucheos de la gente —, y entiendo su enojo.

—Pero quiero decirles — persignándose y compartiendo el padre su decepción con la decisión de la iglesia —, ¡eso no importa! —alzando sus manos hacia los cielos como si hubiese recibido un mensaje espiritual o revelación.

—Ante la presencia de Dios les diré que si Gloria no entra a los reinos de los cielos… el Obispo, las monjas y yo….. ¡nos vamos todos para el infierno! — finalizando su elogio.

Hubo un silencio escalofriante en el cementerio, como si la multitud estuviera tratando de definir lo que el padre acababa de expresar. De pronto se oyó un aplauso; después dos; después tres, hasta que la multitud unida y como si se pusieran de acuerdo, aplaudieron todos juntos.

Después de oír las bellas palabras del Padre Chilo, la Hermana Elsa cantó unos himnos hasta que enterraron a Gloria. Rosa, Elba, Red, el padre y la monjita fueron los últimos en irse. Al entrar en sus automóviles cayó un aguacero... que para ellos significaba que Gloria descansaba en paz.

Esa noche Jessie durmió con Rosa. Extrañaba a su madre Gloria, aunque su ausencia había estado presente durante su enfermedad por muchos años.

—Tía — con ojos de perrito —, ¿Verdad que mamá está con Papá Dios?

—Si, mi amor — contestó Rosa —, y te está mirando de allá arriba — tocándole Rosa la nariz en una forma cariñosa —. Así que tienes que cerrar los ojos para que te puedas dormir.

La claridad, sin la luna llena, entraba por la ventana como nunca antes. Red y Elba entraron medio asustados al cuarto de Rosa, con sus almohadas en la mano.

—No hablen alto — le advirtió Rosa —. Jessie se acaba de dormir.

—Tienes que ver esto Rosa — impresionada Elba —, porque en realidad, yo no sé ni que pensar.

—¿Ver qué?

—La cerca... ¡esa maldita cerca que tiene una mente propia!

Rosa vio el temor en sus ojos y acomodándole la cabeza a Jessie en la almohada, se levantó. Miró por la ventana y como sospechaba, ellos tenían razón. La luz brillante afuera de la ventana, la media luna y el suspiro del viento, eran señal de algo extraño y algo misterioso.

—La magia de esa cerca y su resplandor — sin poder Rosa dejar de mirarla —, es como la de una mujer con lujos, cubierta de diamantes y muy presumida — maravillada, como si fuera la primera vez que la viera —. Tiene una elegancia consumidora y no debemos temerle.

—Es como si el espíritu de Gloria estuviera allá fuera — dijo Red, sintiendo miedo y júbilo a la misma vez —, bailando como cuando era joven.

—No es su espíritu — reprendiendo Rosa sus supersticiones—. Gloria está muerta y está con el Señor.

—Lo sé Rosa — aceptando Red esa realidad —. Pero un vistazo del reflejo de su persona me haría feliz.

—Yo creo que nos haría a todos felices — de acuerdo Rosa —, pero tenemos que dejarla descansar en paz. Gloria sufrió mu

136

cho en los últimos años. ¿Para qué interrumpir su descanso?

—Rosa tiene razón — dijo Elba mirando a Red.

Unas luces blancas reflejaban como estrellas contra cada cuadrito de alambre. La cerca se movía rítmicamente con la configuración de una sombra en forma de una neblina blanca.

—Hoy dormiremos todos juntos — anunció Rosa —, en el otro cuarto.

Rosa pensaba que Gloria la había perdonado al entregarle a su hija. Su entrega fue un acto de amor, confianza y perdón. Pensaba mucho en el futuro y le pedía a Dios sabiduría para explicarle a Jessie la verdad. Su amor hacia Jessie era algo que ella misma no podía definir y estaba dispuesta a morir por ella. ¿Cómo era posible que algo tan trágico los haya unido de tal manera al nacer Jessie?

Al fallecer Gloria, hubo muchos cambios. Elba y Red se quedaron con Rosa unos meses y donaron sus pertenencias a la iglesia. Hubo sólo una renovación simple en el cuarto de Jessie. Don Jacinto las visitaba con su nieto Eduardo y el niño se entretenía jugando con Jessie.

—¿Cuándo se van Elba y Red para Nueva York?

—En dos semanas — apenada Rosa —, y no sé que me voy a hacer sin ellos.

—Será difícil al principio — dijo Don Jacinto —, pero te acostumbrarás.

—No puedo creer que ya haya pasado tanto tiempo para Elba reunirse con su esposo. Tengo que confesarle que su lealtad ha sido inestimable.

—Me imagino que su esposo estará contento.

—Contento que vuelve Elba... pero no Red.

—Dios mío — murmuró Don Jacinto —. Eso es otro problema.

—Elba siempre ha protegido a su sobrino — exclamó Rosa —, y dudo que su esposo pueda hacerla cambiar.

—Eso mismo me contó Red — compartiendo Don Jacinto la conversación que tuvo con él —. Elba se ha negado a dejarlo en Puerto Rico.

—Yo ya ni me meto — confesó Rosa —. Especialmente ahora que Red está sufriendo de la mente cada día más.

—Hombres como el esposo de Elba — declaró Don Jacinto —, son raros de encontrar.

—El hombre es un santo.

—Sí lo es — de acuerdo —, y Red le debe dar gracias a las estrellas por sus bendiciones.

Elba y su esposo tienen más de diez años de casados y celebran el regreso de Elba, planificando una familia. Están económicamente seguros y ahora que Elba ha cumplido su deber con Gloria, podrá complacer a su esposo sin inconveniencias.

—Red se va con Elba — dijo Rosa —, porque le aseguraron un trabajo en una compañía, cerca de la oficina de su esposo en Wall Street.

—Yo no sé Rosa — comentó Don Jacinto, porque ha observado el deterioro de Red —. ¿Crees tú que él pueda seguir trabajando?

—Por lo que entiendo — dijo Rosa —, le han garantizado empleo.

—Le deseo lo mejor — dijo Don Jacinto sinceramente —. El muchacho no puede seguir dependiendo de otras personas para el resto de su vida.

—Red fue medio extraño desde joven — convencida Rosa de sus malos genes —, y como ya usted sabe… la familia Orgega son todos medio trastornados.

—Y con el lío de Gloria — compartió Don Jacinto —, se ha puesto hasta peor.

—El esposo de Elba está determinado a buscarle un sitio propio, para que él se las arregle al llegar a Nueva York.

—Son decisiones difíciles y me apena que Elba tenga que sufrir — convencido Don Jacinto que ésto no se va a resolver de un día para otro —, pero creo que es lo mejor para todos.

—Le ha prohibido a Elba meterse en los asuntos de Red, a menos que no sea completamente necesario — anticipando Rosa problemas entre el matrimonio —. Pero yo conozco bien a Elba y sé que ella no hará eso.

—Yo no sé Rosa — un poco preocupado —, lo que va a pasar con ese muchacho.

Padre Chilo rezaba en la capilla cuando la Hermana Elsa entró apurada y preocupada.

—¿Qué le pasa hermana? — preguntó Padre Chilo.

—El Obispo quiere hablar con usted.

—¿Conmigo? — sorprendido el padre —. ¿Y por qué está tan preocupada?

— preguntó el padre —, levantándose y limpiándose las rodillas del pantalón.

—Usted conoce a todos los chismosos de esta parroquia Padre — enojada la monja —. Parece que ya alguien le fue con el chisme al Obispo.

—¿De qué habla hermana?

—Yo creo que alguien se ofendió cuando usted dijo "que si Gloria iba al infierno, nos íbamos todos" — haciendo al padre reír.

—Usted me hace reír — disfrutando del temor de la monja —. Y no entiendo su preocupación cuando yo no hice nada.

—Me alegro que lo haga reír — mirando la Hermana Elsa la sonrisa grande del padre —, porque pronto vamos a estar viviendo en la calle con los únicos trapos que poseemos.

—¿No me diga que está asustada?

—Estas cosas — molesta la monja — no las considero graciosas.

—No se preocupe Hermana Elsa — en broma —, podemos aterrizar en los hogares de nuestros feligreses.

La Hermana Elsa y el Padre Chilo se dirigieron a la oficina del Obispo y el sacerdote tuvo que contener su risa al mirar a la monja tan preocupada.

—Yo no puedo creer que usted esté tan asustada — riéndose y burlándose un poco el padre —, cuando nuestra fe está en Dios.

—Déjese de bromas — dijo la monja —. Nos van a echar de la iglesia — preocupada —. Y lo triste es que no tenemos familia que nos recoja.

—De verdad que está preocupada — sorprendido el padre —.

139

¿Quién va a cuidar a todos esos huérfanos cuando la despidan a usted?

—Nadie quiere cuidar a esos niños mocosos — declaró la monja —. La única que siempre me ayudaba era Gloria.

—¡Ve! — tratando de convencerla de que era indispensable —. Su trabajo aquí es esencial —, haciéndola sentir que está agradecido de lo que ella hace.

—A esta gente no le importa nada de eso — consciente de la burocracia —, y usted mejor que nadie aquí lo sabe.

—Vamos hermana — no creyendo las palabras de la monjita—, hemos estado aquí demasiado tiempo para creer tal crueldad.

Tocaron en la puerta cerrada de la oficina del Obispo y oyeron una voz instruyéndoles que entraran. Al entrar, el Obispo se levantó de la silla y cerró la puerta detrás de ellos.

—Siéntense por favor.

—Gracias — dijeron.

—Ustedes saben lo mucho que esta parroquia y yo los apreciamos — fue su saludo —, y queremos lo mejor para ustedes, al igual que para nuestros feligreses.

—Y lo agradecemos mucho — contestó el padre —. Porque son muchos los años que le hemos servido a esta comunidad.

El Obispo miró al padre al oír sus palabras, haciendo su tarea más difícil. Entre estas dos almas, había más de cien años de servicio.

—Y estoy seguro que nuestros feligreses y la comunidad en general, aprecian su trabajo intensamente.

—Me alegro — deteniendo el tema un poco el padre con sus interrupciones —. Porque nuestro sacrificio es para la honra de Dios.

—Padre — dijo el Obispo —, déjeme hablar.

—Claro que sí — disculpándose el padre —. Y dígame lo que pasa por su mente.

—No estamos orgullosos de los rumores que hemos oído.

—¿Rumores? — confirmando la Hermana Elsa sus sospechas —.¿Qué rumores posiblemente lo harían a usted llamarnos a su oficina?

—No entiendo — dijo Padre Chilo —. ¿Puede elaborar?

—En el cementerio — exclamó el obispo —, usted padre, dijo algo ofensivo.

Ahí va... se chavó lo que se daba. La Hermana Elsa debe de tener telepatía mental, o quizás, alguna revelación del cielo. "Me gustaría exprimirle el pescuezo al entrometío y chismoso: pensó el padre. "Deja que yo averigüe quién le fue con el chisme al obispo," irritado el padre... y no muy carismático.

—¿Ofensivo? — repitió el padre —. Esa palabra es bastante dramática.

—Usted conoce las reglas de esta iglesia y me sorprendió mucho haber oído tal rumor.

—Entonces — acomodándose mejor el padre en la silla —, dígame usted el chisme.

El Padre Chilo esperaba oír un sermón de parte del obispo, que quizás, él como cura, hubiese predicado en la iglesia.

—Alguien nos informó — insultado el obispo —, que usted dijo: "todos nos vamos para el infierno si Gloria no entra al cielo."

—Pues tengo que confesarle que no son rumores — defendiendo el padre su opinión y más fundamental...sus creencias —, y creo que yo no he dicho nada ofensivo.

—Lo que el padre quiso decir — excusando la Hermana Elsa su comentario en el cementerio —, era que Gloria era una santa para él y la quería muchísimo y que...

El obispo la miró con ojos de amenaza, interrumpiendo su explicación.

—¡Gloria no era ninguna santa! — casi ofendido de tal sugerencia —, y tienen que acordarse que ella se mató.

Padre Chilo sintió su corazón bombear su sangre hasta el cerebro, enrojeciendo su rostro mientras sus labios temblaban.

—Con todo respeto — enfurecido el padre —, pero Gloria sufrió de depresión después de su tragedia y emocionalmente no estaba estable.

—Y lo siento mucho — exclamó el obispo —. Resumiré en decirles que ustedes cometieron un error.

—Un error — dijo el padre —, del cual yo no me avergüenzo.

141

El obispo los miró en silencio. Entendía los sentimientos humanos del padre y la monja. Él representaba las reglas de la iglesia y no había excepciones para esta clase de comportamiento.

—Se suicidió — exclamó el obispo —, y es un pecado quitarse la vida.

Al Padre Chilo le dio un 'tic' nervioso, impidiendo que controlara su risa. No fue una risa típica; sino la clase que se queda uno sin respiración y al coger más aire... grita. Una risa que hacen las lágrimas correr como una fuente sobre las mejillas; mientras la mano derecha le pega con fuerza al muslo derecho con cada inhalación. Inmovilizada en su silla, la Hermana Elsa no tenía palabras. Las carcajadas del padre hacían eco por la oficina del obispo, como una bruja en una casa embrujada.

—Lo dejo que se componga — le informó el obispo cordialmente.

La Hermana Elsa quería coger al padre por el cuello y estrangularlo de la vergüenza que sintió. Quería llevárselo lejos para salvarlo de la humillación. No sabía para donde se lo llevaría, pero sí sabía que sería un sitio similar al infierno. El padre le ha faltado el respeto al obispo y la Hermana Elsa temía que eso también no tuviese perdón.

—Gloria era un ser amado por todos nosotros — dijo el obispo —, y sólo me puedo imaginar el dolor que ustedes dos sintieron al perderla.

—Una misa — dijo la monjita —, fue lo único que pedimos.

—Mis queridos hermanos — entristecido el obispo —, ustedes conocen las reglas y tienen que entender que no se pueden romper.

—Lo entendimos — ahora con más control el padre —, y por eso expresé mi opinión en el cementerio.

—Me tiene que prometer que nunca más — enfatizó el obispo —, va a permitir que algo así ocurra.

—Perdóneme — respondió el padre con pesar —, pero no podré prometerle tal cosa.

El obispo se levantó de su silla furioso y abriendo la puerta de su oficina dijo:

—Entonces tendré yo que despedirlos a los dos.

—Espere un minuto — sorprendida la Hermana Elsa —, ¿Y por qué a mí?

—Porque usted es una cómplice y una alcahueta — con ojos de disgusto el obispo —, y los dos se merecen el mismo castigo.

—No permitiré que usted le hable a la Hermana Elsa de esa manera — protegiendo el cura a la monjita que ha sacrificado mitad de un siglo cuidando a esos huérfanos — De ninguna manera participó la Hermana Elsa en mi discurso.

—¡Quiero que los dos salgan de mi oficina inmediatamente! — le gritó el obispo —. Les doy una semana para que empaqueten sus pertenencias y salgan de esta parroquia.

Reconociendo el Padre que el obispo, como hombre de Dios estaba ahí para hacer cumplir las reglas; dio un paso hacía atrás y aceptó su decisión. El pobre estaba encargado del control y vigilancia de los cumplimientos de las leyes de la iglesia y quién era él, como sacerdote, cuestionar las leyes que se han puesto a la práctica por siglos. Estaba cumpliendo con su trabajo como obispo y como humano; lleno de batallas en esta tierra, como todos ellos.

—Le deseo mucha suerte con esos huérfanos sinvergüenzas — saliendo la monja de la oficina —, y que Dios tenga misericordia de ellos.

El cura salió de la oficina triste y muy avergonzado de su conducta. Ahora que la monja ha descubierto su *tic* nervioso, quizás, ella entendería.

—¿Se ha vuelto usted loco? — arrancando su velo de la cabeza —. Yo no puedo creer su comportamiento en una situación tan seria.

—Perdone Hermana Elsa — disculpándose —, pero los nervios me atacaron y me hicieron reír.

—¿Qué vamos a hacer nosotros ahora?

—Yo no me preocuparía mucho — confortándola —. Vamos a confiar en Dios y ponernos en las manos de Él.

—¡Pero yo si me preocupo! No tengo familia y no quiero dormir en las calles.

—Usted se puede ir conmigo — anunció el padre —, a donde

Dios nos dirija.

La Hermana Elsa miró al padre sin poder creer su actitud. Se imaginó aislada de la civilización, ahora que el obispo los ha despedido y la comunidad los ha desprestigiado.

—¿Y a dónde es eso?

—¡Para las calles de Ensenada! — ahora muerto de la risa, como si él considerara la situación... un relajo. Así que prepárese — le aconsejó el cura —, para comer de los zafacones.

El Padre Chilo se puso a bailar como un indio en el medio de la basílica, mientras la Hermana Elsa apuraba sus pasos. Un tema tan serio y el padre estaba actuando más juvenil que los huérfanos del convento. Por lo que ella pudo observar, el fallecimiento de Gloria le afectó más de lo que ella creía. ¿Cómo iba ella a salir de un convento que ha sido su hogar por más de cincuenta años... especialmente ahora que el padre demuestra síntomas de trastorno?

—La gente se va a poner a hablar de nosotros — preocupada la monja por el brote de rumores que se avecinaban —, y eso sería el colmo.

—¿Quién sería el chismoso que fue corriendo al obispo? — curioso el sacerdote —. Me gustaría estar con él a solas en el confesionario; que en lugar de hacerlo repetir el Ave María y el Padre Nuestro, le metería unos cuantos golpetazos, para que aprenda.

—¡Padre! Por lo más santísimo y purísimo — asombrada la monja —, algunas veces usted se comporta como un incrédulo. Y como quiera, todos los pueblos tienen un chismoso — disgustada la monja.

—Le voy a dar una razón para que se pongan a chismear — dijo el padre —. Los voy a sorprender a todos.

—Yo no creo lo que estoy oyendo. ¿Qué quiere usted decir con eso? — pensando ella que el padre había perdido todo el sentido.

—¿Cuántos años hemos vivido en este convento Hermana Elsa?

—Yo diría — contando con sus dedos —, como cincuenta años.

—¿Cincuenta años? — sorprendido el padre —. Entonces

144

usted nació aquí.

¿Qué exactamente le estaba pasando al Padre? El muy halagador por primera vez hace una observación de cortesía.

—Déjese de bromas mi hermano — dijo la monja —, que ya la pelona anda por ahí.

El Padre se había criado en una familia católica. Sus dos hermanos eran sacerdotes en la zona *este* de la isla. Desde joven, Padre Chilo había aceptado su llamado como un hombre de Dios. Con el apoyo de sus padres, él pudo estudiar y entregar su vida a tal servicio.

—Reprenda la muerte por ahora hermana — dijo el Padre con sus ojos fruncidos —, porque todavía nosotros no hemos terminado nuestra misión.

—¿Usted ve ese árbol? — apuntando hacia el árbol la monja—. Lo sembramos nosotros el primer día que llegamos aquí.

—Muchas lágrimas hemos derramado debajo de sus ramas — dijo el padre mirando el árbol con sus ojos aguosos.

—Ese árbol representa nuestra dedicación, nuestros sacrificios — emocionada la monja —, y nuestra amistad.

—Vamos a salir de esta parroquia con nuestras cabezas en alto — dijo el padre —, y llenos de fe y esperanza para el futuro. Como dice el corito, "Para adelante con nuestro Jesús," sin temor ninguno.

—Muy bien entonces — de acuerdo la monjita.

—Para adelante — lleno de esperanza el padre —, "para adelante con mi Cristo" —, marchando por el jardín de la iglesia como un soldado, mientras los huérfanos miraban desde el balcón del convento, entretenidos.

Jessie se quedó en el convento con la monja ese fin de semana, mientras Rosa llevaba a Elba y a Red al aeropuerto. Red lloró por todo el camino y las muchachas lo estaban *embromando*.

—Por favor Red — dijo Rosa —, déjate de eso que te vamos a ver el próximo año.

—Lo que pasa contigo Rosa — llorando Red —, es que tú no tienes corazón.

—No llores tanto — con poca simpatía Elba —, y déjate de

145

esas *pajuaterías*.

—Hay teléfonos para que puedas comunicarte con Jessie — le aseguró Rosa —, todos los días... si así lo deseas.

—Pero no será igual — expresó Red —, sin poder abrazarla y besarla.

—Es tu responsabilidad Red — le recordó Elba —, llamarla.

—Está bien — todavía llorando —, lo haré.

—Un año — repitió Rosa —, sólo un año — consolándolo Rosa —, te lo prometo.

—¿De veras?

—Sí — le prometió Rosa —, de veras.

Rosa no tenía un corazón negro como Red había revelado. Con un fuerte abrazo se despidieron los tres llorando. Como el más exagerado, Red siguió llorando hasta desaparecerse por el pasillo del aeropuerto.

—Bendice a mis amigos Señor — murmuró Rosa.

Rosa se alojó en San Juan por dos días. Quería descansar y evitar el viaje de tres horas por las montañas hacia Ensenada. Estaba agotada mentalmente y un descanso le iba a hacer bien.

—Buenas tardes señorita — saludándola la hotelera.

—Buenas — con una sonrisa Rosa —. Tengo reservaciones para hoy.

—¿Su nombre?

—Rosa... Rosa Elena Román.

—Bienvenida — confirmando la trabajadora su reservación —. Su habitación está en el séptimo piso, número 718.

—Gracias — cogiendo Rosa su maleta y dirigiéndose a los ascensores.

Rosa estaba aliviada porque Jessie iba a acompañar a la Hermana Elsa unos días en el convento. La niña estaba demasiado ñoña y algunas veces lloraba cuando no podía estar con ella. Hacía dos meses que Gloria había fallecido y Jessie iba a extrañar más a su madre por la ausencia de sus tíos.

—Voy a llevar a Red y a Elba al aeropuerto — le había informado el día anterior —, y te vas a quedar con la Hermana Elsa.

—Pero yo me quiero ir contigo — con lágrimas en sus ojos —.

No quiero que te vayas.

—No te puedo llevar conmigo Jessie — le explicó Rosa —, porque tú vomitas en el carro.

—Te prometo que no voy a vomitar.

—¿No prefieres quedarte con tu monjita favorita? — consciente Rosa lo mucho que Jessie la apreciaba.

Jessie no quiso ofender a la monjita y se quedó sin más pretexto.

—Está bien tía.

—Tú siempre gozas con ella y tus amiguitos en el convento.

—¿Los huérfanos?

—Sí, Jessie, tus amiguitos.

Sin la esperanza de cubrir su cuerpo con ropa de colores por un año, Rosa empacó su vestimenta limitada. Estaba de luto como promesa y respeto a la difunta. Ella no se sintió digna de respirar el mismo aire que el resto del mundo. Recuerda haber criticado las generaciones del pasado, al ellos buscar redención caminando de rodillas encima de *chapas*. Sin embargo, después de la muerte de Gloria, ni caminando en chapas; ni en piedras de carbón caliente; la redimiría de su participación en su desdicha.

Rosa sacudió su cabeza tratando de borrar esos pensamientos y visiones. Quería desprenderse de los recuerdos que la habían torturado por años. Como le había dicho Don Jacinto; el pasado es el pasado y no lo podemos cambiar. Pero sí podemos aprender de él y evitar por completo repetir los mismos errores.

—Dios mío, saca estos pensamientos de mi cabeza — oró.

Hacía siete años que Rosa no se daba un trago y tenía toda la intención de disfrutar hoy de una copa de vino. Ha planeado cenar en un restaurante bien conocido, en un hotel del Condado. Había escogido lo que se iba a comer del menú y la boca se le hizo agua con sólo pensar en el bistec, papas majadas y ensalada.

El paisaje desde las ventanas del balcón era impresionante. La vista al mar siempre la cubría de paz y tranquilidad. Quería regocijarse de las cosas bellas de Dios, su tiempo a solas y prepararse para un futuro con Jessie. Su petición ante

147

Dios era que Jessie no fuera tan sinvergüenza como ella.

Tocaron a la puerta y Rosa abrió.

—¿Señorita Román? — preguntó la empleada del hotel.

—¿La puedo ayudar?

—La invitamos a divertirse con estos boletos gratis para la entrada a un 'espectáculo,' a las ocho de la noche en el hotel.

—Muchísimas gracias — mirando el boleto Rosa —, se lo agradezco.

Rosa disfrutaba de la música suave y luz tenue durante la cena. Observaba las parejas bailando románticamente en el salón de baile a oscuras. No recordaba la última vez que sintió tanta tranquilidad y estaba aprovechándose de cada momento. Terminando su copa de vino, observó al caballero de edad media, invitarla a bailar.

—¿Acompañaría usted a este individuo patético a la sala de baile?

—Muchísimas gracias — mirándolo extrañamente —, pero vine para compartir un tiempo conmigo a solas.

—¡Sola! — respondió el caballero —, sentándose cerca de ella —. No, no, no… Es muy bella para estar sola.

—Con el permiso — sorprendida Rosa —, pero nadie lo invitó.

El caballero llamó al camarero a la mesa y sin darle oportunidad a Rosa de hablar, le ordenó otra bebida.

—Favor de darle a la señorita una copa de lo mismo — confiado el caballero —, y para mí, un vaso de agua.

—¿Un vaso de agua? — asombrada Rosa —. Usted si que está preparado para darse una buena borrachera.

Él la miró y se sonrió. Pues… sin darse cuenta Rosa, la ha convencido para conversar.

—Me llamo Oscar Rivera — sacando su mano por encima de la mesa —. ¿Y usted?

Rosa se tardó un segundo pero al fin lo saludó.

—Mucho gusto — ahora contemplando a Oscar y sintiendo su mano firme al saludarlo —, me llamo Rosa.

—Voy a estar en Puerto Rico unos cuantos días para asistir a una conferencia y estoy completamente perdido en su isla bella.

—¿Viene de Nueva York? — observando Rosa su ropa típica.

—Sí... y estoy abochornado de no conocer la isla nativa de mis abuelitos.

—¿Perdido en Puerto Rico? — bromeó Rosa —. Estoy de acuerdo de que sí le debe dar vergüenza.

—Gracias por su apoyo.

—¿Es la primera vez que viaja a Puerto Rico? — curiosa ella.

—Sí... así que no me juzgue.

—Está bien — sonriendo —, no lo juzgo.

—¿Y usted — sintiéndose Oscar más relajado —, es de la isla?

—Sí lo soy — con orgullo —. Nacida aquí y residente de esta isla preciosa.

—La Isla de Borinquén — orgulloso Oscar de saber algo —, y la Isla del Encanto.

Oscar y Rosa hablaron hasta mucho más después de las siete de la noche. Rosa se acordó de la oferta de la hotelera y consideró a Oscar como un buen candidato, para acompañarla al 'espectáculo.'

—¿Le gustaría acompañarme a un 'show?'

—¿En el hotel?

—Sí.

—Sería un privilegio para mi, señorita.

—Y el mío también — encantada Rosa.

—La conversación está bastante buena — agradecido Oscar de haber compartido tiempo con esta mujer puertorriqueña —. ¿No diría usted?

Después del 'show,' estuvieron de acuerdo para encontrarse el próximo día y visitar las atracciones del Viejo San Juan.

—El autobús de turismo se estaciona a las nueve de la mañana al frente del hotel — le informó Oscar —. Así que no llegue tarde.

—Estaré esperándolo — le aseguró —, a las nueve de la mañana.

—Muy bien. Nos veremos entonces.

Rosa durmió como no lo había hecho por años y se levantó refrescada y contenta. Estaba entusiasmada por haber

149

conversado con un adulto sin interrupciones y no podía esperar para repetir la experiencia. Se preparó con ropa cómoda para encontrarse con Oscar en el vestíbulo y lamentó su falta de maquillaje para una ocasión tan especial. La ropa negra la hacia sentir más flaca y pensó que Oscar no se fijaría en su cara natural. El lápiz labial colorado será bastante para él concentrarse en sus labios y probablemente darle un beso o invitarla a cenar.

Rosa pidió un mapa en el área de recepción del hotel. Estaba más confundida en la parte *este* de la isla que Oscar. No conocía los alrededores circundantes de San Juan. La razón, muy simple, se había criado en la parte *oeste*. Y aunque Elba vivió y trabajó en esta parte de la isla, ella nunca la visitó.

Oscar la esperaba con un ramo de flores y la saludó con un beso en la mejilla. Apreciando su acto tan generoso y admirando las flores naturales, Rosa le devolvió el beso.

— Muchísimas gracias por el ramo tan bello — sintiéndose como una joven de dieciséis años —. No recuerdo la última vez que recibí flores.

—Gracias por tu compañía anoche — sintiéndose Oscar como un joven también —, aunque no quisiste bailar conmigo.

—Debes de estar agradecido de que te hablé — bromeó Rosa —, porque yo no hablo con extraños.

—Tu me maltrataste anoche — sonriendo Oscar —. Eres fatal con tus respuestas.

Rosa se sonrío y pidió permiso para dejar las flores en el hotel, en lo que los dos se preparaban para pretender ser turistas. Sin esperar más, salieron del hotel y tomaron el autobús turístico.

—Que bueno es caminar como turistas y visitar el Viejo San Juan — mirando Rosa la cuidad —. Oscar, este momento es muy especial para mí.

—Me alegro Rosa — al ver la sonrisa sincera de esta extraña —, y ojalá que al fin del día puedas decir lo mismo.

Las nubes rodearon el Viejo San Juan, obligando a los turistas a buscar cobijo.

—Con una cartera tan grande — parecía una maleta —, y ¿no tienes una sombrilla? — corriendo Oscar para protegerse del aguacero.

—No tengo una sombrilla — cubriéndose Rosa con las manos hasta llegar a la entrada de una tienda —, así que esperaremos aquí.

—¿De a dónde salió este aguacero? — asombrado Oscar con tantas nubes negras en el cielo —. Hacía años que no veía gotas de lluvia de este tamaño.

—Son sólo gotas Oscar — dijo Rosa —, y no nieve.

—Esto es muy romántico Rosa — hablando Oscar como un poeta —, y hubiese preferido estar privadamente abrigado debajo de las frisas con la mujer que amo.

—Sin embargo Oscar... ¡yo no! — riéndose —. Me preocupo de que mi pelo se encrespe.

—Ustedes las mujeres son todas iguales de vanidosas — mirándola —. Yo pienso en el romance y tú en el pelo.

—¿Quieres correr hasta la playa en la lluvia? — desafiándolo Rosa a una carrera —. El primero que llegue a la playa gana.

—Como no, Rosa — observándola quitarse las chanclas de goma y aprovechándose él del momento —. ¿Estás preparada?

Rosa se le adelantó corriendo por encima de los baches de agua de las cunetas de las calles hacia la playa. Oscar la siguió, ensopándola más al pisar; como si estuviera lanzándole baldes de agua. Parecían dos niños jugando y disfrutando de la lluvia.

—¡Estoy ensopá! — tirándole la chancleta Rosa y riéndose al verlo evitar el golpe con sus maniobras.

—¡Mujer violenta! — gritó Oscar —, por poco me pillas.

Oscar cogió la chancleta de Rosa y al llegar a la orilla del mar, la tiró como una piedra.

—¿Estás loco? — observando su chancla flotando, menos de un segundo —. Mi pobre chancla Oscar — viéndola Rosa hundirse —, es la única que tengo — preparada Rosa para rescatarla.

Desequilibrado Oscar por las olas del mar, le pasó por el lado peleando contra ellas.

—¡Nado como una ballena! — batallando las olas el hombre extraño —. ¡La salvaré!

Oscar se enredó en las olas fuertes y lo arrastraron hasta la orilla. Con parte de la cara enterrada en la arena, Oscar vio a Rosa muerta de la risa. Ella no podía creer a este extraño loco, acostado en la arena; con la chancla en la mano. Hacía años que no se reía con tantas ganas y fue en ese instante que descubrió... que Oscar era el hombre perfecto para ella.

—Parecías un campeón peleando los *marullos* — tirándose Rosa en la arena a su lado —. Eres mi héroe.

Después de un día fabuloso volvieron al hotel por la tarde. Sus risas se oían por los pasillos del hotel, haciendo a los invitados del hotel creer que eran una pareja. Hicieron planes para encontrarse en la piscina y disfrutar del resto del día. Ella visitó la tienda de regalos, buscando un traje de baño negro. Con el destino a su favor... pudo encontrarlo.

—Perfecto — volviendo a su cuarto para cambiarse —. Que suerte la mía — susurró.

Rosa quería enseñarle a Oscar retratos de Jessie y compartir su historia. Este hombre la hizo sentir interesante y como una mujer otra vez. Ansiosa para encontrarse con él en la piscina, se apuró un poco.

Rosa se secaba con la toalla al frente de la piscina cuando vio a Oscar llegar.

—Mujer hermosa — notando Oscar su figura por primera vez —, ¿Cómo es que has llegado aquí tan rápido?

—Me tiré del séptimo piso a la piscina.

—Cualquiera entonces llega rápido — siguiéndole Oscar la corriente.

—El agua está calientita — excitada Rosa —, así que métete.

Oscar se detuvo antes de sumergirse. Quería invitar a Rosa para cenar, tomar algo y bailar.

—¿Me haría *usted* el honor de salir conmigo esta noche? — cogiéndole la mano a Rosa —. Su presencia me haría muy feliz.

—¿*Usted*? — sorprendiéndolo —. Es la segunda vez que me dices "*usted* "y yo no soy una vieja.

—¡Más nunca lo haré! — riéndose Oscar al ver su reacción —, ¡jamás!

Rosa lo empujó a la piscina con una sonrisa. Ahora que Oscar la invitó a bailar y cenar, necesitaría más tiempo para arreglarse y no aceptó la invitación para meterse a la piscina. Oscar flotó a la superficie y le gritó: "nos veremos a las siete".

Al llegar al cuarto, Rosa consideró lo que era más apropiado para ponerse para ir a bailar. Hacía dos meses que Gloria había muerto y todavía sentía la pena de su pérdida con solamente pensar en ella. Rosa se imaginó a Gloria tirándole flechas y relámpagos desde el cielo mientras le gritaba, "*zángana*, no pierdas la oportunidad" y se sonrió. Amó tanto a su amiga Gloria y la extrañaba. Se bañó y sin mucho maquillaje se vistió adecuadamente para la cena.

Oscar la esperaba en el mismo restaurante y en los mismos asientos de la noche anterior. Rosa modelaba un traje negro y sencillo que le llegaba hasta las rodillas. Esos días de exhibirse estaban en el pasado y no los quería recordar. Su pelo negro, rizo y recién lavado colgaba hasta sus hombros destacando sus labios rojos. Era una nueva Rosa y no la mujer provocativa de años atrás.

Rosa se sintió un poco incómoda al decepcionar a Oscar. No iba a bailar como muestra de respeto a la difunta y deseaba que él lo entendiera.

—Te ves de lo más guapa Rosa — sacándole Oscar la silla para que se sentara.

—Gracias Oscar — poniendo su cartera encima de la mesa —, eres muy amable.

—¿Quieres tu bebida favorita?

—Sí — preguntándose Rosa que iba él a ordenar de beber hoy —. ¿Qué vas tú a tomar?

—Pienso tomar algo más fuerte — sorprendiéndola —. Así que le añadiré un limón a mi agua.

Una botella de vino descansaba en la mesa y Oscar le sirvió una copa.

—Oscar — mirándolo con sinceridad —, me alegro que no bebas.

—Nunca he bebido — confesó —, ni he sentido el deseo. Pero sí te aseguro que disfruto de una copa de vino en ocasiones especiales.

—Me alegro — sonriendo y con su copa de vino en la mano —. Salud.

—¿Así que no voy a poder emborracharte?

—No — riéndose Rosa —. Ni lo intentes. Porque entonces sí que te tiro con un zapato.

—Tú eres una amenaza — sonriendo —. ¿Bailamos?

—¿Qué tú dirías Oscar — anticipando su reacción —, si te digo que estoy de luto?

—Yo te diría que entiendo — haciendo que Rosa se relajara con su respuesta —, y que es un placer para mi conversar contigo solamente.

" Dios mío," pensó Rosa sonriendo. "¿De a dónde ha salido este hombre?" "¿Estaría escondido en algún baúl en los cielos y Gloria me lo ha mandado?"

—Estás sonriendo — observándola Oscar —. ¿En qué piensas?

—Pienso… en lo dichosa que me siento de haberte conocido.

—Me siento igual Rosa — poniendo su mano sobre la de ella —. Y no quiero que esta noche termine.

Rosa se sintió segura en la compañía de Oscar. Quería compartir con él los últimos años de su vida.

—Hace dos meses que perdí a mi amiga Gloria — tocando Rosa el borde de la copa con su dedo nerviosamente —. Ella para mi era como una hermana.

—Lo siento mucho Rosa — notando Oscar que su sonrisa se convirtió en tristeza —. Me imagino que fue algo muy difícil para ti.

—Todavía lo es — compartió Rosa —. Mi único consuelo es que me dejó a su hija Jessie; una niña de seis años que estoy criando.

— Jessie — repitió Oscar —. Que nombre más interesante.

—La adopté al año de haber nacido.

—Tú tienes que ser una mujer muy especial Rosa — cogiéndole la mano Oscar —, para que tu amiga te haya dejado su tesoro más preciado.

Rosa compartió con Oscar parte de su historia. Era un caballero interesante, bueno, elegante y Rosa quería una relación con él. Tenía una suavidad inexplicable y natural; algo que Rosa necesitaba en su vida. Rosa pasó los últimos dos días disfrutando de su compañía y no quería olvidarse de esas memorias.

Sentados en un balcón grandísimo en el primer piso del hotel, los dos conversaban oyendo las olas del mar y música suave. La luna llena alumbró su nueva amistad como la luz del sol alumbra las flores y los árboles.

—El pensamiento de verte peleando con las olas del mar — recordando su primer día con Oscar en la playa —, me hace reír.

—Me tienes que dar las gracias por haber salvado a esa trapo de chancla.

—Para mí Oscar — mirándolo directamente a sus ojos —, has salvado más que a mi chancla.

Oscar sintió su sinceridad y entendió sus palabras. Él también necesitaba a alguien especial en su vida y deseaba de todo corazón que fuera Rosa.

—He pasado otro rato muy agradable contigo — francamente —. Eres cómica y me hiciste reír.

—Que triste que te tengas que ir mañana — dijo Rosa.

—Así es la vida Rosa — no seguro Oscar si su respuesta fue verdaderamente lo que su corazón sentía —, pero creo que con la ayuda de Dios, todos tenemos el poder de cambiar nuestro destino.

—¿De verdad que lo crees así?

—Claro que sí Rosa — sin dudarlo un segundo —. Dios puede cambiar el futuro y destino de cada persona.

Oscar se despidió de Rosa esa noche dándole la esperanza de un futuro juntos. Compartieron sus números de teléfonos y direcciones antes de despedirse. Habían pasado siete años que Oscar quedó viudo y nunca tuvo hijos.

—Suena ridículo — sonrojado Oscar —, pero vivo con mis padres en los suburbios de Long Island. Están viejitos y quiero atenderlos hasta el fin.

—Es algo muy admirable — notando Rosa lo abochornado que estaba Oscar al compartir su situación de vivienda con ella —. Te doy crédito Oscar.

—Algunas personas lo consideran ridículo.

—No le prestes atención — recordando Rosa los sacrificios que sus amigos y ella habían hecho—. Dios te recompensará.

—Oye. ¿Puedes creer que tenemos algo en común? — son riendo —. Nuestra abnegación.

Al terminar la noche, habían creado un nuevo vínculo; uno que ellos nunca querían romper. Compartieron secretos, decepciones y situaciones tormentosas que los habían afectado. En las últimas horas con Oscar, Rosa se sintió feliz. Se dejó de torturar, porque el proceso perdió su significado.

—Nos veremos temprano en la mañana — abrazándolo Rosa sin dejarlo ir —. Que triste que nuestra jornada haya terminado.

—Nuestra jornada no ha terminado Rosa — corrigiéndola —, está sólo empezando.

Esa noche perfecta fue el principio de su romance. Faltaba un beso tierno para confirmar que compartían los mismos sentimientos.

—¿Te puedo besar? — tímido Oscar —. No quiero que esta noche termine sin yo besar tus labios.

Rosa haló a Oscar por la camisa y lo besó bruscamente, ahogándolo y sin compasión.

—¡Oye caray! Pero que bruta — haciendo a Rosa reír —. Rosa... por favor; por poco me matas.

—Buenas noches Oscar — su rostro adornado con una sonrisa —. Te recojo a las seis de la mañana — notando Rosa que Oscar estaba todavía asombrado con un beso tan poderoso.

Rosa llevó a Oscar al aeropuerto temprano en la mañana. Se despidieron con otro gran abrazo y prometieron comunicarse a larga distancia.

—Eres algo muy especial — le confesó Oscar —, y quiero que sepas que estoy muy interesado en ti.

—Creo en tus palabras Oscar — exclamó Rosa —, y me siento igual.

—¿Has notado — poéticamente —, como que de pronto el día tiene más significado?

—Como que los pichoncitos — acompañándolo Rosa —, están

cantando más alto y con más alegría.

—Gracias a la luna que nos enfocó… dándonos importancia.

—Somos importantes Oscar — sintiéndose segura Rosa —, y merecemos ser felices.

—Tus palabras en mis oídos — inspirado Oscar —, son como los coquíes cantando en la oscuridad de la noche.

—¡Basta ya! — riéndose Rosa —. La gente va a creer que hemos perdido la razón.

—Si hombre… tienes razón — sonriendo Oscar —, y tampoco somos poetas.

Rosa se quedó hasta ver el avión despegar. Agitó su mano como si Oscar la pudiera ver desde el avión. Rosa no dio otro paso hasta que el avión se desapareció entre las nubes. No consideró su encuentro con Oscar como una coincidencia, sino como una bendición de Dios.

Viajó hasta Ensenada volando de las nubes, ilusionada y llena de esperanza y posibilidades. Ella no era una persona muy confiada, pero creyó cada palabra que salió de la boca de Oscar. Sintió algo en su corazón que quizás, nunca antes había sentido. De pronto estaba más dispuesta a mudarse para Nueva York, a la vez que Jessie terminara el primer grado. Tenía todavía unos cuantos meses para pensarlo y no quería tomar decisiones impulsivas. Nunca había salido de Puerto Rico y lo único que sabía de Nueva York era lo que Elba y Red le habían contado. De acuerdo a los libros que leyó, los Estados Unidos era una tierra llena de oportunidades.

Rosa llegó al convento por la tarde y su niña la recibió con muchos besos y abrazos.

—¿Qué me puede contar de su comportamiento?

—Nunca tengo problemas con ella — sonriendo la Hermana Elsa —, porque ella sabe lo que le viene. Jessie no es como esos otros sinvergüenzas.

—Conmigo — mirándola Rosa directamente a los ojos —, es una sinvergüenza.

—Jessie es un alma de Dios — declaró la monja —, y hemos pasado un tiempo muy agradable.

157

—Me alegro — exclamó Rosa —, porque espero lo mejor de ella.

Rosa observó a la monjita mirando hacia el parque de la iglesia.

—Niña — dijo la monjita —, vete a jugar en el parque con los huérfanos — observando a Jessie correr inmediatamente con su muñeca de trapo.

La monja necesitaba unos momentos en privado con Rosa y no quería que la niña se enterara de su despedida. No era justo que ella perdiera el cariño de dos personas que la amaban tanto en menos de un año.

—No quiero que te alteres — cogiéndola de sorpresa a Rosa —, porque en verdad… no es nada.

—¿Qué hizo Jessie?

—Nada mi amor — dijo la monjita —. No tiene nada que ver con ella.

—¿Qué pasa entonces? — notando Rosa que el asunto era serio por la mirada en sus ojos —. ¿Está enferma?

—El obispo nos ha despedido.

—¿Qué? — en shock —. ¿Cómo puede ser?

—Alguien le vino al Obispo con el chisme del cementerio — dijo la monja —, creando un problema serio entre el padre y el obispo.

—¿Qué chisme del cementerio?

—Tú sabes — no queriendo ni repetirlo la Hermana Elsa —, el comentario del 'infierno', a dónde nos vamos a ir todos.

—¡Déjese de eso! — completamente sorprendida —, pero que estupidez más grande.

—El obispo quería que el padre le prometiera que nunca más iba a ocurrir — le informó —, y al padre rechazar la sugerencia, el obispo se alarmó y nos despidió.

—Me gustaría saber quién fue el chismoso.

—No fue lo más 'religioso' lo que dijo el cura al elogiar a Gloria — recordando la monja sus palabras en el cementerio —, pero lo dijo con pasión. Tú entiendes lo mucho que él la amaba.

—Hermana Elsa — abrazándola y con lágrimas en los ojos —, eso no es razón para despedirlos.

—Para decirte la verdad Rosa — con sus ojos cansados —, ya estoy vieja y la responsabilidad de los huérfanos es demasiado para mí.

—La carga es grande — consciente Rosa de su dedicación —, y quizás sea una bendición.

—Te confieso que sentí el peso de esa responsabilidad y carga erradicar de mis hombros.

—¿Qué dijo el padre de todo esto?

—Bendito Rosa… si te cuento — moviendo la cabeza la monja —; no me vas a creer.

—Yo sé que usted no me va a mentir mi querida hermana.

—Se rió durante la reunión con el obispo.

—¿Cómo que se rió?

—A ese hombre se le ha pegado una risa horrible durante su encuentro con el obispo — todavía alarmada la monja —. Yo quería desaparecerme de la oficina del obispo de la vergüenza que sentí.

Rosa se empezó a reír al oír el cuento. No se podía imaginar a un hombre tan serio como el sacerdote, muerto de la risa.

—Me imagino que eso enojó más al obispo y sin misericordia los tiró a la calle.

—El padre nunca había desobedecido las reglas de la iglesia — recordando la monja la dedicación del padre de tantos años —, y me sorprendió la determinación del obispo de dejarlo ir.

—¿Y qué va a pasar ahora? — curiosa Rosa —. ¿Quién se encargará de esos niños huérfanos?

—Nos dio una semana para salir del convento.

—No puedo creer lo que oigo — expresando su tristeza Rosa —. ¿En qué puedo ayudarlos?

—El Padre Chilo y yo tenemos otra misión — aceptando la hermanita la voluntad de Dios —. Mis oraciones por fin llegaron al cielo, aunque me sienta aun muy triste. Pero yo estaba preparada para empezar una nueva aventura y por lo que veo… el padre también.

—Entonces Hermana Elsa — viéndola tan apasionada con esta nueva misión —, lo aceptaremos como una bendición del cielo.

—Es tiempo que el padre haga una realidad sus sueños — dijo la monja en un estado anímico y determinada —. Sueños que él ha tenido por años.

Rosa admiraba al sacerdote y a la monja. Después de vivir más de tres cuartas partes de un siglo, todavía tenían sueños. Admiraba la determinación de estas dos personas tan cerca de su corazón; dándole a ella fe para soñar y cambiar su destino.

—Sueños… que maravilloso — dijo Rosa —, y que Dios los bendiga porque todavía los tienen.

—Vamos a casarnos y concentrarnos más en las necesidades de los ancianos — con sus ojos firmes la monja sobre Rosa y esperando pacientemente su reacción.

Rosa se quedó completamente asombrada y muda. Con la boca abierta y sin poder hablar hizo solamente señales.

—Cierra la boca — riéndose la monjita —, para que no te entren moscas.

—¿Casarse? — todavía con la boca abierta Rosa —. ¿Casarse?

La monja estaba contenta al compartir las buenas noticias con Rosa. Vivió en el convento puramente con el padre por más de cincuenta años y de acuerdo a ella, no fue totalmente un placer. Su unión no era sexual, sino una unión sagrada y llena de respeto. Compartirían el ministerio de los ancianos; a medida que alcanzarían sus sueños como un matrimonio.

—Yo me voy a desmayar — abanicando Rosa su cara —. Esto es demasiado para mi absorber en un día.

—Como un equipo — alzando la monja su mano con un puño —, el padre y yo vamos a hacer una diferencia en este pueblo bello de Ensenada.

—Mi querida monja… usted como que está un poco revolucionada — sonriendo al ver su puño en el aire.

—¡Muy revolucionada! — repitiendo la monja con orgullo sus palabras y asustando un poco a Rosa con su rebeldía.

—Quiero felicitarlos — abrazándola Rosa —. Me siento tan feliz con estas noticias.

—Eres la única al tanto de esta información.

—Mis labios están cerrados — con el dedo sobre sus labios —, se lo prometo.

—Gracias Rosa — aliviada la Hermana Elsa —, te lo agradezco.

—Ahora — dijo Rosa sonriendo —, yo tengo un cuento que contarle de mis dos días en San Juan.

El nieto de Don Jacinto corrió llorando hacia su casa.

—Pero muchacho — asustado el viejito abuelo —. ¿Qué te pasa?

—Jessie se va para Nueva York mañana.

—Pero Eduardo — abrazando a su nieto —, tú sabías eso desde el año pasado — emocionado un poco —. ¿Por qué reaccionas así?

—Abuelito — sus lágrimas corriendo por los cachetes —, yo no quiero que ella se vaya... es mi mejor amiga.

—Sí, hijo... entiendo — consolando a su nieto —. Podrás escribirle y llamarla por teléfono cuando quieras — secando Don Jacinto sus lágrimas —. Ella no se va a desaparecer del planeta.

Rosa y Jessie vinieron corriendo a ver cuál era toda la conmoción. Eduardo estaba *plegao* como un niño de dos años y la niña inmediatamente lo acompañó.

—Ahora sí que estamos hechos Don Jacinto — mirando Rosa a su hija llorando —. Me voy a tener que llevar a Eduardo para Nueva York.

—Ya yo le expliqué a ese muchacho que él puede comunicarse con ella cuando quiera.

—Por favor Eduardo — mirando Rosa al muchacho llorar como si lo estuvieran matando —, no llores más, que los machos no lloran.

—¡Los machos gritan! — respondió Eduardo con coraje.

A Don Jacinto se le aguaron los ojos e hizo como si estuviera soplándose la nariz. El viejo sabía que Rosa y Jessie le iban a hacer mucha falta.

—Ahora no me haga usted llorar — dijo Rosa con lágrimas brotando de sus ojos —, porque no voy a tener lágrimas para mañana.

—Las extrañaré muchísimo Rosa — sin poder Don Jacinto controlar sus emociones un segundo más —. Han sido parte de mi vida por tantos años y han sido buenas vecinas.

—Usted ha sido como un padre para todas nosotras.

Jessie cortó las flores que florecían alrededor de los postes de la cerca de alambre. Ella hablaba en los perímetros de la cerca silenciosamente, velando sus alrededores y asegurando que nadie viniera. Escogía las flores más preciosas del jardín prohibido, para llevárselas a Gloria.

—Se las voy a llevar a mamá — observando sin miedo los movimientos de la cerca, como si le contestara.

—Nunca te olvidaré tampoco — con su rostro incrustado contra la maldita cerca y sus dedos entre sus mallas —, nunca — repitió Jessie con lágrimas en sus ojos —. ¡Nunca!

Fue una batalla para Rosa despedirse de su tierra. Nunca olvidaría a su isla borinqueña; el calor humano de su gente y una cultura influenciada por vecinos, familiares y amigos. Una cultura con un sabor criollo; paisajes maravillosos; árboles de flamboyán y notas musicales de los coquíes al oscurecer. Recordará los sonidos de la lluvia contra el techo de zinc y el colchón que tenía que doblar para que no se mojara.

—¿Por qué estás llorando? — preguntó Oscar por teléfono —. Hemos esperado este día ansiosamente.

—Estoy abandonando a Gloria — dijo Rosa —, en una tumba fría y solitaria.

—Quiero que me oigas Rosa — oyendo Oscar sus sollozos —. Gloria vive en tu corazón.

—Dejo a mi tierra Oscar — con un nudo en su garganta —, la cual amo. Soy una jíbara orgullosa de su tierra y su gente.

—Puedes visitarla y algún día probablemente volver.

—Y Don Jacinto — llorando hasta más —, ha sido como un padre para mí; y al único que le gustaban mis surullitos.

—Él puede visitarnos con Eduardo — solucionando los muchos obstáculos que Rosa ha mencionado —. Don Jacinto está todavía joven y podrá viajar. Y además, tú sabes que los surulli-

162

tos que cocinas se pueden vender, para provocar vómitos en personas que accidentalmente se han envenenado.

Oscar oyó a Rosa reír. Siempre encuentra una manera para resolver todas sus preocupaciones.

—Él está viejito y llegará el momento en el cual no podrá viajar.

—Viajarás tú entonces — sin encontrar Oscar que más decirle.

Hacía más de un año que Rosa y Oscar se habían comprometido.

Fortalecieron su relación por medio de cartas y llamadas telefónicas, con la intención de casarse. Oscar visitó a Rosa para conocer a Jessie en las Navidades y ha vuelto con Elba y Red para celebrar el cumpleaños de la niña. Su plan era quedarse una semana en la casa de Rosa y no en un hotel como la última vez. Quería conocer a Jessie mejor y disfrutar de su compañía.

—Estoy diciéndote la verdad Oscar — enojada Jessie —, la cerca me habla.

Oscar se rió y le siguió la corriente.

—Claro que sí — bromeando Oscar —. A mí me habló ese peluche que tienes en la habitación de huéspedes. Y tienes razón Jessie, la cerca me saludó al entrar por ella.

—¿No me crees?

—Déjate de estar hablando de eso — le aconsejó Rosa a Jessie —, porque lo vas a asustar.

—¿Asustar? ¿A mí? — enrollando Oscar las mangas de su camisa y enseñándole los molleros —. Yo soy valiente — haciendo a todos reír.

A las seis de la mañana Rosa oyó un ruido en la sala y se levantó. Encontró a Oscar completamente vestido y con sus maletas empacadas a su lado.

—¿Para dónde vas? — sorprendida.

—¡Tú! — temblando Oscar.

—¿Qué te pasa? — creyendo Rosa que Oscar tuvo un accidente cerebrovascular —. Me estás asustando.

—Tú nunca… tú nunca me has hablado de lo que yo vi por la ventana anoche.

Esa cerca ha sido una pesadilla desde que Don Jacinto

163

la puso. Sus revelaciones han asustado a la mitad del pueblo y ahora a Oscar.

—Es algo que no compartimos fácilmente.

Oscar estaba alterado y ha cogido un rumbo que Rosa prefiere no caminar. El misterio de la maldita cerca es algo muy personal e íntimo para compartir con un extraño. No va a comprender cómo ellos han sobrevivido el aislamiento, temor y algunas veces la risa… de la cerca mágica.

—Si no le creíste a Jessie — buscando una excusa —. ¿Cómo me ibas a creer a mí?

—¡Bruta! — asustado Oscar y usando su palabra favorita—. Estás hablando de una niña con una imaginación sin fronteras.

Rosa gozaba cuando Oscar se asustaba. Salía con palabras del pasado; palabras que su gente usaba ignorantemente para regañarlos.

—Por favor Oscar — histérica Rosa de la risa —, no me hagas reír.

—¿Reír? — enojado Oscar —. ¿Tú crees que esto es un chiste?

Elba y Red entraron a la sala riéndose al oír la conversación.

—¿Cómo es posible que ustedes estén riéndose, después de lo que yo vi anoche?

—Deja ver esos molleros ahora — sonrió Red —, porque no te ves tan valiente ahora.

—¡Esto no es un relajo!

—Si quieres una relación conmigo Oscar — controlando su risa —, tendrás que acostumbrarte a los fantasmas de esta casa — haciendo Rosa sonidos espeluznantes —. Están tanto afuera… como adentro.

—¡No me digas que están adentro también, — más asustado Oscar —, porque hasta ahí llegamos!

—¿No los has visto debajo de tu cama? — riéndose Red —. Son locos con las chanclas de hombre.

Oscar no creía lo que estaba oyendo. ¿Cómo era posible que estos amigos estuvieran tan campantes con una cerca tan misteriosa que circulaba la casa?

—Pues — sin encontrar Oscar nada gracioso —, ha sido un placer — recogiendo sus maletas —, y me despido. Te llamo cuando llegue a un hotel.

—No seas tan bobo — tratando Elba de convencerlo —. El fantasma es completamente inofensivo.

Oscar cogió sus maletas; abrió la puerta y bajó la loma corriendo. Rosa notó que cogió impulso al abrir el portón de la cerca misteriosa, hasta llegar al quiosco más abajo. El dueño del quiosco le hizo el favor y le llamó un carro público, el cual él cogió sin lamentar, para salir del área y nunca mirar hacia atrás.

Rosa, Elba y Red no pudieron salir de la casa inmediatamente detrás de Oscar por la risa que tenían.

—El hombre corrió como un campeón — mirándolo Red desde la puerta.

El día antes del viaje para Nueva York, Rosa llevó a Jessie a despedirse de sus abuelitos. Cogidas de la mano, subieron la cuesta hacia la casa de los padres de Elba. Nadie se lo pidió, pero Rosa sabía lo que tenía que hacer. La niña rápidamente se alegró al verlos y saltó a sus brazos. Nunca había visto a la vieja Orgega llorar y Rosa tuvo que darle la espalda para no emocionarse. Por primera vez en su vida sintió compasión por el *monstruo* de Ensenada.

—La recojo dentro de dos horas.

—Gracias Rosa — dijo la viejita.

Al volver a su hogar en el cerro, Rosa se quedó fuera del portón contemplando su casa de madera. Algún día volverá a Puerto Rico para la construcción de su casa de dos pisos y de cemento. Quizás, algún día Jessie vivirá en ella con toda su familia.

La Hermana Elsa y el Padre Chilo se casaron, haciendo sus sueños una realidad. Compraron propiedad y una casa en Guánica, con el dinero que habían ahorrado en los últimos cincuenta años. Al mes, la casa estaba bajo construcción para ser convertida en un centro de ancianos. Después de muchas murmuraciones, la gente aceptó los arreglos de estos dos siervos. Miembros de la comunidad donaron dinero para un santuario pequeño, a donde los viejitos incapacitados podían adorar.

El Padre Chilo y la Hermana Elsa ocuparon la casa de madera en el cerro, al dejar Rosa la isla. Con la renovación del santuario en Guánica, el padre y la monjita necesitaban un sitio para quedarse.

—No te preocupes por el mantenimiento de la casa — entusiasmada la hermana —. Chilo y yo nos encargaremos de todo eso.

—Me alegro poder ayudarlos.

—Esos árboles de aguacate, guineo, mango y quenepas alimentarán a muchos — entregándole a Rosa un sobre —. Esto es para ti Rosa.

—No voy a aceptar dinero — alejándose Rosa de ella —. Lo hice para ayudarlos, como ustedes me han ayudado a mí.

—Entonces… regálaselo a mi niña — metiendo el sobre con dinero en la cartera de Rosa —, por si acaso necesita algo.

—Mi querida hermana — aceptando su generosidad —, ustedes no tienen que darme dinero.

—Esa muchacha me va a hacer mucha falta — aguantando sus lágrimas la hermana —, y nunca la olvidaré como mi compañera espiritual.

La monja le había enseñado a Jessie el temor de Dios y cómo vivir una vida ejemplar; algo que Rosa no podía enseñarle ni ofrecerle.

—Ya ustedes tienen mi número de teléfono — le recordó Rosa —, y espero su llamada.

—Trataré de no molestarte mucho — comentó la monjita sonriendo.

—Y Padre Chilo — buscándolo Rosa —. ¿A dónde está?

—Mi amor — dijo la monja —. No lo esperes — con tristeza —. Considera anoche su despedida.

—¿Cómo va a ser? — desilusionada Rosa —. Quiero abrazarlo una vez más.

—A menos que quieras ver a Chilo llorar como un bebé — le expresó —. Es muy doloroso para él.

Rosa abrazó a la monja fuertemente sin dejarla ir. Lloró

con toda su alma sabiendo que probablemente no los vería jamás.

—Nunca los olvidaré — sintiendo Rosa un vacío prematuro de sus risas, oraciones y ayuda.

Capítulo 5

En los pasos de mi madre

Las voces altas penetraban las paredes gruesas del cuarto de Jessie. Como el sonido de estática de un micrófono estancado, las palabras de sus tías traspasaban sus tímpanos. Se tapó los oídos y se escondió debajo de la sábana para bloquear sus argumentos molestosos.

—¡Cállense ya! — por fin gritó —. Todavía no ha amanecido y ya están peleando — haciendo sus tías caso omiso a su pedido sencillo.

Tiró la frisa para el lado y con sus ojos entrecerrados enfocó su mirada hacia el reloj.

—Las siete de la mañana — asintiendo con la cabeza —, y ya están discutiendo.

Parece que Oscar, el árbitro, se ha rendido y ha permitido que las dos amigas continúen con su discusión.

Sin más remedio, Jessie se levantó y caminó hasta la puerta cerrada del cuarto. Puso su oreja cerca del espacio entre la pared y la puerta y quietecita escuchó. Quería desenmascarar la razón por la cual sus tías habían creado tal caos, tan temprano en la mañana. Al oír que sus tías necesitaban a alguien para intervenir, se puso la bata. Abrió la puerta y se enfrentó con las voces altas y más oíbles de sus tías.

Tía Elba estaba acompañada por su hijo Esteban y discutía con Rosa. El joven rápidamente dejó la posición protectora de su madre y saludó a su prima con un beso. Esteban estaba encariñado con su prima y constantemente le tenían que recordar que eran primos. El muy sinvergüenza se aprovechaba de cualquier oportunidad para echarle una "guiñá" y ella lo ignoraba. Esteban era considerado ser muy disciplinado; con sus plásticos protectores en los bolsillos de su camisa, a donde arraigadamente guardaba sus lápices. Era inteligente como su madre y heredó la integridad de su padre.

—Buenos días — interrumpiéndolas Jessie —, y bendición — mirando a su tía Elba.

—Dios te bendiga — Elba con las manos cruzadas sobre su pecho.

—¿A quién le debo este privilegio tan temprano en la mañana? — dirigiéndose Jessie a la cafetera.

—Aquí no se puede comentar nada — Elba con la cara colorada y ojos aguosos —, sin Rosa tener que meterse a opinar.

—Para decirte la verdad Elba… estoy ya harta de esta situación — expresó Rosa sin compasión —, y no quiero hablar más de esto.

—Yo no entiendo por qué está tan molesta — confrontando Elba a Rosa —, porque en realidad… poco has hecho.

—Siempre la misma mierda Elba — tirando Rosa las manos al aire —. Así que no me molestes con lo mismo.

—Muy bien — agitada Elba —, porque después de todo… es mi mierda.

—Nada ha mejorado en todos estos años — alejándose Rosa de Elba —. Así que no quiero saber ni oír nada más.

—Necesito compartir mis problemas con alguien — exclamó Elba —, y mi única amiga verdadera eres tú.

—Esa persona no soy yo Elba — mirándola fijamente —. Yo me rindo contigo porque no coges consejos.

Las dos mujeres y amigas de tantos años se quedaron calladas evitando otra confrontación. Jessie estaba un poco perturbada por las ofensas que se dijeron y quería que ellas lo supieran.

—Yo no puedo creer — disgustada —, las cosas que han salido de sus bocas.

—Así se han pasado las dos amiguitas — añadió Oscar —, toda la mañana.

—Se han insultado — sospechando Jessie que Red probablemente era el culpable —, y yo todavía no sé por qué.

—No quiero perder más tiempo hablando de este tema — exclamó Rosa —. Tengo cosas mejores que hacer en esta casa.

—Esta mujer no tiene interés en el tema — alegó Elba —, porque no tiene nada que ver con ella.

—Elba hace lo que le da la gana — disgustada Rosa —, y yo no voy a participar en un problema que es totalmente inútil de arreglar.

—¿De qué hablan? — repitió Jessie —. Todavía me tienen en el limbo.

—Red se escapó del hospital mental otra vez — declaró Elba —, y no lo encuentran.

Hace unos cuantos años que Red recibió el diagnóstico de Esquizofrenia Catatónica. Ha sido una batalla mantenerlo en la casa, llevarlo a los doctores y un esfuerzo más grande convencerlo para que tome sus medicamentos. El pobre ha perdido su mente por completo y las únicas dispuestas a ayudarlo eran Elba y Jessie.

Jessie había consultado con sus colegas para encontrarle un sitio más apropiado, pero Red se escapó del hospital y se desapareció antes de ella finalizar todos los arreglos.

—¿Se escapó otra vez? — consciente ella del nuevo local de su tío —. ¿Cuántas veces se ha escapado? — tratando Jessie de mantener la conversación pertinente y sintiéndose culpable.

Red no quería estar encerrado. Vive por las calles solitarias de Nueva York como muchas personas con enfermedades mentales.

—No debes molestar a Jessie más con este asunto — le aconsejó Rosa —. Ella ha hecho su parte.

—Espérate un momento Tía Rosa — sorprendiéndola —, como adulta yo puedo hablar por mí misma.

—Has hecho bastante — exclamó Rosa —. ¿Qué más quiere esta mujer?

—Quizás, tengas razón — para no ofender a su tía Rosa —. Pero tienes que dejar que Elba tenga la oportunidad de pedir mi opinión o un favor si lo necesita.

—No he dormido desde que Red se desapareció — llorando Elba —, y estoy muy preocupada.

—Mi querida tía — sintiéndose mal —, hemos agotado todas nuestras opciones tratando de resolver este problema y no sé que más aconsejarte.

—Tengo que encontrarlo — consciente Elba del alcance de su enfermedad —, antes de que le pase algo.

—Red no tiene la capacidad de tomar decisiones para mejorar su situación — convencida Jessie —, y dudo que vuelva por su cuenta.

—El pobre muchacho está enfermo — comentó Oscar —, y estoy de acuerdo con Elba... lo tenemos que encontrar.

—Sin la cooperación de Red — concluyó Rosa —, nada más podemos hacer nosotros.

Un sentimiento de impotencia encapsuló los pensamientos de Elba. Su hijo Esteban la observaba y por primera vez en su vida la vio rendida. Como único hijo, el joven de trece años no quería quitarle la esperanza a su madre. El joven que carecía de la atención necesaria como hijo único, culpaba a Red por sus arrebatos. Deseaba que su tío Red recapacitara y participara en su recuperación.

—Él volverá mamá — dijo Esteban —, y podrás convencerlo para que se tome sus medicamentos.

Elba y su esposo estaban bien establecidos al salir ella embarazada de Esteban. Viajaban varias veces al año con la ambición de ver el mundo entero. Pero Elba era infeliz debido a su obsesión con la condición de su sobrino. Este obstáculo estaba afectando su relación matrimonial, así como la relación con su hijo.

—Tienen que entender que Red mejoró al tomar sus medicamentos — le trató de explicar Elba a Rosa —, y estaba casi normal.

—¡El hombre está loco! — dijo Rosa sin misericordia —. Así que acéptalo ya.

—No tienes corazón Rosa — mirándola con desprecio —, y eres una bestia sin sentimientos.

La lucha entre Rosa y Elba terminó y como dos lunáticas compartían un rato tomándose una taza de café.

—Por eso yo no me meto en cosas de mujeres — compartió Oscar —. Las dos están más lunáticas cada día y no hay quien las entienda.

Fuera de sus preocupaciones con Red, Elba tenía otros asuntos familiares que tenía que resolver. Se sentía sola con sus problemas y estaba consumida con sus recuerdos y remordimiento del pasado.

—Viajo el mes que viene por diez días — rezando Elba que Rosa le hiciera un favor —. ¿Crees tú que podrás cuidar a Angie?

171

—¡Ay Elba! — tomando su tiempo Rosa para contestar —, tú sabes que a mí no me gustan los perros — proclamó —, especialmente Angie que se pasa lamiendo a uno.

—No me vengas a decir eso ahora — excitada Elba —, porque hace tiempo que te lo había dicho.

—Y además — añadió Rosa —, Oscar es alérgico a los perros.

Oyendo la conversación entre sus tías, Jessie entró a la cocina. Ya su mañana fue interrumpida por sus argumentos y quería que se tranquilizaran.

—Yo te ayudo — tratando su sobrina de aliviarle la carga a su tía Elba —. Angie es la mejor perra del mundo — observando las morisquetas de su tía Rosa detrás de Elba —, así que puedes contar conmigo.

—Eso dices tú ahora — pensando Rosa en el entremetimiento de Jessie —, pero cuando llegue el momento para atenderla, vas a poner pretextos.

—No soy una niña — mirándola mal —, y tía Elba puede contar conmigo.

Esteban le susurró algo en el oído a Elba y ella se sonrió.

—No, Esteban — dijo en voz alta —, no podrás quedarte con Jessie en lo que yo viajo.

—Mira muchacho mocoso — agarrándolo Rosa por la oreja —, olvídate de esos amores.

Jessie se empezó a reír y se le acercó a Esteban.

—Mi querido primo — mirando a su primo que se babeaba —, soy demasiado vieja para ti.

—El amor es lo único que cuenta — convencido el joven de trece años —, y no la edad.

Jessie siguió los pasos de su madre Gloria y estudió enfermería en la universidad. A los veintisiete años había asegurado un buen puesto en un hospital en Manhattan. Lleva trabajando seis años en el Departamento de Emergencia, ayudando a los doctores con los casos difíciles que entran por sus puertas. Vive en Park Slope, Brooklyn, con su tía Rosa y su esposo Oscar, en un 'brownstone' precioso cerca de 'Prospect Park.'

172

Jessie está en planes de boda con el nieto de Don Jacinto. Eduardo reside ahora en Nueva York y está empleado por el Departamento de la Policía en la misma ciudad. La pareja se comprometió con la bendición de Rosa y Elba, al terminar Jessie con sus estudios.

—Yo creo que ese muchacho estaba enamorado de mi hija desde los ocho años — recordando Rosa sus años en Puerto Rico —. Estoy convencida de que se quedaba con nosotros todos los veranos para asegurarse su amor.

—Es un buen muchacho — contenta Elba de su compromiso—, y la hará feliz.

—Don Jacinto no estaba muy de acuerdo con el compromiso — compartió Rosa —, aunque murió en paz sabiendo que Eduardo estaba en buenas manos con nuestra familia.

—Crió a Eduardo — recordándolo Oscar —, mejor que un propio padre.

—Nunca entendí — dijo Elba —, por qué Don Jacinto no estaba de acuerdo al saber que Jessie y Eduardo se habían comprometido.

—Fue difícil para él aceptarlo — recordando Oscar que estos dos muchachitos se criaron como hermanos —. Don Jacinto quería a Jessie como una nieta y los consideraba más como hermanos.

—Mi viejito lindo — sonriendo Rosa —. Me hace mucha falta.

Jessie y Eduardo consiguieron trabajos permanentes y estaban ahorrando para casarse y comprar una casa. Aunque no se veían muy a menudo debido a sus responsabilidades, hablaban por teléfono frecuentemente. Eduardo era un joven muy expresivo y ha compartido con su prometida su agradecimiento, al haber sobrevivido el accidente que reclamó la vida de su hermano y padre.

Los gemelos eran inseparables durante su niñez y Eduardo sentía un gran amor por su hermano fallecido.

—No sé cómo explicarte — le confesó a Jessie —, pero yo hubiera preferido morir en el accidente.

—Esa emoción es normal para el que sobrevive una tragedia.

—Están muertos — movido Eduardo —, y los extraño tanto. Gracias a mi abuelito que mantuvo su memoria viva.

—Los gemelos siempre comparten un vínculo muy especial — convencida Jessie —, y ese vínculo sigue viviendo por una eternidad.

—Lo creo así totalmente.

—Los recuerdos de tu niñez, aunque pocos, están clavados en tu corazón, en tu mente y en tu alma.

—Los extraño tanto — le confesó —. Daría cualquier cosa para tenerlos a mi lado.

—Es la esperanza de todo cristiano encontrarnos con nuestros seres queridos después de la muerte.

Jessie trabajaba en un hospital en Manhattan, no muy lejos de Wall Street. Escogió el turno de la tarde; de cuatro a medianoche y de lunes a viernes. La idea de salir a la medianoche y caminar por las calles solitarias y oscuras de Nueva York, no le fascinaba ni a Rosa ni a Eduardo. Ellos hubiesen preferido un turno de día para ella. Pero a Jessie le gustaba dormir por las mañanas y consideraba sus horas de trabajo bastante convenientes. No estaba dispuesta a cambiarlas, aunque hubiese sido eso lo correcto que debía hacer. De vez en cuando Eduardo la recogía, cuando no tenía que trabajar 'over-time.' Ya ella se acostumbró a caminar cerca de 'City Hall,' hasta llegar a Broadway, a donde cogía un 'autobús expreso' hasta su casa.

—Debes considerar un automóvil — le aconsejó Eduardo —, para que no tengas que caminar esas calles solitarias al salir del trabajo.

—El estacionamiento en la ciudad es fatal — recordando Jessie lo caro que era estacionarse en el garaje del hospital —, y por eso prefiero coger el tren o autobús.

—¡No me gusta! — consciente Eduardo de las calles peligrosas —, y me preocupo por ti.

—El guardia de seguridad me deja entrar al edificio al frente de la parada del autobús, hasta que llega mi transportación.

—Como quiera que sea — no muy contento —, la distancia para llegar a tu método de transportación es larga.

Era increíble que un área de Manhattan tan viva y llena de gente durante el día, fuera tan espantosa a la medianoche. Los delincuentes, ratas y prostitutas se adueñaban de las calles, asustando hasta a los policías que las vigilaban. Cuando Jessie salía del trabajo de noche … lo único que la acompañaban eran sus oraciones.

Todavía no compartió con su tía Elba que había visto a Red. Jessie se emocionó al sospechar que Red quería estar cerca de un ser querido; encontrándolo tan extraño que él se haya establecido tan cerca de su empleo. Hasta en su tormento mental más profundo, Red ansiaba la calidez de su familia.

—No llores — le rogó Eduardo —. ¿Entiendes que tu tío sufre de la mente?

—Come de los zafacones — oyendo los sollozos de su amada —, mientras yo tengo un trabajo prestigioso.

—No es tu culpa — consolándola —, y menos la de él.

—Es tan doloroso Eduardo — apenada —, y no sé si mi ayuda es suficiente para ayudarlo con la comida.

—Dios lo ha puesto en tu camino Jessie y creo que encontrarás todas las respuestas a tus preguntas.

Alcohólico y sentado en cajas de cartón con su cara sonrosada y confundido, Red descansaba su cabeza contra la pared de un edificio. Con una botella de alcohol en su mano y una sonrisa, Red saludó a Jessie.

—Tío — no segura si él la entendía —, ¿Cuándo vas a volver por casa?

Pero Red nunca contestaba y miraba hacia las nubes para evitar sus ojos.

—Estos certificados de regalos son como dinero — poniéndoselos en su falda —, y podrás comprar de comer.

No sabía que más decirle y era muy doloroso para ella ver la condición de su tío. La esquina del callejón había sido designada como la zona y hogar de Red.

—No comas de los zafacones — le advirtió Jessie —. Vas a aterrizar en un hospital con una infección mala — sin poder provocar una reacción de él.

Se quedó con su tío Red por unos minutos para observar la indiferencia del gentío al pasar. La gente de la ciudad se ha acostumbrado a escenas como la de su tío y las ignoran, aceptándolo como parte de la vida en Nueva York. La monjita le

175

había enseñado a Jessie a ayudar al prójimo sin hacer preguntas ni juzgar. Lo que la gente hacía con el dinero que habían colectado, era entre ellos y Dios.

—Te amo tío — respondiendo Red con una sonrisa débil —, y te veo mañana.

No muy lejos de Red había dos prostitutas vigilando la entrada del callejón. Para ellas, Red era su ángel guardián durante disputas de dinero. Sus clientes se asustaban al ver a este hombre loco, descuidado con una barba y pelo colorado. Ellas se sentían protegidas, aunque en realidad reconocían que Red no servía para nada. Saludaban a Jessie cordialmente todos los días y, avergonzada, ella le devolvía el saludo.

—Tú tío te quiere mucho — gritó una de las prostitutas —, y gracias por tu contribución hacia la comida.

Jessie las miró y se alejó con una sonrisa forzada.

—Mi amor — en alta voz la prostituta —, me llamo Iris y esta es mi compañera Evelyn — señalando hacia una mujer embriagada con ropa de brillo.

—Mucho gusto — respondió Jessie de lejos.

Siguió de camino hacia el hospital echándole miles de bendiciones a su tío. Pensó que Red probablemente compartió los certificados de comida con ellas y por eso le dieron las gracias. Conocía muy bien a su tío y lo consideraba un hombre muy generoso.

Evelyn e Iris eran unas rameras muy guapas. Sus pelos cortos con diademas de perlas, vestidos brillantes y maquillaje exagerado con pestañas postizas; las identificaban como mujeres de la calle. El reflejo de sus joyas de fantasía contra las bombillas del callejón durante la noche, creaban luces pequeñas que destellaban del edificio. Unas huellas que sus clientes, al igual que Jessie, aseguraban para identificarlas al pasar por el callejón. Era la única señal, asegurándole a ella que su tío estaba cerca.

—¿Cómo te atreves — asombrada su compañera de trabajo—, pasar por esa calle tan oscura todas las noches?

—Me da miedo — confesó —, pero después de una oración me siento acompañada.

Sus compañeras de trabajo, no tenían conocimiento de

que Jessie corría los bloques enteros hasta llegar a su parada de autobús. Evitaba la acera, las rejillas de los alcantarillados infestados con ratas y ambulaba en el medio de la calle. Ratas del tamaño de perros se han poseído de las calles, como si tuvieran todo el derecho. La peste a podrido de las bolsas negras llenas de basura y abiertas, detrás de los restaurantes, se ha apoderado del aire fresco en el área completa. Extrañamente, Jessie se sentía más confiada con la presencia de su tío Red y sus amigas; una falsa sensación de seguridad que la hacía sentir menos aterrorizada.

Rosa se sorprendió al encontrar a Jessie todavía durmiendo esa mañana. Era muy puntual y a esta hora andaba de camino hacia el trabajo.

—¿No piensas trabajar hoy? — quitándole Rosa la sábana de la cabeza —. Me extraña que todavía estés durmiendo.

El ruido de la lluvia, las gotas contra las ventanas y el aire fresco que entraba, no motivaban a Jessie para levantarse.

—No tengo ganas de ir a trabajar hoy — con sueño —. Es un día estupendo para quedarse uno durmiendo.

—No vayas — le aconsejó Rosa.

—Mis compañeras de trabajo me esperan tía, como yo las espero a ellas a la media noche.

—Tú nunca faltas al trabajo — le recordó Rosa —, y ellas entenderán.

—Sus maridos y niños las esperan y no es justo que yo las deje sin remplazarlas en el turno.

—Tú dices eso como si ellas hubiesen inventado la *madre del trabajo* — molesta Rosa —. Yo tuve que hacer lo mismo contigo.

—Sí — de acuerdo —, pero yo quiero considerarlas, para que en el futuro ellas me consideren a mí.

—Tu supervisora puede buscar a otra persona para cubrir tu turno — insistió Rosa —, que para eso le pagan buen dinero.

—No es tan fácil como tú crees tía — le explicó —. ¿Quién va a querer venir a trabajar en su día libre y tan lluvioso?

Jessie no quería que su tía Rosa se enterara de su verdadera razón. Estaba preocupada por Red y necesitaba asegurarse de que estaba bien. Anunciaron una tormenta y su techo de cajas de cartón no iba a sostener el peso de la lluvia. Estaba considerando comprarle una caseta de campaña y un catre para acampar. No le mencionó a Rosa su encuentro con Red, temiendo que se pusiera nerviosa y se saliera con la suya.

La tentación de mencionárselo a su tía Elba fue difícil de resistir. Elba había sufrido tanto con el asunto de Red que ya Jessie no quería verla sufrir más. El esposo de Elba de tantos años la había amenazado, si ella no dejaba su obsesión con su sobrino. Él quería que Elba atendiera a su hijo Esteban con más cariño y afecto.

—Ten cuidado — le advirtió Rosa —, porque las noticias han pronosticado inundaciones en los trenes y las calles.

—No debo ni de llevarme la sombrilla — comentó Jessie —. Me voy a ensopar como quiera.

—Llévatela — insistió Rosa —, por si acaso.

Jessie se despidió de Rosa sin ánimo y se fue a trabajar. Llegó unos minutos tarde debido a las inundaciones en las estaciones de trenes. En la entrada de la Sala de Emergencia estaba su supervisora que la conocía y sabía que era muy responsable.

—Perdone mi tardanza — excusándose —, pero la lluvia retrasó a los trenes.

—No te preocupes Jessie — con una sonrisa —. Tú nunca llegas tarde.

Al entrar a la unidad de enfermeras en Emergencia, se encontró con Evelyn en una camilla. Tenía la blusa llena de sangre y el pantalón roto. Aunque a Jessie no le habían asignado a Evelyn como paciente, de todas maneras, leyó su expediente. Esperó unos minutos y luego le dio un vistazo a la prostituta y amiga de su tío.

—Toma Evelyn — trayéndole Jessie una bandeja de comida —. Algo para comer.

—¡Ay Dios!… si no es la sobrina de Red — sorprendida.

—¿Puedo buscarte algo más? — observando su ojo hinchado —. Me dicen que hace horas que estas aquí.

Evelyn la miró sin contestarle.

178

—No te preocupes — le aseguró Jessie —. Ya pronto viene tu doctor.

—¿No me vas a preguntar qué me pasó?

—Yo sé lo que te pasó.

Jessie no la juzgaba y Evelyn podía ver su sinceridad claramente en sus ojos.

—Eres buena con tu tío — observando Evelyn la sangre en su blusa —, y él habla de ti cariñosamente.

—Es familia — dándole a Evelyn un refresco —, y lo quiero mucho.

—El hombre está trastornado — riéndose —, pero es bueno.

—Está enfermo de la mente — le explicó —, y necesita ayuda.

La enfermera encargada de Evelyn como paciente entró a la habitación.

—El doctor viene pronto para cogerte puntos — anunció —. Necesitamos que te sientes en la orilla de la camilla.

—¿Te puedes quedar conmigo? — le pidió Evelyn.

—Sí — cogiéndole Jessie la mano —, como no.

Fue una noche larga y Jessie esperaba a sus compañeras de trabajo ansiosamente. Una protesta en La Casa Alcaldía fue razón para llenar la Sala de Emergencia con manifestantes heridos y sus familiares.

—La tormenta... la manifestación — murmuró —. ¿Qué más va a pasar esta noche?

Jessie culminó sus deberes profesionales al completar su turno y salió apurada por las puertas de emergencia. Habló con Eduardo más temprano para ver si la podía recoger, pero había arrestado a alguien y se tardaría. La lluvia siempre la ponía de un humor amoroso y Eduardo una vez más iba a perder la oportunidad de besar sus labios.

Al llegar a la salida del hospital, notó que no había dejado de llover. Y para colmo, se le había olvidado la sombrilla. Estaba demasiado cansada para volver a su unidad y buscarla. Decidió protegerse de la lluvia con una bolsa plástica que encontró en un carrito de mantenimiento.

—Te vas a mojar — le advirtió la otra enfermera.

—La bolsa plástica me protegerá por unos cuantos bloques —

cubriéndose Jessie del aguacero —, aunque llegue con los pies entripados.

—Te llevaría en el auto — corriendo la enfermera a su automóvil —, pero voy en dirección opuesta a la tuya.

—No te preocupes; yo llego a la parada del autobús en menos de cinco minutos — le aseguró —. Gracias como quiera.

A Jessie le encantaba la lluvia y para ella era una noche perfecta. Las calles estaban más solitarias de lo normal debido a la tormenta. Era inevitable notar que los manifestantes y los bandidos de la noche habían roto las luces de los postes. La neblina pesada, la lluvia y la oscuridad de la noche obstruyeron su visión y no podía ver bien las señales del tráfico. Jessie conocía cada pulgada de su camino y trató de librarse de los charcos y vidrios que cubrían las calles. Si hubiera visto un taxi lo hubiese cogido hasta la parada del autobús.

Rítmicamente y con sus pasos acelerados, Jessie miró por sus alrededores para ver si alguien venía. Se alegró al ver una camioneta atascada entre la acera y la calle. Era una oportunidad para ella aprovecharse de sus luces para el resto del camino. Pensó en la mala suerte de los pobres hombres vestidos con ropas de mecánicos, mojados de pie a cabeza y bregando con el motor de la camioneta.

Al oír los hombres sus pasos y el sonido de la lluvia contra la bolsa plástica, la miraron. Jessie cruzó la calle debido a la obstrucción en su camino y al pasar los saludó.

—Buenas — consciente ella de lo ridícula que se debía ver.

—Buenas — contestaron los hombres.

Jessie caminó cerca del callejón para echarle un vistazo a Red. Como sospechaba, Red desahuciado del resto del mundo se encontraba debajo de unas cajas de cartón mojadas. Muy cerca de él y protegiendo su territorio, estaban Evelyn e Iris debajo de un toldo, vigilando a los dos extraños.

—¡Cuidado! — oyó Jessie a alguien gritar.

Inesperadamente, los dos hombres agarraron a Jessie; cubriéndole la nariz y la boca con un trapo. La tiraron bruscamente en la camioneta, esperando ser atacados. Ella no pudo gritar, pero oyó las barbaridades que las muchachas cerca de su tío les gritaron a esos hombres. Lo último que Jessie recuerda fue a dos mujeres lanzarse hacía los extraños, mientras lentamente flotaban por el aire. Una experiencia inolvidable que solamente ella pudo comparar con su última visita al dentista.

La música, voces y movimiento de la camioneta despertaron a Jessie. Mareada, como si todo fuera un sueño. Jessie oía las voces de los hombres muy lejos. El dulce olor a éter le trajo recuerdos de sus clases universitarias en el laboratorio. Los hombres habían usado cloroformo para dormirla y tirarla al piso de la camioneta, sin compasión. Le dolía la cabeza y las ataduras de sus manos y pies penetraban su piel suave.

Oyó las quejas de las dos prostitutas y sintió sus cuerpos cerca. Estaba desorientada y no sabía adónde estaba. Con sus pensamientos abstractos salieron palabras de su boca que ella misma no entendía. Palabras que causaron que el trapo sobre su rostro, se mojara; cayendo ella en un sueño profundo e inesperado.

Jessie despertó de su coma en la oscuridad en un cuarto húmedo con un olor extraño. No tenía el pañuelo sobre su rostro y con la poca luz que entraba por una ventana, pudo observar cada ángulo de lo que parecía ser un sótano.

—¡Ayúdame, ¡ayúdame! — gritaba Iris — con sus manos y pies atados en el aire.

—¡Cállate la boca! — con un susurro alto le ordenó Evelyn —. Nos van a matar si sigues con tus gritos.

—¿Cómo qué me calle? — con menos volumen Iris —. Mira esa ventana ahí — desesperada —, quizás, alguien pase y nos oiga.

—Por favor — le rogó Jessie —, no peleen.

—¡Ay — en forma de una burla Iris —, no me digas que la bella durmiente ha despertado!

—¡Cállate estúpida! — corrigiéndola Evelyn —. No empieces con tu mierda.

Unos pasos bruscos en el piso de arriba se acercaban a la puerta del sótano. Poco a poco los extraños bajaron las escaleras, dirigiéndose hacia ellas. Con sus ojos abiertos como una lechuza, las muchachas esperaban a sus secuestradores atemorizadas.

—Vamos a hacernos las dormidas — sugirió Iris —, y creerán que estamos muertas.

Los dos hombres gruesos con barrigas grandes las miraban. Parecían que nunca se habían perdido una cena. Altos, sin afeitar y vestidos con ropa de campesinos manchadas de aceite, los extraños con sus ojos trataban de intimidarlas. Uno de ellos se daba en la mano con un bastón de policía, dando la impresión de que estaba encargado.

Encadenada con esposas desechables, Jessie alzó sus manos para enseñarle a los extraños la sangre en sus muñecas.

—Suélteme por favor — le suplicó suavemente.

Los hermanos se miraron y sacando una herramienta le cortaron las ataduras de los pies y manos.

—Gracias — sacudiendo sus manos y sobándose los tobillos —, gracias.

Uno de los hombres le tiró a Jessie dos bolsas transparentes llenas de ropa, toallas y artículos de aseo personal. Por lo que ella pudo observar, los extraños estaban bien preparados para su llegada.

—Suélteme a mí también — pidió Iris —, interfiriendo con el flujo de la conversación y exageradamente sacudiendo sus pies y manos.

—Sé… que vamos a tener problemas con esta chica — concluyó uno de los hombres.

—Tú conoces nuestras instrucciones — dando la impresión de que alguien más estaba encargado —. Te desharás de ella lo más pronto posible.

—¿No me van a soltar? — desinteresada Iris en su conversación.

—¡Cállate! — enfurecido uno de ellos — antes de que te de un golpe al frente de tus amigas.

—Obedece Iris — le aconsejó Jessie —. Ellos no están jugando.

Los secuestradores ignoraron la petición de Iris y le dieron en lugar un discurso acerca de su encarcelamiento. Repitieron la misma información varias veces, como si ellos quisieran que cada palabra se quedara inscrita en sus mentes. Resentidas por el hecho de que soltaron a Jessie, Iris y Evelyn querían una razón.

—¿Por qué la soltaron a ella? — exigiendo Iris una explicación —. Nosotras también tenemos los mismos derechos.

—Aquí... ninguna de ustedes tiene derechos — arrebatándole él, toda posibilidad de libertad —. Todas las decisiones las tomamos nosotros.

Los raptores concluyeron que Jessie era la menos intimidante y por esa razón la soltaron primero. Ellos no estaban dispuestos a correr el mismo riesgo con las dos mujeres que los habían atacado; decidiendo dejarlas amarradas por unos días más como castigo.

—Allí hay un baño — señalando el hombre hacia un espacio detrás de una pared en el sótano—. Recuerda... — golpeando sus manos con el bastón —, no hay salida.

Los hombres se retiraron para el piso de arriba y Jessie sacó los artículos de las bolsas. Evelyn e Iris siguieron a los hombres con sus ojos sin parpadear, anhelando su libertad y deseando hacerles daño. Pero los hombres, conformes con su decisión, les pasaron por el lado sin ningún remordimiento.

—Oye — encontrando Evelyn la situación injusta —. ¿Pero qué fue eso?

—¿Se creen ellos que ella es mejor que nosotras? — agitada Iris —, y por esa razón nos han dejado atadas.

—Cordialmente les pedí que me soltaran — le recordó Jessie —, y ellos en cambio me complacieron. Fuera de eso, no creo haber hecho nada especial.

Ahora más cómoda con la ausencia de los hombres, Jessie deambuló por todo el sótano. Esforzó y trató de abrir una ventana pequeña en la parte más atrás del sótano, pero estaba permanente pegada con pintura vieja.

—Yo también les pedí que me soltaran — sintiéndose predispuesta Iris —, y me ignoraron.

—No te oí decir "por favor" — le gritó Jessie del otro lado del sótano —, y eso no les agradó.

—¿Y qué sabes tú lo que le agrada a esos hombres? — respondió Iris en voz alta y ofendida —, cuando lo que pareces es una jamona.

—Déjate de eso Iris — corrigiéndola Evelyn —. Tus comentarios no van a resolver nada.

—¿Una jamona? — abriendo la pluma de la ducha y desnudándose.

Jessie dejó que el agua refrescara su cuerpo de pies a cabeza. Respiró profundo tratando de oxigenar su cerebro para relajarse. Ha estado analizando su situación y nada tiene sentido. Los hombres la han confundido de tal manera que Jessie no sabe ni qué pensar. Le tiene miedo un minuto y en el otro… no. Como humana le tiene miedo a lo desconocido y ha decidido mantenerse alerta y en su mejor comportamiento.

—¿Y qué se cree esa haragana? — sin soltar Iris el tema —. Ella no puede decirnos cómo tratar a los hombres.

—¡Por favor Iris! — le imploró Evelyn —. Estamos las tres en la misma situación y no sé cómo convencerte del peligro en el cual estamos involucradas. Esta situación está bastante fea para que te pongas con idioteces.

—¡A mí no me importa!

—Estás actuando como una persona ignorante — exclamó Evelyn —, y sé que eres más inteligente que eso.

—Me molesta que la hayan soltado a ella — confesó Iris —. Así que no me culpes.

—Este secuestro — segura Evelyn —, no tiene nada que ver con esa muchacha.

Eddie y Antonio descansaron sus cuerpos contra la pared al llegar al piso de arriba.

—Obedecí todas tus órdenes — nerviosamente dijo Antonio —, y no dejé que las muchachas me vieran sudando.

—No estoy muy seguro si en realidad has logrado asustarlas — dudando Eddie su acto de intimidación —, especialmente esas dos.

—¿Qué más quieres tú que yo haga? — preguntó —. ¿Que le meta un *moquetazo*? — riéndose —. Porque esa Iris es capaz de devolvérmelo hasta con más fuerza.

—¡Está pendiente de ella! — le advirtió Eddie —. Ese bastón no la convenció.

—Pero a mí sí — sobándose Antonio la mano —. La palma de la mano me duele en cantidad.

Como aficionados, los hermanos cuestionan sus habilidades de intimidación.

—Nos tiene que dar una rabieta en su presencia — tratando Eddie de buscar maneras de asustarlas —, para que ellas sean testigos de nuestra exasperación.

—Ahora sí… mi querido hermano, que debo de temer tus motivos — dijo Antonio.

—Esos dos demonios son fuertes y saben pelear — exclamó Eddie —. No quiero que nos dominen.

— ¿Qué crees de Jessie?

—Es un cariño — sonriendo Eddie —, y no me preocupo por ella.

—Me extraña tu respuesta — mirando Antonio a su hermano.

— ¿Y por qué?

—Porque tú nunca tienes nada bueno que decir de nadie — recalcó Antonio —, y parece que confías en ella.

—No se puede confiar mucho — pensándolo bien Eddie —. A veces esas calladitas son las más que fastidian.

—Tenemos que velarlas a todas — sugestionado Antonio —, para que ninguna se escape.

—Tienes razón. Tenemos que estar muy vigilantes.

Esa siempre fue la reputación de Jessie. Tiene el poder de halarte a su mundo. Un mundo de confianza que adquirió por medio de su dominio; cuando la gracia de Dios fue derramada sobre ella.

—Están solas por muchas horas — intranquilo Antonio de que tendrán mucho tiempo para planear —, y no podemos permitir que pongan sus cerebros juntos.

— ¿Es esa la razón por qué no le has dado de comer?

—Sí… No quiero que tengan energía para pensar — riéndose Antonio —, ni para pelear.

—Bendito — bromeando Eddie —. No las hagas sufrir.

—Mañana comerán — sin compasión Antonio —, no se van a

185

morir.

—Nunca te enojes conmigo y me dejes sin comer.

—Me tienes que prometer lo mismo — sonriendo Antonio.

Los hermanos tenían la reputación de charlatanes y no dejaban de pensar en lo mucho que iban a gozar con las muchachas y sus temores.

—Yo sé que voy a gozar en cantidad con esa Iris — reveló Antonio —. Es la más cómica de todas.

—La pobre — de acuerdo Eddie —, si sólo no gastara toda su energía pataleando.

Los hermanos le dieron varias vueltas al apartamento del primer piso. Todavía no creían el daño causado por el matrimonio que ellos habían dejado encargado.

—Malditos sean — rabioso Antonio —, no solamente por el daño en esta casa, sino por el dolor tan profundo que causaron.

—Mira este sitio — disgustado Eddie al mirar el desorden del piso entero —. Parece una jaula de animales.

—Recuerda que lo único que vamos a compartir con ellas serán sus responsabilidades.

—Para lo otro… llegará el momento oportuno — con la esperanza de poder Eddie compartir la causa del rapto en el futuro —. Eso es si no se mueren del susto primero.

Entró un poco de luz por la ventana vieja y agrietada del sótano. Era difícil para las muchachas evaluar bien su ubicación. Iris quería saber si estaba al frente o detrás de la casa. Las sombras de los perros daban vueltas afuera de las ventanas del sótano, como guardias de seguridad.

—¿Qué tú crees Evelyn? — temerosa Iris al ver las sombras de los perros bien alimentados —. ¿Serán bravos esos perros?

—No sé — mirándolos —. Hasta ahora… no han ladrado.

—Peor todavía — inquieta Iris —. Eso quiere decir que son bravos.

Jessie salió del cuarto de baño secándose el pelo con una toalla. Entendía el enojo de las muchachas y no las culpaba.

—En realidad — sintiéndose un poco molesta —, no entiendo por qué me soltaron — pensativa.

—No te preocupes Jessie — mirando Evelyn a la enfermera que la había acompañado en el hospital —, no es tu culpa.

Iris no entendía cómo su amiga Evelyn había desarrollado una debilidad o quizás, mejor dicho,... sensibilidad de repente. Iris era la más bocona, pero Evelyn era la más jodona.

La costra de aceite en sus manos, rodillas y detrás de las orejas convencieron a las muchachas, lo importante que sería limpiarse.

—Estoy segura que ustedes desean refrescarse un poco — observando Jessie las gotas de sudor sobre sus rostros —, y quiero recompensarlas por la libertad que yo he recibido.

Iris y Evelyn se miraron debatiendo sobre quién iba a contestar primero.

—¡Yo apesto a *colchón*! — dijo Iris como advertencia —, y no sé si podrás tolerar la peste — riéndose por primera vez.

—¿Entienden ustedes que yo soy una enfermera profesional?

—Muchas personas sin hogar que han entrado por las puertas de la Sala de Emergencia, apestando y todas sucias, yo las he bañado — expresó Jessie. Así que ustedes no se preocupen si apestan o no. Yo me encargo.

—¿Tú bañarme? —, no muy segura Iris si aceptar su oferta —. No te conozco.

—Iris, Iris, Iris — asintiendo Jessie con su cabeza —. Después de esta jornada, vamos a ser amigas por una eternidad.

—¿Amigas después o antes del baño? — haciéndolas Iris reír.

—Yo no te creo Iris — exclamó Evelyn —. ¿De adónde sales tú con esas cosas?

—Otra cosa más — hablando Iris un poco más intelectual —. ¿De qué eternidad hablas tú cuando estos hombres van a bajar y matarnos?

—Esos hombres no son tan espantosos como ustedes creen — buscando Jessie el jabón y las toallas —. Yo no gastaría mi tiempo preocupándome.

¿Qué decidieron? — sin querer esperar más —. De verdad que yo no quiero compartir un sótano apestoso con dos personas que apestan más.

Hacía horas que no se oían pasos ni voces en el piso de arriba. Estaban hambrientas y no había señal de comida para aliviar su apetito. Sin nada más en que pensar, Jessie recordó el rescate intentado por parte de Evelyn e Iris y decidió expresar su gratitud.

—Quiero darles las gracias por su acto valeroso — complacida —, y por arriesgar sus vidas por una persona que ni conocen.

—Me gustaría confesarte que esa fue nuestra intención — reveló Iris —, pero fue más una reacción que un intento.

—Tu tío no se movió — consciente Evelyn de la condición mental de Red que Jessie había revelado —. Parece que estaba sedado en sus pensamientos.

—Hace años que él sufre de esquizofrenia — dijo Jessie.

—Él nos ha protegido otras veces — comentó Iris —. Probablemente no está tan enfermo después de todo — haciéndola sentir mal.

Red estaba totalmente confundido durante su secuestro y se comportó como cualquier extraño en la calle.

—¡Quién sabe! — tratando Jessie de remediar el comentario de Iris —. Quizás lo reporte a las autoridades.

—Eso es — dudosa Evelyn —, si se acuerda de la placa y marca de la camioneta.

—¿Qué querrán estos tipos? — sin tener Jessie la mínima idea —. ¿Mujeres?

—El rapto ocurrió en un local conocido por su prostitución — reveló Evelyn —, y es posible que nosotras seamos responsables.

—Creyeron que Jessie era una zorra — irónicamente comentó Iris riéndose —, y la atacaron primero.

—Lo dudo — convencida Jessie de su honestidad —. Se equivocan mis queridas amigas.

—No tenías uniforme — revelando Iris los detalles de esa noche —. Estabas caminando en un lugar muy peligroso, en la oscuridad y a las tantas de la noche.

—No entiendo exactamente lo que me estás tratando de decir Iris — resentida Jessie —. Hay muchas mujeres decentes que salen del trabajo tarde y caminan por las mismas calles.

—¿Qué saben ellos — insinuando Iris lo contrario —, si eres decente o no?

—¿Crees que yo parezco una mujer de la calle? — lista para desafiarla —. ¡Porque tú sí!

—Vamos, vamos — evitando Evelyn la respuesta de Iris —. Tú te ves como una muchacha decente — amenazando Evelyn a Iris con sus ojos.

—Gracias — interpretando Jessie las palabras de Iris intencionalmente ofensivas —. Yo creo que los hombres cometieron un error al raptarme.

—No vamos a culpar a nadie — evitando ser juzgada Evelyn—, especialmente ahora que estamos aquí juntas en una mala situación.

A Iris le gustaba fastidiar también y no estaba preparada para la compañía de Jessie; una joven bonita, trabajadora y moral. La hacía sentir incómoda y a Iris no le gustaba esa sensación.

—Vamos a dejar las ofensas para otro día — evitando Jessie más confusión —, y ayudarnos las tres.

—Los vi muy atentos contigo Jessie — revelando Iris lo que había presenciado —, y me pregunto: ¿por qué?

—¿Atentos?

—No dejaban de mirarte — haciéndola sentir Iris paranoica —, como si te conocieran.

—Nunca los he visto en mi vida — tratando Jessie de recordar sus caras —, y no entiendo por qué tú crees eso.

—Ellos te han escogido Jessie.

—¿Tú crees que ellos querrán abusar de mí? — con su mano sobre su corazón.

—Estás tratando de asustarla — persuadida Evelyn —, y no es justo que le hagas tal cosa a esta pobre muchacha.

Iris estaba atemorizada y transfiriendo sus temores a otros. Las ataduras de sus manos y pies la hacían sentir indefensa y su única arma era su boca; la cual usaba para ofender y desprenderse de sus temores.

—Son manías tuyas Iris — sugestionada Jessie —. Quizás, eso

es lo que tú anhelas que me hagan.

El sótano apestaba a moho y Jessie no quería estar expuesta a la toxicidad y residuos del área. Educada en los riesgos de tales partículas en el aire, ella quería hacer algo. Las paredes de concreto estaban sin pintar y el techo estaba roto y mojado.

—Este sitio — inspeccionando Jessie el techo —, no es saludable para nosotras estar.

—En peores sitios — cómoda Iris con su alojamiento —, hemos estado Evelyn y yo.

—La exposición puede causarnos una reacción alérgica al respirar — dijo Jessie —, y hasta algo peor.

—Con el hambre que yo tengo — indiferente Iris —, una reacción alérgica sería el menor de mis problemas.

Habían pasado varias horas y la claridad que entraba por el sótano desapareció. Los perros se calmaron y recostaron sus hocicos contra la ventana.

—¿Qué estarán haciendo? — hambrienta Evelyn —. ¿Se habrán dormido? ¿Qué va a pasar si se mueren allá arriba?

—Esos hijos de la *gran madre* — enfadada Iris —, no se van a morir. Si no… que nos tienen en ayunas.

—No vamos a pensar en la comida — sugirió Jessie —, porque más hambre nos va a dar.

—Voy a pensar en otras cosas positivas — siendo impertinente Evelyn —, como… perder unas cuantas libras.

—No seas graciosa Evelyn — sonriendo Jessie —. Esta situación no es la mejor manera de ponernos en la línea.

¿Quién iba a compartir su fe o cosas espirituales con estas dos incrédulas, cuando Jessie misma había perdido la 'comunión' con ellas? Ella quería clamar por su libertad y esperar la voluntad de Dios. Hacía tiempo que no pedía su ayuda y ahora estaba encerrada con dos mujeres que quizás, no habían oído de Él. ¿Cómo iba ella a compartir sus maravillas, al verlas con sus manos y pies atados? "¿Qué van ellas a decir de Dios?"

Perdieron el sentido del tiempo después de muchas horas. El asunto de su secuestro era más serio, ahora que los hermanos le habían negado alimentos. El dolor en sus estómagos ha remplazado el dolor de sus extremidades y una taza de café con galletitas, hubiese aliviado ese malestar.

Jessie se quedó en suspenso varias veces durante la noche, pero su descanso fue como la siesta de un gato. Sintió una presencia muy cerca de ella y al abrir los ojos se encontró con las imágenes de los hombres cerca. Del susto, brincó de la cama y cayó al piso. Era temprano en la mañana y se había acabado de quedar dormida.

—Cálmate mujer — dijo su secuestrador —. No te voy a hacer nada. Iris y Evelyn despertaron y se acomodaron en la cama con dificultad y Jessie se unió a ellas.

—Este es mi hermano Antonio — señalando hacia su hermano —, y yo me llamo Eddie — en una voz monótona como un robot.

Antonio no había soltado el bastón y las amenazaba con sus ojos fijos.

—La primera regla es — revelando el tema inmediatamente —, que nos tienen que obedecer.

—Se lo aconsejo — añadió Eddie —, si es que quieren salir de aquí vivas.

Los hermanos se miraron como si estuvieran confirmando las líneas practicadas por horas. "Sí, canto de estúpido; las líneas están correctas." — pensó Jessie.

—Vamos a soltarlas — concentrándose Antonio en Iris —, y tú — apuntando hacia ella —, quiero que sepas que te estoy velando.

—Se arrepentirán — dándole Eddie varios cantazos a la cama con el bastón —, si intentan hacer algo.

Iris quería que la soltaran y estaba cansada de esperar. Ella los esperó toda la noche para que le dieran comida y cortaran sus ataduras.

—¿Por qué nos han secuestrado? — ignorando Iris el mensaje claro de los hermanos —. No le hemos hecho nada.

—¡Cállate! — haciéndola brincar Eddie —. No me hagas más preguntas.

—No digas nada Iris — echándole Jessie el brazo —. Por ahora, vamos sólo a escuchar y obedecer.

—Eso me gusta de Jessie — sacando Antonio una herramienta de su bolsillo —. No tengo que repetir lo mismo con ella.

La suavidad de Eddie desapareció al visitar el sótano por segunda vez. Ha logrado asustarlas y Jessie cree que las muchachas no les darán más problemas.

—¡No quiero confusión! — irritado Eddie —. Así que escuchen bien lo que les voy a decir — mirando a Iris directamente —. No lo voy a repetir... ¿Entienden?

Las muchachas no contestaron. Esta vez la visita de los hermanos al sótano era diferente y temían que las golpearan.

—Serán sirvientas — revelando Eddie el propósito de su secuestro y observando sus reacciones —. Están aquí para cocinar, lavar, limpiar y mantener esta casa y sus alrededores en orden.

Por fin han revelado sus intenciones. ¿Sirvientas? ¿Qué demonio? Han visto demasiado novelas los condenados. Las oraciones de Jessie habían llegado al cielo más rápido de lo que esperaba. La estaban amenazando con algo... que era su especialidad. ¡Y que con la limpieza! ¡Que bárbaros, y bien *pajuatos* que son los dos!

—No hay escape — repitió Antonio con agresión —. Es importante que ustedes entiendan eso.

—¿De acuerdo? — esperando sus respuestas —. Me imagino que no quieren que las torturemos — dijo Eddie.

—A menos que los perros — echándole Antonio candela al fuego —, se las coman primero.

—Los perros las destrozarán — sintiendo las muchachas el impacto de sus palabras en cada hueso —, y las harán pedazos — enfatizó Eddie.

—¡Está bien ya! — representando Jessie las voces silenciosas de sus compañeras —. Si ésa es excusa suficiente para nuestro rapto... entonces aquí estamos.

Oír a los hermanos compartir la furia de los perros era como un cuento aterrorizante en la noche de 'Halloween.' Con el don de una mente imaginativa, Jessie se vio en pedazos enterrada en una tumba sin nombre y no muy profunda.

—¡No hay salida de aquí — como un eco aterrador Antonio —, no hay salida de aquí... no hay salida de aquí... no hay salida de aquí!

Jessie no decía malas palabras, pero sí le vino una a la mente. Una que era muy famosa y preferida en el vocabulario de su tía Rosa. "¡Carajo!", y aunque nadie la oyó, se sintió mejor. Antonio tenía que dejar de repetir sus amenazas una y otra y otra vez. Era más importante que él saliera de la presencia de Jessie, en ese mismo instante. La tentación de meterle un *moquetazo* por sus estupideces, era una tentación demasiado grande para ella resistir.

—Yo creo que está bastante claro — observando Jessie a Antonio disfrutar de sus temores —. Creo que podemos seguir esas reglas.

—Están muy lejos de la civilización — reveló Eddie —, y tendrán que manejar para llegar a otra residencia — haciéndolas sospechar que estaban en un área rural.

Indefensa al oír sus palabras y sintiéndose sin derechos, Jessie se encomendó a Dios. Estaba muy lejos de su hogar y había empezado a sentir la ausencia de sus seres queridos.

—¿Alguna pregunta? — robándoles Eddie toda esperanza —. Me alegro — al notar que las muchachas no contestaron.

Su salida de ese infierno iba a ser difícil, pero en ningún momento imposible.

—Está todo muy claro — con ganas Jessie de quitarle el bastón y meterle con él —, y no lo tendrá que repetir — con una sonrisa falsa.

—¿Por qué?… Por favor… ¿por qué? — rogándole Iris exageradamente y asustando a medio mundo —. Somos inocentes.

Incrédulamente, Evelyn y Jessie la miraron. Era obvio que a Iris le faltaba un tornillo. Sus credenciales de enfermera y prostitutas han cesado. Eran ahora prisioneras de la limpieza y cocina, como muchas mujeres por siglos. ¿Qué era exactamente lo que Iris no entendía?

—¿La matamos ahora? — asustando Eddie a Iris hasta lo máximo —. ¿Qué tú crees? — mirando a su hermano.

Jessie juraba que el misterio de su secuestro era mucho más de lo que estos hombres habían revelado. Era demasiado intuitiva y perceptiva para aceptar su cuento de esclavitud.

—¿Qué le pasa a esta idiota? — frustrado Eddie con Iris —. ¿Está loca?

—Vas a tener que hablarle inglés — burlándose Antonio —. Parece que no entiende español.   —

Quizás, entienda mejor — mirándola Eddie —, cuando le meta con el bastón por la cabeza — haciendo a su hermano Antonio reír como un payaso anormal.—Hazlo...hazlo — insistió Antonio —. Para probar su sangre.

—¡Basta ya! — gritó Jessie —. Iris está nerviosa y asustada — halándola Jessie para su lado y protegiéndola entre sus brazos —. ¡Déjenla quieta!

Los hermanos admiraron su valentía. Lo menos que ellos querían era tener a Jessie como enemiga. Ella era importante en sus planes y no querían alterarla.

—Está bien Jessie — todavía Eddie con el bastón en su mano —, te dejaré encargada de Iris.

Estas mujeres bellas; de la calle y con trajes brillantes, han sorprendido a Jessie. Descubrió que no eran adictas a las drogas, ni tampoco alcohólicas, aunque sólo días atrás tomaban licor como un camello toma agua. No han manifestado ningún síndrome de abstinencia, dándole esperanza de no sufrir de dolores.

Jessie recordó las malas palabras que salieron de sus bocas durante su ataque; palabras que ella personalmente nunca había oído. Tampoco entendía por completo sus decisiones de llevar una vida de sexo comercial, cuando ella personalmente conocía de programas especialmente para personas como ellas. —¿Por qué las hemos escogido a ustedes? — sintiendo Antonio lástima al oír los sollozos de Iris y ver sus lágrimas —. No hay ninguna razón; es lo único que puedo compartir con ustedes.

Jessie cuestionaba la capacidad mental de Antonio. Se llevaría muy bien con su tío Red; debajo de su casa de cartones.

—Mañana Irán al piso de arriba y les explico nuestras expectativas — menos enojado Eddie —. Trabajarán todo el día con sólo una hora de descanso para almorzar.

—Tenemos hambre ahora — dijo Evelyn —. No hemos comido nada desde ayer.

194

—Mañana comen — indiferente Eddie a su solicitud —. No se van a morir.

Los hermanos le cortaron las ataduras a Iris y Evelyn. Revisaron el sótano por segunda vez y se fueron con la promesa de volver el próximo día temprano. Hambrientas, pero aliviadas con los detalles que recibieron, las muchachas respiraron profundo.

—Tiene que haber una manera de salir de aquí — al recorrer Jessie el sótano una vez más —. ¿Cómo es posible que esos dos idiotas hayan elaborado un plan tan detallado?

—Quizás, no son tan estúpidos — comentó Evelyn —. Pero sí dan la impresión de pendencieros.

—Los matones — dijo Jessie —, son ovejas disfrazadas.

—¿Y cómo sabes eso? — preguntó Iris.

—Tengo un don — sintiéndose Jessie cómoda con su revelación —, y puedo percibir sus intenciones.

—¡Estamos bien chavás! — exclamó Iris —. Ahora tenemos a una adivinadora en nuestro ambiente.

—Dijo "percibir" — aclaró Evelyn —, no adivinadora.

—Como quiera que sea — evitando Iris oír más del tema —. Yo no creo en ninguna de esas supersticiones.

—Es un don — repitió Evelyn —, y nada más.

Cuando niña, la familia de Iris practicaba el espiritismo. Las reuniones de los vecinos y familiares para las sesiones de espiritismo fueron traumáticas para Iris. Se escondía debajo de la cama con los oídos tapados, jurando nunca practicar tal doctrina.

—Se cree que es alguna clase de parapsíquica — burlándose Iris —, y que se está comunicando con… Dios sabe quién.

—Jessie es una buena juzgadora de carácter — reconociendo Evelyn sus debilidades personales —, y ha percibido que los hermanos no son tan malos. Eso es todo.

Las muchachas se prepararon mentalmente para enfrentarse a las tareas de su nuevo hogar; con la esperanza de salir de ese sótano asqueroso. Querían invadir los sentimientos y debilidades de los extraños y averiguar si tenían un toque de suavidad. Las apariencias físicas de los hermanos revelaban su amor a la comida, dándole a Jessie la oportunidad de poner en práctica lo que Rosa le enseñó.

—Mañana les cocinaremos surullitos — con una sonrisa embrujada —, y poco a poco... ganaremos su confianza.

Domesticada desde su niñez, Jessie se consideraba una experta en la limpieza y en la cocina. Desde niña se sintió 'arrebatada,' al completar y admirar un trabajo bien hecho. La acusaron de trastorno obsesivo-compulsivo y ahora podrá poner en práctica su desorden.

—Yo no puedo creer que hayan arriesgado su libertad — exclamó Evelyn —, porque necesitaban ayuda en la casa.

—No son muy inteligentes — añadió Iris —, y como Jessie, yo tampoco entiendo cómo fueron capaces de planear el crimen.

—De acuerdo a ellos... "tuvieron la oportunidad" — dudando Jessie de su explicación —. Tengo que pensar bien sus respuestas, porque algo no me suena bien.

—No lo pienses mucho — creyendo Iris que su secuestro fue intencional —, ¿Quién va a procurar a dos prostitutas?

Iris, contrario a Evelyn, tenía una baja autoestima. Evelyn era un poco más positiva y más confiada. Sin embargo, para Jessie, eran hijas creadas por Dios. Había esperanza, de que algún día ellas también fueran llamadas 'hijas de Dios.' Y todas compartirían como hermanas lo puro; lo bonito; lo sobrenatural.

—Créeme Iris, que esos dos "Juan Bobos" no pensaron en nada — convencida Jessie que los gordiflones pensaban solamente en la comida —. ¿Qué saben ellos si ustedes tienen familia o no? Así que dudo que el rapto fuera intencional. Ellos no tienen la capacidad de poner uno y uno juntos.

—Somos víctimas perfectas — insistiendo Iris —. Para las autoridades... no valemos nada.

—Quizás Iris tenga razón, Jessie. No hay nadie que nos procure — añadió Evelyn —, y a la policía no le importa un carajo.

—Esos hombres escogieron lo primero que se le presentó esa noche — habiendo Jessie visto muchas películas de crimen —. Si Red hubiera tenido un traje, se lo llevan también — haciendo a Iris y Evelyn reír.

—Nuestra única esperanza eres tú Jessie — esperanzada Evelyn —. Tienes familiares que te aman.

—Me buscarán — comentó Jessie —, pero no me encontrarán.

—A Dios Jessie....¿y qué te pasa a ti? — sorprendida
Evelyn —. Ellos han secuestrado nuestros cuerpos, pero no
nuestra esperanza. Y te diré a ti... como tú a mi — dijo
Evelyn —. Ten fe.

—La tengo — sonriendo —, y necesito que me lo recuerdes.

Jessie oró por la fortaleza de Rosa, Oscar y Elba. Se
imaginó a su novio Eduardo en la estación de policías organi-
zando una búsqueda con sus compañeros de trabajo; vestidos
con su armadura, sus armas, cascos y un helicóptero volando
sobre la ciudad de Manhattan. Las noticias mostrarían su retrato en la televisión, mientras su familia la buscaba desesperadamente.

—¿Por qué el ayuno? — curiosa Evelyn.

—Para controlarnos — comentó Jessie —. Ellos saben que los
vamos a obedecer con la ilusión de que nos den de comer.

—Estábamos ya controladas con las ataduras — enseñándole
Iris a Jessie las marcas en sus manos.

—Si las manos no me dolieran tanto — frustrada Evelyn —, le
metería una *pescozá* a cada uno.

Acostada en la cama con sus manos detrás de la
cabeza, Jessie observaba las sombras redondas de los perros
que ahora activamente jugaban y ladraban cerca de la ventana
del sótano.

—Vamos a cocinarlos — viendo Jessie a los perros bien alimentados —. Un fricasé de rabos de perros, como que de pronto suena delicioso.

—No me hagas reír — ahora observándolos Evelyn —, porque
me estás haciendo babear.

—¿Y qué tú dirías — participando Iris —, de unas orejitas
guisadas?

—Que delicioso... y que bueno — dijo Jessie —, con un poco
de sazón criollo.

Las tres se rieron, ahora que habían cogido impulso con
su imaginación.

—Con el hambre que yo tengo — reveló Iris —, me comería hasta el rabo de esos animales.

Sus carcajadas llegaron hasta el piso de arriba. Molestos los hermanos, le dieron varios cantazos al piso para que se callaran. Sin poder controlar sus risas, ellas se taparon sus bocas para evitar otra visita de los hermanos al sótano.

—Que tenga cuidado Antonio — sonriendo Iris —, porque le voy a meter una vara adonde el sol no brilla.

—¿Qué parte de Antonio te comerías? — instigando Evelyn una conversación más profunda y haciendo como si fuese a vomitar —. No hay nada de ese gordiflón que se ve apetitoso.

—Ese dedo gordo del pie derecho — riéndose Iris —, va a satisfacer mi antojo.

—¡Qué cochina eres! — abanicándose la nariz Evelyn con su mano —, no quiero más descripciones de tus ideas de canibalismo.

Al rato, Jessie miró para el lado y vio a Evelyn e Iris durmiendo. No sabía si las líneas secas en sus mejillas eran lágrimas de risa, hambre o tristeza. No son malas, sino que habían tomado decisiones muy diferentes a las de ella. Jessie tenía un presentimiento que estas dos extrañas algún día iban a ser sus mejores amigas y podía confiar en ellas ahora y en el futuro.

Capítulo 6

El otro extraño

Las voces ruidosas de los secuestradores vibraban por la madera del piso de arriba.

—Alguien nos está llamando — anunció Evelyn, sentándose en el borde de la cama.

Eddie y Antonio las esperaban parados en el escalón de la entrada del sótano. Con autoridad, los hermanos les ordenaron que subieran y ellas obedecieron. Las vestimentas casuales de las muchachas facilitaron sus pasos hacia arriba con rapidez. Era temprano y la rutina de la mañana parecía que iba a ser semejante a la de una cárcel.

Sus promesas de darles comida se convirtió en una espera de tres días, con sólo pan y agua. Aunque no las han golpeado, la tensión y la ansiedad mentalmente las afligieron y la privación de luz, comida y libertad las domaron fácilmente.

—Espérenme — al intentar Jessie de enjuagarse la boca al pasar por un fregadero viejo.

La angustia y el desvelo que sufrió Jessie durante las últimas noches, se estaban manifestando en síntomas físicos. Con dolor de cabeza y el estómago refunfuñón del hambre, Jessie trató de eliminar la regurgitación de la acidez que viajaba desde su estómago hasta su garganta.

Los hermanos las esperaron al final del escalón del piso de arriba. Al llegar donde ellos, las guiaron para adentro de la casa. Ellas siguieron a sus raptores obedientemente sin decir una palabra. Pasaron por un pasillo largo y oscuro con paredes dilapidadas. Su luz minimizada con bombillas tiznadas las hicieron sentir como si estuvieran a punto de ser sacrificadas. El ruido crujido como el del cuero de un lechón tostado al final de cada paso, era sólo derrames viejos y pegajosos en el piso.

Jessie cubrió su nariz para bloquear la peste a comida podrida y orina adentro de la casa. Vigilando sus pasos de roedores, los siguieron a diferentes cuartos escondidos en otras partes de la casa. Perceptiva y consciente de los objetivos de estos criminales, Jessie los animó con sus palabras.

—Esta casa parecerá un palacio cuando terminemos con ella —, disimulando la asquerosidad de este hogar abandonado y dándole esperanza a estos dos hombres —. Van a estar muy sorprendidos.

El pasillo conectaba con una cocina espaciosa, con una puerta de salida a la derecha. Trastes sucios, utensilios, cajas y otros aparatejos y artilugios cubrían el mostrador. Huellas digitales de tierra y aceite forraban las esquinas de las puertas de todos los gabinetes. Las cortinas viejas, sucias y desgastadas colgaban por sus hilos, exponiendo la mugre que cubría por completo las ventanas y sus bordes.

En un cuarto adicional a la izquierda del pasillo, Jessie contemplaba el polvo y telaraña cubriendo los muebles antiguos. Su cuerpo se estremeció y su mente la engañó al sentir un hormiguero subir por sus piernas. Sacudió sus extremidades inferiores vigorosamente, pataleando accidentalmente una trampa de ratón con queso.

—¿Qué diablos fue eso? — sorprendido Antonio al sentir la trampa volando por su lado como un torpedo.

Evelyn e Iris caminaban por la casa con un poco de indiferencia, sin importarle mucho lo que veían. Estaban tan acostumbradas a los callejones invadidos por ratas, basura y oscuridad....que sólo algunos días atrás compartían sin miedo, por las calles del Bajo Manhattan.

Había un cuartito amueblado con cajas de rompecabezas, como parte de una colección, que descansaban en una mesa de centro hasta el techo. Docenas de periódicos viejos perfectamente embalados y revistas amarradas con sogas, reclamaban la otra mitad del cuarto.

Finalizando su gira por la casa, encontraron un oso dormido en el centro de la sala; para descubrir luego que era sólo una alfombra cubierta de pelos de perros.

—Cogerá una semana — esforzando Jessie una sonrisa —, para acomodar todo en su sitio.

—Hoy empezarán en la cocina — anunció Eddie —, hasta que la terminen.

—Está bien — sin esperar Jessie que las muchachas contestaran —, pero necesitamos todos los productos de limpieza que ustedes tengan por ahí — buscando por la cocina.

—Con el permiso — interrumpiéndolos Iris cordialmente —. Sin energía, no vamos a poder hacer nada.

—Ella tiene razón — de acuerdo Evelyn —. Tenemos que comer algo.

—Y no pan y agua — tratando Jessie de crear una chispa de remordimiento —. Necesitamos comida verdadera.

Como si ellos hubieran previsto sus exigencias, los hermanos respondieron sin oposición. Salieron de la casa y en segundos volvieron con bolsas de comida.

—Aquí tienen — entregándole Eddie las bolsas a Jessie.

Las víctimas estuvieron trabajando toda la mañana y parte de la noche, como un equipo de limpieza profesional. Agradecidos de que ellas habían confeccionado una cena auténtica con sabor a la cultura de Puerto Rico; las ovejas con manchas negras fregaron.

Con su nueva libertad encontrada, las muchachas se reían y compartían en el sótano privadamente las experiencias del día.

—Mi terror era que saliera una rata del zafacón — *arremilló* Jessie y con escalofríos —, porque entonces sí que me iban a ver corriendo.

—No me explico la peste a orina — haciendo gestos de náuseas Evelyn —, por todo el pasillo.

Quizás, "Evelyn e Iris no reaccionaron a los callejones sucios llenos de basura debido a sus borracheras", pensó Jessie. Pero ahora sobrias, todo era diferente. Estaban disgustadas con sus experiencias del pasado y no permitirían vivir jamás en esa suciedad.

—Probablemente había animales viviendo en la casa — expresó Jessie —, y no los sacaban para hacer sus necesidades.

—Esta casa ha estado abandonada por un tiempo — convencida Iris —, y esos hombres deben de vivir en otro sitio.

—¿Ustedes notaron la puerta asegurada con clavos? — compartió misteriosamente Jessie —. Yo creo que la peste viene de ahí.

—¿Habrá un muerto ahí? — asustada Iris —. Quizás, alguien que secuestraron antes que a nosotras.

—Un muerto no va a apestar a orín — le aseguró Evelyn —. Tiene que haber sido un animal.

—Vamos a ver lo que va a pasar — cansada Evelyn de las especulaciones —. Nuestra responsabilidad es mantenerlos contentos.

—Mañana limpiaremos esas ventanas — anticipando Jessie el trabajo del próximo día —, para ver... qué hay afuera.

—Estoy muy curiosa por saber en dónde estoy en el mapa — exigiendo Iris saber su ubicación.

Por lo que Jessie ha observado, han pasado varios meses e Iris y Evelyn han aceptado sus nuevos arreglos de vivienda. Están muy tranquilas y caminan como si estuvieran en su casa. Jessie no puede creer que se hayan rendido tan fácilmente, cuando ella se negaba a aceptar su encarcelamiento.

Como convivientes, dividían justamente sus tareas y responsabilidades; excepto la cocina que se la habían asignado a Jessie. Ella tiene buen conocimiento en nutrición y conoce de diferentes comidas. Su éxito con el asunto de la comida se midió por medio del tamaño de los vientres de los hermanos. Ahora con más energía y menos 'pipas,' los hermanos modelan su nueva figura.

Estas cinco personas admitirían que eran una familia disfuncional por las circunstancias en las que se encontraban. Como prisioneras, han compartido con ellos momentos agradables, actividades placenteras y risas. Aunque Jessie ha suavizado la manera ruda de ser de los hermanos, no ha podido eliminar su determinación para escaparse. Pero su nuevo vínculo abrió las puertas para una solicitud y la han complacido. Con los empleados de su negocio, los hermanos terminaron una renovación simple del sótano para la eliminación de moho en sólo tres días.

Iris preparaba con Evelyn la mesa para la cena, mientras Jessie volteaba y mezclaba el bacalao con cebollas.

—¿Se han olvidado de nuestro plan de escape? —

asegurándose Jessie de que los hermanos no estuvieran cerca —. ¿Qué pasó?

Evelyn e Iris no respondieron y continuaron arreglando la mesa.

—Recuerden… que la ley no permite tener personas encerradas contra su   voluntad — insistiendo en el tema para aquietarlas —. Así encerradas — repitió Jessie —, como estamos nosotras.

—Nosotras no estamos encerradas — por fin respondió Iris sin hacer contacto visual —. Podemos sentarnos en las escaleras de afuera libremente.

—¿Libremente? — con una carcajada Jessie —. ¿Estás loca? — considerando ignorantes las palabras de Iris —. Estamos encerradas entre las cercas y esta casa — queriendo abrirle los ojos.

—Sí — indiferente Iris —, y no intento desobedecer esos límites.

—Estamos aquí contra nuestra voluntad — alzando la voz un poco —, y nadie tiene el derecho de encarcelarnos.

—Yo no me siento encarcelada — dijo Iris.

—¿Tú no estás diciendo eso en serio, verdad? — incrédulamente oyendo su declaración.

—Iris está solamente expresando su opinión — como si estuviera Evelyn de acuerdo —. No hay pecado en eso… ¿Verdad?

—Por favor Evelyn — queriendo Jessie metérsele en el cerebro —, tú eres más inteligente que eso.

—Piénsalo bien Jessie. ¿Qué en realidad significa la libertad? — no esperando una respuesta Evelyn —. Quizás, para nosotras… esta sea nuestra libertad.

Jessie se preguntó, "para dónde iba esta conversación." Era muy temprano en el día para agriarse innecesariamente. Se estaba sospechando algo y se sentía sola en su misión hacia su independencia.

—Deja explicarte — deseando Iris que la entendiera —. Tú no tienes idea de la agonía que es para una mujer… vivir en la calle.

—No es mi culpa que yo escogí otro camino — preparada ahora Jessie para un ataque nuclear —, y ese camino decidió mi destino.

Subconscientemente, Jessie las juzgaba. Ella se crió con una cuchara de plata en la boca y sus experiencias eran muy diferentes. Evelyn e Iris, al mismo tiempo tenían que reconocer y admirar el éxito de Jessie, quien recibió el apoyo y amor de su familia.

—¿Te puedes imaginar lo que era vivir con un padrastro que visitaba el cuarto de noche mientras tu madre dormía? — ahora Iris con sus ojos lagrimosos —. ¿O tener que dejar tu hogar a los quince años porque tu madre no te creía?

Como enfermera en la Sala de Emergencia, Jessie atendió a niños inocentes que entraron golpeados: niños indefensos y víctimas de abuso sexual; con huesos rotos y sufriendo de malnutrición. Jessie se arrepintió de haber iniciado una conversación tan delicada... e Iris tenía razón. Aunque Iris no lo había dicho, Jessie no tenía derecho de reprocharle nada en absoluto.

—Somos amigas desde niñas — dijo Evelyn —, y en nuestra juventud, Iris y yo abandonamos nuestros hogares.

—Es la primera vez que comparten sus vidas conmigo — excusando su insensibilidad hacia las vidas oscuras de estas almas —. Ustedes tienen razón... yo no entiendo.

—Mis padres eran unos borrachones y adictos a las drogas — dijo Evelyn —. Me usaban para transportar drogas por todo el barrio cuando sólo tenía siete años.

—Lo siento Evelyn — entristecida y sintiéndose cada minuto peor —, no lo sabía.

—Me entraban a palos cuando los bandidos del barrio me robaban — no pudiendo Evelyn controlar sus lágrimas —. Por fin pude escaparme de ese ambiente al conocer a Iris.

—Fue un alivio dejar a nuestras familias — exclamó Iris —, y por primera vez en nuestras vidas jóvenes, teníamos sueños de poder empezar otra vez.

—Nuestras edades impidieron que encontráramos empleo, mientras continuábamos yendo a la escuela —, compartió Evelyn —, y empezamos a bailar en un club de adultos con identificaciones falsas — sus ojos llenos de dolor —, hasta que los chulos nos descubrieron.

—Y fue entonces que a puños y sin remedio nos forzaron a

vender nuestros cuerpos — avergonzada Iris —, para mantenerlos, comer y tener un sitio a donde descansar nuestras cabezas.

Jessie no comentó y hubo un silencio incómodo. Su vida fue completamente aislada y protegida por una cerca de alambre. Nunca tuvo curiosidad en cosas oscuras… o prohibidas. Sus enseñanzas cristianas estaban grabadas en su alma y la guiaron hacia lo bueno. Si sólo ellas hubiesen tenido a alguien ejemplar en sus vidas que las hubiera amado, eso nunca le hubiera pasado.

—Vivimos ahora en paz y seguras — expresó Iris —, aunque encarceladas.

Jessie juró nunca más iniciar el tema de su encarcelación. Sufrirá su soledad e injusticia sola… como cuando niña; enjaulada detrás de la cerca de alambre; la cual la separó de otros niños… de sus abuelitos… y de los muchos vecinos. Como una barrera maldita, la cerca limitó su existencia detrás de sus postes, mallas y púas de metal.

Eddie y Antonio demostraron interés en Evelyn e Iris. Era indiscutible que las muchachas habían escogido diferentes caminos, como Jessie sospechaba. Han aceptado un acto de injusticia y el robo de su libertad. Jessie no aplaudirá sus decisiones… pero tampoco las cuestionará.

—¿Qué te hizo estudiar enfermería — curiosa Evelyn —, y no chef de cocina?

—Quise seguir los pasos de mi madre — viéndola en su mente por un segundo —. Me contaron que era muy dedicada.

—¿Cómo que te contaron? — curiosa Iris —. ¿No la conociste?

—Mamá murió cuando yo tenía seis años y mi tía Rosa me crió.

—¡Que triste! — comentó Evelyn —. ¿Estaba enferma?

—Pues… sí y no — jugando con su reloj —, es lo único que puedo decir.

—¿Cómo que sí y no? — repitió Iris —. ¿Qué quieres decir con eso?

—En los últimos años de su vida, mi mamá sufrió de depresión.

—No sabía que la depresión podía causar la muerte — comentó Iris —. Es la primera vez que oigo algo así.

—Claro que sí — dispuesta a compartir un poco —. La depresión te hace cometer cosas inimaginables.

Jessie no quería hablar de su vida privilegiada con las muchachas, porque no se podían comparar. Aunque ella compartía el vacío de una madre, ella tenía a Rosa que estuvo dispuesta a amarla desde el principio.

—Yo también me sentía sola — compartió Evelyn —, y tan expuesta a los elementos mundanos como niña.

—¿Qué le pasó a tus padres? — curiosa Jessie —. ¿Están vivos?

—A papá lo mataron — sin emoción ninguna —, y mi mamá murió de SIDA.

—Lo siento Evelyn — apenada —. Sus muertes fueron trágicas.

—Eran malos — compartió —, y yo no los necesitaba en mi vida.

Jessie en cambio fue rodeada por personas que le ofrecieron apoyo y amor, especialmente al casarse Rosa con Oscar.

—¡Mis padres eran malignos! — no queriendo Evelyn recordarlos jamás —. Su maldad venenosa goteaba de sus poros.

Jessie la abrazó al verla a punto de llorar.

—Ellos le hicieron la vida imposible a mi abuelita — continuó—, y pelearon con ella por mi custodia.

—¿Pero, por qué? — no entendiendo Jessie el extremo de su maldad —, cuando tu abuelita te podía brindar una vida mejor.

—Busqué a mi abuelita al ellos morir — afligida —, pero ya ella había fallecido.

Evelyn era una mujer fuerte, segura y caminaba con cierta autoridad. No era parte de su personalidad compartir sus penas ni dolor. Los recuerdos la hicieron llorar y ella hubiera preferido olvidar por completo esa parte de su vida. Limpiando de sus corazones los residuos del dolor que todavía existían muy dentro, volvieron a analizar sus puntos de vista hacia un futuro. Evelyn e Iris miraron a la joven decente... buscando aprobación. Querían oírla decir que todo iba a estar bien.

—¿Entiendes ahora? — como si estuviera Evelyn implorándole comprensión —. La seguridad que sentimos en esta casa, nos hace sentir libre.

—Soy feliz — proclamó Iris —. Vivir en este hogar es como estar de vacaciones.

—Está bien entonces — rendida —. Yo también me siento contenta con mi nuevo papel como ama de casa — riéndose Jessie.

—Soy libre — exclamó Evelyn —, y así me quiero sentir para el resto de mi vida.

La actitud de los hermanos había cambiado en solamente tres meses. La casa parecía un palacio y las comidas eran sabrosas. Los reyes del hogar estaban muy contentos y complacían a Jessie en todo… y sin negarle nada. Excepto… su libertad.

Era el cumpleaños de Iris y habían planeado una cena especial. Decoraciones curiosas hechas de papel de inodoro, adornaban el comedor.

—¡Que idea más curiosa! — mirando Eddie las flores de papel en la mesa —. Me economicé flores naturales.

—Quiero informarles que hoy es el cumpleaños de Iris — asegurando Jessie que el bizcocho no se quemara —, y Evelyn ha preparado un bizcocho fabuloso.

—¿Cuántas velas necesitan? — contando Antonio con los dedos de sus manos —. ¿Cien?

—¡Oye!… pero que *cari-fresco* y *cari-pelao* — tirándole Iris con una toalla de cocina —. El muy perro me ha insultado.

—Estás vieja — anunció Antonio —, y pronto vas a necesitar ese bastón… —apuntando hacia él —. Considéralo tu regalo.

—Tengo treinta años — orgullosamente parándose derecha y modelando su cuerpo —, y me dicen que parezco que tengo veinte.

—¡Contra! — relajando Antonio —. ¿Quién fue el embustero?

—¿Y qué quieres decir con eso, — con la escoba en mano —, que… nadie antes te había puesto vergüenza? — amenazándolo Iris.

Jessie sacó el pernil del horno, mientras Evelyn acomodaba la olla de arroz con gandules y guineos verdes en un plato de servir. Era un día muy especial para Iris y la celebración los iba a unir más. Los hermanos le entregaron el regalo de cumpleaños a Iris y se sentaron a cenar. Jessie estaba de lo más campante sirviéndoles las bebidas en copas de cristal, cuando de pronto un ruido en la cocina les llamó la atención. Sin aviso, la puerta lentamente se abrió.

Se vio el reflejo de un hombre alto y guapo arrastrando una maleta grande. El extraño entró, se paró por un segundo y con calma caminó con su equipaje hasta llegar al centro de la cocina. Los hermanos lo miraron como si hubieran visto a un fantasma y la cocina se llenó de silencio.

El caballero enderezó la maleta y empujó el gancho de agarrarla hacia abajo, contemplando sus alrededores como si hubiera entrado a una casa extraña. Miró a los hombres que permanecían inmóviles, nerviosos y sudando la *gota gorda*. Después de un silencio largo y muy incómodo, el visitante lo rompió.

— ¿Y qué es esto? – fijándose en la cocina limpia.

Las muchachas sin saber qué hacer miraron a los hermanos esperando sus respuestas. Pero los pobres con sus bocas secas y labios *temblorosos* no pudieron responder.

— ¿No hay nadie que me pueda contestar? — insistió el hombre —. ¿Qué esperan?

—Nada, nada — despertando del shock Eddie y con sudor corriendo por su frente como condensación en una ventana —, nada.

— ¿Nada? — alzando el extraño su voz —. Encuentro todo esto muy raro.

—No te esperábamos — asombrado Antonio —. Eso es todo.

—Mi querido hermano — mientras observaba el extraño el sudor de Antonio fluir libremente hasta llegar a su chiva —, estás sudando profusamente. Una señal de que han hecho algo malo.

La glándula suprarrenal se apoderó de Jessie y en su mente preparaba su escape. No sabía si iba a correr para la izquierda o para la derecha, al sentir sus músculos preparados para arrancar. Hubo otro silencio y Jessie parada como una estatua en el medio de la cocina, perdió su voz. Sin mover un dedo retuvo la botella de refresco fuertemente en su mano... esperando.

El amaneramiento y estilo de este tipo extraño era muy favorable. Era imposible creer que compartiera los mismos genes de sus hermanos.

—¡Me tienen que decir que está pasando aquí! — exigió desconcertado —. ¿Y quiénes son estas mujeres?

El temor en sus rostros era señal del dominio de este hombre sobre ellos. Exigía respeto y una explicación de sus hermanos mayores.

—Pues yo le puedo explicar — comentó Iris, entrometiéndose. Determinada Iris con lo que iba a decir y con la boca todavía abierta, mordió un pedazo de pan que Evelyn le metió en la boca, para que no *metiera las patas.*

El caballero se acercó a la mesa e inesperadamente agarró el ruedo del mantel y lo haló fuertemente. La comida, platos, cubiertos, flores de papel y bizcocho volaron por el aire. Las botellas de refresco resbalaron de las manos de Jessie, explotando como una bomba al caer al piso. Los hermanos empujaron sus sillas hacia atrás con rapidez, para evitar ser golpeados por los objetos voladores. Eso fue señal suficiente para que las muchachas corrieran por sus vidas, sin mirar hacia atrás. Lo último que Jessie y Evelyn recuerdan y oyeron, fue a Iris gritar.

—¡Auxilio! — dejando un zapato por atrás como la Cenicienta y sin tocar el piso. A gran velocidad bajaron las escaleras hacia el sótano, dejando polvo detrás de ellas. Con el corazón en las manos, cerraron la puerta del sótano para que nadie entrara.

—¡Que susto! — exclamó Iris con su mano en el pecho —. No quiero subir más para allá.

—Feliz cumpleaños — muerta de la risa Evelyn —. Y dale gracias a Dios que todavía estás viva — bromeó.

Tomó unos cuantos minutos para que todas se calmaran, a pesar de que por los nervios se reían incontrolablemente.

—Tengo que preguntarte solamente una cosa — dijo Evelyn sin poder respirar y entre su ataque de risa —, ¿qué demonios ibas tú a decirle a un hombre que ni conoces?

—Le iba a dar una explicación.

—Gracias a Dios que no pudiste — riéndose Jessie —, con ese

canto de pan tan grande en la boca.

—¡Sí hombre, Evelyn! — reaccionando tarde y avergonzada —. ¿Por qué hiciste eso?

—Para que te callaras — todavía no creyéndolo Evelyn —. De ahora en adelante Iris, no le des explicaciones a nadie — acompañando a Jessie con su risa.

—¿Encuentran ustedes eso gracioso? — no muy entretenida Iris —. Me encantaría hacerle lo mismo para ver si se ríen con tantas ganas.

—¿Y qué fue ese truco que hiciste? — sin poder contener la risa Jessie — Llegaste a la puerta del sótano sin tocar el piso.

—A mí lo que me encantó — añadiéndole Evelyn al escándalo —, fue cuando gritó "auxilio" con las *patas* y manos en el aire.

Jessie estaba muy curiosa por la conmoción del piso de arriba y caminó a la parte inferior de las escaleras del sótano, para oír mejor la pelea.

—Jessie... Jessie — susurró Iris —, ven para acá.

—Ya voy.

—¡Jessie! — preocupada Evelyn —, no dejes que te cojan oyendo sus conversaciones.

—Está bien — entrando Jessie al dormitorio del sótano —. ¿Quién será ese chico tan guapo? — indiscreta Jessie.

—Tiene que ser el hermano — sospechándolo Evelyn —, aunque no se parecen.

—Él le dijo a Eddie "mi querido hermano" — completamente segura Iris —. Así que tienen que ser familia.

—¿Notaron ustedes lo nerviosos que estaban? — penosa Iris —. Se estaban muriendo del miedo.

—¡Bueno para ellos! — alegrándose Evelyn —. Bastante nos jodieron.

—Mis queridos gorditos — sintiendo Jessie una combinación de emociones —, me los van a maltratar.

—¿Qué creen ustedes que va a pasar? — un poco preocupada Evelyn —. Este hombre es listo y va a decidir nuestro futuro.

—Veremos — sin temor ninguno Jessie —. Yo personalmente no me preocuparía.

—La *cosa* no se ve muy bien — acostándose Iris en la cama—.

210

Creo que él es inteligente y va a tratar de cubrir los errores de sus hermanos.

—Es la primera vez que dices algo racional — sorprendida Evelyn —, y deseo que la solución no sea nuestro fallecimiento.

—Pero ¿de dónde salió este hombre? — turbada Jessie —. Estamos aquí más de tres meses y nunca lo han mencionado.

—¿Qué van a mencionar— dijo Evelyn —, cuando dudo que lo esperaban?

—Quizás, estaba de vacaciones — tratando Iris de racionalizar la visita del extraño —, y vive cerca de aquí.

Ahora que las muchachas están acostumbradas a sus rutinas diarias, temen un cambio. Les cogió tres meses para desarrollar una relación con dos extraños y sentirse seguras.

—Todo estaba de lo más bien — dijo Iris disgustada —. ¿Por qué ahora?

Las discusiones entre los hermanos las dejaron desveladas y frustradas por horas. No podían oír bien sus palabras a través de las vigas de madera entre el sótano y el primer piso.

—Cuéntame de tu papá — dijo Iris, para olvidar el caos del piso de arriba.

—No lo conocí — confesó Jessie —, y lo que me contaron de él, no era muy bueno.

—¿Y tus abuelos? — consciente Evelyn de que en los últimos tres meses Jessie no había compartido mucho con ellas —. ¿Están vivos?

—Mi tía Rosa no me dejaba compartir mucho con ellos — reveló —, y los veía solamente durante los días de fiesta.

—¿Por qué la separación? — preguntó Iris —. ¿No eran ellos buenos?

—Les cogí mucho cariño — sonriendo Jessie al recordarlos —, especialmente al viejito abuelo — queriendo Jessie describirlo —. Aunque él era un hombre noble, trabajador y dedicado... la familia en general era disfuncional.

—¿Por qué interfirió tu tía? — curiosa Evelyn —. ¿Cuál fue el motivo?

—Pues — declaró Jessie —, mi tía decía que eran "chusma" y no quería que yo cogiera malos hábitos. Los llamaba "Gente de Cantina."

Jessie oyó las voces de los hermanos alejarse y caminó hasta el final de las escaleras del sótano.

—¿Qué haces? — asustada Iris —. Yo no quiero que vengan para acá abajo.

—Quiero oír bien lo que están diciendo — dando Jessie un paso más hacia la escalera —. Necesito poner mi oído contra la puerta.

—Jessie por favor — no creyendo Evelyn su atrevimiento —. No quiero que nos castiguen.

—¿Qué van a hacer? — sin importarle a Jessie —. ¿Torturarnos con la exigencia de más comida y limpieza?

—¡Mis pobres hermanitos — preocupada Iris de que el extraño se deshiciera de ellos —, que no se preocupen, que yo los defiendo!

—Ellos estaban más asustados que nosotras después de nuestro secuestro — deseando Evelyn que los castigaran más —, y es bueno que le pase por asustarnos.

—Yo creo que hasta un *peo* se le salió a Eddie — riéndose Iris —, cuando salieron los platos de comida volando.

El chiste más grande del episodio, era Jessie y Evelyn imitando a Iris corriendo con las manos y pies en el aire gritando do "auxilio."

—El bizcocho cayó al piso como una guanábana — recordando Evelyn su creación artística —. Tan bello que estaba.

—Y tan preciosas las decoraciones — sentida Iris de no haber podido probarlo —. Me hubiera gustado comerme una de las florecitas de encima.

—¡Que mala suerte! — cuestionando el tiempo que perdió decorando el bizcocho Evelyn —. La próxima vez le pido a Eddie que compre 'cupcakes.'

—No te preocupes Evelyn — tratando Iris de consolarla —, en tu cumpleaños te hornearé uno especialmente para ti.

—Los hombres no tienen idea — molesta Evelyn.

—Me gustaría poder subir y lambetear lo que queda del bizcocho — saboreándose los labios Jessie.

—Estoy segurísima de que todavía está en el piso — recordando Evelyn el bizcocho en el aire acompañando al pernil —. Ellos no lo van a limpiar.

—Que se vayan todos para el infierno — exclamó Iris —, y que les dé diarrea a los primeros que lo cojan del piso para comérselo.

El carácter de Iris era muy similar al de su tía Rosa. Jessie gozaba con Iris al oír sus comentarios. Hacía a todos reír con sus chistes e imitaciones de personas. Iris no era la misma muchacha que había conocido en el callejón. Estaba llena de vida, de esperanza y gozo.

Los ruidos del piso de arriba han cesado y Jessie no puede dejar de pensar en el nuevo hermano. Secretamente guardaba los planes de su escape en su mente y tendrá que atrasarlos. No va a ser fácil escaparse, ahora con tres hermanos y un chorro de perros encerrados dentro de una cerca.

Temprano en la mañana la puerta del sótano se abrió y la nueva adición a la familia llamó a Jessie. Las muchachas despertaron al oír su voz y vieron a Jessie arreglándose el pelo con sus dedos. Todavía sentada en su cama, ella trataba de averiguar si él en realidad la estaba llamando.

—¡Jessie! — repitió el extraño.

—Sí... ya voy.

Ahora más despierta, se dio cuenta de que no era un sueño. El extraño la esperaba en el primer piso. Evelyn e Iris se acomodaron en la cama esperando oír sus nombres, pero él solamente llamó a Jessie.

—Necesito hablar contigo — dijo él desde el escalón de arriba. Jessie miró a las muchachas y se levantó de la cama apurada. Con las chanclas al revés y recogiendo su pelo con una goma, se dirigió hacia arriba. Vestido y preparado para el día, él la esperaba.

—Dígame — un poco fatigada Jessie.

—Soy Luis Ángel, el hermano de Eddie y Antonio.

Jessie lo miró embobada por su buena apariencia. Él en cambio, miró sus chanclas al revés.

—Quiero enseñarte la propiedad en donde te encuentras — le informó —. Me dicen que has visto la propiedad solamente desde las escaleras de la casa.

Eso no fue lo único que sus hermanos compartieron con Luis Ángel. Jessie ha intentado varios escapes. Está muy confiada porque entiende lo mucho que Antonio y Eddie la aprecian. Ellos juran que Jessie voluntariamente ha aceptado las responsabilidades y asuntos del hogar. Jessie se había convertido en la directora de la familia y lo hacía con gracia, paciencia y amor; para mantenerlos a todos juntos.

El hombre tenía razón. Ella solamente había visto parte de la propiedad desde las escaleras detrás de la casa. Cuestionó el motivo de Luis Ángel. ¿Por qué de repente está tan interesado en enseñarle su ubicación en el mapa, cuando por tres meses no sabía adónde estaba?

—Por lo que me dicen mis hermanos, eres la más digna de confianza.

Jessie encontró esa declaración muy interesante, ya que Eddie y Antonio han demostrado interés en Iris y Evelyn.

—Me sorprende que hayan expresado tal confianza — con un poco de sarcasmo —, cuando estoy segura que le han dicho que me he tratado de escapar varias veces.

—Veo que eres digna de confianza — ignorando su comentario —, con solamente mirarte.

—¿De veras? — pensando ella: ¿qué ve este hombre extraño en mí? —. ¿Así que tienen confianza en mí?

—¿Por qué lo encuentras tan extraño?

—No es que lo encuentre extraño, sino que prefiero no mencionarlo al frente de las muchachas — recomendó Jessie —. Personalmente encuentro su comentario ofensivo.

—¡No me digas! — sorprendido —. Debes de considerarlo un honor.

—Entre criminales… no hay honor.

Luis Ángel entendió su mensaje y decidió no darle importancia a su sarcasmo.

—Evelyn e Iris son buenas muchachas — tratando de borrar cualquier concepto que él tuviera de ellas —, y mucho más listas que yo. Quizás, ésa sea la razón para tu opinión.

Luis Ángel la miró y se sonrió. Él estaba más calmado que la noche anterior y parece que el descanso le hizo bien. Abrió la puerta de la cocina y Jessie lo siguió.

Al sentir el aire fresco acariciar su rostro, Jessie cerró sus ojos y respiró profundo, sin importarle que Luis Ángel la estuviera mirando.

Hacía una semana que como castigo no salía de la casa. Su intento de escaparse la semana anterior, fue interrumpido por los perros ladrando.

Jessie abrió sus ojos y contempló la nobleza de un cielo azul, las aves volando con gracia y ni una nube en el firmamento. Sintió el calor del sol radiante arropar su cuerpo.

—Mi Dios, te doy gracias por este momento — elevando sus manos —, gracias.

Dándole la vuelta a la casa, observó los colores de las flores naturales en cada esquina. Agradecida... y con su alma vigorizada... se volteó hacia Luis Ángel y dijo:

—Gracias — sinceramente.

Luis Ángel permitió que Jessie se moviera cómodamente por las áreas prohibidas. Era una propiedad muy grande y le estaba dando tiempo para absorber su belleza. Jessie vio las dos cercas que los hermanos tanto habían enfatizado, escondidas elegantemente detrás de los arbustos grandes y altos. Las cercas la rodeaban y encarcelaban igual que la cerca de alambre den Puerto Rico. En ese momento sintió la misma sensación.

—¡Malditas cercas!— pensó.

Dos cercas; entre ellas un espacio de quince pies y nada mágico, enjaulando a siete perros agresivos con sus bocas llenas de espuma, ladrando y excavando. Ellos la miraban como un pedazo de carne colgando de un hueso. Se sacudió al recordar la experiencia de su niñez. Luis Ángel la acompañó mientras ella con cuidado le daba la vuelta a la casa, una vez más.

La casa descansaba en varias cuerdas de terreno en un área rural. Parada en una cuesta y mirando hacia lo lejos, Jessie se maravillaba con un lago a la distancia y líneas de árboles que decoraban y embellecían la propiedad de los hermanos.

—No tengo palabras — asombrada.

—Yo tampoco y he vivido aquí toda mi vida.

—Y esa carretera de piedras, ¿hasta dónde llega?

—Hay un parque muy conocido como a siete millas de aquí y esa es la carretera hacia allá.

—Interesante.

—En el verano encontrarás algún turista perdido, pidiendo instrucciones para llegar al parque del lago.

—¿Y ahí trabajan ustedes? — apuntando hacia un garaje de carros al bajar la loma y un poco alejado.

—Sí... ese es nuestro negocio.

Jessie le dio la vuelta a la propiedad por tercera vez admirando su belleza. Los árboles estaban floreciendo en esta temporada de primavera.

—Hay una razón por la cual te traje aquí afuera — tímidamente dijo Luis Ángel —, y me gustaría que abrieras tu mente.

—Yo creo que este secuestro me la ha abierto bastante.

—Todos aquí sabemos que fueron secuestradas — no permitiendo que ella lo distrajera —. ¿Podemos ahora continuar con nuestra conversación? — molesto de que lo había interrumpido.

—¡Que ni tanto! — observando que Luis Ángel estaba perdiendo su paciencia—.   Continúa entonces.

—Tienes que convencer a tus amigas — sorprendiéndola Luis Ángel.

—¿Convencerlas para qué?

Luis Ángel miró el paisaje maravilloso para evitar los ojos penetrantes de esta mujer tan franca. Era bella y no podía dejar que su belleza lo distrajera.

—A no tratar de escaparse — dijo seriamente —. Como tú puedes ver, la casa está completamente rodeada con perros rabiosos.

Eso no iba a ser un problema para Evelyn e Iris. La única interesada en salir de ahí era ella.

—Muy bien — de acuerdo —, así haré — le aseguró.

—Gracias Jessie — mirándole el labio de arriba temblando incontrolablemente —. Te lo agradezco — curioso, pero evitando Luis Ángel una segunda mirada.

—De nada Luis Ángel — tocándose el labio con la mano para

controlar sus movimientos descontrolados —. Te prometo que lo haré.

—Quiero enseñarte algo más — caminando hasta la entrada principal de la casa —. Lo encontrarás hasta más interesante.

Había un banco de hierro y varias sillas de mimbre en el balcón cerca de la entrada principal de la casa. Los tiestos llenos de flores amarillas, blancas y rosadas adornaban el área elegantemente.

—La entrada está muy bella — al notar la combinación de colores resucitar la naturaleza después de la mezcla invernal del año pasado —. No me cansaría de mirar un paisaje tan extraordinario.

Jessie se sentó en el banco, mientras Luis Ángel tomó asiento en la escalera de ladrillo.

—Mis hermanos me dicen que eres enfermera.

—Era enfermera — como si estuviera acusándolo del cambio de profesión —. Ahora soy ama de casa.

Luis Ángel tuvo que reírse, pues Jessie parecía estar un poco enojada.

—También me dicen que eres la mejor cocinera del mundo entero.

—¿De veras? — con una sonrisa —. ¡Que exageración Dios Padre!

—Mis hermanos han visitado todos los restaurantes en el estado de Nueva York — riéndose —, así que saben de lo que hablan.

Jessie se rió porque Luis Ángel tenía razón. A sus hermanos les encantaba comer. Se lamían los dedos de las manos después de cada cena, algo que ella encontraba asqueroso y de muy mal gusto.

—Estoy disfrutando mi nuevo título como 'ama de casa.' Y te confieso que después de todo esto, planeo cambiar de carrera.

—No lo creo — respondió Luis Ángel —. Lo que creo es que estás un poco *enfunchada* por un cambio tan inesperado.

—No estoy *enfunchada* por eso, sino porque he perdido mi libertad.

—Quiero que disculpes a mis hermanos.

Ya Luis Ángel estaba preparado para ese tema. Reconocía que Jessie tenía razón, pero por ahora, no se podía hacer nada.

—Tú pides eso fácilmente — con su voz elevada —. Casi como si estuvieras pidiéndome un pedazo de pan.

—Se encontraron en una mala situación Jessie.

—¿Eso le da el derecho de raptar a tres mujeres en la calle y asustarlas por días?

—No supieron manejar la situación.

—¿Secuestrarnos? — todavía no creyéndolo —. ¿Esa fue una solución?

—No lo entiendes ahora Jessie — notando sus ojos aguosos—, pero quizás, más tarde lo entenderás.

—¡Nunca lo voy a entender!

—Por favor — un poco sorprendido Luis Ángel —, no te pongas así.

—Lo que ellos han hecho es en contra de la ley y les aseguro que sus actos tendrán consecuencias — olvidándose ella del susto que pasó el día anterior —. Me sorprende que la policía no haya rodeado tu casa todavía.

—Eso suena como una amenaza — disgustado —, y tú no estás en ninguna posición para amenazar a nadie.

Jessie controló un poco su ira. Tenía que expresarle a este extraño su frustración por haber perdido a su familia.

—Ustedes tienen que resolver este problema antes de que nos encuentren.

—Dejé a mis hermanos por tres meses solamente — dispuesto Luis Ángel a darle una explicación —, en lo que asistía a una conferencia en Los Ángeles — tratando de convencer a esta enfermera profesional que él nunca hubiera estado de acuerdo con tal crimen.

—¿Tres meses para una conferencia? — observando Jessie su disgusto y preocupación —. ¿Cómo te atreviste dejar a esos locos solos por tanto tiempo? — riéndose.

Esta era la manera escogida por Jessie para aliviar sus temores y decirle "lo siento," pero como quiera que sea, han cometido un crimen.

—Yo mismo me pregunté lo mismo — rascándose la cabeza.

—Tres meses para una conferencia fue demasiado tiempo Luis Ángel.

—Tenía que ver con un sistema de computadoras muy complicado para el negocio.

—No entiendo que provocó este crimen — creyendo Jessie conocer bien a los hermanos después de tres meses —.

Pero... que se lo expliquen al juez — no permitiendo ni por un instante que Luis Ángel creyera que aprobaba su mala conducta.

Luis Ángel no quería complicar el delito más y definitivamente no estaba dispuesto a oír nada que tuviera que ver con las autoridades. Amaba a sus hermanos y los protegería.

—Esta conversación ha terminado — levantándose —. No quiero pensar más en las consecuencias.

—¿Qué te pasa Luis Ángel; se te hace difícil oír la verdad?

—Vamos para la casa — le ordenó —, porque yo necesito tener esta conversación con una mujer más comprensiva, con compasión y dispuesta a ayudarme a solucionar este problema.

—Ha sido muy difícil para nosotras también — dijo Jessie —, y no me explico cómo ustedes lo creyeron justo al separarnos de nuestra familia.

—Ellos no las maltrataron.

Ese no era el punto y nunca iban a estar de acuerdo. Jessie decidió dejar el tema para otro día, para evitar que él se enojara y descontinuara su caminata por la propiedad.

—¿Qué ibas a enseñarme? — dispuesta a hacer cualquier cosa para aprovecharse del aire fresco —. Estoy preparada para oírte ahora.

—No vale la pena — rendido Luis Ángel y disgustado —. Estás haciendo juicio a la ligera.

—Está bien entonces... Es una falta que tengo y quizás, tengas razón — excusando su comportamiento —. Pero tú tampoco eres un santo y quiero que sepas lo mucho que nos heriste al destrozar nuestra cena anoche.

Jessie buscaba los momentos más inoportunos. ¿No era ya bastante la aflicción de Luis Ángel, para ella añadirle más a su consciencia?

—Éste no es el momento apropiado — pensativo —. Hablaremos otro día.

—¿Por qué estamos aquí Luis Ángel? — exigiendo una respuesta —. Por favor explícame, para poder entender qué condujo a una familia decente a cometer esta injusticia.

Luis Ángel quería explicarle, pero el drama tenía que terminar.

—¿Terminaste? — preguntó Luis Ángel.

—Sí — secándose las lágrimas con su mano —. Ya dije lo que tenía que decir.

Luis Ángel no tuvo más remedio que confiar en Jessie. Merecía una explicación y ya era tiempo que la razón se revelara.

—Antes de irme a la conferencia — rezando Luis Ángel que no estuviera cometiendo un error —, yo hice todos los arreglos para el cuido de mi familia.

Jessie lo miró intrigada queriendo oír más. No podía creer que había en realidad una razón para su secuestro.

—Me encargo del negocio, la casa y de esos dos hermanos míos locos. Como ves, su madurez es limitada.

Jessie se sonrió al ver que fue un esfuerzo para Luis Ángel declarar lo obvio.

—Te comprendo — entendiendo de primera intención su inmadurez.

—Mis hermanos no tienen malicia ni son hombres violentos.

—Lo sé, Luis Ángel — ellos no tienen el corazón ni para matar una mosca... pensó Jessie—, desde el principio vi algo sano en ellos.

—Aquí, el único violento soy yo — para que ella no se creyera que su destino estaba completamente seguro —, y un *cabeciduro*.

—Entonces me quieres decir, ¿que eres el más arrebatado?

—Yo no diría tanto Jessie — sonriendo Luis Ángel —, pero si eso es lo que quieres creer... que así sea.

—Todos ustedes tienen culpa — su voz acusatoria —, y esto va a terminar trágicamente.

—Dame la oportunidad de explicarte — exclamó —. Tu comentario no hace la situación más agradable.

—Está bien — iba a tratar de callarse —, cuéntame.

—Yo creía que las enfermeras tenían un poco más de caridad y compasión.

—Está bien Luis Ángel, estoy preparada para oír lo que me tienes que decir.

Luis Ángel sacó una llave de su bolsillo y en el balcón empezó a abrir la puerta principal de la casa. Al entrar al pasillo, Jessie notó una escalera que se dirigía hacia el segundo piso. Ella lo siguió por el pasillo hasta el final del primer piso y lo vio abrir la puerta cerrada sin candado.

Jessie entró con él confiadamente. A la parte izquierda del pasillo se encontró con dos cuartos amueblados. El olor de orín mezclado con el líquido para limpiar 'King Pine' era indiscutible. Había una silla de cuero reclinable y una mesita llena de frascos con medicamentos. Se aproximaron a la segunda parte del cuarto y ahí en una cama de hospital había un viejito durmiendo.

—Éste es mi padre que está enfermo Jessie... y esta es la razón por la cual te secuestraron.

Había pasado un poco más de un año y los carteles con retratos de Jessie habían perdido su color. Las cintas amarillas amarradas en los troncos de los árboles cerca de su residencia en Brooklyn, representaban una comunidad en espera. Estaba lloviendo y días así eran muy dificultosos para Rosa. Recordaba las locuras de su hija y su fascinación con la lluvia. Desde que Jessie se desapareció, Rosa le dedicaba todas sus mañanas a la iglesia para rejuvenecer su alma. Nadie tenía idea de lo que le había sucedido a su hija y de acuerdo a la investigación... nadie vio nada. Ella no tenía enemigos y no le debía dinero a nadie. Era una muchacha humilde, decente y de su casa. Salía del trabajo para su casa y de su casa para la iglesia.

Por un tiempo Rosa sospechó que Eduardo tenía otra novia y que ellos le habían hecho daño. Pero todo eso fue investigado y él salió inocente. Eduardo hizo todo lo posible para ayudar en la investigación. El caso estaba todavía abierto y él consultaba frecuentemente con el detective encargado de la investigación. Pero siempre era el mismo resultado y mientras más tiempo pasaba, sus sospechas se hacían más una realidad... Jessie estaba muerta. Eduardo no compartía sus sospechas con nadie y ni tan siquiera con Rosa. Él sabía que tanto sus compañeros de trabajo como él, sospechaban lo mismo y que el detective encargado estaba perdiendo su tiempo en la investigación.

Rosa no faltaba ni un día para unirse al grupo de oración en su iglesia. Rezaba constantemente por el regreso de su querida hija; arrodillada y sin esperanza mirando hacia la cruz en el centro del púlpito. Le pedía a Dios por el regreso de Jessie, aunque sus ojos no lo vieran.

Las ventanas de vidrio con imágenes de santos le daban al templo un sentido de espiritualidad. Era este el sitio perfecto para rogar por el regreso seguro de su hija. El aullido del viento se oía y soplaba las ramas contra el edificio de la iglesia. Rosa cerró sus ojos y con sus manos juntas le pidió a Dios una vez más por su hija.

—Dios mío, ¿adónde está mi hija? — sin más lágrimas para llorar —. No puedo creer que esta alma tan dedicada a ti, se haya desaparecido, — recordándole la fidelidad de Jessie —, ni en la posibilidad de que te la hayas llevado.

Esperanza o no, Rosa no quería creer por un momento que Jessie ya no existía. Su corazón le decía lo contrario y se entregaba a esa emoción.

—Sé que la amas Señor — oraba —, y quieres compartir su pureza y suavidad — sintiendo Rosa más su ausencia.

El viento se coló por los espacios de los ladrillos de la iglesia y como un susurro sopló las llamas de las velas. Sus movimientos suaves y retrasados como un baile bien coordinado, acompañaban cada gritos del corazón de Rosa. Y era allí, en un ambiente misterioso debajo de las luces tenues del templo, que ella lloraba angustiosamente.

—Pero llamar a Jessie ante tu presencia Señor — no dispuesta a entregarle a su hija —, le quitaría a esta humanidad el privilegio... el honor... y la hermosura de algo muy especial — recordando Rosa las palabras del Padre Chilo, cuando oró por Gloria.

—Es la hija de Gloria — imploró —, tu otra sierva que te amó y te sirvió.

Después de estar horas arrodillada y con las rodillas adoloridas, Rosa perdió la concentración. Había pocas personas en la iglesia esa mañana y estaba demasiado cerca del confesionario. No quería oír el diálogo entre los pecadores y el sacerdote, porque después de todo, era una conversación entre ellos y Dios.

Al llegar a su casa, Rosa encontró a Elba en la cocina haciendo café. El muchachito Esteban estaba en la escuela y Elba se aprovechó de su tiempo sola.

—Jessie cumplirá años en unas semanas — con cuidado Elba de no excitarla.

—Lo sé — tirando las llaves del carro en la mesa de la cocina.

—¿Qué tú crees — delicadamente cuidando sus palabras Elba —, si nos reunimos todos aquí para una comida?

—No estoy de humor para fiestas.

—No es una fiesta — le aseguró Elba —, sino la oportunidad de reunir la familia.

Con la taza de café en su mano, Rosa se volteó hacia Elba y expresó su desacuerdo.

—Yo no estoy de humor para atender a nadie — molesta Rosa —, y no me importa que la comida sea para el resto de la familia o no.

Elba se echó para atrás en la silla, un poco sorprendida, y dejó el tema que había iniciado.

—Está bien… como tú quieras — murmuró.

Tocaron a la puerta y al mirar por la ventana, Rosa vio que era Eduardo. Era su día libre y vestía con mahones, camiseta azul y tenis. Él miró su carro desde la puerta y con su mano tocó el aparato asegurando la alarma. Galantemente él las saludó y tomó asiento en el sofá cerca de ellas.

—¿Quieres algo de tomar? — le preguntó Elba.

—No, gracias Elba, terminé de almorzar ahora mismo.

—¿Has hablado con el detective encargado del caso? — era la

misma pregunta todos los días.

—Pues sí Doña Rosa — acomodándose Eduardo mejor en el sofá —. Hablé con él ayer y en realidad no tengo nada nuevo que contarle.

Rosa bajó su cabeza. Estaba muy pensativa y su dolor era notable.

—¿Adónde estará Jessie? — no creyendo Rosa el tiempo que ha transcurrido—. Ya no sé que más pedirle a Dios.

Elba se le acercó y la abrazó.

—Rosa, Jessie está bien — le aseguró —. Va a volver. Así que no te apures.

Eduardo no comentó. Después de más de un año, sus esperanzas estaban disminuyendo cada día más y no esperaba que Jessie volviera. Era doloroso para él y a la misma vez injusto, perderla por segunda vez. La conocía desde niño y nunca dejó de amarla. Recuerda muy bien el día que Jessie le dijo que se mudaba para Nueva York y creyó entonces perderla para siempre.

El recuerdo de Jessie cuando joven, lo animó para prepararse con una buena educación. Sabía que algún día regresaría permanentemente a los Estados Unidos para encontrarse con ella. Tenía créditos universitarios, hablaba inglés, y estos eran los únicos requisitos necesarios para empezar su nueva carrera como policía en la Ciudad de Nueva York.

Jessie no fue fácil de enamorar. Estaba muy enfocada en sus estudios y no tenía tiempo para él. Pero él insistió y después de más de un año, ella aceptó una invitación para cenar. Fue el principio de su romance, aunque no la vio más por un tiempo. Jessie le confesó que él era una distracción y no quería formalizar una relación con él. Eduardo la complació y con dolor en su alma esperó que terminara sus estudios. El día que Jessie se gradúo de enfermera, él estaba presente para continuar su búsqueda y enamorarla.

Después de la ceremonia de graduación, Eduardo la esperó con el resto de la familia. Le entregó un ramo flores, boletos para un concierto y le dio un beso mojado en el cachete. Quería asegurarse el primer puesto en su corazón y declararla su propiedad con un sello.

Eduardo esperó tres meses para darle el primer beso a Jessie, algo que él nunca olvidaría. Preocupada ella por los 'movimientos' de la lengua durante un beso; compartió su curiosidad con sus amigas.

—Jessie, es fácil — le explicó una compañera de trabajo —. Al Eduardo sacar la lengua... lo besas.

Al sacar Eduardo la lengua, eso fue exactamente lo que pasó; Jessie... orgullosamente se la besó. Eduardo se rió y ella en cambio se sintió muy humillada. Él tuvo que esperar tres meses más para intentar el segundo beso.

Las horas de trabajo eran un conflicto para estos dos enamorados. Eduardo estaba muy molesto con la conformidad de Jessie con esos arreglos. Compartían sus pensamientos, sus sueños y planes para un futuro y él quería compartir esos momentos... todos los días. Jessie era cariñosa y le confesó que lo quería; pero sus acciones lo confundían. Sin embargo, Eduardo la amaba y deseaba hacerla su esposa.

Rara era la vez que Jessie compartía los recuerdos de su madre Gloria con Eduardo. Él estaba bien informado de los rumores de la gente en Puerto Rico y lo que su abuelito le había contado. La conexión entre ellos comenzó indirectamente la noche de esa tragedia.

La concepción de Jessie y la madrugada que él perdió a su padre y hermano gemelo, estaba todo escrito en su destino. Ella no conocía todos los detalles terribles de esa noche, pero la gente de Ensenada no lo había olvidado. Todos hablaban de la tragedia como tema preferido, después de tantos años. Si ella supiera que la mujer que la crió fue mayormente responsable por la desgracia de su madre; quizás, nunca la perdonaría.

Eduardo se levantó del sofá y se despidió de Rosa y Elba. Siempre era difícil compartir los detalles de la investigación con ellas. Eran las madres de Jessie y la habían criado. La amaban y estaban muy orgullosas de su hija.

Era septiembre y el día del cumpleaños de Jessie. Rosa se levantó, pero los mareos y náuseas la hicieron volver a acostarse. Durmió por unas cuantas horas más y al despertar por segunda vez, se preparó para enfrentarse al día.

—Buenos días mi amor — entregándole Oscar una taza de café —. ¿Cómo te sientes?

—Buenos días — sorbiendo Rosa su café —. Me siento mucho mejor ahora.

—Me alegro Rosa.

Rosa estuvo leyendo el periódico por horas. No mencionó el nombre de Jessie y Oscar la iba a acompañar en su decisión. Conocía a su mujer muy bien y esperaría que iniciara la conversación del cumpleaños.

—Elba llamó para saber de ti — le informó Oscar —, pero le dije que estabas durmiendo.

—Gracias — aliviada Rosa —, porque no estoy de humor para hablar con ella.

—Ustedes siempre están peleando por algo.

—Esa es la historia de nuestra amistad.

Mencionar el nombre de Jessie hoy sería un peligro. Oscar quería entretener a Rosa con algo que la distrajera de sus penas.

—¿Qué tú crees si nos vamos para el cine? — tratando Oscar de distraerla un poco —. La película empieza en una hora.

—Eres el hombre perfecto para mí — consciente de su intento —, y te amo.

—Vete y prepárate — le aconsejó Oscar —, que te espero aquí.

—Muy bien… me voy a arreglar el pelo un poco.

El teléfono no cesaba de sonar y sin ganas de hablar, Rosa dejó que sonara. Al rato, alguien tocaba en su puerta frenéticamente. Excitado Eduardo y con buenas noticias, entró.

—Doña Rosa, no va a creer lo que le voy a decir — muy contento y animado.

—¡Ay muchacho!… no me asustes — creyendo Rosa que habían encontrado a Jessie.

—El detective del caso de Jessie recibió una llamada anónima, informándole que la noche que ella desapareció, también desaparecieron otras dos mujeres.

—No me digas — exclamó Rosa sorprendida.

—Y al darle la persona los nombres de las mujeres al detective, la persona enganchó el teléfono.

—¿Qué van a hacer ahora con esa información? — preguntó Rosa.

—Ya la investigación secundaria confirmó que había dos mujeres trabajando cerca de un edificio más abajo del hospital.

—¿Estás seguro Eduardo?

—Un miembro de una de las familias reportó la desaparición de una de las mujeres, hace más de un año.

—Estarían tan preocupados — comentó Rosa —, los pobres.

—Pero hay solamente un problema — añadió Eduardo —. Las muchachas son prostitutas.

Es la primera indicación que posiblemente Jessie no está sola. ¡Que importa con quién esté! Lo más importante es encontrarla.

—¿Qué exactamente quieres decir con eso? — sorprendida —. ¿Que porque son prostitutas no las van a buscar?

—No, no... más nunca — tratando Eduardo de calmar a Rosa —. Si las encontramos a ellas — convencido Eduardo —, lo más probable es que encontremos a Jessie.

Rosa sonrió llena de esperanza y Eduardo le dio un abrazo.

—Son las mejores noticias que hemos recibido en más de un año — dijo Eduardo.

—Tan buenas noticias en un día tan especial como hoy Eduardo, — con lágrimas en los ojos —. Me has regalado esperanza en su cumpleaños.

Elba se apareció en la casa de Rosa al oír las buenas noticias. Encontró a la pareja celebrando con un vaso de vino y los acompañó.

—Que buenas noticias — Elba más curiosa que contenta —. ¿Quién los llamó?

—Fue una llamada anónima — reportó Eduardo.

—Una llamada dándonos esperanza —sonriendo Rosa —. ¡Que bendición más grande!

—Otra copa de vino por favor — alzando Oscar su copa.

En las últimas visitas de Elba y su hijo, Rosa notó lo mucho que Esteban había cambiado. Después de saludarla, se metía en el cuarto de Jessie y no salía por horas. Rosa lo oyó hablándole malo a su madre y la libró de la vergüenza, escondiéndose detrás de un armario.

—Deja que se desahogue en paz — recomendó Rosa una tarde —. Dale espacio — al encontrar al joven llorando con su madre al lado.

Disgustada Elba con su actitud, salió del cuarto. El joven siempre fue humilde, reservado y cariñoso. No entienden por qué de repente el muchacho había cambiado. Aunque Rosa sospechaba que era la edad; profundamente sentía que algo estaba ocurriendo. .

—¿Estás bien Esteban? — le preguntó —. ¿Por qué no te entretienes mirando los retratos de Jessie?

—Los veo a solas más tarde tía — evitando una conversación el joven —, si es que me das el permiso.

—Claro que sí muchacho — dejándolo solo en el cuarto —, y coge todo el tiempo que necesites.

Al regresar Rosa del cine esa noche, entró al cuarto. Curiosa por los acontecimientos de esa tarde, abrió el álbum. Notó que el plástico transparente protegiendo las páginas estaba roto. Alguien había rayado el retrato de Red con un bolígrafo rojo, marcando su cara con fuerza; rompiendo varias páginas hasta llegar al otro lado del álbum.

—Dudo que ésto haya sido Jessie — sospechando que Esteban era responsable —. Tendré que hablar con Elba.

Rosa y Oscar se alarmaron al oír el timbre del teléfono a la seis de la mañana.

—Doña Rosa — gritaba la voz por el teléfono —, prenda el televisor — dándose cuenta Rosa de que era Eduardo —, para que vea las noticias.

Rosa saltó de la cama y corrió hacia la sala. Prendió el televisor y a través de la pantalla vio el retrato de Jessie y el de dos muchachas. Eran jóvenes como su hija, pero con diferente estilo de ropa.

El noticiero entrevistó a la mamá de una de las muchachas que por más de un año la había estado buscando. Ella reveló la fuga de su hija a una edad temprana. Compartió los demonios que la ataban; expresando su fracaso personal como madre. Por medio de un mensaje que nadie más entendía, le pidió perdón a su hija. Aceptó su castigo, como las consecuencias de sus acciones.

El reportero del noticiero entrevistó al detective encargado del caso y le preguntó qué tácticas se estaban utilizando para localizar a las víctimas. Él le informó de la llamada anónima que el Departamento de Policía había recibido y la falta de testigos en el caso. Al finalizar las noticias, mostraron los retratos de las tres jóvenes; implorándole al público que llamaran con más información y ofreciendo una recompensa.

—¡Está viva! — gritó Rosa al oír las noticias.

—Volverá — exclamó Oscar sobresaltado —, volverá.

Eduardo se llenó de esperanza con la noticia. Amaba a su prometida y estaba muy ansioso que volviera.

Las buenas noticias de los últimos días animaron a Rosa a recuperar su alegría. Extrañaba a Jessie y juró nunca jamás separarse de su lado. No permitiría ningún obstáculo, secreto, ni mentira entre ellas. Quería que cuando Jessie volviera, supiera la verdad.

—Voy a compartir con ella toda la verdad — anunció.

—¿Después de más de un año — sorprendido Oscar —, eso es lo que tú quieres hablar con ella?

—Oscar, ésto ha sido un castigo de Dios — convencida.

—Lo dices como si tú no fueras digna del perdón de Dios, ni el de Jessie — atribulado —, ella te perdonará… verás.

—Este secreto me ha atormentado por tantos años.

—Vive con tu tormenta entonces — enojado —, y deja a la pobre Jessie en paz.

—Es justo que ella sepa la verdad… y la historia.

—Lo único justo que ella debe saber es lo mucho que la has amado y no un cuento triste.

—Ese cuento triste puede cambiar todo Oscar. Quizás, me odie y no me hable jamás.

—Ella te ama y protegerá a su tití como un león en la selva.

Rosa trató de ocultar su sonrisa. Oscar tenía razón y sabía que Jessie la amaba. Rosa se vistió para salir y se acordó que tenía que compartir algo con Oscar.

—Yo tengo que contarte algo — un poco molesta —, y ya se me iba a olvidar.

—¿Qué quieres contarme? — apagando Oscar la televisión.

—¿Te acuerdas del parque al cruzar la calle de la iglesia?

—Claro que sí — sin prestarle mucha atención.

—Yo como que vi a Red — dijo Rosa —. Su pelo colorado es tan distinguible, que dudo haber cometido un error.

—¿Corriste detrás de él? — riéndose —, para disculparte de tus comentarios?

—No seas tan rudo.

—¿Qué quieres que te diga? — no muy convencido Oscar que haya sido Red —. ¿Que te lo traiga para acá?

—Quizás fue mi imaginación después de todo — perturbada —. He estado pensando mucho en él.

—Quizás, el hombre estaba buscando un sitio donde dormir.

—Como te dije Oscar, fue mi imaginación.

Hacía muchos años que Rosa no veía a Red. La última vez que lo vio quería agarrarlo por el cuello y ahorcarlo. Elba se descuidó de Jessie y Red decidió llevársela para el parque a las ocho de la noche. Eran más de las doce de la noche y Jessie no aparecía. Por fin la policía los encontró, durmiendo en un banco, con la niña llorando, congelada y entripada de orina. Al ver Jessie a la policía, corrió, los abrazó y no le soltó la mano.

Si no hubiera sido por la policía esa noche, Red hubiera estado muerto. Tomó como siete policías para despegar a Rosa de encima de él y diez más para aguantarla.

—Me siento tan avergonzada de eso Oscar — arrepentida Rosa.

—Yo siempre he dicho que tú eres medio loca — protegiéndose Oscar de Rosa con el periódico —, y hay que cogerte miedo.

—Red estaba tan mal de la mente durante ese tiempo — pensándolo bien Rosa —, y yo debí haber tenido un poco más de compasión y no haberlo tratado tan mal.

—Pero, ¿a quién se le ocurre llevarse a una niña tan tarde para el parque sin permiso?

—Como te dije — repitió Rosa —, estaba mal de la mente y no estaba consciente de lo que hizo.

—Jessie le cogió miedo después de ese incidente —

recordándose bien Oscar —, y la pobre lloraba cuando lo veía.

—¿Tú sabes lo interesante de esa noche? — recordando Rosa bien lo ocurrido.

—¿Qué?

—Cuando Elba llegó en su carro, la policía me estaba aguantando.

—¿Qué dijo Elba?

—Al contarle el policía que los había encontrado, ella le pidió que me soltaran.

—¿Y te soltaron? — curioso Oscar.

—Sí — recordando Rosa cada detalle —, pero antes de ellos soltarme, Elba se me paró al mismo frente y me dijo: "¡Atrévete a tocarlo!"

—Tú nunca me habías contado eso — nunca imaginándose Oscar que Elba tuvo esa riña con ella.

—Te confieso Oscar que sentí miedo.

—¿Tú, sentir miedo? Lo dudo.

—Elba lo dijo de tal manera... que fue más como una escena retrospectiva de su madre — traduciendo Rosa su mensaje como una amenaza de muerte —. Y te juro que me asusté.

—¿Y qué hiciste? — preguntó Oscar.

—¿Fuera de mearme encima?

—¿No me digas? — riéndose Oscar.

—La obedecí — dijo Rosa sin vergüenza —. Ella también estaba muy herida al ver a su sobrino esposado.

—Pobre Red — recordándolo con cariño Oscar —, ha sufrido tanto.

—Tú tienes que recordarte que todos en esa familia eran medios brujos —imaginándose Rosa a Elba volando en una escoba —. Te juro que cuando me miró, sus ojos estaban llenos de fuego como los de su madre y sus dientes parecían largos como los de un vampiro.

Oscar se levantó de repente del sillón.

—¡Te tengo amenazada Rosa! — hablando Oscar en serio —. No te pongas a contarme esas cosas. Tú sabes que después me da miedo.

—Por favor — muerta de la risa Rosa —, no me hagas reír.

—Después no puedo dormir — le recordó Oscar —, y me da miedo hasta levantarme para orinar.

—Lo lindo es — mirándolo Rosa con pena —, lo mucho que yo cuento contigo para que me protejas.

Red fue institucionalizado después de ese incidente. Elba fue la única fiel con sus visitas y estaba en paz sabiendo que Red estaba seguro. Pero por la situación económica cerraron la institución y Red tuvo que irse. Lo mandaron a la casa para que continuara con un régimen de medicamentos, cuyas recetas él nunca llevó a la farmacia para ordenarlas. Elba se encargó de la situación inmediatamente y lo obligó a tomarse sus medicamentos.

Para evitar problemas con el marido, Elba se lo llevó para los 'Poconos' en Pennsylvania, el verano completo. Al volver Red a la ciudad después de dos meses, dejó de tomarse sus medicamentos. Su depresión volvió y como un fantasma se desapareció una noche lluviosa.

Elba se había antojado de visitar a un pariente y llamó a Rosa por teléfono para confirmar el cuido de la perra.

—Acuérdate Rosa, que voy a estar fuera por un tiempo.

—Tú dices un tiempo — molesta Rosa —, pero cuando me preguntaste dijiste que era por diez días — deseando que Elba cancelara sus planes.

—Más o menos diez días — confirmó Elba —, y quiero estar segura que me podrás cuidar la perra sin pretextos.

—Yo no entiendo por qué tu marido no se encarga de eso.

—Él trabaja quince horas al día — le explicó Elba —, y la pobre perra no puede estar sola tanto tiempo.

—¿Por qué no la pones en uno de esos sitios donde cuidan perros? — exclamó Rosa.

—Por Dios Rosa — molesta Elba —, esos sitios tienen pulgas.

—Para eso tienen champú de perros — exclamó Rosa.

—Si fuera por un fin de semana solamente, la dejaría — odiando Elba tener que darle explicaciones —, pero voy a estar fuera por diez días y eso es demasiado tiempo.

Hacía unos meses que Elba había hablado con Rosa

acerca del cuido de la perra. La perra para Elba era su bebé.

—Está bien — por fin de acuerdo Rosa —, pero si vuelves y la perra no está... ya tú sabes.

—¿Qué quieres decir con eso? — no muy confiada.

—Pues — controlando Rosa su risa —, recuerda... yo no la quise cuidar desde el principio.

—¿Tú sabes qué Rosa? — convencida Elba de que su amiga era una lunática —, yo no quiero discutir más contigo — enojada —, y prefiero que me pongas a Oscar en el teléfono.

—Oscar tiene sus alergias. Él no puede cuidar a esa perra.

—Personalmente, creo que no te he pedido tantos favores en mi vida — sacándole en cara el cuidado de Gloria — sin embargo, tú sí.

—Cuando uno pide un favor — fastidiando Rosa —, tiene que estar preparado para que le digan que no.

—¿Sabes qué? — preparada Elba para mandarla a las mismas ventas del infierno —, yo no quiero seguir esta conversación contigo — enganchando el teléfono.

Rosa colgó el teléfono riéndose.

—¿Por qué chavas tanto a tu amiga? — leyendo Oscar el periódico — . Elba no es así contigo.

—¿Qué tú prefieres, que te moleste a ti?

—A ella por supuesto — riéndose Oscar —. Y a mí me dejas quieto.

—Tú sabes que le voy a cuidar la trapo de perra.

—¿Y por qué entonces le haces la vida tan imposible?

—Porque me da la gana — con una sonrisa infernal Rosa.

—Su vida no es fácil Rosa — simpatizando con Elba —, así que no se la compliques más — le aconsejó Oscar.

—Ella me conoce y sabe que le voy a hacer el favor.

—¡Pues déjala quieta entonces! — dijo con firmeza.

Oscar era un hombre fiel, comprensivo, ejemplar y su caridad le enseñó a Rosa a tener fe en la humanidad. Él se merecía todo el crédito cuando se trataba de haber moldeado la vida personal de su esposa. Fueron muchas las astillas, espinas y tentáculos afilados para crear un menos que perfecto molde de Rosa. Su romance de larga distancia duró un año y

233

no la conocía bien.

Al Rosa y Jessie llegar a Los Estados Unidos, Oscar respetablemente le propuso matrimonio. Le amuebló un apartamento y al morir sus padres se casó con ella. Vendió su casa de los suburbios en Long Island y compró un 'brownstone' precioso en Park Slope, Brooklyn.

Oscar nunca tuvo hijos biológicos y Jessie llenó ese vacío paternal. Sufría su ausencia en silencio y desde el principio no aceptó los rumores de su fallecimiento. Jessie nunca lo decepcionó y él creía en ella por esa simple razón.

Oscar escogió las mejores escuelas privadas para Jessie y con el sudor de su frente las pagó. Admiraba su dedicación y compromiso en todo lo que ella trataba de lograr. Si no fuera porque él no creía en la reencarnación, juraría que Jessie era Gloria en el presente. Todos los atributos y virtudes que Rosa y Elba le habían contado de Gloria, él los veía en Jessie.

Durante un tiempo dificultoso en su matrimonio, Oscar se negó sentírse vencido al someterse a las injurias de Rosa. Jessie remendó los muchos pensamientos negativos y lo ayudó a renovar la promesa que él había hecho en el altar ante Dios. No era fácil vivir con Rosa, aunque la amaba. La harmonía que ellos disfrutaban ahora, la derramó Jessie por medio de Dios con su espíritu de paz.

Rosa salió del cuarto con el álbum de retratos en la mano.

—Oscar — expresando Rosa confusión con su nariz y frente—, yo encuentro algo tan extraño.

—¿Y qué encuentras extraño ahora?

—¿Te acuerdas del día que Esteban estaba mirando el álbum?

—Sí, mujer —. ¿Qué pasa?

—Tú me conoces — justificadamente tratando Rosa de no darle a Oscar una mala impresión —, y sabes que a mí no me está malo que Esteban los vea.

—Sigue — deseando que llegara al punto —, me tienes mareado.

—Mira lo que encontré — sentándose Rosa a su lado con el álbum de retratos —. Abre la página.

Oscar abrió el álbum y miró la primera página por un segundo.

—¿Y quién hizo eso? — preguntó Oscar.

—Yo creo que fue Esteban.

—¿Estás segura?

—No fue Jessie — completamente segura Rosa —. Ella nunca hubiera hecho algo así.

—Tú sabes como son los muchachos — recordando Oscar la edad del muchachito —, y él está en una edad difícil.

—¿Crees tú que se lo debo decir a Elba?

—Personalmente, yo diría que no — no dándole Oscar tanta importancia al descubrimiento —. Yo lo ignoraría.

—¿Pero no lo encuentras raro?

—No sé que decirte Rosa — evitando el tema —. No lo encuentro nada de extraño. El muchacho es joven, inmaduro y está celoso.

—Elba ha dedicado tanta energía en los asuntos de Red — concluyendo Rosa de haber encontrado la razón de su rebeldía —, y Esteban tiene resentimiento.

—Eso es más que resentimiento — dijo Oscar —, eso es odio — mirando Oscar el retrato de Red pintado y roto con la fuerza de una pluma.

—Elba debe de saber lo que hizo su hijo — insistió Rosa —, y dejar que su esposo se encargue de él.

—No te pongas con esas cosas Rosa — evitando Oscar más tensión entre las amigas —. La vas a preocupar más.

—Quizás, tengas razón — razonando Rosa —. No sabemos quién cometió el crimen — riéndose Rosa.

Después del almuerzo, Rosa le informó a Oscar que iba para la iglesia.

—¿Qué haces con esos carteles de Jessie? — curioso Oscar.

—Quiero hacer más copias — llena de esperanza Rosa —, ahora que la investigación ha tomado un nuevo camino.

—Me voy contigo entonces — preparado Oscar para ayudarla —. He estado metido en esta casa todo el día.

—Me alegro — dándole Rosa un beso —. Necesito tu compañía.

Oscar se puso una chaqueta y agarró las llaves del

carro.

—Deja las llaves aquí — mirándolo Rosa extrañamente —, porque vamos a caminar.

—¿A caminar?

—Te estás poniendo barrigón — tocándole la pipa Rosa —, y necesitas ejercicio.

—Esta pipa representa lo mucho que tú me quieres... matar — haciendo a Rosa reír —. Vamos a caminar entonces.

Oscar y Rosa caminaron de mano hacia la iglesia. Las hojas de los árboles estaban cambiando de color y la brisa del mes de septiembre los abanicaba.

—Que temporada más bella — admirando Rosa la tarde fresca —. Es mi temporada favorita.

—Aprovéchate ahora de estas caminatas — animándola Oscar — porque ya viene el invierno por ahí.

—Ni lo menciones — dijo Rosa —. Los meses pasan tan rápido que no le da tiempo a uno para acostumbrarse a los climas.

—Es mi temporada favorita — echándole Oscar el brazo —, aunque al mismo tiempo estoy loco por ver esas pajitas blancas.

—Tan bella la nieve — riéndose Rosa —, pero en el fondo lo que yo deseo es el sol caliente de Puerto Rico.

—Ni lo menciones — no muy excitado Oscar —, porque la última vez que visité la isla sudé en cantidad.

—Eres un jíbaro de Long Island — defendiendo Rosa el clima más cómodo del mundo —, y no estás acostumbrado.

El alboroto de los niños jugando en el parque al cruzar la calle de la iglesia, les llamó la atención. Sentado en un banco del parque estaba el hombre que Rosa había visto la semana anterior.

—Oscar, mira hacia el banco —, apuntando Rosa hacia el área con su mano.

—¿Adónde? — tratando Oscar de localizar lo que Rosa le enseñaba.

—¿Lo ves?... ¿Lo ves? — excitada.

—Cálmate — viendo Oscar a Rosa tan impaciente —. Yo no veo nada.

Ahora con más calma, Oscar analiza la figura sentada en el banco. El hombre con pantalones sucios y un abrigo no apto para el clima, dormía.

—¡Es él! — insistía Rosa — ¡Es él!

—¿Quién Rosa?

—Es Red — sobresaltada —, ¿No lo ves?

—¿Red? — repitió Oscar mirando fijamente la silueta del hombre.

—No lo conoces porque tiene el pelo sucio con nudos — dijo Rosa —, y una barba.

—Yo no sé Rosa — todavía no muy seguro Oscar —. Red tenía el pelo colorado.

—Oscar, por el amor de Dios — insistió Rosa —. Es él — sin duda —, lo conozco por años.

Oscar se puso los lentes y miró con más esfuerzo. Poco a poco la imagen cogió forma.

—Sí — sorprendido Oscar —, es él. ¿Qué hará por aquí?

—Quiero ir donde Red.

—Espérate un minutito Rosa — con su brazo al frente de ella e inmovilizando a su esposa.

—¿Cuál es tu problema Oscar? — agitada Rosa —. Quiero ir a donde él.

—La última vez que lo viste — le recordó Oscar —, estaban de enemigos.

—¿De qué hablas?

—El hombre es un enfermo mental — dijo Oscar —, y no quiero que se ponga violento y te haga daño.

—Él nunca haría algo así — le aseguró Rosa —. Nunca fue violento.

—Hay cosas que no se olvidan Rosa — preocupado Oscar — y quizás, todavía Red tenga rencor.

Rosa se quedó pensativa, mientras Oscar rememoraba experiencias desagradables.

—Y para que la policía tuviera que aguantarte... — enfatizó Oscar.

—¡Cállate ya! — cansada de su discusión con Oscar.

—¡Eres imposible! — enojado Oscar —. Una vez que tomas una decisión, no hay quien te haga cambiar de parecer.

—¡Basta! — no queriendo esperar más tiempo —. ¿Me vas a acompañar?

Rosa se aguantó un poco esperando que Oscar respondiera y observó al caballero durmiendo en el banco una vez más. Ahora con su mirada fija, Rosa empezó a caminar hacía él. Oscar estaba dos pasos detrás de ella como un perrito. Mientras más Rosa se le acercaba, más emocionada se sentía. El hombre humorístico y amigo… dormía en un banco sin techo. Sus lágrimas de tristeza rodaron sin piedad sobre sus cachetes, como el goteo de una llave rota.

La brisa del día cargó el eco de sus sollozos a los oídos de Red. Convencido Oscar de que no era una buena idea, trató de aconsejarla.

—Rosa, no hagas esto — tratando Oscar de evitar una confrontación —. Red estará muy avergonzado.

Oscar presentía que Red no iba a querer ser visto en esas condiciones, pero Rosa necesitaba redención y ésta era su oportunidad.

—Necesito pedirle perdón Oscar.

Red abrió sus ojos al oír las voces. Las siluetas de dos figuras frente a él ocultaron los rayos del sol que calentaban su rostro. Llena de compasión Rosa lo miró y susurró su nombre.

—Red — emocionada —, soy yo… Rosa.

Red los miró como si los conociera y con rapidez recogió sus pertenencias y se fue corriendo. Cruzó la calle y al virar la esquina se volteó por última vez y los miró… tratando de reconocer sus rostros.

Capítulo 7

La promesa de Navidad

El padre de Luis Ángel, Antonio y Eddie tenía su piel roja y escamosa, llena de parches gruesos de color plateado-blanco. Su sistema inmunológico fue debilitándose por la quimioterapia para el cáncer y su incontinencia empeoró como resultado de una bacteria en los intestinos. El pobre viejito Don Berto, sufría de una condición inmunológica. Después de un año, se ha visto una gran mejoría y con la ayuda de Jessie pudo recobrar toda su energía. Ella está encargada de todos sus tratamientos, dieta y actividades recreativas.

Jessie ha desinfectado el cuarto y lo ha pintado de blanco. Ha comprado ropa de cama nueva y como en un hospital, la cambia varias veces al día. Las ventanas abiertas, flores, cortinas de colores suaves y la luz del día, han vigorizado el estado de ánimo del viejo.

Los últimos inquilinos destrozaron la parte posterior de la casa y una pareja accedió a arreglarla. Antes de Luis Ángel viajar por tres meses, le dio empleo, refugio y seguridad a la pareja. Él necesitaba a alguien que ayudara a sus hermanos con el cuido de su padre.

Esta pareja se aprovechó de la ausencia de Eddie y Antonio un fin de semana, para dejar a su padre solo. Si no hubiera sido por un trabajador del garaje que le dio un vistazo, el viejito se hubiera muerto. Como estaba solo, deshidratado y casi inconsciente en una cama; cubierto de materia fecal; tuvieron que hospitalizar al viejito.

—Para decirte la verdad Jessie, yo no recuerdo nada — le confesó Don Berto —. No entiendo por qué esos muchachos se agitaron tanto.

—Si el amigo de Luis Ángel no lo hubiera encontrado — no entendiendo Jessie la maldad de la pareja —, usted se hubiera muerto.

—Todo el mundo se tiene que morir algún día — riéndose el viejito —, y ya *la pelona* anda por ahí como quiera.

—Quizás — sonriendo —, pero usted no se va a morir por negligencia.

—No pienses más en eso, todavía yo estoy aquí fastidiando.

—La pareja tuvo mucha suerte que sus hijos no los encontraron — deseando ella castigarlos personalmente —. Si ellos los hubiesen encontrado... los hubieran enterrado vivos.

—Muchacha... no digas eso — aconsejándole el viejito que bajara la voz —. Luis Ángel es medio violento y le estás dando ideas.

Jessie siempre fue una persona muy dedicada y consciente de las necesidades de otros. Como enfermera profesional ha visto cosas terribles. En los últimos años no ha podido olvidar las imágenes de las mujeres, niños inocentes y ancianos, golpeados por un ser querido. Es un mundo cruel y si pudiera como enfermera salvar una vida, entonces he logrado algo.

—¿Cómo es posible que un ser humano le haga daño a otro y después sega caminando como si nada ha ocurrido?

—Jessie por favor, olvídate de eso.

—Ni un animal de la selva haría algo semejante.

—Mira... aquí estoy — sentado lo más cómodo en la silla de ruedas —, vivo.

El viejito estaba cubierto con aceite de bebé por toda la cabeza como parte de su tratamiento.

—Échese para acá — le instruyó Jessie —. Lo quiero seguir peinando.

—¿Qué tienes en la mano? — al verla acercársele con un peine de bebé.

—Es un peine — al verlo resistir un poco —. No se mueva.

—¡Yo no tengo piojos!

—Es un peine de dientes finos para sacarle esa costra que parece láctea.

—Oye — evitando una pelea Don Berto —, tú eres tremenda — dejándola encargada de su rutina diaria.

—Sus tratamientos son muy importantes para mí — le recordó —. Así que déjese de manías.

Nadie había tratado a Don Berto con tanto cariño ni interés. Sus tratamientos lo están ayudando con la incomodidad de la piquiña.

Después de tantos años de sufrimiento con esa sensación, por fin se siente aliviado.

—Tú eres la maniática — quejándose —, y me vas a dejar sin casco.

—Esta caspa se ve feísima y quiero que se sienta cómodo al mirarse al espejo.

—¿Ahora me dices que soy feo? — charlando el viejito —. Eso sí que es una injusticia.

Ya Don Berto no era tan combativo durante su baño ni cambio de ropa como meses atrás. Cogió tiempo para llegar a este punto y los hermanos estaban completamente sorprendidos. Quizás, esa fue la razón por la cual el matrimonio lo dejó solo sin compasión alguna.

Jessie vio a Luis Ángel subiendo la cuesta por la ventana del cuarto de Don Berto, con un árbol de Navidad en sus hombros y botas hasta las rodillas. Entró por la puerta principal de la casa, ya que las divisiones de los cuartos se habían eliminado y todo conectaba con el resto de la casa.

Luis Ángel tiró el árbol de Navidad al piso y saludó a Jessie con una mano y con la otra le tiró una bola de nieve.

—¿Tú no vez que estoy peinando a tu papá? — gritó —, protegiendo Jessie a Don Berto con su cuerpo.

—Ese muchacho es un loco — dijo Don Berto —, limpiándose la poca nieve que le cayó en la cabeza.

Se podía oír la risa de los hermanos al entrar Luis Ángel a la sala y contarle el chiste.

La segunda fiesta más celebrada del año se acercaba y la familia con anticipación se preparaba para disfrutar de las Navidades.

—Si la felicidad se pudiera medir como la 'escala de dolor' del uno al diez, te confesaría que yo me siento como un diez — le reveló el viejito.

—Me alegro que se sienta tan alegre — expresó Jessie con los ojos vidriosos —. Si usted se siente feliz... entonces yo me siento feliz.

—¿No me digas que vas a llorar Jessie? — acostumbrado ya él a sus lágrimas.

Jessie lloraba con sólo recordar la mala condición en cual encontró al viejito. Don Berto no tenía mucho tiempo de vida después de su diagnóstico de cáncer. Su recuperación fue una sorpresa para todos y ella lo consideró un milagro.

—Su salud y alegría son muy importantes para mí —, y me siento privilegiada de haber sido parte de su recuperación.

—Este viejito está fuerte todavía — elevando Don Berto sus hombros para enseñarle los molleros —, y tengo bastante fuerza para meterle un *moquetazo* a esos muchachos.

Jessie no entendió por qué los hermanos esperaron tanto tiempo para pedir su ayuda. Don Berto había llegado del hospital a la casa tres semanas antes de Luis Ángel regresar de la conferencia. Aunque Don Berto había salido del hospital mucho mejor, todavía no estaba estable.

La excusa de los hermanos fue que Don Berto se había negado. Ellos fallaron en reconocer la urgencia de su condición; la cual era lo suficiente para anular la decisión de su padre. Ella nunca se hubiese negado a cuidarlo… porque después de todo, ¿no fue ésa la razón por la cual la secuestraron?

Don Berto se quedó en suspenso y Jessie se fue para la sala a decorar el árbol de Navidad con el resto de la familia. El piso estaba cubierto de cajas con bombillas y otras decoraciones para el árbol. Evelyn e Iris ya habían puesto la estrella al centro del árbol, mientras Eddie y Antonio probaban las luces viejas.

—¿Por qué no calientas esos pasteles que tienes escondidos Jessie? — le preguntó Eddie —¡Estoy hambriento!

—Están escondidos por una razón.

—No seas tan egoísta — confabulados los dos hermanos —. La masa la compramos nosotros y tienes que recompensarnos — riéndose Antonio.

—Mañana se los comerán — firme en su decisión —, con el resto de la cena de Nochebuena.

La música navideña alegró la ocasión y entre pausas compartían del coquito que Iris había hecho. Escondido detrás del sofá y envolviendo los regalos, Luis Ángel le ordenó a

Jessie que mantuviera su distancia.

—Entrometía — cucándola —, no vengas para acá, averiguá — riéndose.

Jessie se echó a reír. Esas palabras las había oído antes cuando Elba y Rosa insultaban a Red. Luis Ángel estaba bromeando y no iba a ofenderse con sus indirectas.

—Eso se supone que lo hicieras en privado — dijo Jessie mientras ponía las bolitas decorativas en el árbol —. Así que déjate de estar tentándome con esos regalos.

—No hay leyes revelando adónde uno debe de envolver los regalos — defendiendo Antonio a su hermano.

—La ley del *sentido común*, — defendiéndola Evelyn.

—¿Por qué son las mujeres tan averiguadas? — mirando Eddie a Evelyn —. Oye... que mucho molestan ustedes con ese asunto.

—¿Y por qué dices eso mirándome? — consciente de que Eddie hablaba de ella —. Yo no molesto a nadie.

—¡Porque es verdad! — confiadamente dijo —. El regalo que te compré lo tienes puesto — modelando Evelyn un suéter feísimo.

—Son mis colores favoritos — orgullosamente modelándolo Evelyn —, y aunque a nadie más le guste... a mí me encanta.

—El suéter ese parece un árbol de Navidad — riéndose Eddie —, después que lo botaron a la basura.

—Pues a mí me gusta mi suéter — tirándole Evelyn con un ornamento —, y eso es lo que importa.

—¿Ustedes saben lo que nos falta aquí? — mirándolos Jessie —. Algo que quizás, ustedes nunca han oído.

—¿Qué? — respondió Iris.

—Un aguinaldo — oyendo la sugerencia Don Berto desde el cuarto, se sentó en la cama. Estaba muy curioso con su sugerencia.

—¿Y qué es eso? — dándole la vuelta al árbol Iris para admirar su trabajo artístico —. Nunca he oído esa palabra.

—¡Que jíbara! — mirando Evelyn a su amiga —. No me digas que no sabes lo que es un aguinaldo.

243

—Suena como una enfermedad incurable — confesó Iris —, y no quiero participar en eso.

—Si fuera Iris jíbara — exclamó Eddie —, supiera lo que es.

Todos se sentaron en el piso esperando que Jessie los educara y le explicara la palabra nueva. Del cuarto, Don Berto los escuchaba y una sonrisa cubrió su rostro.

—No te olvides que a nosotros nos criaron aquí en Nueva York — le recordó Luis Ángel —. Así que ten paciencia con nosotros.

—Está bien m'ijo — mordiendo Jessie un pedazo de turrón —, no te preocupes.

Ahora el centro de atención, Jessie le explicaba la belleza de su cultura durante las fiestas navideñas. Una costumbre que los identificaba como hispanos creyentes; seguidores de tradiciones; conservando la unidad de amigos y familia.

—Pedir 'El Aguinaldo' era una costumbre que los niños practicaban para sorprender a su familiares y vecinos; cantando villancicos navideños — le explicó Jessie —, con instrumentos típicos como las panderetas, tambores, güiros y muchos más.

—Eso se llama 'caroling' — como si Iris hubiera descubierto el sentido de la vida.

—¿Por qué no complacen a Jessie y se inventan unas *bombas*, como parte del aguinaldo? — oyeron al viejo decir desde el cuarto.

—¡Yo sé lo que es una *bomba*! — excitada Iris y alzando la mano como si estuviera en la escuela primaria.

—¿Quién va a empezar? — mirándolos Jessie.

—Yo, yo — todavía con la mano en el aire —. Yo quiero ser la primera.

—Empieza Iris — ansioso Luis Ángel al pensar qué exactamente iba a salir de la boca de Iris —, porque yo quiero oír esto.

—¿Están todos preparados?

—¡Avanza ya! — apurándola Antonio —, que yo también estoy muy interesado en oírte.

—'Anoche pasé por tu casa, para pedirte un besito… pero lo único que hiciste, fue enseñarme el cosito'…. ¡bomba!

Los hermanos se rieron tanto que Jessie tuvo que decirle que bajaran la voz. Las carcajadas de Don Berto se oían desde el cuarto.

—Esta muchacha es tremenda — todavía riéndose el viejito —. Es tan cómica. —'Bésame la mano, bésame el tobillo, pero más que nada... bésame el culito'... ¡bomba!— completando Evelyn la audición.

Pasaron el resto de la noche riéndose y tomando coquito. A la medianoche Jessie se puso el abrigo y salió. Se sentó en un banco al frente de la casa para contemplar las estrellas. Miró por la ventana para asegurarse de que Don Berto se había dormido y vio cuando Luis Ángel lo arropó. El soplo del viento se oía a través de las grietas de la casa, haciendo la oscuridad de la noche misteriosa. La nieve volaba por el aire, en forma de tornado, formando montañas en las esquinas de la casa.

Era una noche fría, iluminada por el esplendor de la luna. Frente a ella, la mística estrella del norte. La misma estrella que dirigió a los reyes y sus camellos hacia el niño Jesús. Tan bellas las tradiciones, festividades navideñas y el significado del nacimiento de nuestro Salvador.

Luis Ángel se dirigía hacia su apartamento detrás del garaje, cuando vio a Jessie sentada al frente de la casa y la acompañó. Se sentó en los ladrillos fríos cubiertos de nieve para hablar con ella.

—¿En qué piensas? — agitando sus dos manos para calentarse —. ¿No tienes frío?

—Estaba pensando en la magia de la Navidad — mirando las estrellas — Es el día de fiesta favorito mío — confesó Luis Ángel —. Un día que mantengo muy cerca de mi corazón con muchos gratos recuerdos.

—Y el mío también Luis Ángel — sonriendo —. Así que tenemos algo en común.

—Los mejores recuerdos de mi niñez — mirando Luis Ángel la estrella del norte —, eran los regalos, la comida y por supuesto, la familia.

—Siempre recuerdo mi cajita llena de yerba para los camellos en Puerto Rico para el Día de Reyes— riéndose Jessie —, y la vez que no se la comieron.

—Yo le dejaba a 'Santa Claus,' un chocolate envuelto en un papel color oro — dijo Luis Ángel —, y el muy sinvergüenza me dejaba el papel.

Jessie y Luis Ángel estuvieron horas compartiendo los recuerdos más cercanos a sus corazones. No sintieron la frialdad de la noche del mes de diciembre, o copos de nieve salpicarle sus rostros. Se rieron juntos recordando los primeros meses viviendo con Evelyn e Iris; creando ellos calor con los movimientos de sus risas.

—Recuerdo cuando nos reuníamos en Puerto Rico para bailar y comer pasteles en la Nochebuena — brillando sus ojos de alegría —. La casa se llenaba con los amigos de mi mamá y se ponían a bailar salsa, merengue y boleros.

—Son recuerdos inolvidables — comentó Luis Ángel.

—Para víspera de Año Nuevo hacíamos lo mismo. Al dar las doce de la media noche se ponían todos a llorar al recordar a los familiares que habían fallecido. Siempre tenía que haber un familiar extraño, alegando que el espíritu de *fulano de tal* estaba presente. '*Y a correr se ha dicho*' — sonriendo Jessie —. Si tú crees que Iris corrió rápido cuando volaron los platos, entonces tú no me has visto a mí. No había objeto que se quedara en el mismo sitio después de yo pasar.

—Siempre hay un familiar así — confirmó Luis Ángel.

—Verdad que sí — riéndose Jessie.

—Yo recuerdo los juguetes — sonriendo Luis Ángel —. Me pasaba días jugando con mis hermanos con los carritos, aviones y trenes.

—Tan buenos recuerdos — deseando esos días Jessie otra vez —. Recuerdos que me hacen sonreír, llorar y bailar.

—No recuerdo a mi madre durante las fiestas navideñas —confesó Luis Ángel —, solamente recuerdo los rostros de mi padre y hermanos.

—¿Qué le pasó a tu mamá?

—Por lo que me dicen — sin vacilar —, dejó a mi padre y se casó con otro hombre.

—Lo siento Luis Ángel.

—Tengo a mi padre y a mis hermanos — indiferente —, y vivo una vida feliz sin ella. En realidad, no la recuerdo en absoluto.

—Yo en cambio — forrando su rostro de tristeza Jessie—, ansío estar con mi madre.

Lo único que Luis Ángel sabía de la vida de Jessie, era por medio de los rumores que las muchachas habían compartido con sus hermanos.

—Me entristece oír que te sientas así.

—Todavía siento su ausencia Luis Ángel — sus ojos vidriosos —. La necesitaba desesperadamente.

—¿Qué exactamente pasó con tu tía Rosa? — recordando Luis Ángel pocos detalles.

—Ella me crió... y un día yo encontré su diario y decidí leerlo.

—¿Y qué decía?

—Toda la verdad — declaró —. Una verdad que me atormentó.

—¿Qué pasó?

—Mi tía Rosa se había emborrachado después de una celebración y trajo a un hombre extraño a la casa — imaginándose Jessie cada detalle —. Ese hombre abusó de mi madre sexualmente y golpeó a mis tíos.

—Lo siento tanto — abrazándola —. Pero encontrarás paz en tu vida cuando los perdones. No será fácil... pero te aseguro que será posible.

Luis Ángel hablaba por experiencia. Aunque no lo había compartido con Jessie, él también sintió ira contra su madre. Una ira que él aprendió a perdonar por medio de un mensaje cristiano que oyó por la radio. Desde ese instante, Luis Ángel jamás la ha recordado con odio, sino con pena. Su madre se había perdido ver a sus hijos crecer y convertirse en hombres decentes. Aunque él sabe... que Jessie no estaría de acuerdo con su decisión al respecto, la aconsejó para que considerara su punto de vista.

—No sé si hay algo en mí para poder perdonar, Luis Ángel — confundida —. Tía Rosa me crió con mucho amor y la amo. Siento algo en contra de ella... pero no sé bien cómo explicarte esa emoción.

—No tienes que entenderlo — con sabiduría —. Perdónala para que tú puedas seguir adelante. Nunca permitas que la ira y la amargura vivan en tu corazón.

—Quiero que entiendas Luis Ángel — a punto de llorar —, lo mucho que todo esto todavía duele.

—Dios ayuda y conforta durante momentos difíciles — le aseguró Luis Ángel —, y solamente tienes que darle tiempo a las cicatrices para que se sanen.

—Esperaré ese día pacientemente — aliviada —. La Hermana Elsa, una monja que me cuidaba cuando pequeña, me enseñó del perdón, reconciliación y la esperanza.

—Tú eres una persona muy especial — impresionado Luis Ángel con su carácter —, y por alguna razón Dios te ha puesto en esta tierra.

—¿Tú crees? — Jessie ha estado tratando de buscar la razón de su existencia por años —. Yo quiero vivir una vida feliz y no tener enemigos.

—Tú has sido una bendición para mi familia y probablemente muchas otras — agradecido —, y eso nunca nosotros te lo podemos pagar.

—Te confieso que algunas veces me siento amargada — reveló —, y yo sé que eso no le agrada a Dios.

—Eres humilde — admirando a la mujer que ayudó a su padre —, y Dios ama la humildad. Mujeres como tú no se encuentran en este siglo.

—La odio sin ella saberlo Luis Ángel — no creyendo oír esas palabras salir de su boca —. ¿Puedes tú creer eso de mí?

—Permítele a Rosa que te dé una explicación — le aconsejó—. No te dejes llevar por lo que encontraste en ese diario.

Luis Ángel y Jessie estuvieron hasta muy temprano en la madrugada hablando. Se habían cubierto con una frazada y no sentían frío.

—Me tengo que ir a dormir — anunció Jessie —. Mañana Don Berto despierta tempranito para celebrar el día de Nochebuena.

—Ya las Navidades le trajeron un regalo de carne y hueso — riéndose Luis Ángel —. No te preocupes… que mañana lo cuido yo y considéralo como tu regalo de pasado mañana.

—¿El más dormilón de todos los hermanos se va a levantar temprano para cuidar a su padre? — haciendo a Luis Ángel reír.

Luis Ángel la envolvió en la frazada antes de despedirse. La alzó en el aire en sus brazos y le dio varias vueltas hasta soltarla en la nieve suave y fría. Jessie se levantó más rápido de lo que cayó y se defendió. Lo atacó con bolas de nieve mientras él se escapaba por la loma corriendo. Lo único que se vio fue una mano diciéndole adiós al desaparecerse él entre los carros estacionados en su negocio.

Hacía horas que Jessie oía pasos en el piso de arriba. Era día de Nochebuena y echaba de menos a su familia. Con sus manos dobladas debajo de sus cachetes sintió sus lágrimas rodar.

—Hoy Antonio se puede comer los pasteles — oyó a Iris decir —, y sé que estará muy contento.

—Olvídate de los pasteles — respondió Evelyn —. Yo me estoy concentrando en los regalos.

—'Santa Claus,' silenciosamente te los dejará debajo de la cama — exclamó Jessie —, con miedo de que lo obligarás a tu cama y darle un beso.

—¡Fresca! — observando Evelyn que Jessie se levantó de buen humor —. Es capaz que me rompa la cama de tan gordo que está.

—Si no te la rompió Eddie — tratando Jessie de completar su comentario sin morirse de la risa —, menos te la romperá 'Santa.'

—Oye — pasmada Evelyn —, tengo que estar de acuerdo con Luis Ángel.

—¿De acuerdo con qué? — curiosa Iris.

—Jessie es una averiguá.

Jessie ha tratado sin éxito de ganarse el cariño de los perros por más de un año. Le dedicaba una hora todas las madrugadas mientras los humanos dormían. Les hablaba a los perros y les daba sobras de carne del día anterior, sin poder acariciarlos. Los condenados se la querían comer siempre que trataba de colar su mano por las mallas de la cerca. Era tiempo que ella aceptara la idea de que esos animales nunca iban a ser su amigos. La perra más brava estaba *preñada* y Luis Ángel le prometió un perrito. Lo llamará Boo-Boo y le enseñará a ser el rey de ese infierno.

Don Berto le regaló a Jessie una pulsera. Era antigua y un regalo que él le había hecho a su esposa el día de su boda. Eddie y Antonio le tenían mucho cariño a Jessie y estaban completamente de acuerdo con su padre, al regalarle algo con tanto significado. Ella era la nena de la nueva familia y quien cuidaba a su padre.

—Yo no puedo aceptar este regalo — sin permitir Jessie que él se la pusiera —. Tiene demasiado significado para ustedes.

—Yo lo que tengo aquí son un chorro de varones y ninguno la quiere usar — sonriendo —. Yo quiero que tú lo aceptes de mi parte como gratitud.

Luis Ángel se paró entre ellos para convencerla. Todos estuvieron de acuerdo con la decisión de su padre, incluyendo sus amigas Evelyn e Iris.

—Papá tiene esa pulsera por más de cincuenta años y créeme que no le luce muy bien a Antonio — haciendo a su familia reír.

—Es verdad — insistió Eddie —, y queremos que tú la tengas.

—Está bien — mirándola —, y quiero que sepan lo agradecida que me siento.

Jessie abrazó al viejito al verlo muy emocionado. Era indiscutible ante todos, el vínculo especial entre ellos dos. El cariño que el viejito expresaba hacia Jessie era sincero y algo que sus hijos nunca habían visto.

—Muchísimas gracias Don Berto. Está preciosa.

Las cajitas delicadas de terciopelo fueron presentadas a Evelyn e Iris al mismo tiempo. Con la bendición de Don Berto, Eddie y Antonio se comprometían con Evelyn e Iris.

—Te amo — abrazando Iris a su prometido.

—Está bella — sin poder Evelyn dejar de mirar su sortija.

—¿Y mi abrazo, dónde está? — besando Eddie a Evelyn apasionadamente.

—Está bien ya — riéndose y separándolos Luis Ángel —, busquen un cuarto.

Todos entraron a la cocina para el desayuno. De pronto, Luis Ángel se acordó de otro regalo.

—Espérate un minuto — mirando Luis Ángel a Jessie —. Nos falta el regalo más importante.

—¿Otro regalo para mí?

—Sí Jessie — con una sonrisa bien grande cubriendo su rostro —, y es algo que te prometí.

—¿Algo que me prometiste — confundida Jessie —, fuera de levantarte temprano para ayudar a Don Berto?

Luis Ángel salió de la casa apurado y a los tres minutos volvió con una caja bastante grande.

—¿Qué demonios es eso? — al ver Antonio una caja tan grande —. ¿Un televisor?

—Parece un microonda — tratando de adivinar Eddie —, para que nos caliente la comida.

—Yo no quiero nada que tenga que ver con la cocina — curiosa Jessie con la caja tan grande —, y sospecho que es algo así.

—Oye... No seas tan malagradecida — relajando Luis Ángel—. Bastante dinero costaron estas ollas.

El chirrido y movimiento de la caja no pudo ocultar lo que era. Jessie se sonrió y rompió caja tras caja... hasta llegar a la más chiquita. Su sonrisa grande adornó su cara al ver su rega-lo. Agarró con sus manos el 'Portuguese Water Dog,' un perrito de raza. Le dio un beso y lo abrazó contra su pecho. La perra brava había parido y Luis Ángel le tenía que devolver el perrito a su madre inmediatamente.

—Parece un nudo de hilos negros — entretenido Luis Ángel con el perrito —, y es capaz que erróneamente lo barran con la escoba y lo boten.

—Pero que cosa más linda — llenándolo Jessie de besos.

—Este regalo es de parte de todos nosotros — le informó Luis Ángel —, y esperamos que te guste.

—Mi Boo-Boo parece un ratoncito — sin poder dejar de acari-ciarlo.

—Exactamente — arrancándole Luis Ángel el perrito de las manos —, y por eso tenemos que devolvérselo a su mamá, — poniendo Luis Ángel el perrito en su pecho —, así que des-pídete.

—¿Tan rápido me lo quitas?

—Cuando esté más grande podrás jugar con él — le prometió Luis Ángel.

—Está tan lindo — pasándole la mano sobre la cabecita.

—Unas cuantas semanas más, es lo único que tienes que esperar

— dejándola Luis Ángel atrás —, y nada más.

Jesse había cocinado un pernil y arroz con gandules para esa tarde. Los pasteles adicionales los tenía como sorpresa para Eddie y Antonio, porque eran los más comilones. Esta cena de Nochebuena iba a ser diferente. Todos iban a expresar y compartir su gratitud.

—Antes de cenar, vamos a darle gracias a Dios por esta comida. Quiero que uno por uno comparta por qué le da gracias a Dios en este día.

Después de una oración, Jessie miró a Eddie para que empezara.

—Pues... — era obvio que era algo nuevo para él —, yo quiero darle gracias a Dios por estos pasteles que Jessie cocinó — poniendo dos en su plato —, y les confesaré que es la mejor cocinera del mundo.

—No te atrevas a comértelos todavía — amenazándolo Jessie —, hasta que el resto de la familia haya compartido sus gratitudes.

—Estos *bambalanes* piensan sólo en la comida — dijo el viejo Berto haciéndolos reír.

—Yo estoy de acuerdo con Eddie — tirándole Antonio un beso a Jessie con su mano —, y le doy gracias a Dios por las manos santas de esta mujer — apuntando hacia ella.

—Bien dicho — aplaudiendo Luis Ángel —, que ella se merece todos los elogios.

—Pues yo quiero darle gracias a Dios — emocionada Iris —, por mi nueva familia.

—Yo también tengo una familia nueva — dijo Evelyn —, y le doy gracias a Dios por ella.

Jessie esperaba ansiosamente el turno de Luis Ángel. Quería oír sus bellas palabras.

—Estoy tan agradecido de que Evelyn, Iris y Jessie sean parte de nuestras vidas — parándose Luis Ángel de la mesa —. Esta casa nunca había estado tan limpia — respondiendo Don Berto, Antonio y Eddie con un amén.

—Todavía no he terminado — bromeando Luis Ángel —. Tengo algo más que decir.

—Gracias Jessie por haberle puesto una sonrisa en el rostro a mi padre — con sinceridad —, y gracias por cuidarlo con tanto amor y paciencia. Que Dios te lo pague.

—¡Muy bien dicho! — gritó Antonio.

—Yo no hubiera podido decirlo mejor Luis Ángel — hablando Don Berto desde su silla de ruedas —. Sigue con tu discurso que yo quiero que ellas sepan lo mucho que las apreciamos.

—¡Bravo, Bravo! — pitando Eddie —. Nosotros tampoco sabemos cómo ella puede cuidar a este viejo *cascarrabias*.

—Este viejo cascarrabias nos crió — mirando Luis Ángel a su padre —, y le agradecemos sus muchos sacrificios.

—Sé que de vez en cuando soy bien *chavón*... pero yo sé que ustedes entienden — sonriendo Don Berto —. Termino diciéndoles a todas ustedes... gracias.

Jessie esperaba pacientemente su turno en una esquina de la mesa. Ellos le hicieron una señal para que se levantara de la silla.

—Es un honor para mí servirle a estos caballeros que considero... familia — confesó Jessie —. Los amo a todos — con sus ojos lagrimosos —, y espero compartir más Navidades junto a ustedes. Y por eso, le doy gracias a Dios.

Luis Ángel la contempló y quería creer cada palabra. "¿Será posible que Jessie haya aceptado la idea de nunca ver a su familia ni tener su libertad?"

No había teléfono en la casa principal y Jessie sospechaba que había uno en el apartamento de Luis Ángel. Don Berto no soltaba el de él y se entendía entre todos, que nadie... absolutamente nadie, tenía permiso para usarlo... y menos contestarlo. "¿Cómo iba ella a coger el teléfono del viejo cuando lo escondía en su ropa interior?" se preguntaba.

Los comprometidos compartían su tiempo viendo televisión en la sala, mientras que Jessie acostumbraba salir al balcón para contemplar el universo. Una vez que Don Berto se acostaba, sus tareas terminaban. Cada día Jessie se ataba más a la familia, a la casa y al perrito. Reconocía sus debilidades y anticipaba sufrir ansiedad de separación en el futuro.

253

Con tristeza pensaba en los pocos meses que le quedaban a Don Berto y sabía que por ahora no podía dejarlo.

Luis Ángel subió la loma con un papel y pluma en mano. Era el Día de Los Reyes.

—Feliz Día de Los Reyes Jessie.

Luis Ángel adoraba al perrito que le había regalado a Jessie y ha estado pensando en lo mucho que lo echaría de menos, una vez que Jessie se fuera.

—Tenemos que hacer un contrato — dándole Luis Ángel una pluma a Jessie.

—¿Un contrato? — preguntó Jessie —. ¿De qué hablas?

—Quizás, no debo llamarlo un contrato — entusiasmado Luis Ángel —, sino una promesa.

—No entiendo.

—Quiero que hagamos una promesa entre tú y yo.

—¿Qué clase de promesa? — cogiendo Jessie el papel en su mano para leerlo —. ¿Una promesa? — susurró… Ni que fueras un santo.

—Nuestros perros son nuestros tesoros — mirándola —, y yo te he regalado uno.

—Y lo considero un privilegio Luis Ángel. Pero todavía no te entiendo.

—Sé que estás loca por salir de aquí — revelando Luis Ángel su secreto —, y si te escapas… yo quiero saber de Boo-Boo.

Lo triste era que todos sabían el plan de Jessie. Había intentado varios escapes y los detuvo cuando empezó a cuidar a Don Berto. Dejó de inclinarse hacia ese objetivo; dándose una oportunidad para relacionarse mejor con el resto de la familia.

—¿Qué sabes tú lo que yo quiero? — confundiéndolo —. Este es mi hogar.

—Tú sabes que yo quiero creerte Jessie — deseando que se callara y firmara el contrato —, pero sé que a la vez que mi padre fallezca vas a querer salir de aquí corriendo.

—No voy a dejar a tu papá hasta que yo no termine mi trabajo con él — le aseguró Jessie —. Amo a ese viejito.

—Exactamente — confirmando su temor —, te vas a ir.

Hubo silencio entre ellos y Luis Ángel sintió algo inesperado. Los ojos de Jessie lo hicieron sentir incómodo y ella sintió lo mismo.

—¿Es eso lo que tú quieres que yo te prometa?

—No Jesse, no es eso — cogiendo el papel Luis Ángel de nuevo en su mano —, es otra cosa.

—¿Cómo que no? — sin imaginarse qué posiblemente quería él que le prometiera —. ¿Qué quieres entonces?

—Quiero que me prometas que habrá comunicación entre nosotros — confiado Luis Ángel de que ella iba a estar de acuerdo —. ¿Puedes prometerme eso?

—Al menos que estés en la cárcel — riéndose Jessie —, porque ahí no te visito.

—No seas tan graciosa Jessie — mirándola seriamente —. Estoy hablando en serio.

—¡Estoy hablando en serio también! — convirtiéndose en la otra Jessie —. Cuando te digo que nos tienes enjauladas como animales... me ignoras.

—Eso no es verdad — ofendido —. Aquí tú puedes hacer lo que te dé la gana.

—Mira a esos perros bravos y esas cercas — apuntando hacia ellos —. ¿Puedo yo caminar pacíficamente a la carretera... al garaje... al lago?

—Claro que sí — sin duda —, yo te acompaño.

—!Eres un estúpido!

—Con el permiso — asombrado —, no creo que después de todo este tiempo tengas esa opinión de mí.

—Después de casi dos años — agitada —, todavía no sé adónde estoy —enojada —, ¿y tú quieres que yo te prometa comunicación?, —dándole la espalda —. ¿Cómo vamos a comunicarnos?... ¿por paloma mensajera?

—Es una solicitud muy simple — casi rogándole Luis Ángel —, Una simple solicitud Jessie.

—¿Para qué quieres que me comunique contigo?

—Quiero ver a mi perro.

—¡Boo-Boo es mi perro! — le recordó —, y no lo olvides.

—Te esperaré al frente del Parque Central en Manhattan, al

cruzar la calle de 'The Dakota' en la calle 72. Ahí en esos bancos estaré esperándote.

—Está bien — prometió Jessie —. Todos los años en el Día de los Reyes estaré ahí. Te prometo que estaré ahí esperándote Luis Ángel.

—Me alegro que hayas repetido tu promesa Jessie — sonriendo —, de modo que pueda ser grabada en tu mente.

—¿Dónde firmo?

—Firma aquí — revolcándole el pelo —. Te esperaré hasta que llegues.

Jessie lo miró como si estuviera loco. Firmó el papel y Luis Ángel se lo puso en el bolsillo. Que promesa más rara. "¿Qué querrá él después que yo me desaparezca de aquí?" pensó.

En la tarde, Jessie tomó asiento en el balcón y Luis Ángel la acompañó. Él recordó ese momento incómodo entre ellos y decidió hacer varias preguntas.

—Nunca me has dicho si tienes novio.

—Lo tenía — respondió —, pero me imagino que se creerá que estoy muerta.

—Nunca lo has mencionado.

—¿Para qué?

—Para saber cómo era tu vida antes de llegar aquí — interesado —. ¿Cómo se llama?

—Es un detective en la Ciudad de Nueva York y se llama Eduardo.

—Eduardo — reiteró Luis Ángel —. ¿Hace mucho tiempo que están juntos?

—Estamos comprometidos para casarnos — sorprendiéndolo — y no estaré ahí para la boda.

—¿Lo amas?

—No sé Luis Ángel — analizándolo —. Me he olvidado de él en el último año.

—Entonces no lo quieres — confirmando sus sospechas —. Un amor verdadero jamás se olvida.

—Ya me da lo mismo — indiferente —. Tengo cosas más importantes ahora en mi vida.

—¿Qué es más importante ahora? — curioso —. Considero un compromiso algo muy importante.

—Tu papá Luis Ángel — con franqueza —, es mi prioridad.

Luis Ángel estaba bien en sintonía con las emociones de Jessie y sabía que hablaba con sinceridad.

—Gracias por tu sinceridad — respetando a la mujer que lo hizo pensar solamente en ella —, y deseo que te olvides de él por completo.

—¿Olvidarme de Eduardo? — necesitaba decir su nombre por última vez.

—Si Jessie — aliviado —, a tu prometido.

Jessie no contestó y bajó su cabeza. Sintió que se iba a desmayar al Luis Ángel despedirse y bajar la loma. No podía creer que un hombre tan guapo como Luis Ángel con ojos color avellana, trigueño, alto y muscular no tuviera novia.

Las muchachas estaban todavía despiertas cuando Jessie llegó al sótano. Estaba un poco fatigada al bajar y no podía dejar de pensar en su conversación con Luis Ángel.

—¿Que hacías afuera con este frío? — curiosa Evelyn —. Tienes la nariz colorada.

—Estaba hablando con Luis Ángel — sacando la pijama de la gaveta —, y me estaba haciendo preguntas personales.

—Mi querida — dijo Iris —, yo tengo que hacerte una pregunta muy importante.

Jessie se empezó a poner la pijama para acostarse.

—¿Qué?

—Nosotras nos hemos enamorado de Eddie y Antonio — demorando Iris la pregunta —, y……

—¿Cual es tu pregunta Iris? — exigiendo que llegara al punto —. Estoy muerta de cansada y no tengo tiempo para esto.

—¿Cómo es posible que Luis Ángel y tú sean sólo amigos?

—Estoy comprometida para casarme el año que viene — sorprendiéndolas —, y en mi corazón no hay espacio para dos hombres.

Evelyn se le acercó. No creía que Jessie hubiese escondido un secreto tan importante. Un secreto que amigas se supone que compartan.

—¿El año que viene?

—Sí — consciente Jessie de que Evelyn iba a querer una explicación —, para diciembre.

—Yo no te creo — desilusionada Evelyn —. ¿Cómo es posible que después de más de un año viviendo con nosotras hayas escondido algo tan importante?

—¿No confiabas en nosotras? — decepcionada Iris —. Cuando nosotras hemos compartido todos nuestros secretos.

—Esa no es la razón — declaró Jessie —. No iba a hablar de algo que había perdido su significado.

La memoria de Eduardo dejó de ocupar su mente en sólo meses después de haber llegado ahí. ¿Para qué mencionarlo cuando ya se había olvidado de sus besos?

—Quizás, no lo mencionó — adivinando Iris —, porque estaba enamorada de Luis Ángel y no quería que las noticias llegaran a sus oídos.

—¿Y cómo sabes eso Iris? — con la camisa de la pijama sobre su cabeza —. El hombre ha sido siempre muy respetuoso conmigo.

—Eres preciosa, inteligente, cariñosa, sincera — exclamó Evelyn —, y Luis Ángel es un *pollo*.

—Y ese cuerpo que tiene el muy condenado — participando Iris en sus fantasías —, me hace tener malos pensamientos.

—Deja esos malos pensamientos para Antonio — recomendó Evelyn —. Él también tiene un cuerpo de… ballena.

—Me encantaría tocarle esos hombros musculosos — bromeando Iris y mirando al techo como si estuviera hipnotizada.

—Para eso está Jessie… que está falta de práctica — bromeó Evelyn.

Jessie cayó en la cama como un árbol recién cortado. No podía dejar de pensar en su conversación y estaba muy curiosa por saber más de la vida amorosa de Luis Ángel.

—Nunca ha traído una novia por aquí — intrigada —. Es un hombre tan guapo y……

—Eddie me contó que tres años atrás — interrumpiéndola Iris —, Luis Ángel tenía una novia y creían que se iban a casar.

—¿Y qué pasó? — interesada Jessie —. Él nunca la ha mencionado.

—La muchacha empezó a hablar de matrimonio y él la dejó después de más de cinco años de noviazgo.

—¿De veras? — sorprendida Jessie —. Cinco años es una eternidad.

—Dicen que de la tristeza, la pobre se fue para California con su familia — reveló Evelyn —. Nunca más se comunicó con él.

—Los hombres son tremendos — arropándose Jessie con la frisa —, y todos se deben de morir.

Jessie se durmió pensando en Luis Ángel. El recuerdo de Eduardo lo ha borrado de su mente. Las tareas de la casa y el cuido de Don Berto ocupan la mayor parte de su día. Recuerda a sus tías y a Oscar con mucho cariño. Son ellos los únicos que en realidad le hacen falta. Su única preocupación por ahora era la salud de Don Berto y su perrito Boo-Boo.

Luis Ángel esperaba a sus hermanos con sus prometidas en el automóvil. Estaban de camino al pueblo para obtener sus licencias matrimoniales. Desde el balcón Don Berto y Jessie los miraban. Jessie aprendió a mantener su silencio y nunca reveló las vidas oscuras de sus amigas.

Jessie no estaba muy segura de lo que Don Berto sabía de las muchachas y así se quedaría. Nadie lo iba a creer como quiera. Lo importante era cómo habían cambiado sus vidas.

—El amor motiva a uno hacer cosas tan extrañas — mirando a sus hijos meterse en el carro —. Y mi deseo es verlos felices.

—Están felices Don Berto y usted debe de estar contento.

—Estoy contentísimo porque ya era hora que esos muchachos se recogieran a buen vivir y cogieran vergüenza.

—Son buenas muchachas Don Berto. Le aseguro que Iris y Evelyn los harán muy felices.

—Yo no voy a estar mucho tiempo en este mundo y me siento satisfecho verlos comprometidos para después casarse.

—Por lo que yo puedo ver Don Berto — respondió —, han encontrado compañeras para el resto de sus vidas.

Varios acontecimientos ocurrieron en los últimos meses. Los hermanos han eliminado las cercas y los trapos de perros andan sueltos por la propiedad; enseñándole los dientes a las muchachas. Jessie, Evelyn e Iris han sido advertidas de no acercarse a la carretera, porque los perros las atacarían. El entrenador de perros ha estado más de siete semanas en los confines de su casa y hasta ahora los perros no han mordido a nadie.

Boo-Boo ya no depende de la teta de su madre y duerme en el sótano con Jessie. Su cabeza cubierta con mucho pelo la mantuvo calientita durante el invierno frío y se convirtió en su mejor amigo. El perro fiel deja a Jessie todas las mañanas para acompañar a Luis Ángel en el garaje. El animal es loco con Luis Ángel y lo acompaña a la casa todas las tardes para cenar. Disimuladamente, Jessie se entretiene mirando a Luis Ángel por la ventana del cuarto de Don Berto; con el pretexto que está vigilando al perro.

Luis Ángel se ve muy atractivo ahora que el sol del mes de julio ha logrado broncear su piel morena. Sus camisetas de trabajo sucias y apretadas realzan su torso musculoso; borrando toda memoria de Eduardo. Lo desea en silencio cada día más y lo vigila obsesivamente. El contraste de su pelo negro y ojos penetrantes color avellana pueden devorar y desnudar a cualquier mujer en sólo segundos. Él sabe qué decirle a una mujer y ella es testigo de sus galanterías.

Mientras más tiempo pasaba, más dudaba Jessie poder resistir las caricias y abrazos inocentes de Luis Ángel. Ella se quedaba boba cuando lo veía. Él la hacía sentir sensual y atractiva; provocando una incomodidad muy profunda dentro de su estómago. Al él hablar, ella acariciaba sus labios con su mirada; deseando tocarlos y besarlos. Sí… esta muchacha reservada, inocente y pura quería hacer todas estas cosas… hasta poder tragárselo.

Eddie y Antonio habían construido casas propias en la propiedad de su padre. Los comprometidos han anunciado su fecha de boda y los arreglos para ese día habían comenzado. Extrañamente, algo que comenzó como un crimen ha resultado en la unión de dos parejas. Parejas, de diferentes creencias y orígenes, han encontrado una paz inexplicable en sus relaciones.

—!Ven! — corriendo Evelyn hacia Jessie —. Han llegado los

muebles.

—No corras — le advirtió Jessie —, porque los perros andan por ahí.

Evelyn le agarró la mano y sin importarles los perros corrieron hacia la casa nueva.

Al entrar, Jessie se asombró al ver la sala completamente amueblada.

—Están bellísimos los muebles — tocando la tela de las sillas y el sofá —. Yo no sabía que tú tenías tan buen gusto.

Jessie estaba sorprendida por la rapidez de la construcción de la casa y las decoraciones interiores.

La casa que Evelyn iba a compartir con su prometido, absorbía la luz natural del sol. Un paisaje de montañas enmarcado por las ventanas del piso al techo, era tal que solamente se encontraban en tarjetas postales.

—Es como un sueño — declaró Evelyn —, y no quiero despertar.

Jessie sonrió al ver a su amiga Evelyn tan alegre y la abrazó.

—Esta casa y todo en ella te lo has ganado Evelyn.

—No me merezco estas bendiciones — maravillada por lo que veía a su alrededor —, y no entiendo nada de lo que me ha pasado en los últimos dos años.

—La simple razón que lo llamas una bendición — abrazándola Jessie —, quiere decir que estás agradecida y eso le agrada a Dios.

Iris también gritaba sus nombres, haciéndolas reaccionar y moverse como dos niñas a la carrera. Iris hizo que Jessie se tapara los ojos con sus manos, hasta entrar a su casa.

—Está bien — excitada Iris —, puedes bajar las manos.

Como se lo imaginaba, el gusto de Iris era muy diferente al de Evelyn. La casa decorada en un estilo de los '60s' no la sorprendió.

—Está todo tan precioso — consciente que Iris coció las cortinas —. Tu talento como costurera y decoradora — besándola y abrazándola
Jessie —, está tremendo.

261

Las bodas de Evelyn e Iris se celebrarán dentro de dos semanas en el mismo día, en la propiedad. Luis Ángel dedicó su tiempo para planificar la boda con la bendición y el permiso de Evelyn e Iris. Contrató personas para los servicios de comida, bebidas y un diseñador para las decoraciones florales. Será una boda familiar con sus

compañeros de trabajo y sus esposas.

—Las flores están maravillosas — encantada Iris al mirar una revista de la floristería —, y me gustan todas.

—¿Qué colores escogieron? — curiosa Jessie.

—Un surtido de colores — enseñándole Evelyn una colección que aparecía en la revista —, y van a decorar el altar preciosamente.

—Los diseñadores estarán aquí temprano en la mañana — anunció Luis Ángel —, el día de la boda.

—Estoy tan emocionada — exclamó Jessie —, y no puedo dejar de pensar en ese día.

—Hablando de boda — le recordó Iris —, todavía no te has medido el traje de madrina — consciente que Jessie ha estado enfocada con la responsabilidad del cuido de Don Berto —. Tienes que darme tiempo para las alteraciones.

—Con tantas cosas que hacer — confesó Jessie —, ya se me había olvidado.

—Tengo que arreglarle el ruedo — le recordó Iris —, y necesito que te midas el traje con zapatos de taco alto.

—Luis Ángel me compró cinco pares de zapatos — haciendo alarde Jessie —, para que yo escogiera uno.

—*Alábate pollo que mañana de guisan* — haciendo Iris reír a todos —. ¿Cinco pares?

—El problema es... — riéndose Jessie —, que me gustan todos.

—Las mujeres, — comentó Luis Ángel al oír su conversación—, tienen una obsesión ridícula con los zapatos.

Los nuevos rumores circulando por la casa eran que la ex-novia de Luis Ángel había vuelto y lo está visitando. Estas noticias y celos se apoderaron de Jessie y se la estaban comiendo por dentro. Quería disimular al frente de la familia pero cada día se le hacía más difícil. Estaba tan cansada de disfrazar sus sentimientos; haciéndolos a todos creer que todo estaba bien. Hoy en particular Jessie dejó la cena y se encerró en el sótano temprano.

Evelyn e Iris sospechaban que su querida amiga estaba sufriendo de amor y la visitaron. La encontraron llorando y por primera vez Jessie no escondió sus sentimientos.

—¿Por qué lloras? — haciéndola Iris llorar más al preguntarle —. ¿Qué te pasa?

—¿Qué te pasa mi amor? — al verla Evelyn atacada llorando —. Nos estás asustando.

Le dieron unos cuantos segundos a Jessie para que se calmara. Querían voluntariamente compartir con ella sus sospechas, las cuales ellas creían ser la raíz de sus lágrimas.

—No es nada — secándose las lágrimas —, tonterías.

—Tú no lloras por tonterías — penosa Iris —. Así que tiene que haber otra razón importante — dándole un pañuelo.

—¿Tiene esto algo que ver con Luis Ángel? — confirmando sus sospechas Evelyn —. ¿O la simple razón de que no ha cenado con nosotras?

—Yo lo mato — reaccionando Iris a las lágrimas de Jessie —. Y no solamente eso… lo voy a golpear a donde duele.

—No me digas adonde lo vas a golpear — impidiendo otra palabra más Evelyn y riéndose —, esa parte es muy importante para Jessie.

Jessie se rió entre lágrimas y por fin compartió su dilema.

—Yo creo que hemos encontrado — dirigiéndose Evelyn hacia Jessie —, la causa de su pena.

—Nosotras también hemos notado que Luis Ángel no se queda después de la cena — confirmando su ausencia Iris —, y que se desaparece por horas.

—Yo estoy segura que tiene que ver con su ex-novia — convencida Evelyn.

Se oyó el último sollozo silencioso y Jessie dejó de llorar.

—Estoy celosa — confesó —. Muy celosa.

—Jesús, María y José — persignándose Iris —. ¡Está

enamorada de él!

—Que confesión más interesante — sonriendo Evelyn —, una… que cambiará el destino de esta familia.

—Creo que lo amo — compartiendo su secreto —, y nunca he sentido tanto dolor en mi corazón.

Evelyn e Iris se levantaron de la cama con mucho júbilo, celebraron las buenas noticias y se pusieron a bailar por todo el sótano.

—¿Se han vuelto locas?— ignorando ellas el sufrimiento de Jessie —. Esto es un tema serio.

—Cupido le ha tirado la flecha — declaró Iris —, y ese perro me la tiró a mí al yo conocer a Antonio.

—Alégrate — llena de emoción Evelyn —, porque Luis Ángel también te ama — sin duda —, y él no va a volver con esa muchacha.

—¿Lo crees de verdad? — inocentemente preguntó Jessie —. Necesito saber que eres sincera.

—Él te ama Jessie — repitió Evelyn —. Se le ve en los ojos.

Aunque no totalmente convencida, Jessie se sintió mejor y se acostó.

—Tú eres mi único amor fiel — besando al perro —, y nunca me traicionarás.

El viejito estaba de buen humor y quería compartir con Jessie cuentos de su juventud. Se tocaba el pecho por encima de la camiseta buscando una llave que colgaba de su cuello. Al encontrar la llave, Jessie lo ayudó sacar, con mucha dificultad, una maleta bien asegurada que tenía debajo de la cama. Cerrada con un candado, Don Berto puso la maleta vieja encima de la cama. Jessie lo miraba de lejos para que él no se creyera que ella tenía algún interés o que era una averiguá como había dicho Luis Ángel.

La maleta tenía correas asegurando cada esquina y un candado mohoso. Parece que hacía años que estaba debajo de la cama cogiendo polvo. Don Berto sopló el polvo de encima de la maleta y con su mano sacudió el resto. Él miró a Jessie y le hizo un gesto para que se acercara.

—Aquí yo tengo todos mis secretos — sonriendo Don Berto —, y los voy a compartir contigo.

—¿No me diga?— sintiéndose honrada por su declaración.

—Claro que los voy a compartir contigo — retirando la llave de su cuello —, y te vas a sorprender de lo guapo que yo era.

Jessie se rió mientras miraba al viejito luchar para abrir la maleta.

—Quiero enseñarte retratos de cuando yo era joven — dijo Don Berto —, y de los muchachos cuando eran más chiquitos.

El viejo escogió los retratos que él quería enseñarle a Jessie y el resto los escondió en un bolsillo dentro de la maleta. Con su mirada fija, Don Berto contemplaba uno de los retratos con una sonrisa. Despaciosamente, estiró su mano para mostrarle su colección. Le enseñó a Jessie un hombre joven con un gabán blanco y sombrero.

—¡Oiga!... pero espérese un minuto — con sus ojos fijos sobre el retrato —. ¿Y quién es este caballero tan guapo?

—Ese pollo soy yo — bromeó Don Berto — entregándole el resto de los retratos.

Don Berto compartió la historia de su juventud con Jessie por un largo tiempo. Recordó detalles memorables del pasado, aunque no se acordaba de los detalles de esa mañana. Eddie y Antonio eran mayores que Luis Ángel y Jessie calculó que su mamá era bastante mayor de edad cuando los tuvo. Sin embargo, los genes malos de sus padres, no afectaron a Luis Ángel como a los otros dos. Luis Ángel era el más inteligente, normal y guapo de todos ellos.

—Estos son los muchachos cuando chiquitos — orgullosamente dijo el viejito enseñándole más retratos —. Y como puedes ver, Eddie y Antonio siempre fueron gorditos.

—Parece que le comían la comida a Luis Ángel — riéndose Jessie —, porque mire lo flaco y desnutrido que se ve el pobre Luis Ángel. Don Berto se arregló los espejuelos y miró el retrato bien.

—Verdad es — dijo el viejo —. Esos gordiflones parece que le comían toda la comida.

Luis Ángel recibió una llamada en el celular un verano muy caluroso mientras todos almorzaban. Salió de la casa agitado para coger la llamada en privado.

—Se te va a enfriar el almuerzo — murmuró Jessie —, al oír a Luis Ángel alzar su voz durante su conversación.

—Yo me la como — anunció Antonio —, si él no vuelve.

Luis Ángel abrió la puerta de la cocina y salió por ella.

—El traje de etiqueta te va a quedar demasiado apretado — se quejó Iris —, si sigues comiendo tanto.

Oyeron voces altas fuera de la casa y todos salieron corriendo. Un extraño peleaba a los puños con Luis Ángel y el hombre, estaba perdiendo la batalla. Jessie corrió para meterse, pero los hermanos la aguantaron y permitieron que Luis Ángel le metiera una pela al hombre. Tirado en la grama como un animal sangrando, el hombre rogaba por su vida. Luis Ángel parado a su lado se sacudió las manos y le metió varias patadas en las costillas. Jessie se soltó y corrió hacia la víctima que estaba desorientado tirado en la propiedad.

—Lo has golpeado Luis Ángel — gritó Jessie —, no le pegues más — le rogó.

El hombre se levantó con la ayuda de Jessie y tambaleando bajó la loma hacia su carro. Ahí lo estaban esperando los empleados de Luis Ángel para terminar con él. Parecía una escena mafiosa, cuando uno por uno de sus empleados cogieron sus turnos para golpearlo.

—Por favor Luis Ángel — le imploraba Jessie —, no dejes que lo maten.

Pero Luis Ángel continuó hacia la casa dejando al hombre a la misericordia de sus empleados.

Jessie siguió a Luis Ángel corriendo hasta entrar a la casa para confrontarlo.

—¿Qué demonios fue eso? — exigió saber —. Por poco matas a ese hombre.

—No tiene nada que ver contigo — botando sangre de la mano —. Así que siéntate y cállate la boca.

—¡No voy a callarme! — agitada —. ¿Quién te crees que eres, para mandarme a callar? — alarmada —. No puedo creer que hayas permitido que tus compañeros terminen con ese hombre tan salvajemente.

Luis Ángel dio un puño con la mano golpeada, estremeciendo la mesa de la cocina. Nadie se atrevió a comentar y la única que se oía era Jessie.

—¡Basta ya! — le gritó —. Esto no te importa a ti. Así que no digas otra palabra más.

—La policía va a venir — con su mano en la cintura —. ¿Y qué explicación le darás?

Luis Ángel se levantó de la mesa y agarró a Jessie por la blusa contra la pared, elevándola unas pulgadas del piso.

—¡Cobarde! — gritó Jessie —, tú no me intimidas.

Eddie y Antonio fueron a socorrerla y le inmovilizaron las manos a Luis Ángel.

—Nunca más en tu vida — sin soltarla Luis Ángel —, te atrevas a hacerme preguntas.

Avergonzada y con lágrimas en sus ojos, Jessie se dirigió al sótano arreglándose la blusa y llorando.

—Cuando yo te diga que te calles, ¡te callas! — le gritó —. ¿Entiendes? — dándole un puño a la pared con rabia.

A solas, Eddie y Antonio abrazaron a Luis Ángel. Lo felicitaron por vengar a su padre. El dinero que la pareja le había robado no le importaba a Luis Ángel. Pero la indiferencia hacia un ser humano, especialmente a su padre era algo diferente. Eran ese hombre y su esposa los que habían dejado a su padre casi muerto.

Al otro día, Luis Ángel observó a Jessie entrar a la cocina sin decir una palabra. Ella lo ignoró y como siempre preparó el café para el resto de la familia. Ella cogió una taza de café y entró al cuarto de Don Berto, para verificar si todavía dormía. Era una mañana fresca y ella no quería molestar al viejito muy temprano. Se asomó por la puerta de la salida principal y notó mucha actividad en el garaje. Los clientes estaban dejando sus automóviles para reparar, forzando a los hermanos que madrugaran.

Jessie oyó los gemidos de Don Berto y entró a su cuarto.

—¿Qué le pasa? — preocupada —. ¿Tiene dolor?

—Hay si m'ija — quejándose el viejito —. No tolero la acidez en mi garganta y estómago.

—Le voy a dar su medicamento — le informó —, para que pueda desayunar en paz.

—Está bien — de acuerdo el viejito —, pero por ahora quiero solamente dormir.

Al despertar Don Berto más tarde, se negó a desayunar. Tenía fiebre y el pobre no se veía muy bien. Jessie estaba preocupada por los síntomas del viejito esa mañana y para completar, Boo-Boo estaba actuando medio extraño. Lo encontró raro que el perro no quisiera salir. Estaba dando vueltas por toda la casa como un loco.

—¿Y a ti que te pasa hoy? — cogiendo al perro por el collar y arrastrándolo hasta llegar a la salida.

—¿Boo-Boo, qué es lo tuyo? — al perro resistir —. Hasta el perro está hecho un lunático.

Por fin el perro salió de la casa. Jessie lo observó dando carreras del garaje a la casa. Por lo que ella podía observar, Luis Ángel curiosamente también miraba a Boo-Boo pensando lo mismo.

—Jessie... Jessie — desesperado el viejito —, tengo náuseas.

—¿Qué necesita? — un poco asustada —. ¿Tiene que vomitar?

—Quiero sentarme — le pidió —, porque no estoy bien.

Jessie lo sentó en la orilla de la cama con la bacinilla cerca, para que vomitara.

—Respire profundo— le ordenó —, para que no se vaya a marear.

Don Berto empezó a vomitar sangre y el corazón de Jessie se hundió y parecía como si hubiese dejado de latir. Sus temores se estaban haciendo una realidad y los días del viejito estaban contados. Sintió una sensación abrumadora de impotencia y tristeza.

—¿Terminó? — aguantándolo —. ¿Lo puedo acostar ahora?

—Sí mi amor... sí — su voz frágil y cansada —. Gracias.

—Lo voy a acostar de lado para que no se ahogue — poniéndole una toalla debajo de su cabeza —, y por si acaso tiene que vomitar.

Con cuidado, Jessie lo ayudó a acomodarse en su nueva posición. En sólo unos minutos Don Berto había perdido toda su energía.

—Voy a salir por un segundo — le informó —, para notificarle a

Luis Ángel que no se siente bien.

Don Berto estaba pálido y no contestó. Jessie salió de la casa corriendo y Boo-Boo al verla, corrió detrás de ella. Bajó la loma hasta llegar a la carretera, olvidándose por completo de las advertencias del entrenador de perros.

La perra brava que celosamente vigilaba la carretera la miró. Olvidándose la perra de las muchas sobras de carne que Jessie le había dado… arrancó a correr hacia ella. Consciente ahora de lo que había hecho, Jessie se paralizó. Ahora en el medio de la carretera y con Boo-Boo a su lado, la perra brava se paró al frente de ella y la miró. Con espuma en su boca y como una bestia furiosa, la mamá de su perro se preparó para atacarla. Boo-Boo se le enfrentó sin miedo, revelando sus dientes. La perra obedeció a su hijo y con el rabo escondido, se fue corriendo declarando su derrota.

—¡Hazle caso a tu hijo! — sintiéndose valiente Jessie —. Perra zángana — orgullosa ella de su perro fiel.

Ahora en el medio de la carretera, Jessie observó un automóvil aproximándose a gran velocidad. Temiendo que el automóvil le diera un cantazo al perro, ella elevó sus manos para que redujera su velocidad. El carro frenó rápidamente, creando un humo de tierra. Jessie se salió del medio y se dirigió a la puerta del pasajero. La ventana del carro se abrió y ahí estaba Esteban.

—Jessie… Jessie — incrédulamente la llamó el pasajero —. ¿Eres tú?

Luis Ángel dejó su puesto y con rapidez empezó a caminar hacia Jessie.

—No me hablen — le instruyó —, que ese hombre los mata si sospecha algo — aterrorizada Jessie por la seguridad de su tía y primo —. Arranquen lo más pronto posible — les ordenó.

El automóvil arrancó pasándole a Luis Ángel por el lado. Él lo siguió con sus ojos y miró a Jessie desconfiadamente.

—¿Qué querían? — le preguntó — mirando la velocidad del carro.

—Querían llegar hasta el parque de pasa días — mintiendo —, y necesitaban instrucciones.

—¿Qué haces en la carretera? — dudando de ella —, cuando

sabes que la perra está por ahí.

—Don Berto tiene fiebre y está vomitando sangre.

A los veinte minutos oyeron la sirena de la ambulancia, mientras Don Berto esperaba a los paramédicos en su silla de ruedas. El viejito le cogió la mano a Jessie y por medio de sus ojos hundidos, trató de compartir un mensaje.

—No se preocupe Don Berto — le aseguró —. Cuando vuelva del hospital, usted va a estar en mejores condiciones.

Luis Ángel acompañó a su padre en la ambulancia y le pidió a uno de sus empleados que lo siguiera con su automóvil. Jessie le dio un beso a Don Berto asegurándole que lo vería otra vez.

—Ahora no te pongas a llorar, — consciente Don Berto de las emociones de Jessie —, que te vas a deshidratar.

Jessie se sentó en la sala totalmente abrumada por tantos pensamientos. Luis Ángel había dejado a uno de sus empleados sentado en un automóvil al frente de la casa... vigilándola.

—¡Estúpido! — murmuró —. Lo odio — no olvidando la vergüenza que le había hecho pasar la noche anterior.

Consciente Luis Ángel de que el perro había protegido a Jessie, decidió tomar precaución por medio de uno de sus empleados. Un perro fuerte, joven y dispuesto a defender a su dueña, iba a ser un problema. La mujer que amaba quería vengarse de él y escaparse como resultado de sus arrebatos. Con Eddie y Antonio acompañándolo en el hospital, era posible que ella lo lograra.

Evelyn e Iris entraron a la casa al partir la ambulancia.

—¿Estás bien? — viéndola triste —. Tú sabes que él va a volver —confortándola Iris —. Ese viejito está bien fuerte Jessie.

—Muy fuerte — confirmó Evelyn —, y va a volver para asistir a la boda de sus hijos.

—Ese es mi deseo — triste Jessie —, y mi esperanza.

—Tú eres una mujer de fe — recordando Evelyn los ejemplos de Jessie en su propia vida.

—Sí, hombre — participando Iris —. No conozco a otra mujer que madruga para rezar por todos nosotros. Tú eres la única católica que yo he visto leer su Biblia — admirando Iris su devoción —. Tienes tanto conocimiento de lo que dice en ella.

—Y lo haces todos los días — sorprendiendo Evelyn a Jessie con su observación —, sin cansarte ni importarte ninguna de las tribulaciones que te han agobiado.

—¿Sabes lo que ha pasado? — emocionada Iris —. Tus ejemplos nos han hecho creer en Dios. Para mí, Dios era un cuento y alguien que nos quería herir y dejar quemar por una eternidad.

Sus palabras para Jessie confirmaron que Dios contesta oraciones; no importa la iglesia que se escoja para servirle. Sólo tiene uno que creer que Jesús es hijo de Dios y que murió en la cruz para salvar a la humanidad.

—Ya Dios no es una imagen rabiosa en nuestras vidas Jessie — viendo Jessie por primera vez cierta santidad en sus ojos —. Ahora Él es nuestro Dios.

Las almas seguían siendo tocadas por las enseñanzas de la Hermana Elsa.

—Nunca se rindan — les aconsejó Jessie —. Recuerden que el enemigo va a querer jugar con ustedes y tratar de confundirlas.

—Ya lo sabemos — de acuerdo Iris —. Hay tantas tentaciones Jessie.

—Recuerden que somos humanas y que siempre seremos tentadas — exclamó —, y vamos a pecar. Pero sigan adelante creyendo que al confesar nuestros pecados, Él nos perdonará.

Evelyn e Iris se disculparon de Jessie a la medianoche, para irse a sus casas. Los hermanos dormían en la casa principal en el segundo piso y todavía no habían llegado.

—Acuéstate Jessie — le aconsejó Iris —. Te veo tan nerviosa.

—No voy a poder dormir — ansiosa que llegara Luis Ángel —. Lo esperaré aquí para que no tenga que ir al sótano a buscarme.

Jessie no podía borrar de su mente el rostro de Esteban. Elba arrancó tan rápido, que no le dio la oportunidad de decir otra palabra. Estaba aliviada por el hecho de que Don Berto no iba a estar presente para su rescate y ver a sus hijos arrestados. Sus hijos iban a ir presos, pero no por su testimonio. Nunca acusaría a la familia que ella aprendió a apreciar; les diría a las autoridades que estaba ahí por su propia voluntad; una declaración que ella había practicado.

Jessie se imaginó haber oído sirenas de carros de policía, helicópteros volando sobre la casa y se durmió con un sueño inquieto, ligero y nervioso.

Al despertar a las dos de la mañana, Jessie miró por la ventana.

—Estarán esperando las autoridades que amanezca — susurró nerviosamente, confiada de que su tía la salvaría. Después de muchas horas dejó de pensar en las fantasías de su rescate y se durmió otra vez.

Eran las cuatro de la mañana cuando Luis Ángel llegó y se tiró en el sofá agotado. Los relámpagos alumbraron la casa y la lluvia no dejaba de caer. Todavía con rencor, Jessie esperó que él iniciara la conversación.

—Hablé con el jefe de los cirujanos — sofocado Luis Ángel —, y sospechan metástasis.

Ya Jessie había sospechado las transferencias de células cancerosas a otras partes del cuerpo de Don Berto. El peso de él seguía bajando y su color no se veía saludable.

—¿Qué vamos a hacer? — apenada y con lágrimas en sus ojos —. No podemos dejarlo sufrir.

—Voy a dejar a mi papá quieto Jessie — determinado Luis Ángel —. Fue lo que él me pidió y voy a respetar sus deseos.

—Luis Ángel — llorando Jessie —, digo esto con dolor en mi alma y quiero que sepas que estoy completamente de acuerdo contigo.

Luis Ángel entendía el cariño que Jessie expresaba hacia su padre y respetaba su opinión. Su padre la amaba y consultaba con ella frecuentemente.

—Eso es exactamente lo que vamos a hacer — abatido —, y eso hará a mi padre feliz.

—¿Cuánto tiempo estará en el hospital?

—El doctor dijo una semana o dos.

La lluvia siempre la hacía sentir sensual; no respetando el universo los momentos inoportunos...hoy menos que nunca. Hasta ahora, ha podido controlar y manejar su furia y pasión que celosamente reservaba para su noche de boda.

Jessie se paró del sofá y se despidió cordialmente.

—Buenas noches.

Elba nunca volvió y Jessie afirmó que estaban muertos. Ya hacía siete días y nadie había venido a rescatarla. Con poca concentración, ella tuvo que organizar sus pensamientos y teorías para no enloquecerse. Ahora con Don Berto en el hospital, Jessie ha podido evaluar la situación y ha decidido cuidar a Don Berto hasta el fin. Dentro de unas semanas se casan los hermanos y su única oración era que el viejito estuviera presente.

Boo-Boo brincó de la cama al piso y corrió por las escaleras hasta llegar al escalón de arriba. Alguien estaba tocando en la puerta del sótano y ella no se podía imaginar quién pudiera ser.

—Entren — creyendo que eran las muchachas.

Era Luis Ángel con un regalo en su mano.

—¿Estás perdida? — alegre él de verla —. Hace días que no te veo.

—¿Qué quieres Luis Ángel? — con un poco de actitud para esconder su nerviosismo —. Prefiero que hablemos arriba.

—Creía que quizás, estuvieras interesada en la condición de papá, — acariciando Luis Ángel a Boo-Boo —. Mañana él sale del hospital.

—Me alegro mucho — levantándose de la cama —, pero ya tus hermanos me han dado las buenas noticias.

—Ya mañana a esta hora estará aquí.

—Me siento muy aliviada — dijo Jessie —, y le voy a cocinar algo muy especial.

—Jessie — con una voz suave y mirando el regalo en su mano —, esto es una ofrenda de paz — ahora mirándola —. Perdóname por lo que hice la otra noche. Yo no tenía el derecho de ofenderte.

Jessie sintió la sangre viajar rápidamente hasta llegar al cerebro. Sintió un calentón y sus cachetes se habían puesto rojos. Incómoda con las emociones que sintió al oírlo, se paralizó.

—Quiero que te vayas — nerviosamente —, ahora mismo.

—¿Estás todavía brava? — tirando el regalo en la cama —. Estoy aquí para pedirte perdón.

—¡Pídele perdón a Dios! — enojada Jessie —, y no a mí.

—Te ofendí Jessie — tratando de coger su mano —, y me sentí muy mal.

—Luis Ángel — indiferente —, no tengo tiempo para esta estupidez.

—¿Quién es esta mujer? — se preguntó Luis Ángel con su frente fruncida —, no la conozco.

—No me tienes que conocer — agitada —, porque no voy a estar aquí mucho tiempo.

—Por favor Jessie, déjate ya de tus amenazas.

—No es una amenaza... sino una promesa.

—*Sea lo que sea* Jessie — evitando el drama —, hazme el favor de abrir el regalo.

—Nunca te atrevas a poner tus manos sobre mí — le advirtió —. ¿Me en tiendes tú a mí? ¿Está eso bien claro?

—Está bien Jessie — tratando de no reírse —, ya te pedí perdón — cogiendo el regalo de la cama —. Nunca más volverá a ocurrir... te lo prometo.

Jessie rompió la caja y abrió el regalo bien envuelto. Alzó el regalo en el aire y se rió. Con poco esfuerzo, Luis Ángel se la había ganado.

—Un traje de etiqueta para el perro — riéndose —, que cosa más curiosa.

—Me costó más que tus zapatos.

Sin pensarlo dos veces y como reacción, Jessie abrazó a Luis Ángel para expresar su gratitud... y él no la soltó.

—¡Luis Ángel... suéltame! — completamente sorprendida —. Está bien... te perdono.

Jessie sintió las manos ardientes de Luis Ángel debajo de su blusa acariciando su espalda, hasta llegar a su cuello. Los botones de su blusa saltaron uno por uno y cayeron al piso; dejándola completamente expuesta a la impetuosidad del hombre con el cual ella tanto había fantaseado. Trató de cubrir sus senos, pero con el cuerpo de Luis Ángel tan cerca, era imposible.

—Luis Ángel, no hagas esto — le rogó con un susurro y ojos cerrados —, porque no sé como resistirte — sintiéndose sin fuerza.

Tiernamente Luis Ángel la agarró por el pelo y controlando todos sus movimientos la obligó a besar sus labios. Sin poder respirar, Jessie sintió los latidos del corazón de Luis Ángel contra su pecho.

—Luis Ángel — murmuró una vez más... su voz sensual y como un afrodisiaco en los oídos de Luis Ángel —, ¿qué haces?

Enamorado y estimulado, enterró sus dedos en sus caderas para guiarla en un movimiento rítmico y sensual... gratificando todos sus deseos. Dominada por sus caricias, pasión y lujuria, se entregó y respondió con sus movimientos suaves y voluptuosos. Ahora bajo su poder, Luis Ángel ardiente y apasionado saboreaba sus labios.

Después de diez días Don Berto regresó a su hogar. El cáncer del hígado estaba muy avanzado y el tumor le empezó a tapar los conductos biliares, mientras se extendía a otras partes del cuerpo. Tomó semanas de radiación en el hospital diariamente, para manejar mejor su dolor. El cáncer era terminal y no tenía más remedio. Se le diagnosticaron sólo semanas para vivir y con suerte, podrá ver a sus hijos casarse. El viejito anhelaba morir en su casa, con la intención de no morir antes de las bodas de sus hijos.

Jessie lo había sentado en la silla de ruedas después de bañarlo. Le leía el periódico mientras él descansaba.

—¿Cómo se supone que yo baile en la boda, en esta silla de ruedas, — intranquilo —, al frente de tanta gente?

—Usted no se preocupe Don Berto. Yo me encargo de eso.

—¿Cómo que te encargarás de eso? — dudoso el viejito —. No quiero caerme de la silla.

—Voy a bailar con usted en la pista de baile — anunció Jessie —, dándole yo vueltas a la silla de ruedas.

—¿Qué pista de baile, ni pista de baile? — perplejo —, cuando lo que hay es un piso de yerba.

Jessie se rió y le explicó.

—Don Berto, van a construir un piso de madera para los músicos y para que la gente baile.

—¿De veras? — impresionado —. ¿Y quién salió con ese invento?

—Se le ocurrió a Luis Ángel, pero no lo invento él.

—Está bien entonces — más confiado —. El primer baile Jessie, lo bailo contigo.

—Será un honor y un privilegio — inclinándose Jessie en forma de reverencia —, para mí... mi rey.

—Estoy ansioso de participar en estas bodas y morirme en paz.

Don Berto temía no poder ver a sus dos hijos casarse. No solamente disimulaba el dolor en su cuerpo, pero también el dolor que sentía en su alma.

—¡Don Berto! — regañándolo —. Que sea la voluntad de Dios... porque Él solamente puede llamarlo.

Don Berto se le acercó a Jessie en su silla de ruedas.

—Eddie y Antonio han sido buenos hijos — dijo con ternura —. Siempre han tratado de complacer a este pobre viejo.

—Usted es fácil de complacer — comentó —. Eso es después que le dan una sopa de pollo bien caliente — haciéndolo sonreír.

— Jessie — arrepentido el viejo —, cuando eran más niños yo era fuerte con ellos porque quería que fueran buenos ciudadanos.

—Me imagino que fue más difícil criar machos — comentó —. Los machos son fuertes.

—No te creas Jessie, algunas veces las hembras son peores.

—Yo no sé Don Berto, pero yo me crié en un ambiente bastante pasivo — compartió —. Me cuidaba una monja que se llamaba Elsa. ¿Se puede usted imaginar mi existencia?

Claro que sí, que se la puede imaginar. El también recuerda a alguien así en su niñez. Al principio es siempre muy difícil para un niño tener tantas reglas y limitaciones. Pero son enseñanzas que los ayudan como adultos. Que triste que su hogar fue completamente diferente al de Jessie.

—Esa monja ayudó a criar a una joven decente, amable y con un corazón bueno.

—Mi tía decía lo mismo, — riéndose —, alegando que lo heredé de mi mamá.

—Eres un alma santa de Dios — bajando la cabeza Don Berto —. No soy un hombre muy religioso Jessie, pero conocerte fue una confirmación de que sí hay un Dios.

—Esas palabras me hacen feliz — exclamó humildemente abrazándolo —, y lo quiero mucho.

—Eres buena y si hay una persona que merece toda la felicidad del mundo... tendría que ser tú.

—¿No cree usted que soy feliz ahora?

Don Berto lo pensó por un momento y mirándola respondió.

—Falta un hombre en tu vida para completar tu felicidad — observando su reacción —, y entonces serás una mujer casi perfecta.

—¿Un hombre? — riéndose —. Yo me siento bastante completa sin uno.

Los dos se rieron y ella lo ayudó a subirse a la cama para que descansara el resto de la noche. Arropó al viejito como a un niño y lo besó.

—Don Berto — cogiéndole su mano —, pensándolo bien... quizás, usted tenga razón.

Don Berto la observó muy de cerca admirando su compasión.

—Ese hombre importante en mi vida es usted — le reveló —, y lo amo.

Profundamente emocionado, Don Berto la abrazó.

—Gracias — con lágrimas en sus ojos —. Gracias por tus bellas palabras. Porque ahora verdaderamente puedo morir en paz.

La única responsable del cuido de Don Berto era Jessie. Cada día se empeoraba más y lo encontraba muy débil. Al llegar a la casa, Eddie y Antonio la encontraron sentada en el balcón llorando. Se ha pasado todos los días así, desde que su padre salió del hospital.

—Veo al viejito tan frágil — soplándose la nariz —, y eso me entristece.

—No te debe de entristecer — dijo Antonio —, porque todavía está aquí con nosotros.

277

—Sí, hombre — añadió Eddie —, y tienes que recordar que ese fue su deseo.

—¿No entienden ustedes que el viejito se nos va? — secándose las lágrimas —, y siento un vacío muy grande en mi corazón.

Eddie y Antonio se sentaron a su lado. Querían que Jessie comprendiera el impacto tan grande que ella había tenido en sus vidas. La amaban y no porque limpiara ni cocinara, sino por su compasión, dedicación y el amor que ella les había brindado a todos. Anticipaban la pérdida de su padre, igual que un hueco doloroso en sus corazones, cuando Jessie se fuera.

La trilla no iba a durar para siempre y temían el futuro después que su padre falleciera. "¿Será el amor de Luis Ángel bastante para atarla a su nuevo hogar lejos de su familia?", se preguntaron muchas veces.

—Nunca habíamos visto a nuestro padre tan feliz — reveló Antonio —, como lo hemos visto en los últimos dos años.

—¿De veras? — mirándolos.

—Si Jessie... de veras — le confesó Eddie —. Tú has puesto una sonrisa en el rostro de mi padre que sus propios hijos nunca habían visto.

—Así que déjate de llorar — le ordenó Eddie abrazándola —, y vamos a disfrutar estos meses con él.

Capítulo 8

Saca la estaca de mi corazón

Desde que Don Berto salió del hospital, se le ha hecho imposible a Jessie compartir más tiempo con Luis Ángel. Piensa mucho en su encuentro con él y sus amigas sospechaban que la ha besado. Bromeando ellas, le dejaron enjuague bucal y chicles en la cama. Al encontrarlos se rió y se preparó para las muchas preguntas. Unos besos apasionados no eran bastante para una explicación, convencida de lo averiguadas que eran.

El viejito se está aguantando por un hilo de la vida, esperando las bodas de sus hijos. Con vigor mental y esperanza, Don Berto esperaba pacientemente su última celebración. La atención, dedicación y compasión que todos le han demostrado, le han dado valor y definición a su corta vida. Serán los acontecimientos de las bodas que todos recordarán con alegría.

Llegó el día de la boda y los novios se habían amanecido preparando pequeños detalles con Iris y Evelyn. Ahora separados de sus compañeras, los hombres bromeaban todos juntos antes de la ceremonia. Nadie podía creer que el viejito se deshizo de sus dos hijos en el mismo día.

—El esmoquin te quedó perfecto — declaró Luis Ángel acomodando a su padre en la silla de ruedas —. Te ves de lo más guapo.

Los hombres de la casa decidieron vestirse en el cuartito de su padre, en preparación para la boda. Era una ocasión muy especial y querían recordar cada momento.

—Estos sinvergüenzas no son tan feos después de todo — contemplando a sus hijos vestidos con sus 'trajes de etiqueta' —. Por primera vez parecen hijos míos.

Eddie, el más exagerado de los tres se miró en el espejo y en voz alta expresó lo que veía.

—¡Yo nunca fui feo! — mirando al otro novio —, y deja que

papá nos vea en la pista de baile... bailando una pachanga — demostrando Eddie un baile salvaje —, como éste.

Don Berto observó sobresaltado las maniobras del baile realizado por su hijo.

—Luis Ángel — excitado —, no dejes que estos muchachos me hagan pasar una vergüenza — perturbado al mirar a su hijo Eddie actuando como un payaso —, que bastantes vergüenzas me han hecho pasar en el pasado.

—Bailo mi primer baile con Boo-Boo — alzando Antonio al perro vestido con su esmoquin —. Tú serás mi pareja — dándole varias vueltas al perro.

—Si te coje Jessie — amenazando Luis Ángel a su hermano—, te va a matar.

—No se olviden que el primer baile me toca a mí — orgullosamente le recordó el viejito —. Voy a bailar como un rey con mi princesa Jessie.

La ceremonia empezaba dentro de media hora y ya los invitados habían llegado.

—Hace horas que las muchachas se están vistiendo — secándose Eddie el sudor de su frente —, y me estoy poniendo nervioso.

—Nos cogió una hora para prepararnos — inquieto Antonio —, y no entiendo por qué a ellas les ha cogido cuatro.

—No las culpo — exclamó Luis Ángel —. Hoy es una ocasión muy especial.

A última hora Eddie decidió preparar una maleta para llevar algunas pertenencias a su nuevo hogar.

—No llores al vernos ir — bromeó con su padre —, porque si no... tendré que quedarme.

—Gracias Dios mío — alzando Don Berto sus manos al cielo—, porque has sacado a estos *bambalanes* de mi casa.

Las carcajadas de sus risas se oían por todo el patio.

—El más guapo que se ve aquí es Boo-Boo — observando Eddie al perro correr hacia la casa de las muchachas.

—Eso es cosa de locos — dijo Don Berto —, y que vestir a un perro con un esmoquin.

—Papá — recordando Luis Ángel lo enojada que Jessie había

estado sólo días antes —, ese esmoquin, yo se lo regalé al perro — riéndose Luis Ángel —, para ganarme el corazón de Jessie.

—Gracias a Iris que te dio la buena idea — le recordó Antonio —, y por lo que veo el truco funcionó.

—Las flores, aunque una buena idea, hubieran aterrizado en mi cabeza — arreglando su corbata de lazo Luis Ángel —, y gracias a las muchachas todo salió bien.

Los invitados ya estaban reunidos en sus asientos cerca del altar. Admiraban los arreglos florales organizados en colores y tamaños alrededor del patio. Se oían los susurros de sus conversaciones, mientras comían 'entremeses.' Las sillas con sus coberturas blancas alineadas horizontalmente ante el altar, completaban el diseño.

Los hijos con su padre salieron de la casa para saludar a los invitados. Pacientemente esperaron a las novias que se estaban tardando. Ellas se preparaban en la casa nueva de Evelyn y miraron por la ventana para darle un vistazo a los invitados.

—Hoy sería un día perfecto para escaparme de aquí — vestida Jessie con un traje largo, color melocotón y decorado con accesorios muy elegantes.

—Estás demasiado linda para escaparte — arreglándose el pelo Evelyn —, y te perderás la boda.

Jessie le puso los velos con coronas a sus amigas. Se maravillaba en el cambio de estas dos almas que solamente dos años atrás estaban perdidas en las calles de Nueva York.

—¿No me digas que vas a llorar? — no muy sorprendida Iris y dándole a Jessie su pañuelo —, vas a manchar el traje.

—Se ven bellas — caminando de espalda hacia atrás para verlas mejor —, y todavía no puedo creer que esos gorditos se hayan ganado sus corazones.

Todas se rieron y se pararon frente al espejo para mirarse.

—Nos vemos preciosas — dijo Iris —. Y esos hombres se van a desmayar.

Al mirar el reloj se apuraron un poco para no llegar demasiado tarde.

—Tú día va a llegar Jessie — buscando Evelyn su ramo de

flores —, y yo creo que más pronto que tarde. Luis Ángel está loco por ti.

—Serán mis madrinas de boda — dijo Jessie seriamente —. Se lo prometo.

—Ella nunca rompe una promesa — confirmó Iris mirando a Evelyn —. Vamos a tener que ahorrar nuestro dinero desde ahora en adelante, para ese día.

Boo-Boo entró al cuarto abanicándolas con su cola. Estaba lo más *changuito* y caminó adonde Jessie.

—Pero mira que cosa más linda — añoñándolo Jessie con su voz —, mira que guapo se ve mi perrito vestido con su 'esmoquin.'

Luis Ángel se dirigió a Jessie al verla salir de la casa.

—Te ves preciosa — cogiéndole la mano para darle una vuelta —, y me quiero casar contigo.

—Te ves guapísimo — dándole un beso —, y la contestación es sí.

Luis Ángel le cogió la otra mano, llevándosela a la esquina de la casa, adonde nadie los podía ver.

—Estoy hablando en serio — completamente enamorado —, y no quiero esperar más.

—Yo tampoco — dándole otro beso —, porque haces a este cuerpo hervir con sólo mirarte — murmuró con una sonrisa.

Luis Ángel quería besarla como la primera noche.

—Yo no quiero ni decirte lo que tú me haces a mí — abrazándola vigorosamente contra su cuerpo.

—Eres una bestia Luis Ángel — susurró muy cerca de su oído — y te amo.

Luis Ángel tocó sus labios suavemente con sus dedos.

—Te prometo que pronto serás mía — besándola Luis Ángel—, toda mía.

—Quiero besuquear tu frente, ojos, nariz y labios — le confesó —, y nunca dejarte ir.

Luis Ángel aguantó a Jessie unos segundos, dejando descansar su cabeza sobre su pecho.

—Te amo tanto — le confesó —, y tiene que ser un pecado amar a una mujer como yo te amo a ti.

—Eres el amor de mi vida Luis Ángel — con devoción —, y nadie más ocupará ese espacio de mi corazón... jamás.

—El mío tampoco Jessie — asegurándose Luis Ángel que la ceremonia no había empezado.

—Vamos ya, que no quiero llegar tarde — dijo Jessie.

Al comenzar la melodía musical de la ceremonia, Jessie y las muchachas se alinearon para empezar la marcha nupcial. A la señal, las novias desfilaron una por una hacia el sacerdote, adonde Eddie y Antonio las esperaban. Boo-Boo cargó los anillos y obedientemente se sentó al lado de los pies de Luis Ángel. Don Berto incrédulamente miraba al perro incluido en la ceremonia, no arrepintiéndose de sus palabras más temprano. Jessie miraba al perro orgullosamente como una madre a su niño.

Las parejas se casaron y al rato empezó la música. No llamaron a los novios a la pista para el primer baile, sino que anunciaron el nombre de Jessie y Don Berto. Con lágrimas rodando por sus mejillas y nudos en sus gargantas, los hijos de Don Berto con sus esposas aplaudían. Don Berto se dirigía a Jessie en su silla de ruedas al centro de la pista de baile.

La música comenzó y los invitados lo consideraron como un homenaje para el viejito. Los hijos de Don Berto sabían que esta actuación significaba mucho más y todo tenía que ver con Jessie. La sonrisa de Jessie durante el baile era para Don Berto como un aceite sagrado... ungiendo su amor con cada vuelta y cada paso. Con sus manos juntas en perfecta armonía y coordinación, Jessie bailaba alrededor de la silla de ruedas de Don Berto como una bailarina.

—Eres mi princesa — señalándole el viejito a Luis Ángel que era su turno para bailar con Jessie —, y me has engrandecido con tu sonrisa.

Luis Ángel los interrumpió, permitiendo que su padre le entregara la mano de su amada. Sus hermanos llevaron a Don Berto en la silla de ruedas hasta su mesa. Acompañados por sus esposas se unieron a la pista de baile con Luis Ángel y Jessie. Él la aguantaba muy cerca de su cuerpo y era obvio ante todos que bailaba con el amor de su vida.

—Luis Ángel — dijo Jessie con sus ojos fruncidos —, tuve una sensación tan extraña al bailar con tu padre.

—No hay nada extraño en ver la mujer más bella del mundo —besándola Luis Ángel —, bailar con mi padre.

—Luis Ángel — insistiendo y confundida —, vi la sombra de otra persona bailando a mi lado — impresionada —, y no sentí miedo.

—Yo creo que el champán te ha embriagado — examinando sus ojos —, y estás viendo cosas — haciéndola reír.

Jessie no sabía quién había invitado a la 'ex' de Luis Ángel. La vio levantarse de su silla y desaparecerse en la parte inferior de la loma.

—Te amo Luis Ángel — le confesó con dulzura —, y no puedo resistir un día más sin ser tu esposa.

Cada célula del cuerpo de Luis Ángel respondía a su voz provocativa. Ansiaba sus besos, su cuerpo y sobre todo, su amor como nunca antes. Luis Ángel no podía resistir más esa pasión, pero cumpliría con su promesa al prometerle que esperarían.

—Te amo — besándola —, y me haces el hombre más feliz del mundo.

Don Berto los miraba de lejos mientras se besaban y bajando su rostro lloró. Su misión en este mundo se había cumplido.

Eddie y Antonio junto con sus esposas decidieron posponer la luna de miel. Don Berto seguía muy enfermo y ellos prefirieron esperar. El viejito se sentía ya bienaventurado porque dejaba a todos sus hijos acompañados. Si hoy Dios lo llamara a la eternidad, estaba preparado.

Una mirada extraña cubría los ojos de Don Berto. Una mirada que Jessie aprendió a conocer trabajando en el hospicio los primeros años de su carrera.

—Siéntate a mi lado — señalando a una silla con su mano temblorosa —, y cuéntame algo.

—¿Qué quiere que le cuente? — preguntó Jessie sentándose a su lado.

—¿Cómo conociste a esas nueras mías? — esforzando un poco su voz —. No eres nada como ellas.

—Fue por coincidencia — evitando detalles —, y no me

arrepiento haberlas conocido ni por un momento.

—¿Trabajaban juntas?

—Soy la mujer más cobarde del mundo Don Berto — sonriendo con su confesión —, y ellas me protegían de noche al salir yo de trabajar.

—¿Así que eran guardias de seguridad? — concluyó Don Berto.

—Algo así.

—No eres tan cobarde que digamos — aguantándose el pecho para no toser —, porque recuerdo muy bien lo rápido que corriste del sótano la noche del apagón.

—No me gustan ni la oscuridad ni las ratas.

—A nadie le gusta la oscuridad — entendiendo su temor —, especialmente una muchacha como tú tan llena de luz.

—Exactamente — de acuerdo —, y fue así que conocí a Iris y Evelyn.

—Las aprecio mucho — compartió Don Berto —, y me siento privilegiado de que esas criaturas sean las esposas de mis hijos.

Jessie decidió dormir en un catre para acompañar a Don Berto toda la noche. Tenía un presentimiento y no quería dejarlo solo. El resto de la familia compartió con el viejito hasta la medianoche y después se fueron a dormir.

—Yo me puedo quedar contigo — insistió Luis Ángel —, para ayudarte.

—Vete y descansa — insistió ella —, para que puedas estar aquí tempranito.

—Está bien — convencido —, pero me llamas si necesitas algo.

—No te preocupes Luis Ángel — saliendo Eddie de la casa con el resto de la familia —, nosotros estaremos pendiente.

—Está bien papá — tranquilo Luis Ángel —, te veo mañana.

Luis Ángel se le acercó a su padre y lo miró. Tenía tantas cosas que decirle, pero sólo algunas palabras cubrirían todas las otras.

—Te amo papá — con un nudo en la garganta —. Sabes lo agradecido que estoy por tus sacrificios como padre. No te hubiera cambiado más nunca por otro y quiero que sepas que verdaderamente te amo. Nunca olvidaré tus ejemplos papá.

—Claro que lo sé mi querido hijo — con lágrimas en sus ojos —, y te amo como ningún otro.

A las cuatro de la mañana Jessie oyó a Don Berto llamándola. Estaba medio despierta e inmediatamente respondió.

—¿Necesita algo? — limpiándole el sudor de su frente —. Estoy aquí viejito.

—Jessie... Jessie — esforzando cada palabra —, mi querida Jessie.

—¿Tiene dolor? — evaluando su abdomen lleno de fluido —. ¿Y aquí? — le preguntó... ¿Le duele?

—Me siento un poco corto de respiración — ajustando el viejito la cánula de oxígeno —, pero esto me hará sentir mejor.

—Respire profundo — animándolo Jessie.

Jessie arropó al viejito hasta el cuello. Estaba consciente de la irregularidad de su respiración y el flujo de aire disminuido. Cada movimiento era un esfuerzo para él. Jessie observó su miraba solemne, ojos hundidos y lejos a la distancia.

—¿Crees en Dios? — queriendo hablar él de cosas espirituales.

—Sí, Don Berto — respondió —, desde niña.

—Entonces... ¿Cómo es posible que Dios perdone al hombre — de pronto más alerta —, después de haber cometido tantas barbaridades?

—La Biblia dice que si confesamos nuestros pecados — recordando una escritura Bíblica que la monja le había enseñado —, Dios nos perdonará.

—Eso suena tan fácil Jessie.

—Y lo es — dándole esperanza al viejo —. Por fe yo personalmente he aceptado su plan de salvación.

—¿Crees en Él de verdad? — mirándola fijamente —. Porque yo quiero tener esa misma fe.

—Lo único que usted tiene que hacer es cerrar los ojos — cerrando ella los suyos y juntando sus manos en forma de oración —, y decir, 'Dios mío ... perdona mis pecados en el nombre de tu Hijo'.

—Tengo miedo de cerrar los ojos — bromeó el viejo —, tal vez no los abra más.

Jessie sonrió y abrazó al viejito.

—¿Quiere usted que le busquemos un cura?

Don Berto la miró como si estuviera loca.

—¿A esta hora? — escéptico el viejito —. ¿Adónde van a encontrar un cura?

—No se preocupe — confiada—. Sus hijos harán cualquier cosa por usted.

—¿Esos *bambalanes*? — fatigado y ahogándose con sus palabras —, no se van a levantar.

—Yo puedo hacer una oración por usted — casi implorándole —, eso es... si usted quiere.

—No sé rezar — con pretexto el viejito —. Como te dije antes, yo nunca fui un hombre religioso.

—¡Es fácil! — comprendiendo Jessie que la oración de un pecador era algo muy personal —, oremos Don Berto.

Don Berto cerró sus ojos y tocado por la oración se arrepintió y se humilló ante Dios llorando.

—Tú tienes una solución para todos los problemas — aliviado el viejito —, y yo no entiendo por qué no te conocí antes.

—Porque todavía no era tiempo, Don Berto.

Don Berto se quedó en suspenso y Jessie lo acomodó mejor en la cama. Movió una silla hasta llegar a la cabecera de la cama para estar cerca de él. Sabía que no iba a dormir y prendió una vela.

—¿Y tú? — sorprendiéndola —. ¿Eres capaz de perdonar así como Dios?

—Claro que sí — sin duda —. ¿Quién soy yo para no perdonar, si Dios el Todopoderoso perdona?

Don Berto miró su rostro, queriendo recordar su imagen para siempre.

—Jessie mi hija, yo quiero pedirte perdón — con lágrimas en sus ojos.

—¿Perdón, — sonriendo —, porque me tiró los pantaloncillos sucios cuando no se quería bañar?

287

Don Berto la miró y ella dejó de sonreír.

—No — determinado el viejito —. He pecado contra Dios y otros seres humanos.

Jessie recordó la paliza que Luis Ángel le dio a aquel hombre y contempló la idea de que quizás, ha estado viviendo con una familia mafiosa.

—Don Berto — tratando de consolarlo —, todos hemos pecado y además… usted no es capaz de herir a nadie.

—Te equivocas, — insistiendo con su confesión —, herí a una persona inocente.

Jessie no sabía que más decirle y cogiendo su mano la besó. Y fue entonces el momento oportuno para Don Berto desahogarse.

—Herí a tu madre Gloria — avergonzado y volteando su cabeza para no mirarla.

—¿Mi madre? — soltando su mano —. ¿Qué está usted diciendo?

—Perdóname — le rogó —, aunque sé que no soy digno de tu perdón.

Jessie se levantó de la silla para alejarse. Dio unos pasos hacia atrás, mientras su corazón latía incontrolablemente. No podía digerir su confesión sin estar segura de sus palabras. Confundida y luchando con sus emociones, se preguntó… "¿Cómo sabe Don Berto el nombre de mi madre?" "¿Estará el viejito alucinando?"

—Perdóname Jessie — le imploraba Don Berto — perdóname.

—No entiendo — todavía alejada de él —. Usted no conoció a mi madre.

—Yo soy tu padre Jessie — declaró el viejito —. Yo soy Roberto Orgega.

—¿Qué? — asombrada y alejándose de él hasta tocar la pared con su espalda —. ¿Qué está usted diciendo?

Jessie cubrió su rostro sin poder creer que estaba parada al frente del hombre responsable de la muerte de su madre. No tenía lágrimas ni palabras y lo único que sintió fue un rayo de fuego penetrar cada hueso de su cuerpo. Valientemente se le acercó al monstruo que había ganado su corazón.

—¡Cállese!... ¡cállese!... ¡cállese!.... — su voz baja pero poderosa. No mencione el nombre de mi madre, Roberto Orgega — dijo con rabia y reproche —. ¿Me entiende? Porque usted no es digno de mi perdón, pero menos es digno de pronunciar el nombre de mi madre.

Don Berto cubría su cara con sus manos para bloquear sus lágrimas y el grito de su alma.

—Jessie, no llores — clamó su padre al oír su llanto.

Jessie se sintió sin fuerzas y cayó al piso de rodillas llorando inconsolablemente. Le dieron náuseas, mareos y tuvo que aguantarse la boca para no vomitar. Su universo perfecto acababa de derrumbarse. Luis Ángel era su hermano y no resistía el dolor de esa verdad. La intensidad de su amor hacia él, era ahora la intensidad de su dolor. Hubiera preferido que una estaca atravesara su corazón antes que tener que vivir sin su amor.

Quería correr hasta la montaña más alta del mundo y gritar. Quería alzar sus manos hacia el universo y sin reverencia exigir de Dios una explicación, por lo que Él había permitido.

"¿Cómo es posible que este hombre haya resucitado para arrancar de mi corazón lo único bueno en mi vida?"

Sintió rabia y el fuego venenoso del mismo infierno destrozando su alma. Y con una furia poderosa, Jessie se levantó del piso y entre sollozos enfrentó al hombre más despreciable del mundo.

—¡Maldito seas Roberto Orgega! — gritó —, y maldita sea tu existencia! Te deseo la muerte — todavía atacada llorando —. Te deseo la muerte y que el diablo te esté esperando en el infierno.

¡Asesino! — gritó —, porque en ese día trágico usted mató más de una vida.

—Perdóname — tragándose Roberto Orgega sus lágrimas mientras sus palabras se hacían eco por todo el cuarto.

Por horas Jessie observaba a su padre desde el catre después de su confesión. Sus lágrimas podían inundar el continente de África. En solamente horas, ella pudo conectar las piezas del rompecabezas de los últimos dos años. Elba, la hermana de Roberto Orgega con su sobrino Red la habían traicionado. Organizaron su secuestro para complacer a su hermano moribundo. Tenía tantas preguntas, pero el hombre con todas las respuestas estaba a punto de expirar.

Ya amanecía y pronto llegarían sus hijos. Recordó las enseñanzas de la monja que sin darse cuenta la había preparado para este día. Era solamente humana y después de toda su furia, pudo razonar. Cerró sus ojos y con una oración empezó el proceso de sanación. Un poder más fuerte que su furia la arrastró a los pies de su padre que estaba agonizando.

—¡Papá! — cogiendo su mano —, estoy aquí.

—Te siento hija mía — susurró con lágrimas en sus ojos y labios secos—, perdóname.

—Te perdono papá— llorando inconsolablemente —, y quiero que sepas que no te dejo de amar.

Roberto Orgega no pudo hablar más y le apretó la mano a Jessie débilmente. Ella sabía que él la había oído minutos antes de decirle adiós. Jessie lo arrulló entre sus brazos como a un niño y no lo soltó. Sintió cada latido débil de su corazón y su último aliento contra su pecho. Envuelto en sus brazos… Roberto Orgega falleció.

Los aullidos de Boo-Boo se oían por toda la casa y ellos bajaron la loma corriendo hasta el garaje. Era hora de notificarle a Luis Ángel del fallecimiento de su padre.

—Luis Ángel — tocando en la puerta cerca del garaje —, tienes que venir.

Al mirar sus ojos rojos, Luis Ángel comprendió que algo había pasado. Sin decir una palabra y con sus pasos acelerados, Luis Ángel subió la loma hacia la casa de su padre. Jessie lo miró hasta desaparecerse entre los árboles y arbustos con un dolor inexplicable. Y como si Dios la hubiera oído y liberado, ella vio la llave puesta en un automóvil. Con la confusión que había por la muerte de su padre, no iban a notar que ella se había tardado.

A Don Berto lo velaron por un día y lo enterraran en un cementerio cerca de su casa. Los mismos invitados a la boda días antes, vinieron a expresar sus condolencias. Luis Ángel escribió la despedida de duelo revelando los sacrificios, virtudes, méritos y abnegación de su padre. Con su familia a su lado, Luis Ángel finalizó sus exaltaciones sin olvidar la devoción y abnegación de la mujer que había amado.

Recluso en su cuarto por semanas, Luis Ángel no dejaba de pensar en Jessie. Creía que ella iba a volver, pero la realidad de su ausencia lo había convencido de lo contrario. De la ventana del cuarto de su padre, Eddie y Antonio lo observaron subir la loma con urgencia.

—Estoy preocupado — compartió Eddie —. ¿Qué pasará ahora?

—Sólo me puedo imaginar como él se siente — abriéndole Antonio la puerta de la entrada.

—¿Está todo bien? — deprimido Eddie —. Andas como un loco.

—Tengo que ir a buscar a Jessie — determinado —. Hay algo que yo no entiendo.

—Ya hemos tenido esta conversación Luis Ángel — perturbado Eddie —, y por lo que recuerdo, habíamos decidido dejar el asunto quieto.

—Tenemos que respetar los deseos de Jessie — evitando no herirlo Antonio.

—Quiero saber por qué se fue — como si ellos tuvieran la respuesta —, y no quiero esperar más.

—Nosotros también queremos saber por qué se fue — declaró Eddie —, pero no vamos a invadir su privacidad.

—Ya ella ha hecho bastante por nosotros — entristecido Antonio.

—No entiendo nada de esto — sentándose en la cama confundido —. Esta conducta no es de Jessie.

—Tenemos que darle gracias a Dios — dijo Eddie —, porque hasta ahora tenemos nuestra libertad.

—Ella no va a acusarnos — exclamó Antonio con seguridad.

—Tienes que aceptar la posibilidad — tratando Eddie de hacer a Luis Ángel razonar —, de que quizás, ella nunca tuvo la intención de quedarse aquí con nosotros.

—Ustedes no entienden — ignorándolos —. Jessie y yo nos amábamos.

—No lo dudo ni por un momento — apenado Eddie —, pero al mismo tiempo ella amaba a su familia.

—Es imposible hablarle a ustedes — disgustado —. Mañana salgo temprano para buscarla.

—No lo hagas Luis Ángel — dijo Eddie —. ¿La vas a secuestrar otra vez?

—Déjala en paz Luis Ángel — insistió Antonio —, ya nuestro padre la torturó bastante.

Luis Ángel lo miró completamente asombrado. Nunca había oído a sus hermanos hablar de esa manera. Siempre habían sido respetuosos con su padre y ahora menos que nunca permitiría él que ellos mancharan su memoria.

—¿Qué has dicho? — preparado para proteger la honra de su padre.

—¡No, Luis Ángel! — agarrando Eddie a su hermano menor —. Él tiene razón.

—¡Nunca se atrevan a hablar de nuestro padre así,— enfurecido —, que bastante hizo por nosotros.

—Está bien — nervioso Antonio —, esa no fue mi intención.

—¿Entonces cual fue tu intención? — exigió Luis Ángel —. ¿Por qué dices que nuestro padre había torturado a Jessie?

Luis Ángel se apoyó en la puerta. Las palabras de Antonio lo habían irritado. Trataba de comprender exactamente el significado de su reproche. "Torturado"… era una palabra fuerte; una palabra que lo hizo pensar en Hitler.

—Estoy esperando Antonio — exigió —. Tienes que explicarme por qué en el nombre de todos los santos de allá arriba, has dicho algo tan semejante.

Eddie se mantuvo al frente de Antonio para protegerlo.

—Por favor — le rogó Eddie —. No queremos herirte más.

Sus hermanos lo protegían. Al darse cuenta Luis Ángel, los miró intensamente tratando de interpretar el temor en sus ojos.

—¿Así que hay algo que añadirle a sus mentiras? — no confiando Luis Ángel en sus hermanos —. ¿Qué carajo están ustedes escondiendo?

Sus hermanos mayores se miraron y en silencio estuvieron de acuerdo en una decisión dolorosa. Una familia forma da con ligaduras prohibidas está pagando el precio. Lentamente Eddie removió una llave de su cuello. La misma llave que Don Berto guardaba con seguridad cerca de su cuerpo. Una nube de tristeza ensombreció el rostro de Antonio y arrepentido por sus palabras, lloró.

—Voy a estar muy disgustado con ustedes — decepcionado Luis Ángel —. Me han ocultado algo muy importante.

Esa llave había colgado del cuello de su padre por años y Luis Ángel la recuerda desde niño. Siempre fue respetuoso con su padre, honrando con importancia la confianza que encontraba en él. Recordó su intriga durante su juventud con la maleta debajo de la cama. Era un chico pubescente cuando su padre y hermanos lo encontraron debajo de la cama, escondido, tratando de abrir la maleta.

—¿Estás loco? — rabioso su papá —. Deja que te agarre. Como una parábola que él no entendía, Luis Ángel oyó a su padre decirle que eran solamente "documentos."

Todavía en un trance de desilusión, Luis Ángel observaba a sus hermanos por primera vez comportarse como adultos. Eddie le entregó a Luis Ángel la llave enmohecida con su mano torpe, mientras Antonio buscaba la maleta que había estado debajo de la cama de su padre por una eternidad.

—¿Qué posiblemente tiene que ver una maleta tan vieja con alguien que hemos conocido hace sólo dos años? — intrigado Luis Ángel.

Jessie salió de la oficina de Isabel, una psicóloga con la cual ella ha estado consultando por más de un año. Se sintió perdida al volver a su viejo ambiente, al no poder compartir con su familia en dónde había estado. Si ella pudiera definir la 'traición,' la especificaría como la desintegración de la esperanza. Destrozada emocionalmente al regresar; necesitó tiempo y espacio para reorganizar su vida y volver a la comunidad.

Había aceptado un puesto en una clínica cerca de su casa y hoy celebraba la primera señal de su recuperación. Inspirada por la demanda de enfermeras en el sistema de salud, Jessie solicitó en un programa nuevo, dedicado a la atención y las necesidades de los ancianos. Por primera vez en mucho tiempo, demostró entusiasmo y su familia la apoyó gozosamente.

Rosa la esperaba al frente del edificio de la oficina de Isabel. Era un soplo de aire fresco ver a Jessie interactuando con humanos y sus familiares no podían estar más contentos. Querían evitar el tráfico de la hora pico, para que no interfiriera con sus planes.

—¿Qué hora es? — entrando Jessie al automóvil —. No quiero quedarme atrapada en tráfico.

—No te preocupes, que todavía es temprano — le aseguró Rosa.

Eduardo se iba a encontrar con ellas en un restaurante en la cuidad y Jessie no quería dejarlo esperando.

—¿Cómo te fue tu sesión terapéutica? — preguntó Rosa —. Saliste un poco temprano.

—Esta visita fue una indicación de mi mejoría — entusiasmada —, y hablamos más de Isabel y sus problemas que de los míos.

—Me alegro — sonrió Rosa —. Quizás, Isabel debe de pagarte por tu servicio.

Al llegar ellas al restaurante, la anfitriona las dirigió a sus sillas. Eduardo saludó a Jessie dándole un beso y le cogió el abrigo. Eduardo se quedó mirándola. Su prometida había aumentado unas libras y su traje negro entallado exhibía su cuerpo perfecto. Con colores coordinados, collar y pantallas de 'onyx,' Jessie lucía exquisitamente elegante. Eduardo escudriñaba sus movimientos, maravillado al pensar que solamente dos año atrás estaba afligido por su muerte.

Ordenaron bebidas y aperitivos antes de la cena, mientras bromeaban y compartían los eventos del día.

—Espero que no hayas esperado mucho tiempo Eduardo, — acomodándose Jessie mejor en la silla —. Rosa voló por el Puente de Brooklyn para llegar aquí a tiempo.

—Hace diez minutos que llegué — dijo Eduardo —, así que ni te preocupes.

Eduardo notó que Oscar no las había acompañado.

—¿Adónde está Oscar?

—Oscar tenía un compromiso — estudiando Rosa el menú —, pero vamos a encontrarnos después para ver un show.

—¿A qué hora es el show? — curioso Eduardo —. No quiero que te pierdas el postre después de la cena.

—Tenemos tiempo — mirando su reloj —. No voy a salir de aquí sin disfrutar el postre.

Eduardo echó un poco de vino en cada copa en la mesa y las repartió.

—Para todos los viejitos que pronto tendrán el privilegio de conocer a la mujer, — con su copa en el aire Eduardo —, más humanitaria del mundo.

—Brindo por su regreso a la comunidad — añadió Rosa, mirando a su hija como si le estuviera pidiendo permiso.

—Salud — brindando todos.

Ahora en la segunda botella de vino, Eduardo dominaba la conversación.

—Se me hizo más difícil enamorar a Jessie ahora que la primera vez.

—No quiero hablar de eso ahora — tratando Jessie de intimidarlo con sus ojos.

Eduardo sonrió. No estaba muy seguro si ella lo reprendía en serio.

—No me atemorices con esos ojos tan bellos — tomando Eduardo otro sorbo del trago.

—A ti no te atemorizan — observando Rosa los ojos de lechuza de su hija —, pero a mí sí.

Jessie edificó barreras como pilares de madera para alejar a su familia y evitar que le hicieran preguntas. Su episodio para todos era un misterio que ella compartió con Isabel solamente.

Rosa se excusó para hacer una llamada, dejándolos solos por un momento.

—¿Está todo bien Eduardo? — cogiéndole la mano —. Te veo medio extraño.

—¿Extraño? — sorprendido Eduardo —. Siempre soy el mismo.

—Te veo un poco nervioso — exclamó con una sonrisa —, y

por lo que entiendo, los policías no sufren de nervios.

—Siempre me siento nervioso en tu presencia — sonriendo Eduardo —. Me haces sentir como un joven de quince años.

Disfrutaban de la música del piano cuando observaron a Oscar entrar al restaurante.

—Por fin llegó — exclamó Rosa —. Tan buena que estaba la conversación. Ahora tengo que pasarme el resto de la tarde con este viejo chango — mirando Rosa a Oscar apurado.

—Deja a mi querido Oscar quieto — le aconsejó Jessie con una sonrisa.

Oscar interrumpió su conversación para saludarlos. Apurado y preocupado de perderse la primera parte del show, tomó a Rosa por la manga del abrigo hasta la salida.

—Los veo más tarde — despidiéndose Rosa.

Jessie miró a Oscar al Rosa salir del restaurante, para evitar los ojos profundos de Eduardo que la examinaban. Ya hace años que están comprometidos y él le ha pedido casarse... una vez más.

—Sabes que te amo — declaró Eduardo —, y esperaré pacientemente tu respuesta.

—Lo agradezco — desinteresada —. Prefiero no hablar de nuestro futuro por ahora.

—Por ahora solamente — aprovechándose de la oportunidad Eduardo —. Acepto... con el entendimiento que iniciarás el tema cuando estés preparada.

—Gracias Eduardo — exclamó —, creo que tu respuesta es bastante justa.

Eduardo echó su torso contra el espaldar de la silla para relajar su espalda. El tema de su relación le causaba ansiedad y estrés; provocando espasmos en sus músculos. Estaba cansado y disgustado con su situación y para empeorar la carga, Jessie no tenía puesta su sortija de compromiso.

—¿Y tu sortija? — mirándole la mano —. ¿Se te ha olvidado?

—Haces esa pregunta con sarcasmo — indignada —, cuando sabes que a mí se me olvida todo.

Eduardo bajó su cabeza resentido con él mismo.

—Tienes razón — sometido a su acusación —, perdona ... no quise alterarte.

Desde su regreso, Jessie pierde los estribos con facilidad. Se agitaba fácilmente y como sorpresa para todos, expresaba sus sentimientos sin importarle los de los demás. Rosa le deja el camino cuando la ve de mal humor, consciente de que puede ser su tiro al blanco.

Jessie no había visitado la ciudad de Manhattan desde su secuestro. Encontró las calles oscuras, sucias y apestosas. Aunque estaba acompañada por su prometido, sintió miedo.

—Quiero irme — cerrando los botones de su abrigo —. No estoy disfrutando de la caminata.

—Es temprano — reveló Eduardo —, y estaba interesado en ver a las personas que pasaban en kayak por el río.

—Sin embargo, yo no — anunció —. Tú quédate si quieres.

Sin perder un segundo más, Jessie cruzó la calle para tomar un taxi.

—Me iré contigo entonces — exclamó Eduardo —. No es para tanto.

—Quiero estar sola — cerrando la puerta del taxi detrás de ella.

Eduardo siguió al taxi con su mirada. Ya su prometida no era la misma persona que él había conocido casi toda su vida. Y fue entonces que Eduardo juró no descansar hasta saber qué le había pasado a Jessie al desaparecerse.

Jessie esperaba a Isabel, su consejera, en su oficina. Admiraba los retratos nuevos del niño mostrados en la pared y en el escritorio. Isabel entró y se dirigió inmediatamente a su escritorio. Se veía estresada y no estaba preparada para la sesión. Nerviosamente le daba cantazos al escritorio con el lápiz entre sus dedos. Jessie cogió uno de los retratos en el escritorio y lo admiró.

—Está bello — sonriendo al mirar al niño de Isabel —, y cada día más grande.

—Gracias — sonriendo Isabel —, pero no te puedes imaginar lo sinvergüenza que se ha puesto — compartió Isabel —. No tiene siete años y ya me está dando problemas en la escuela, — frustrada —. No es fácil criar a un niño sola — sacando Isabel un archivo de su gaveta.

Isabel leyó una página y al terminar se quitó los lentes. Apoyó su espalda en la silla como siempre acostumbraba y miró a Jessie. Pacientemente, Jessie esperó la primera pregunta.

—¿Cómo te sientes? — le preguntó —. Me dicen que eres una mujer comprometida.

—Hace años que estoy comprometida Isabel — sin darle mucha importancia —. No es nada nuevo.

—Claro que es algo nuevo — insistiendo —. Solamente que ahora es diferente — le recordó —. Eduardo quiere que le des la fecha para la boda.

—Él sabe mejor que eso para estar hablando de nuestro porvenir — con poca consideración hacia Eduardo —, y que tiene que cogerlo suave conmigo antes de que me disguste.

—¿Por qué sigues interesada en su proposición? — indiscreta Isabel —, si ya no lo amas.

—Nunca me traicionó — confiada que eso era lo que necesitaba en su vida —, y sé que me hará feliz.

— Está bien… es una buena respuesta — conforme Isabel —. Sinceramente les deseo lo mejor, porque la fidelidad es muy importante en una relación.

Jessie se paró de la silla y caminó hasta la ventana para ver los primeros copos de nieve caer.

—Ya pronto se acercan las Navidades — susurró —, y el Día de los Reyes.

—¡Algunas veces no te entiendo! — exclamó Isabel — o es Eduardo o es Luis Ángel…… ¿cuál es?

—¿De veras Isabel? — sorprendida con su respuesta —. ¿Así es que tú, mi consejera, me contestas?

—Un minuto me dices que Eduardo te hará feliz — rememoró Isabel —, y en el otro minuto me hablas de Luis Ángel.

—No he mencionado su nombre.

—No tienes que mencionarlo — exclamó Isabel —. Mencionar el Día de los Reyes es como si lo mencionaras a él.

Jessie descansó sus codos en el borde de la ventana y se aguantó la cabeza con las manos.

—Tengo que olvidarlo por completo — apenada —. Es como si su memoria estuviera clavada en mi mente y subconsciencia.

—Vamos entonces a hablar del Día de los Reyes — rendida —,

porque sé que Luis Ángel te espera.

—Lo dices con tanta seguridad.

—Estoy segurísima — convencida Isabel —. Ese hombre te esperó el año pasado y te va a esperar todos los años hasta que te aparezcas.

—Lo más probable es que quiera ver a Boo-Boo.

—Se alegrará en verlo por supuesto, — le aseguró Isabel —, pero la promesa fue entre ustedes.

Jessie se alejó de la ventana y volvió a su silla.

—Me siento tan sucia — confesó —. He pecado e ignoré todas mis creencias... mis convicciones.

—¡Esas son ridiculeces! — dijo Isabel con mucho ánimo —. ¡Fue un trapo de beso!

—No fue cualquier beso — le recordó —, sino un beso apasionado.

—Cualquiera diría que te hizo el amor — excitada Isabel —. ¿Qué importa que parte del cuerpo te chupó?

—¡Isabel!

—¿Qué importa? — insistió Isabel —. Estás hablando de dos personas ciegas y llenas de pasión... de amor... y lujuria.

—¡Es mi hermano! — declaró —, y me da asco pensar en mi comportamiento durante ese tiempo.

—Ustedes no tienen culpa.

—Si yo me hubiera comportado como una dama — con sus ojos vidriosos —, eso no hubiera pasado.

—La pasión y el amor son dos cosas muy difíciles de controlar — compartió Isabel —, y tienes que dejar de culparte.

Su hora con Isabel estaba a punto de finalizar. Jessie cogió su abrigo y se volteó para despedirse.

—Hoy le informo a Eduardo que nos casamos para el Día de Los Reyes — anunció —. Quiero terminar esta amargura que siento tan cerca de mi corazón.

—¿El Día de los Reyes? — sorprendida Isabel —. Estás hablando de menos de dos meses.

—Exactamente Isabel — determinada —. Tenemos poco tiempo.

—¿Estás segura? — consciente Isabel de que Jessie

necesitaba tiempo para sanar sus heridas —. Esta es una decisión grande.

—Una decisión que hay que tomar inmediatamente.

—Por favor — le rogó —, dale otro año.

—¿Qué cambiará?

—No sé — sin saber Isabel que decir —, quizás, estés más preparada para manejar el estrés matrimonial.

—Así como tú — desafiando a Isabel —. Nadie en el mundo es completamente feliz. ¿Qué exactamente estoy yo esperando?

Como una mujer profesional, Isabel quería enseñarle a Jessie que el *propósito* era un componente fundamental para una vida plena. Dudaba que después de solamente un año, ella tuviera la motivación necesaria para dirigirse en esa dirección.

Jessie y Eduardo discutían. Él ha iniciado una investigación privadamente de su desaparición y ella nunca permitiría el encarcelamiento de sus hermanos. Mentiría al frente de la policía, abogados, jueces y si necesario... ante Dios.

—¡Déjalo ya! — cansada ella de lo mismo —, y déjame seguir adelante en paz.

—Esto no te afectó a ti solamente — le recordó Eduardo —. Afectó a Rosa, Oscar y a mí.

—Si tú quieres seguir con nuestros planes de boda—amenazándolo —, tienes que olvidarte del pasado.

—¿A quién estás protegiendo? – preguntó Eduardo con firmeza.

—¡Estúpido! — insultada —. Eres un idiota con tus ideas y acusaciones.

Los insultos verbales Eduardo no los iba a tolerar. Él quería que ella respetara su relación y no ignorara leyes que no estaban escritas.

—No te he acusado de nada — exclamó Eduardo—, nunca.

—Déjame en paz — le pidió con rebeldía —. No quiero hablar de lo que pasó durante mi secuestro.

—No entiendes Jessie, que no quiero empezar nuestras vidas así —tratando de hacerla entender —, con secretos... mentiras... y sabe Dios qué más.

—No te debo ninguna explicación.

—Es importante que lo compartas conmigo — le rogó —. Te amo y no hay nada que yo no te perdone.

—¡Basta ya! — agitada —. Respeta mis deseos Eduardo — anticipando Jessie que la pelea iba a continuar.

—Por favor — le rogó Eduardo.

—Si quieres continuar con los planes de boda — no queriendo Jessie hablar de un tema prohibido —, no digas otra palabra.

—¿Me estás amenazando?

—Tú sabes qué, Eduardo, — mirándolo fijamente —, considéralo una amenaza.

Eduardo no contestó y al salir de la habitación tiró la puerta.

Rosa y Oscar se escaparon para 'Atlantic City ' el fin de semana. Hacía dos semanas que Jessie había anunciado su boda y estaba enviando las invitaciones. Regresó de la oficina del correo inmediatamente, con una lista de detalles que tenía que lograr en cuatro semanas. Los invitados sumaron a más de cien personas y a muchos de ellos Jessie no los había visto por años. Oyó que tocaron en la entrada de la casa y temiendo que fuera Eduardo, miró por el agujero en la puerta. Al mismo frente de su puerta, estaba su tía Elba. Abrió la puerta y Jessie, indiferente, se volteó y caminó a la sala. Tenía tantas cosas que decirle después de negarse verla por más de un año.

—¿A quién le debo este honor?

Temblando de los nervios, Elba entró arrepentida. Sin poder decir ni una palabra, esperó que su sobrina la insultara.

—¿Qué pasó, — sarcásticamente Jessie —, te perdiste en el camino?

Las lágrimas de Elba cubrían su rostro y miró a su sobrina como si un cañón estuviera a punto de pasarle por encima.

—¿Cómo te debo llamar? — deseando herirla —, ¿Tía?... ¿Mentirosa?... ¿Hipócrita? — con dolor en su alma al resucitar sus heridas —, ¿O prefieres traicionera?

Los sollozos de Elba eran claros. Jessie penetró la barrera de sus malas decisiones. Barrera que Elba creyó poder proteger.

—¿Quién eres? — sin sentirse Jessie intimidada —.¿Quién es esta mujer que estuvo dispuesta a traicionar a su sobrina; a su propia sangre y a la hija de su mejor amiga?

La tía que ayudó a criar a Jessie era de repente una extraña. Creía que complacer a su hermano era la ruta para una reunión y una reconciliación.

—¿Qué le pasó a la mujer inteligente que yo conocía? — reconociendo sus buenas decisiones en el pasado —. ¿Cómo te has atrevido a venir aquí? ... ¿Para qué? — furiosa —. ¿Para abrir las heridas que has causado? — queriendo Jessie que Elba entendiera el daño que había causado —. ¡Te esperé por días!

Elba no contestó. Estaba dispuesta a aceptar su castigo y dejar que su sobrina se desahogara.

—¿Cómo encontraste el valor para engañarme? — secando sus lágrimas —. ¡Eras como una madre para mí! — su voz alta y potente —, y yo hubiera hecho cualquier cosa por ti, tu hijo y Red.

—Cometí un error — por fin contestó arrepentida —, y siento tanto haberte herido.

—¿Un error? — al oír su respuesta incrédulamente —. Un error es dejar la plancha prendida.

—Estaba cegada por la condición de mi hermano que antes de morir pidió verte.

—Que bueno es complacer al hombre que abusó de mi madre y la hizo suicidarse — con ira —. El pobre criminal y sus hijos han disfrutado tanta compasión de tu parte.

—Estaba ciega y me tienes que creer — llorando desconsoladamente —. ¡Ciega!

¡Que mejor oportunidad que ésta, para Jessie aprender exactamente lo que pasó la noche que Roberto Orgega abusó de su madre! Estaba cansada de los rumores y secretos familiares. Y tomó esta oportunidad para exigirle a Elba la verdad.

—Dime entonces — exigió —. ¿Qué pasó la noche que tu hermano mató a mi madre?

Elba le contó todos los eventos de esa noche trágica. Por primera vez Jessie oyó que Red fue testigo del suceso sangriento. Ahora podía entender por qué su estado mental había empeorado. Eran buenos amigos y Red amaba a su madre.

—¿Cómo llegó Don Berto a Nueva York, cuando la policía

secretamente lo buscaba por todos lados? — curiosa —.
¿Quién lo protegió?

—Una identificación falsa — avergonzada —. Él estuvo en San Juan por meses hasta que las cosas se calmaron.

Por fin la verdad ha sido revelada. Quizás, Jessie no investigó más, temiendo odiar a su tía Rosa.

—Al tú nacer — revelando más detalles Elba —, Roberto empezó a enviarme dinero para ti.

—¿Siempre tuviste comunicación con él?

—Si... siempre.

—¿Qué sabes de mi secuestro? — observando Jessie lo incómoda que su tía se puso —. ¿Estabas tú también involucrada en ese crimen?

—Tu padre estaba intrigado por tu vida — como excusa —, y estaba dispuesto a poner a sus dos hijos en peligro para conocerte. Estaba arrepentido Jessie... y necesitaba pedirte perdón — ¿Y Red?—Red no tuvo nada que ver con tu secuestro — le aseguró —, nada en absoluto.

—¿Qué creían mis hermanos cuando me secuestraron?

—Que eras la enfermera que cuidaría a su padre en sus últimos días.

—¿Mis hermanos no sabían que yo era su hermana?

—No — dijo Elba —. Estaban desesperados por la condición de su padre.

La mujer que había influenciado en su vida personal estaba involucrada en un crimen tan bien organizado. Con el destino de Elba en sus manos, Jessie controlaba todo aspecto de la conversación.

—Si no fuera porque amo a mis hermanos, yo confesaría — dijo Jessie —, para que ustedes no hagan más daño.

—Mi hermano Roberto había cambiado su vida por completo.

—¿Tú crees eso de verdad? — mirándola —. ¿Por qué entonces me raptó?...... ¿Por qué me separó de la única familia que yo conocía?

—Para conocerte — bajando la cabeza Elba —, y era la única manera.

303

—¿Por qué no hablaste conmigo de la situación? — no creyendo el riesgo que todos corrieron —. Soy mayor de edad y tomo mis decisiones — sospechando Jessie que Elba temía que Rosa se enterara.

—Yo sabía que Rosa iba a intervenir.

—¿Sabes cuál es el problema de todos ustedes? — cansada de cada uno de ellos —. Todavía creen que yo soy una niña.

—Jessie — confiada Elba —, yo vine aquí para pedirte per .... - sin permitir Jessie que Elba terminara su oración.

—No, Elba — alzando Jessie su mano para no oírla —. ¡No te atrevas!

—Por favor Jessie — le rogó ---, necesito que entiendas que te amo y que necesito que me perdones.

—Vete en paz Elba — con lágrimas en sus ojos —. No quiero verte jamás y no quiero que seas parte de mi vida.

Jessie lloró al verla salir de la casa. Rosa ignoraba la participación de Elba en su rapto y así quería Jessie que se quedara. Su segunda madre controlada por su familia tomó una mala decisión. Una mujer tan inteligente como Elba había participado en un delito que podía meterla a la cárcel.

Eduardo estaba al frente del Juez solicitando una orden del registro de cuenta para el teléfono de Elba Orgega. Representando al Departamento de la Policía y la investigación del caso de Jessie, Eduardo pudo obtener el permiso.

—Gracias Juez por oír la necesidad para adquirir esta información — dijo Eduardo respetuosamente.

Ahora promovido a detective en la brigada de homicidios, Eduardo tenía más acceso a la información del caso de su prometida con más facilidad. El hecho de que Jessie había cortado toda clase de comunicación con su tía Elba al regresar, era para él la señal de una 'bandera roja.' Había una conexión y él la iba a investigar en secreto, hasta que obtuviera resultados. Examinaría todas las llamadas que Elba había hecho y recibido durante los últimos tres años en la ausencia de Jessie.

Las llamadas de un teléfono en particular se hicieron más frecuentes, de una vez al mes, a más de dos veces al día.

Las llamadas a ' Upstate Nueva York' pararon unos días antes de Jessie volver y ahora el teléfono estaba desconectado.

Con su compañero de trabajo, Eduardo organizó un plan para rebuscar la casa de Elba ilegalmente. La boda era dentro de dos semanas y no quería que Jessie sospechara su obsesión y su plan para buscar datos importantes. Su ceguera se había apoderado de todos sus sentidos en busca de la verdad. Estaba muy consciente que arriesgaba tanto su trabajo como el amor de Jessie.

Red se había rehabilitado por medio de un programa religioso y trabajaba en la instalación ayudando a adictos que combatían problemas mentales. Jessie se comunicó con él hace más de un mes y tuvieron la oportunidad de hablar y resolver muchas dudas. Él confirmó su llamada anónima al Departamento de la Policía y hoy Jessie lo visita.

—¡Tío! — corriendo a él y abrazándolo sin soltarlo —. Me alegro tanto de verte.

—Mi querida Jessie — llorando y abrazándola Red —. Te has convertido en una mujer bella.

—Gracias tío — con una sonrisa —. Tú también te ves muy bien.

—Estoy hecho un consejero — dijo Red orgullosamente.

—Me sentí tan gozosa al saber de tu recuperación — agarrándole Jessie la mano —. Y estaba muy ansiosa por verte — confesó.

Jessie y Red buscaron un banco reservado para los visitantes en la grama de la instalación. Deseaba estar cerca de Red porque él amó tanto a su madre y no fue renuente en expresar su amor.

—Estoy tomando mis medicamentos — compartió —, y por primera vez en mi vida creo que hay un futuro para mí.

—Yo también lo creo — al verlo tan recuperado—. Yo nunca perdí mi fe en ti.

—No me he comunicado con la familia — le confesó —, porque quería estar aquí un tiempo antes de verlos.

—Entiendo tío, pero yo no podía esperar — emocionada Jessie —, y aquí estoy muy feliz de verte.

—Estoy muy contento también — abrazándola otra vez — y me

alegré tanto al oír tu voz por el teléfono.

—Me caso dentro de dos semanas — entregándole la invitación —, y no estoy aquí solamente para verte, sino para invitarte a compartir conmigo un día tan especial.

—Soy incapaz de perderme la boda de la hija de Gloria — sonriendo —, y mi querida sobrina. Te lo prometo.

—No te olvides ahora de tu promesa — despidiéndose —, porque no voy a aceptar excusas.

Vigilando la casa de Elba desde el carro, Eduardo y su compañero esperaban que Elba y su familia salieran. Hoy era el concierto navideño en la escuela del chico y sus padres iban pronto de camino para verlo cantar. Eduardo y su compañero se bajaron en el asiento de su automóvil para no ser detectados; al salir la familia de la casa. Eduardo los ha visitado antes y conoce bien el diseño de la casa.

Consciente de sus alrededores, los dos hombres salieron del automóvil y se dirigieron hacia detrás de la casa. Era un vecindario bueno y encontraron la puerta de atrás abierta. Angie, la perrita de Elba los recibió alegremente meneando su cola. Se había olvidado de su deber como guardia de seguridad y los saludó lamiéndolos. Con las linternas en mano, ellos alumbraron su camino. Los dos funcionarios de la ley pacientemente comenzaron su búsqueda. Al fin, después de media hora encontraron un archivo que decía 'Familia Orgega.' En él, una dirección en 'Upstate Nueva York' que coincidía con las llamadas telefónicas en la cuenta de teléfono de Elba. Eduardo hizo copias de cada página con su cámara y cogió otro sobre bien asegurado. Agradecido por lo que había encontrado, le dijo a su compañero:

—" Choca los cinco" — alzando sus manos en acuerdo.

Rosa y Oscar llegaron tarde de 'Atlantic City,' y entraron al cuarto de Jessie para ver si estaba dormida. Durante tres fines de semana consecutivos, han estado visitando los casinos y no han visto a Jessie.

Boo-Boo saltó de la cama y brincando encima de Rosa... la saludó.

—¿Jessie, estás despierta? — preguntó —. El trapo de perro acaba de lamerme.

—Estoy despierta tía — respondió —. Estaba pensando en los detalles de la boda.

—¿Pensando?

—En la boda tía — respondió molesta —. ¿En que más voy a pensar?

—¿Echaste las invitaciones?

—Ya van de camino — confiadamente —, y deben llegar dentro de dos días.

Oscar se sentó al lado de Jessie en la cama y le dio un beso.

—Me gané un millón de pesos jugando en las máquinas tragaperras — le reveló Oscar —, y te quiero regalar todo el dinero.

—Olvídate de mí Oscar — sonriendo —, porque con ese dinero podemos mandar a Rosa a la luna.

—Oye — riéndose Oscar —, me gusta esa idea. Quizás, tú y yo podamos vivir felices.

—Que dos zánganos son ustedes — exclamó Rosa —. Y que pensar de existir en este mundo sin mí.

El teléfono sonó y era Eduardo. Rosa y Oscar le echaron la bendición a Jessie y se fueron a dormir.

—'Hello'— respondió Jessie.

—¿Qué haces mi bella?

—Hablando con Rosa y Oscar — levantándose de la cama —, que acaban de llegar de Atlantic City.

—Que buena vida.

—Así quiero yo vivir — comentó Jessie —. Quiero disfrutar de las bellezas de este mundo.

—¿Cómo vas a hacer eso, — riéndose Eduardo —, cuando vas a estar criando a los cinco muchachos?

—¡Esos los cuidarás tú! — bromeó.

—Sabes que tengo herencia de gemelos en mi familia — le recordó —. Así que prepárate.

—Ni lo pienses Eduardo — riéndose —, porque yo me voy a quedar con Boo-Boo solamente.

—¡Veremos! — dejando a Jessie incierta.

—¿A qué hora vienes mañana Eduardo?

—Para eso te estoy llamando — dijo Eduardo —. Se presentó algo importante y no voy a poder verte hasta el lunes.

—No te preocupes — le comentó Jessie —. Ya pronto te vas a cansar de verme la careta.

—¡Nunca!

—Está bien entonces — despidiéndose Jessie —, ten cuidado.

—Te quiero Jessie — enganchando —, y buenas noches.

Eduardo había alquilado un automóvil y se dirigía para 'Upstate Nueva York'. Los documentos que él encontró en la casa de Elba lo han puesto en otra ruta. Tenía siete horas de viaje y quería un café para el camino. Había hecho reservaciones en un hotel cerca de su destino, a donde descansaría hasta el otro día. No estaba familiarizado con el área y necesitaría la luz del día para guiarlo por las carreteras solitarias. No había visitado una región rural desde que Rosa lo envío para un campo cerca del Canadá en una de sus visitas a Nueva York.

Eduardo llegó al hotel muerto del cansancio. Era de madrugada y le pidió al hotelero que lo despertara con una llamada telefónica en siete horas. Cogió su bolso de viaje, caminó al ascensor y se dirigió al quinto piso. Mantuvo su expediente personal muy cerca de él y al llegar al cuarto lo puso debajo de la almohada.

Esta situación lo estaba volviendo loco y Eduardo no podía creer que todo esto tenía que ocurrir una semana antes de su boda. Necesitaba concentrarse en ciertos detalles de la boda y no ha podido. Si Jessie fuera adivinadora de pensamientos estuviera él bien condenado. Estaba consumido con teorías que no lo habían dejado dormir por semanas. Quizás, ella tuvo razón al criticar su determinación en la investigación. Era muy tarde para todo eso ahora y la verdad pronto saldría a la luz.

Eduardo salió por la tarde del hotel con instrucciones escritas y un mapa en la mano. Estaba convencido de que no iba a encontrar su destino, al encontrarse perdido guiando por los muchos callejones desconocidos. Las calles de polvo y piedra lo dirigieron por caminos extraños y angostos, con los cuales él no estaba muy familiarizado. No había visto un ser viviente por horas y los rótulos en las calles no existían en esta parte de

Nueva York. Perdido, frustrado y hambriento... Eduardo tiró el mapa por la ventana.

Las noticias anunciaron varias pulgadas de nieve que empeoraría su viaje. Había viajado por varias horas, perdido, sin la ilusión de encontrar el sitio a tiempo. Vio árboles, grama, montañas y animales extraños por todo el camino.

Paró para pedir direcciones en un negocio en el medio de nada. Estaba cerrado y al intentar marcharse vio movimiento en una oficina. Un hombre salió de entre los automóviles estacionados sin orden y cordialmente lo recibió.

—Con el permiso — dijo Eduardo —, acercándose al caballero.

—¿Cómo lo puedo ayudar? — exclamó el extraño —. Parece que está perdido.

—Estoy buscando a la familia Orgega — enseñándole la dirección en un sobre.

—Yo soy Orgega — observando su dirección en el sobre —. Yo soy Luis Ángel Orgega.

Capítulo 9

La danza del perdón

Con la inspiración nupcial y su toque artístico y estilo, Rosa logró duplicar lo que Jessie solamente se había imaginado. La mezcla de flores sobresalientes y atenuadas por la colcha y cortinas blancas, iluminaban el cuarto como el Jardín del Edén. Los tapetes y marcos de cuadros con perlas blancas descansaban sin exageración sobre el tocador con espejo. Su traje de novia colgaba de la puerta con su cubierta plástica, declarando el fin de su pureza. Hoy Jessie daba testimonio de su juramento de amor y honor ante Dios y el mundo.

—Estoy levantada — le informó la novia a Isabel por teléfono.

—Estaré en tu casa para ayudarte dentro de tres horas — contestó la voz.

—Toma tu tiempo, que todavía me quedan unas cuantas horas — no muy excitada Jessie —. Yo no voy para ningún sitio.

—Si necesitas algo — un poco preocupada Isabel —, me llamas.

Era el Día de los Reyes y el principio de un acuerdo vinculante. El nuevo pacto destrozará su lealtad hacia Luis Ángel y se emancipará de su enlace y memoria. Si solamente la lluvia pudiera purificar sus pensamientos censurados, ella le declaría su fidelidad a Eduardo.

—¡Levántate! — tocándole la puerta Rosa —, que ya son las seis de la mañana y tienes una cita con la cosmetóloga.

—No se me ha olvidado tía — contestó Jessie detrás de su puerta cerrada —. Dame diez minutos más.

Dentro de su cuarto Jessie encontró consuelo en el pelaje cálido y acogedor de Boo-Boo. Su piel suave y la intensidad de su calor la hizo pensar en su tórrida historia de amor. Él es su única conexión con Luis Ángel. El hombre que quizás, se levantaba tempranito para cumplir su promesa. Dentro de unas horas será una mujer casada. Entregará su virginidad que honradamente ha guardado para este día.

Jessie le imploró a Dios que mandara la nevada más grande que se ha visto en Nueva York. Una que interrumpiera toda forma de transportación y paralizara, además de la ciudad, su caminata al altar. Habló con Eduardo durante la semana y lo sintió despegado y abstraído. Jessie forró su rostro con una sonrisa diabólica al pensar que Eduardo pudiera reconsiderar su devoción y juramento.

Rosa tocó en la puerta del cuarto y entró al oír la voz de Jessie dándole permiso.

—Deja a ese pobre perro quieto — al encontrarlo ahogado en los brazos de Jessie —, que lo vas a matar con tus caricias.

—Éste es mi único amor — abrazando al perro —, y nadie ocupará su espacio en mi corazón.

—Déjate de tonterías, — desenlazando Rosa a Boo-Boo de sus brazos —, que este perro nunca te puede dar lo que un hombre puede.

La reaparición de Jessie con sus secretos ocultos pre-ocupaba a su tía Rosa. Recordaba su pasado personal y se preguntaba si era posible para Eduardo ocupar el mismo papel que Oscar y tratar de conquistarla. Él necesitaba borrar las de-cepciones de la vida ingenua de Jessie y sustituirlas con algo diferente. El único problema era que nadie sabía exactamente qué era 'ese algo diferente.'

—Me da pena dejarlo solo por una semana — todavía acari-ciando Jessie al perro —. Nunca lo he dejado solo.

—No va a estar solo — le aseguró Rosa —. Tú sabes que Os-car es loco con ese animal.

—Lo sé — confiada —, pero me hará falta como quiera.

—Estamos hablando de una semana solamente Jessie.

—No se olviden de darle comida — levantándose de la cama —. No quiero que rebaje ni una libra.

—Te prometo que cuando vuelvas — con su mano alzada —, lo encontrarás vivo.

—¿Tú entiendes que el perro tendrá que dormir en el cuarto, verdad?

—Que duerma con Oscar, — mirándola rara —, que conmigo no va a dormir.

—Posiblemente, se trepe en el sofá contigo — añoñando Jessie al perro —, para sentirse seguro.

—Mírame bien — le ordenó Rosa —. ¡Eso nunca pasará!

Rosa no era muy amante de los animales y Jessie estaba contando con Oscar para esta aventura. Ellos no querían verla preocupada y menos por un perro. La complacerían por ahora con cada petición, para que pudiera divertirse en su luna de miel.

El silencio de la mañana no duró mucho tiempo. El teléfono no dejaba de sonar y la puerta de la casa estaba más ocupada que la de 'Grand Central.'

—El fotógrafo llamó — le informó Rosa —, para confirmar la hora.

—Perfecto — aliviada —. Nos dará tiempo para hacer otras cosas.

—¿Otras cosas? — asustándose Rosa —. Creía que lo único que te faltaba era peinarte y vestirte.

—Tienes razón tía — sintiéndose un poco desorientada —. Estoy un poco ansiosa y tendré que repasar la agenda del día.

—No te preocupes muchachita — notando su ansiedad —. Todo va a salir bien.

—Fui un poco impulsiva — con pesar Jessie —, en planear esta boda en tan poco tiempo.

—Ya era hora— abrazándola Rosa —. Eduardo te necesita.

—Me imagino que sí.

—Bastante tiempo ha esperado el pobre.

—Un año más no lo hubiera matado.

Rosa quería contestarle inapropiadamente; su niña era bastante decente y no quería alterarla con sus vulgaridades.

—El hombre te ama — manifestó Rosa —, y ya es tiempo que tengan una relación sexual.

—Por favor tía — no queriendo oír explicaciones —, ni me lo recuerdes.

Oscar y Rosa habían consultado con Isabel para que estuviera presente el día de la boda. Isabel y Jessie se habían hecho buenas amigas y ella confiaba mucho en Isabel. No se alteraba con Isabel como con Rosa, al oír sugerencias. Isabel sabía seguirle la corriente hasta llegar a una solución que la beneficiaría. Ella consideraba a Isabel una mujer fuerte y la admiraba al seguir luchando hacia delante con su vida después de su divorcio.

Isabel era una mujer bien educada. En una edad temprana aceptó el papel de ama de casa, madre y esposa. Su esposo adúltero la dejó inesperadamente por la secretaria que trabajaba en su oficina. Humillada, pero con determinación, Isabel reanudó sus estudios como consejera. Aunque la situación entre ellas era diferente, compartían el mismo dolor. Como consejera ayudó a Jessie durante su crisis emocional y le enseñó cómo combatir y sobrevivir la pérdida de un amor.

En la nevera estaba su ramo de flores y claveles blancos para Oscar, el padrino y Eduardo. Las otras piezas las había entregado en la iglesia y en el lugar para la recepción.

—Las flores ya llegaron — anunció Rosa —. Están en la nevera.

—Perfecto — dirigiendo Jessie sus pasos hacia la cocina —. Quiero verlas.

Jessie abrió la nevera y contempló las piezas florales. Poco a poco las sacó una por una.

—Están bellas — revisándolas —, estoy tan conforme con los arreglos.

—Preciosas — afirmó Rosa.

—Estos claveles tienen que llegar a las manos de Eduardo — anunció Jessie —. ¿Quién va a encargarse de eso?

—No te preocupes — dijo Rosa —. Olga se los llevará.

Jessie se olvidó de su cita con la cosmetóloga, quien la esperaba pacientemente en la sala.

—¿A qué hora viene Olga? — mirando el reloj —. No la he visto.

—Ya está aquí — acomodando Rosa las flores en el refrigerador otra vez —. ¿Cómo que no la viste? Ya está aquí.

Jessie dio una vuelta completa buscando a Olga.

—Yo estoy loca — sorprendida al encontrarla en la sala leyendo una revista —. ¿Y de adónde diablos saliste tú?

—Pasaste como un cohete por mi lado mujer — bromeó

Olga —. Tienes que cogerlo con 'take it easy.' — haciendo a Jessie reír.

Jessie estaba hiperactiva y se preparó para los muchos comentarios. Reconocía sus deficiencias y hoy iba a relajarse. Sus síntomas de trastorno por estrés postraumático se manifestaron al ella descubrir que Luis Ángel era su hermano.

—Péiname como hiciste en la práctica — le sugirió Jessie a Olga.

—Me gustaría hacerte más rizos — queriendo asegurarle el velo firme en su cabeza —, y necesito que te acostumbres a los muchos pinches de pelo.

—No creo que eso sea necesario.

—Tu velo es muy largo Jessie y necesitas asegurarlo fuertemente en la cabeza.

—¿Por qué?

—Alguien puede accidentalmente halarte la cabeza abruptamente al pisar el velo.

—Está bien entonces — imaginando su pescuezo estirado como una jirafa —. Añádele todos los rizos y pinches que quieras.

Olga sacó una maleta grandísima de cosméticos y una secadora de pelo. Dos horas eran bastante tiempo para peinarla y maquillarla; mientras la entretenía con música que iba a calmar sus nervios. Conectando el reproductor de 'CD,' Olga empezó su tarea.

—¡Que bueno! — cerrando Jessie los ojos al oír la música —. Es exactamente lo que necesitaba.

—Relájate mi amor — le aconsejó Olga —. Tienes un día largo delante de ti.

—Tengo un comentario para ti — deseando que Olga la complaciera con su petición —, prefiero maquillarme yo.

—No hay problema — le aseguró —, si es lo que deseas.

—Seguiré tus sugerencias — sonriendo Jessie —, para que se vea profesional.

—Vas a estar muy contenta — le aseguró Olga —, con los resultados de este día.

Eduardo estaba sentado en su cocina jugando con una cajita pequeña y color oro que contenía los anillos de boda. La dedicatoria grabada en la parte interior del anillo de Jessie decía: 'Eres el amor de mi vida,' algo muy significativo para él. Sin embargo, la dedicatoria escogida por Jessie para su anillo solamente indicaba la fecha de la boda.

—Jessie... Jessie... Jessie — susurró Eduardo atribulado.

En los últimos meses, ha evaluado su relación y ha llegado a la conclusión que Jessie no lo ama. Una revelación que podrá impactar el día de hoy. El amigo de Eduardo interceptó sus pensamientos al tocar en la puerta. Su compañero de trabajo y confidente de tantos años tenía el privilegio de ser su padrino de boda.

—¿Estás preparado para decirle adiós a la vida de soltero? — charlaba Joey, entrando con su 'etiqueta' enganchada y protegida por un plástico —. Todavía tienes tiempo de escaparte — bromeó.

—Yo le dije adiós a la vida de soltero a los ocho años — cerrando Eduardo la puerta detrás de él —, cuando me enamoré de Jessie.

—Es imposible creer que ella haya sido la única mujer en tu vida — comentó Joey riéndose —. *Bendito*.

—Yo tampoco lo creo — riéndose Eduardo y dirigiéndolo al cuarto contiguo.

Joey entró al cuarto de huéspedes para acomodar todas sus pertenencias. Al salir encontró a Eduardo muy pensativo.

—¿En qué quedó aquella información que encontramos en la casa de la señora? — curiosamente preguntó.

—Se quedó en nada — consciente Eduardo de su mentira —. Yo estaba convencido de que iba a encontrar algo.

—¿De veras? — sorprendido Joey — ¿No encontraste nada importante?

—Nada — reservado.

—¿No estás curioso por saber dónde estaba Jessie durante su ausencia?

—Claro que sí.

—Yo no estoy tratando de meterme en tus asuntos — le aseguró Joey —, pero ¿por qué no exiges una explicación de parte de ella?

—Sé que algún día me revelará todo — escondiendo Eduardo

su amargura —. Por ahora, ella no está dispuesta para hablar conmigo de su experiencia.

—Si yo fuese tú Eduardo — evitando mirarlo a los ojos —, no me casaría.

—Tienes que comprender que hemos pasado más de la mitad de nuestras vidas juntos.

—Eso no quiere decir nada Eduardo — tratando de abrirle los ojos —. Jessie te debe una explicación.

—Joey — sabiendo que su amigo tenía toda la razón —, todo lo que me dices es verdad — de acuerdo —. Y créeme que he pensado muchísimo en todos los aspectos de esta situación.

—Sé que la amas Eduardo — sin dudar la devoción de su amigo —, pero hay cosas que como hombres no podemos aceptar.

—Yo soy otra clase de hombre Joey — tratando Eduardo de darle conclusión al tema —. Soy la clase de hombre que está dispuesto a esperar y perdonar a la mujer que ama.

—Te admiro Eduardo — aceptando Joey su derrota —, y quisiera yo ser más como tú.

El fotógrafo llegó y encontró a Rosa y Oscar preparados para su sesión de fotos. Isabel, la consejera, llegó temprano y con Rosa quería ayudar a la novia. Al entrar al cuarto encontraron a Jessie en otro mundo. Su conversación fue mínima con ellas; preocupando a su tía y amiga.

—Todavía no te has maquillado — apurándola Rosa —, y ya el fotógrafo está aquí.

—¡Que espere — agitada —, que bastante dinero se le está pagando!

—Está bien m'ija — exclamó Rosa —. Cógelo con calma.

Isabel intencionalmente admiró él velo en ese momento, para distraerla e ignorar su comportamiento.

—Está bello — maravillada con los detalles minuciosos —, y me encanta su largo.

Los nervios de Jessie se apoderaron de ella y caminaba por el cuarto sin propósito.

—¿Todo bien? — ahora que causó la curiosidad de su amiga —. Trata de expresar tus sentimientos — le aconsejó

Isabel.

—¿Hay algún problema? — creyendo Rosa conocer a su hija mejor que nadie —. Tú sabes que puedes compartir cualquier cosa con nosotras.

Rosa no conocía a la nueva mujer temperamental que regresó después de su desaparición. Rosa desarrolló un escudo emocional para protegerse de sus ofensas, temiendo que Jessie le sacara en cara su pasado.

—No puedo — ocultando Jessie su rostro —, no puedo.

—¿No puedes qué? — indiscreta Rosa.

—Eduardo tiene que saber toda la verdad — sin resistir más la vergüenza de su secreto —. Una promesa solemne ante Dios pierde su significado cuando hay engaño.

—¿Ahora? — asombrada Isabel —. ¿Por qué no ayer?

—¿Qué verdad? — perdida Rosa.

—Tengo que hablar con Eduardo ahora mismo — firme —, y no me aconsejen lo contrario.

Atormentada por la experiencia de su ausencia, Jessie quiso liberarse de sus demonios.

—Respira profundo — apoyándola Isabel —. Te veo un poco rara.

Jessie comenzó a reducir su ansiedad con ejercicios respiratorios al sentir una sensación de hormigueo en sus labios. Su impulso respiratorio había aumentado y estaba hiperventilando.

—Estás respirando demasiado rápido — temiendo Isabel que se desmayara —. Respira normal Jessie — le aconsejó Isabel.

Rosa observaba el drama desde la esquina del cuarto, deseando que Jessie se recuperara de su episodio.

—¡Esto es ridículo! — desengañada Jessie —, completamente ridículo.

Rosa dejó a Isabel encargada de tranquilizarla y calló para no *meter las patas*. Eran momentos así que su hija se aprovechaba; para compartir con ella sus verdaderos pensamientos.

—Está bien mi amor — abrazándola Isabel —, está bien.

Jessie lloraba inconsolablemente acompañada por su tía

y amiga. El drama se había intensificado, afectando las emociones de las tres mujeres.

—No te pongas así — imploró Rosa —, por favor Jessie.

—Es mi día de bodas — atacada llorando —, y me entrego a un hombre que no amo.

—Entiendo, mi amor — tratando Rosa de comprender los sentimientos de su hija —, entiendo.

—¿Ustedes ven eso? — señalándole el traje de novia —. Es todo una mentira.

Rosa e Isabel no la interrumpieron.

—Una mentira que tendré que vivir — secándose las lágrimas —, para el resto de mi vida — su dolor era transparente.

—Tengo un deseo solamente — dejando de llorar Jessie de pronto — . Y no es la muerte.

Rosa miró la ventana del cuarto para asegurarse de que estaba cerrada. No quería que Jessie fuera a cometer una locura.

—Quiero vomitar — tratando de localizar el zafacón.

Rosa e Isabel desesperadamente la ayudaron, para evitar que las salpicaduras de vómito alcanzaran el traje de novia. Como dibujos animados de películas, Isabel y Rosa volaron por el cuarto cargando el zafacón con su contenido. El fotógrafo que obviamente escuchaba su conversación detrás de la puerta, las oyó y corrió.

Sin saber como más apoyarla, Isabel la desafió.

—Hay una opción — revelando Isabel su última sugerencia —. No te cases.

Una opción que Jessie había considerado por años.

—No tengo el corazón de hacerle algo así a Eduardo — confesó —.Él no se merece tal desprecio.

—¿Cómo que no se lo merece?

—No soy un monstruo Isabel — alterada —. Yo nunca ofendería a Eduardo después de amarme tanto.

—Tus sentimientos cuentan también — exclamó —, así que no debes de encontrar mi sugerencia tan absurda.

—Prefiero vivir el resto de mi vida amargada — sin considerar la proposición de Isabel —. Yo no quiero herir a Eduardo.

Rosa e Isabel no sabían qué más aconsejarle a Jessie y se resignaron. Como Rosa siempre decía, *"la pena es hermana de chávate."* Un refrán muy apropiado para esta situación. Al fin y al cabo… la decisión era de Jessie.

—No sé qué hacer — totalmente confundida —. Y no hay nadie aquí que me pueda ayudar.

De pronto Jessie gritó como una loca, asustando a medio mundo.

—¿Adónde está Elba? — como si necesitara abrazarla —. La amiga de mi madre no está aquí — llorando.

Nadie entendía por completo lo que le estaba ocurriendo a Jessie. Brincaba de un tema al otro, como si estuviera tratando de ponerlos en orden. Su deseo de redención como la novia de Eduardo ante el altar, le impedía seguir adelante. No podía presentarse ante Dios sin primero perdonar a su tía Elba y confesarle a Eduardo adonde había estado.

—¡Yo la llamo! — anunció Rosa, alarmada por el estado mental de su hija.

—Quiero ver a mi familia — exigió como una niña malcriada —. Mis queridas amigas y hermanos… ¿A dónde están?

—Ahora sí que se ha vuelto loca — susurró Rosa con sus ojos brotados y deseando poder desaparecerse por arte de magia.

Con su dedo sobre sus labios, Isabel le señaló a Rosa que callara. No quería que entretuviera los arrebatos de Jessie.

Oscar tocó en la puerta del cuarto y Rosa abrió. Su cara mostrando descontento por lo que oía a través de la puerta, despertó su curiosidad.

—¿Está todo bien? — mirando por la habitación —. Están haciendo demasiado ruido.

—Todo está bien — afirmó Rosa.

—¿Están seguras? — sin convencerlo.

—Jessie necesita más tiempo — indicó Rosa —. Eso es todo — cerrando la puerta.

Jessie se desahogó en los brazos de Isabel por un tiempo.

—Extraño a mi familia — sin poder hacerle frente a la separación entre ellos —, y necesito verlos.

Rosa se libró de la tentación de preguntar: ¿qué familia?

—Eduardo es un hombre bueno — le recordó Isabel —, y él no va a interferir en la relación entre ustedes.

—¿Lo crees de verdad? — dudosa —. ¿Crees tú que él me dejará verlos?

—Sin duda — completamente segura —, y nunca olvides que Eduardo te ama — cogiendo Isabel la cara de Jessie en sus manos cariñosamente.

—Necesito unos minutos sola — ahora un poco calmada —. Yo las llamo cuando esté preparada — cogiendo la cartera de maquillaje.

Respetaron su petición y la dejaron sola. De su armario, ella sacó la pulsera que su padre le había regalado. La había mandado a limpiar y fue la primera vez que estuvo sin ella. Besó la pulsera y la descansó cerca de su corazón. El perro gemía a su lado y al ella acariciarlo, se calló.

Impacientemente el fotógrafo la esperaba afuera del cuarto. Rosa e Isabel la ayudaron a vestir y se quedaron embobadas al revisarla. Nunca habían visto a una novia tan bella. Su vestido blanco de novia, tipo tubo, caía de forma vertical desde los hombros hasta el piso, abrazando su figura.

—Si el fotógrafo toca en la puerta otra vez — poniéndose los zapatos blancos —, lo voy a matar.

—Bendito Jessie — dijo Rosa con pena —. ¿Vas a abusar de ese pobre hombre?

—Hace horas que te está esperando — defendiendo Isabel al fotógrafo que esperó pacientemente —, y está loco por tomarle las fotos a una novia bella.

—No lo culpo — añadió Rosa —. Te has tardado demasiado.

Con delicadeza, Rosa le puso el collar a Jessie que había heredado de Gloria. Ella lo tocó suavemente con las puntas de sus dedos y se sonrió al mirarse en el espejo.

—¿Cómo me veo? — ahora con su velo puesto.

—¡Preciosa! — respondieron —, preciosa.

—Pues dejen que el fotógrafo entre — con una sonrisa —. Que hoy es el primer día de mi futuro.

Las voces de los amigos de Gloria se oían alegremente en la sala. Red había llegado sorprendiéndolas con su rejuvenecimiento. Hoy la maldita cerca de alambre se está desmoronando. Su símbolo de separación y púas de dolor se está transformando a una de unión y felicidad como una metamorfosis.

—La limusina te está esperando — anunció Rosa —. Nos quedan diez minutos para llegar a la iglesia.

Jessie se encontró con Elba y su familia al salir del cuarto. Elba ya vestida elegantemente y acompañada por su familia, esperaba la llamada de Rosa para asistir a la boda. Creía en el perdón de su sobrina y estaba confiada que era la misma persona que ella conoció como niña.

—Me alegro que estén todos aquí — saludándola Jessie —. Sin ti, esta familia no hubiera estado completa.

Sin decir una palabra y con sus ojos lagrimosos, Elba la abrazó.

Red estiró sus brazos al ver a su sobrina y le dio un fuerte abrazo.

—Jessie — exageradamente emocionado Red —, te ves bella.

—No llores tío — secando Jessie sus lágrimas —. Sonríe… estás con todos tus seres queridos.

—Me siento feliz — compuesto Red —. Gracias por invitarme.

—Yo también me siento feliz tío — mirando su gabán anaranjado que combinaba perfectamente con su pelo y zapatos.

La corta relación amorosa entre Jessie y Luis Ángel fue excitante y prohibida. Juró nunca pronunciar su nombre, para borrar el recuerdo de sus labios. Recuerda la noche que su padre le confesó su delito como una revelación dolorosa. Pero esas emociones se han balanceado, con el amor que ella encontró al descubrir que Eddie y Antonio eran sus hermanos. Los malos pensamientos y recuerdos de Luis Ángel los echó al 'pozo del olvido,' para nunca más recordarlos.

Preparado para entregar a su hija de crianza, Oscar ocupó el asiento de atrás con Jessie en la limusina. Vestido con su esmoquin, la besó orgullosamente.

—Te quiero mucho — él le confesó —, y estoy muy orgulloso de ti.

—Has sido un padre para mí — sonriendo —, y no hay un día que pase que yo no le de gracias a Dios por tu amor, comprensión y sacrificios.

—Eres una hija para mí — declaró —, y yo también le doy gracias a Dios por haberte tenido en mi vida.

—Eres más que un padre, Oscar — confesó —. Aseguraste mi felicidad por tantos años.

Con los años, Rosa maduró y se tranquilizó. Los primeros años de su casamiento fueron como las réplicas de un terremoto. No bastante para atemorizar, pero bastante para inquietar. Se amaban y al fin ella reconoció lo afortunada que era al haber encontrado a un hombre como Oscar. Habían invertido años en el matrimonio y Oscar era verdaderamente un tesoro.

El sacrificio místico de Oscar para el cuido de Jessie empezó cuando era niña. Oscar comprendía que se había entregado a un matrimonio frágil y estaba determinado a hacerlo funcionar. Él se abnegó para que Jessie tuviera la calidez, comodidades y estabilidad de un hogar verdadero. Jessie no podía imaginarse lo que su vida hubiera sido con Rosa solamente, aunque estaba completamente segura de su amor.

Rosa e Isabel ayudaron a la novia a salir del auto al llegar a la iglesia. Cargaron su velo largo y ramo de flores, mientras Oscar aseguraba su abrigo.

—Abrígate — entregándole Oscar el abrigo —. Hace un frío *peludo.*

Las festividades de Navidad y Año Nuevo habían transcurrido en Nueva York. Solamente la comunidad hispana celebraba el Día de los Reyes, igual que muchos celebran las 'Christmas.' Era un día de fiesta frío en Nueva York y no se podía ignorar ni dejar de contemplar los remanentes navideños. Las flores colocadas dentro de la entrada de la iglesia, saludaban a sus feligreses con sus colores festivos.

Excluidos del recibimiento de la reaparición de Jessie, estaban sus parientes y amigos íntimos que la esperaban con indignación, porque no los habían invitado.

—¡Jessie! — del banco de la iglesia la saludó una prima lejana.

—¿Y quién invitó a esa vieja chismosa? — murmuró Oscar —. Me sorprende verla aquí.

—Lo más probable que fue Rosa — saludándola Jessie en cambio.

En la entrada de la iglesia, detrás de las puertas y muchos pasos antes del altar, Oscar y Jessie se acomodaron. Rosa e Isabel le arreglaron el velo largo y anunciaron su llegada. Los invitados se levantaron y la música del órgano comenzó; ofreciendo inspiración a sus oyentes por medio de la complejidad de sus sonidos.

Comunicándose ellos con sus miradas, determinaron que estaban preparados. De acuerdo, padre e hija, permitieron que las puertas de la entrada a la capilla… se abrieran.

Las flores frescas, blancas y puras decoraban el altar perfectamente. La organización de velas, mezcladas con flores navideñas en los escalones, adornaban el altar. Vida nueva era el tema; sea por medio del nacimiento del Niño Jesús o la unión de esta pareja.

A través del velo Jessie vio los ojos lagrimosos de Oscar.

—Boo-Boo te está esperando en la limusina — inesperadamente confesó Oscar —, por si acaso cambias de parecer.

—Increíble Oscar, — sorprendida —. Yo no voy para ningún lado.

Al frente del altar vieron al sacerdote y a Eduardo, con el padrino. Y sonriendo, Jessie y Oscar iniciaron su larga marcha hacia ellos, al oír los sonidos de los tubos del órgano. Vio la sonrisa de su prometido que nerviosamente la esperaba. Los 'flashes' de las cámaras nublaron su vista, impidiéndole ver las caras de los invitados que la retrataban desde los bancos.

En el primer banco y cerca del altar estaban reunidos los amigos de su madre Gloria. Ahí, como tres testigos en su ausencia, representaban ellos su amor. Orgullosa y mirándolos dudosamente, estaba Rosa parada con Elba y Red a su lado.

—¿Puedes ver la cara de Rosa? — le preguntó Jessie a Oscar.

—¿Y qué le pasa? — observándola de lejos —. Parece que está asustada.

—Asustada o estreñida — sin poder Jessie ocultar su carcajada.

—Contrólate — con una sonrisa llegándole de un oído al otro a Oscar —, porque el sacerdote te está mirando.

—Son los nervios — vencida Jessie de repente por un tic nervioso en el labio de arriba —. Esto es lo único que me faltaba — susurró.

—Por favor Jessie — controlando su risa Oscar —, controla ese labio de arriba que parece que está peleando con el de abajo.

Eduardo observaba a Jessie caminando hacia él, mientras batallaba con su integridad. El diablito en su hombro derecho, discutía con el angelito en el otro hombro. Lleno de convicción, Eduardo consideraba sus mensajes. No podía creer que después de tantos años de noviazgo, ésto tenía que pasar ahora. Estaba a punto de hacer a Jessie su esposa, unir sus corazones para siempre y amarla ante Dios. Era su objetivo que esta unión se manifestara, sin obstáculos ni mentiras. Con gran convicción, el ángel ganó la batalla y Eduardo le murmuró algo al sacerdote.

—Muy bien hijo — contestó el padre.

El sacerdote bajó del altar y le instruyó a todos los invitados que salieran de la capilla por un momento. Obedeciéndolo la congregación y con reverencia, salieron los invitados del templo murmurando. Oscar se detuvo, todavía escoltando a Jessie, consciente de que algo estaba ocurriendo.

—Parece que Eduardo tiene algo que decirte — confundido Oscar.

Jessie se paró en el medio de su marcha preguntándose qué podía haber pasado y con anticipación esperó que Eduardo se acercara.

—¿Qué pasa? — avergonzada y sintiendo la sangre subir hasta sus cachetes —. ¿Qué le dijiste al sacerdote?

Oscar le soltó el brazo a Jessie, para oír la respuesta de su prometido. Eduardo no encontraba las palabras apropiadas, ahora que se había estancado, pero pudo afectuosamente alzarle el velo y besarla suavemente en los labios.

—Jessie — susurró —, te ves bella.

Rosa esperó a Oscar en los primeros bancos con Elba y Red. Le señaló que se reuniera con ellos.

—No puedo continuar con esta ceremonia — angustiado Eduardo —, sin primero compartir contigo algo importante.

—¿Qué es Eduardo? — acariciando su cara con ternura —. Parece que has visto un fantasma.

—Me niego a empezar nuestra unión llena de mentiras y secretos.

—Todos tenemos secretos Eduardo.

—Pero este secreto puede cambiar todo — afligido —, y al fin tú decidirás.

—¿No entiendo Eduardo? — insistió Jessie — Estás atormentado.

Pálido y con sus labios temblando, Eduardo puso la mano de Jessie sobre su pecho. Ella sintió compasión y cada latido de su corazón. El hombre que ella conoció desde niña, la miraba como si estuviera a punto de perderla.

—En busca de respuestas — compartió Eduardo bañado en sudor —, encontré algo que no estaba buscando.

—No entiendo Eduardo.

—Nunca dejé de investigar tu desaparición — humillado Eduardo —, nunca.

"¿Qué habrá descubierto Eduardo?" "¿Será ésto el reflejo de sus argumentos semanas atrás?" — pensó Jessie.

—Me estás asustando Eduardo.

—Tu amor me estaba volviendo loco — le confesó —, y yo no podía continuar en esta relación, sin saber dónde estuviste por todo ese tiempo.

—Fui egoísta Eduardo — sofocada Jessie —. Tú tenías todo el derecho de saber dónde yo había estado.

—Perdóname Jessie — desconcertado —, porque no te apoyé.

—Nada de eso importa ahora — sumisa —. Hemos decidido casarnos.

—Pero ahora más que nunca importa — percibiendo su oposición —. Es sumamente importante que tú oigas lo que yo tengo que decir.

—He decidido casarme Eduardo — ignorando su persistencia —, y es lo único que importa.

—He descubierto algo — determinado —, y quiero que me oigas.

Rosa y Oscar miraban de afuera del cristal del templo,

preguntándose: "¿qué posiblemente había pasado?" Los susurros de los invitados cuestionaban la unión de esta pareja; tratando todos de averiguar intimidades y detalles menos manifestados.

Jessie sintió la gravedad de la tierra desaguar su sangre hasta llegar a sus pies.

—Eduardo — pálida —, no me siento bien.

—Has perdido tu color — impresionado —, parece que ... — cogiéndola Eduardo en sus brazos.

Con los vasos sanguíneos dilatados, Jessie sintió que se iba a desmayar. Eduardo la ayudó y la sentó en el banco de la iglesia y con el programa de la ceremonia la abanicó.

Su color volvió después de unos minutos y ahora estaba preparada para oír su confesión.

—¿Te sientes mejor ahora? — preocupado —. Si necesitas más tiempo me lo dices.

—Dame unos minutos — le pidió —. Todavía no me siento completamente bien.

El sacerdote entró a la capilla y caminó adonde ellos estaban.

—Hijos, voy a estar al frente de la estatua de San José, rezando y pidiéndole a Dios que ustedes puedan tomar una decisión.

—Gracias padre — respondieron.

—Si te sientes mejor — inseguro Eduardo —, te cuento los resultados de mi investigación.

Al Eduardo enseñarle el sobre a Luis Ángel con la dirección de la familia Orgega, él lo atendió.

—¿Y en qué lo puedo ayudar? — creyendo que era un cliente —. Como puede ver, ya hemos cerrado.

La investigación de Eduardo valió la pena y lo ha encontrado.

—Necesito hablar con usted — sintiéndose Eduardo bombardeado con una mezcla de emociones —, si es posible ...... en privado.

—¿Y de qué se trata ésto? — mirándolo Luis Ángel extrañamente —. ¿Lo conozco?

—No — contestó Eduardo —, es algo personal.

—¿Personal? — sorprendido Luis Ángel —. No lo conozco.

—Me llamo Eduardo — identificándose por primera vez —, y soy el prometido de Jessie.

Preparado para este encuentro, Luis Ángel sacó la mano y lo saludó.

—Yo soy Luis Ángel, — mirándolo de arriba abajo —, el hermano de Jessie. Podemos hablar en mi apartamento.

Eduardo volvió a su automóvil y agarró otro sobre marcado con el nombre Orgega, mientras Luis Ángel lo esperaba para dirigirlo a su apartamento.

—Por favor entre — cordialmente insistió Luis Ángel —, y siéntese.

—Gracias.

El marco del cuadro encima del centro de una mesa, exhibía una mujer conocida con una sonrisa que Eduardo nunca había visto. Era Jessie, con un viejito en una silla de ruedas bailando alegremente. Con envidia y celos, Eduardo miró a Luis Ángel y dijo:

—Parece que estoy en el sitio correcto.

—¿Quiere algo de tomar? — tratando de distraerlo —. ¿Agua?

—No — mirando a Luis Ángel —, muchas gracias. Esperaba su visita mucho antes — relajado Luis Ángel y abriendo una botella de agua.

—¿Por qué? — curioso Eduardo —. ¿Habló Jessie de mí?

—Sí — desencantado —, y todos estábamos conscientes de su existencia y su profesión.

—¿Quiénes son todos?

—Mis hermanos y sus esposas.

—Déjeme primero decirle que esta investigación fue bastante extensa — asertivo Eduardo —, y por eso lo encontré.

—Tuvo que haber sido — con un poco de sarcasmo en su voz —, porque le tomó casi dos años para encontrarnos.

—En realidad, le confieso que fue por coincidencia — admitiendo Eduardo abiertamente su investigación —, que estoy aquí.

—Peor todavía — sonriendo Luis Ángel —. Yo no hubiera

admitido tal cosa.

—Estoy un poco nervioso, — encontrándose Eduardo solo con este extraño —, aunque en realidad no debería de estarlo. No he cometido crimen alguno.

—Me imagino que Jessie le ha contado todo.

—Mantuvo su silencio desde su regreso — desencantado —. Parece que ustedes la trataron bien.

—Me sorprende — asombrado —. Nos amenazó varias veces con las autoridades.

—Jessie es una persona muy interesante — con dulzura dijo Eduardo —, pero muy difícil de entender.

—Yo diría imposible — añadió —. Es la mejor palabra que la describe.

Eduardo se rió y cogió el retrato de Jessie desplegado en el centro de la mesa.

—Es una persona bastante complicada, — contemplando el retrato —, además de intensa.

—¿Qué sabe usted entonces? — curioso Luis Ángel.

—¿De la desaparición? — frustrado Eduardo —. Nada.

—La curiosidad lo debe de estar matando.

—De primera intención, le confieso que sí — contestó —. Me estaba volviendo loco lleno de celos y sospechando lo peor.

—¿Y ya no?

—Ya no Luis Ángel.

—¿Y por qué está aquí?

—Vamos a casarnos dentro de unos días — causando que el corazón de Luis Ángel pareciera que iba a dejar de latir —, y aunque usted no lo crea, yo respeto su privacidad.

—Respeta su privacidad — repitió Luis Ángel —, pero al mismo tiempo está aquí haciéndome preguntas.

—Era importante para mí saber dónde había estado — confesó Eduardo —. Ella nunca estuvo dispuesta a compartir esa información conmigo.

—Ya veo — sin saber Luis Ángel qué más decir.

Eduardo miró a Luis Ángel tratando de adivinar cómo iba a terminar esta visita. Hasta ahora, la conversación entre ellos había sido bastante cordial.

—Consideré su regreso un milagro — hablando Eduardo en serio —, pero nos confrontamos con muchos obstáculos al ella resucitar.

—Lo siento.

—¿Nos podemos tutear?—, preguntó Eduardo.

—Claro que sí —, respondió Luis Ángel.

—Tu hermana es una mujer inquebrantable — enfatizando Eduardo la relación entre Luis Ángel y Jessie.

—Mi hermana es una mujer muy especial Eduardo, — orgulloso —, y los quiero felicitar.

Eduardo lo miró fijamente tratando de determinar sus verdaderos sentimientos.

—¿Cómo supiste que era tu hermana?

—A la semana de mi padre morir — reveló Luis Ángel —, encontramos los documentos de mi padre y un diario confesando su transgresión.

—¿No lo sabías antes? — sorprendido Eduardo.

—No sospechaba nada.

—¿De veras?

—Sospecho que mi papá le confesó a Jessie que era su padre antes de morir y ella decidió marcharse.

—¿Tu padre planificó su secuestro? — interesado Eduardo.

—Mi padre estaba a punto de morir y la quería conocer — justificando Luis Ángel la decisión de su padre —. Él sabía que Jessie era su hija.

Analizando Eduardo bien la información que Luis Ángel compartió, desconfió un poco.

—¿Tú me quieres decir que Jessie estuvo aquí más de dos años,

— incrédulo —, y que ustedes nunca sospecharon que eran familia?

—Exactamente — confirmó Luis Ángel —. Para nosotros era sólo una enfermera que cuidaría a mi padre.

Los pedazos del rompecabezas estaban cayendo en su sitio y sin vacilar, Eduardo le preguntó:

—¿La amabas antes de saber que era tu hermana? — sin querer Eduardo oír la respuesta —. ¿Cómo pudiste resistirla?

Aunque sorprendido por su pregunta, Luis Ángel sintió que Eduardo se merecía una respuesta.

—La amaba — declaró —, y fue muy doloroso perderla.

—No hay una persona en el mundo que la conozca y no la ame.

—Quiero que comprendas que nada íntimo pasó entre nosotros — le aseguró Luis Ángel —. Ella siempre fue una joven honesta.

Eduardo observó una ternura especial al Luis Ángel hablar de Jessie.

—¿Considerarías tú un beso como algo íntimo?

—Jessie es la mujer más honesta que yo he conocido en mi vida — alabando el carácter de su hermana —, y tiene grandes convicciones — evitando contestarle la pregunta directamente.

Abochornado por sus preguntas y sintiéndose inseguro, Eduardo tuvo que creer el carácter de su prometida.

—Tienes razón Luis Ángel — aliviado —. Es una mujer muy respetuosa y la quiero hacer mi esposa.

Su actitud cambió al Luis Ángel asegurarle de la integridad intacta de Jessie. La tentación monstruosa de compartir sus besos apasionados le pasó por la mente, pero Luis Ángel no tuvo la maldad de herir al hombre que amaba a su hermana.

—Tienes que hacerla feliz — disimulando su dolor —, porque ella tiene tres hermanos que estarán pendiente.

—Te lo prometo — abrazando cariñosamente a este extraño —, y la haré feliz.

Eduardo cogió el sobre grueso de su lado y se lo entregó a Luis Ángel.

—¿Y qué es esto? — aguantando el sobre delicadamente —. No me tienes que pagar por la información — bromeó Luis Ángel.

—Encontré estos documentos en la casa de tu tía Elba — sintiéndose incómodo —. Encontrarás la información que tiene adentro muy interesante.

—¿Quién es mi tía Elba? — confundido —. ¿La amiga de mi padre?

—Es la persona en esta cuenta telefónica — enseñándole a

Luis Ángel la factura —, y la cual llamaba a tu padre varias veces al día.

—Te equivocas — turbado Luis Ángel —. Esa mujer era su abogada por muchos años.

Hostigado por la nueva información, Luis Ángel se inmovilizó. Cada día descubría otro secreto y necesitó unos segundos para revaluar los detalles enigmáticos que mentalmente no había podido absorber.

—Elba es la hermana de tu papá — repitió Eduardo —. Su hermana más joven.

—¿Estás seguro?

—Toda la información que te estoy dando fue confirmada y está correcta — convenciéndolo —. Recuerda Luis Ángel, nuestra investigación fue intensa.

—¿Encontraste este sobre en la casa de Elba? — no confiando mucho —. No me digas que hay más documentos.

—Por desgracia — apenado —, tengo que decirte que sí.

—Me extraña que Elba posea documentos personales de mi padre.

—Léelo tú mismo — señalándole las letras en el sobre.

—Propiedad de Roberto Orgega — leyó.

Luis Ángel abrió el sobre para descubrir retratos y otros papeles importantes. Comenzó a leer los documentos del segundo sobre que estaban dentro del primero.

—¿Qué es todo esto? — perplejo —. No comprendo cómo Elba se pudo apoderar de esta información.

—Lo más probable es que tu padre se la dio.

Eduardo se levantó de su asiento y caminó hasta la ventana. Observó la nieve que forraba las cuerdas del terreno. No tenía el valor de mirar a Luis Ángel; especialmente ahora que su vida estaba a punto de cambiar por completo.

—Son papeles legales que Elba y su esposo prepararon para tu padre — revelando Eduardo su contenido —, unos años atrás.

Sentado en el sofá con los documentos, Luis Ángel leyó página tras página, con su rostro enmascarado de confusión, dolor y desilusión.

—¿Cómo fue posible para mi padre ocultar algo tan importante; tan significativo? — sacudido —. Nada hubiera cambiado entre él y yo.

—Lo siento Luis Ángel — apenado —. Pero yo no encontraba otra manera de presentarte esta información.

—Tengo tantas preguntas — no creyéndolo —. ¿Por qué no confió él en mí?

—Era su secreto Luis Ángel — su voz consoladora —, y con tiempo aceptarás esa verdad.

—Y Eddie y Antonio — sintiéndose vulnerable —, ¿qué sabían ellos de mi adopción?

—No sé — dándole tiempo a Luis Ángel para componerse —. Quizás, nada.

Eduardo le dio unos minutos en privado, para que él absorbiera la realidad de su adopción. Entendía exactamente como el extraño se sentía. Tanta información en solamente un día. Si él supiera que era el principio de una nueva revelación.

Luis Ángel organizó los documentos después de leerlos varias veces. Hubo un silencio largo y Eduardo lo rompió al sacar de su bolsillo una carta vieja y arrugada.

—Tengo esta carta que Elba le escribió a tu papá — obligado Eduardo a revelar la verdad —. Entenderás mejor después de leerla.

Luis Ángel movió sus ojos al cielo en disgusto. "¡Ya basta!" pensó. Era el enfoque de Eduardo entretenerlo con su introducción, para revelarle y finalizar el resultado de su investigación con una bomba.

—Tu padre no quería que encontraras esta carta — le explicó —, y la aseguró en las manos de Elba.

—Esto es todo como una película de cine — agitado Luis Ángel —, y personalmente ni lo creo — devolviéndole la carta sin querer leerla —. Esto es peor que una broma de mal gusto.

—No era la información que yo estaba buscando, – dijo Eduardo —, pero es imprescindible que la leas. Fue una sorpresa para mí.

—¿Por qué está el prometido de Jessie — haciendo sentir a Eduardo incómodo —, tan interesado en mi adopción?

—Arriesgué mi trabajo irrumpiendo ilegalmente en la casa de Elba, — dijo Eduardo para que Luis Ángel entendiera la seriedad de la situación —, porque yo quería saber en dónde había estado Jessie por más de dos años.

—¿Y por qué escogiste la casa de Elba? — turbado —. ¿Por qué rebuscaste la casa de Elba con tanta impaciencia hasta encontrar toda esta información?

—Jessie se negó a ver a Elba al regresar — dijo Eduardo —. Y personalmente lo encontré muy extraño.

—¿Y seguiste buscando, — curioso Luis Ángel —, hasta que encontraste lo que no te importaba?

Eduardo miró a Luis Ángel al terminar sus palabras. Si sólo comprendiera, que sí le importa.

—Después de revisar las llamadas telefónicas de Elba, encontré una conexión entre las fechas telefónicas y la desaparición de Jessie — compartió Eduardo —. Elba llamaba a tu padre una vez al mes — declaró Eduardo —, y de pronto durante la desaparición, esas llamadas se multiplicaron.

—¿Por qué estás tan obsesionado con esta investigación? — repitió, sin estar Luis Ángel satisfecho con sus respuestas previas —. ¿Crees que todo cambiará entre Jessie y tú ahora que sabemos que no somos hermanos?

—Un punto muy interesante — sorprendido Eduardo —. Uno que en realidad ni consideré.

—¿Por qué estás aquí Eduardo — exigió Luis Ángel saber —, si en realidad no lo has considerado?

—La noche que tu padre abusó de la mamá de Jessie hubo un accidente — emocionado un poco Eduardo —. Falleció mi padre, mi hermano gemelo y el chofer de la motora al chocar él con la camioneta de mi padre. Cayeron por un barranco y todos se mataron.

—Lo siento — asombrado Luis Ángel.

—¿Sabes tú que Roberto Orgega falleció en ese accidente?

—¿Qué estás diciendo? — levantándose Luis Ángel del asiento.

—Eso es lo que dice el *informe* de la Policía de Puerto Rico.

—Todo esto es muy complicado — tratando de ordenar sus

pensamientos Luis Ángel—, y no sé si en esta etapa de mi vida... me importa.

—Tengo el informe que confirma que tu padre murió en el accidente.

—¿Y quién era el hombre que me crió con tanto amor y devoción? — indagó Luis Ángel, exhausto mentalmente —. Me amó como a un hijo propio.

—Siéntate Luis Ángel — determinado —. Te voy a contar toda la verdad.

Luis Ángel acomodó los sobres en la mesa del centro. Estaba convencido de que al fin de la conversación entendería.

—Elba estaba de camino a San Juan esa madrugada, cuando vió a Red corriendo su motora a gran velocidad. Ella se apareció al local del accidente y encontró a los gemelos tirados en la carretera golpeados — entusiasmado Eduardo con los resultados de su investigación — El padre de los gemelos, que era el hijo de Don Jacinto, se había incinerado en su camioneta al caer por el barranco.

Eduardo se le acercó a Luis Ángel y en voz baja y suave, compartió el secreto.

—Elba sólo tuvo tiempo de meter a su hermano Roberto y a uno de los gemelos en su automóvil.

—¿Nadie los vio? — sorprendido con la historia —. Alguien tuvo que haber visto algo.

—El único que la vio — respondió Eduardo —, fue su sobrino Red.

—¿Y qué dijo Red que había pasado?

—Red protegió a sus tíos Roberto y Elba — reveló —, hasta lo último.

—Quizás, fue incapaz de traicionar a su sangre.

—No solamente eso — evidenció Eduardo —. Elba y su esposo se encargaron de falsificar todos los documentos para que Roberto Orgega y el niño gemelo llegaran a Nueva York.

Luis Ángel se echó para atrás en el sofá. Necesitaba relajarse para procesar el descubrimiento acerca de su hermano gemelo.

—Todo esto es una sorpresa y muy difícil de entender

— confesó Luis Ángel —, y creo que mis hermanos no sabían nada.

—Las autoridades creían que el gemelo, su padre y Roberto Orgega habían muerto.

—¿No pudieron identificarlos?

—Recuerda que no había tal cosa como 'ADN' — añadió Eduardo —, y lo que quedaba eran las cenizas. El fuego duró horas.

—¿Soy yo ese gemelo? — queriendo Luis Ángel confirmar su existencia —. ¿El que fue adoptado por el hombre que confesó ser mi padre?

—Sí, Luis Ángel — confirmó Eduardo —, eres tú.

—¿Qué sabes de mi hermano gemelo? — curioso —. ¿Se salvó?

El sonido de las palpitaciones de su corazón era como campanas de la iglesia. Se podían oír y sentir a través del pecho de Eduardo.

—Yo soy tu hermano gemelo — con lágrimas en sus ojos —. Somos gemelos fraternos.

Luis Ángel miró a su hermano. Desde el momento que lo saludó, sintió una conexión. Él había formado en su mente tantas posibilidades, en cómo iba a reaccionar cuando conociera al prometido de Jessie. En las primeras horas con este extraño, él experimentó una mezcla de emociones. La más dolorosa fue al descubrir el engaño de su padre. Pero antes de que esas emociones se apoderaran de él, fueron reemplazadas con la alegría que sintió al descubrir que Eduardo era su hermano.

Instantáneamente hubo un vínculo especial entre ellos; uno que los mantendría unidos para el resto de sus vidas. Luis Ángel silenciosamente y con lágrimas en sus ojos se levantó y lo abrazó. No lo soltó, como si lo hubiera estado esperando por una eternidad. El prometido de Jessie; el hombre que la amaba más que nada en el mundo; ahora compartía más que sus genes.

Solos en la iglesia, oyendo los susurros del sacerdote que rezaba ante el santo, Jessie se quedó muda con la nueva revelación. No podía creer que el hombre que amaba con todo su corazón estaba tan fácilmente dispuesto a entregarla a Eduardo.

—Así que encontraste a tu hermano — sin saber qué más decir —. Que sorpresa tan bella — esforzando una sonrisa.

—Al encontrarlo y descubrir que su nombre era Luis Ángel — con sus ojos iluminados —, yo quería abrazarlo y confesarle inmediatamente que era mi hermano.

—¿Y él? — curiosa Jessie —. ¿Cómo reaccionó?

—Nos quedamos mudos — declaró—. Lo único que hicimos en ese momento fue abrazarnos.

—Me imagino que estaban muy emocionados.

—Júbilo fue lo que sentimos — regocijándose Eduardo del recuerdo inolvidable —. Fue una alegría que no tiene explicación.

—Algunas veces las cosas pasan por alguna razón — compartió —. ¿Quién iba a pensar que tu investigación te dirigiera a un camino donde encontrarías a tu hermano?

—El dolor de tu ausencia — recordando su dolor —, me dirigió a esa jornada.

—Comprendo — consciente de su separación de dos años —, y quiero recompensarte por tu sufrimiento.

—No lo podrás hacer — sonriendo Eduardo —. Te tomará años.

—Tenemos un futuro juntos Eduardo — no creyendo ella las palabras que acababan de salir de su boca —, y te voy a hacer muy feliz — mereciendo ahora un *cocotazo*.

Había pasado casi una hora y los invitados todavía esperaban fuera de la capilla. De lejos, Jessie podía ver los ojitos de Rosa y Oscar por las ventanillas de la puerta. De vez en cuando el cura les daba un vistazo para confirmar su presencia; deseando continuar con la ceremonia.

—Las rodillas del sacerdote deben de estar coloradas y adoloridas — comentó Jessie —. No podemos dejarlo seguir rezando en esas condiciones.

—Ahora que te he revelado la verdad — mirándola —. ¿Quieres todavía ser mi esposa?

—Me extraña que todavía te sientas tan inseguro de mi amor.

—Mi hermano te ama — queriendo que ella escogiera —. Y tú

tienes que tomar una decisión muy importante.

Jessie temía que él oyera la erupción de su amor desbordarse desde su corazón como un volcán.

—¿Cuál es tu respuesta? — esperando pacientemente —. Necesito saber.

—Yo no sé Eduardo — tratando de terminar su compromiso —. Todo cambia ahora.

—No entiendo — confundido —, ¿Cómo que cambia?, — temiendo lo peor.

—Sí, tu hermano me ama — exclamó Jessie —. ¿Quieres herirlo Eduardo?

Eduardo la miró y se rió. ¿Creía ella que él era ignorante?

—No soy un idiota — agitado —, ¡o te casas conmigo o no!

—Tú me confesaste en el pasado que harías cualquier cosa por tu hermano.

—Menos perderte a ti — tratando de hacerla entender que su amor por ella era más fuerte que cualquier otra emoción —. Eres el amor de mi vida Jessie.

—Está bien Eduardo — observando al niñito de ocho años; su amiguito con el cual ella jugaba... rogar por su amor —, seguiremos con la ceremonia.

Eduardo interrumpió al sacerdote con mucha cortesía. No había dejado de rezar... y con dificultad se paró. Oscar y Rosa entraron a la capilla al ver al sacerdote levantarse, confiados que posiblemente habían llegado a una resolución.

—¿Qué podemos hacer nosotros para que este día sea un éxito? — preocupado Oscar —. Ansiamos verte feliz Jessie.

Jessie los miró abrumada por su amor. Sabía que ellos estarían dispuestos a hacer cualquier estupidez por ella. Se convertirían en fantasmas y se la llevarían, si eso la iba a hacer feliz.

—Ustedes nunca podrán entender lo que su apoyo significa para mí — besándolos y abrazándolos —, y se lo agradezco.

Isabel vio muy dentro del corazón de Jessie y quería que ella supiera que su consejera estaba de su parte.

—Tú no tienes que hacer esto — dispuesta Isabel a

intervenir —, si en realidad no lo quieres.

—He decidido casarme — declaró —, porque Eduardo me ama y siempre ha estado a mi lado.

Para sorpresa de todos, los invitados no se habían ido. Todos entraron a la iglesia y tomaron sus posiciones en los bancos. El organista tocó las teclas equivocadas al comenzar y Jessie lo consideró mala suerte.

—Necesito que me aguantes por la cintura hasta llegar al altar — le pidió Jessie a Oscar —, porque siento que me voy a desmayar.

—Lo que tú quieras — preparado para sujetarla —. No te dejaré caer.

Era como 'Déja vu,' al empezar su marcha desde el principio. Jessie hubiera preferido quedarse al frente del altar con Eduardo y el padrino.

—No se ve bien que no marches hasta el altar — insistió Rosa al oír su plan —. Empieza tu caminata desde el principio — le aconsejó.

Ahora con menos 'flashes de las cámaras' Jessie pudo distinguir los rostros de los invitados. Parecía una congregación de averiguados y chismosos. Ninguno estaba ahí interesado en su felicidad.

—¡Que chorro de hipócritas! — murmuró casi en silencio —. No puedo creer que son mi familia.

—¿Dijiste algo?

—No Oscar — con una sonrisa —, estaba solamente pensando.

—Trata de concentrarte en tus pasos para acercarnos al altar con dignidad — recomendó —. Estoy un poco cansado de todo este drama.

Jessie se rió y lo besó.

—Yo también Oscar, estoy cansada.

—Así que me imagino que estás preparada — mirando Oscar a Eduardo —, para vivir con Eduardo una eternidad — como su último intento.

Esas palabras fueron como una sentencia para Jessie. Si ella pudiera escribir una novela, tendría que empezar con el día de hoy. No podía creer que estuviera dispuesta a continuar

338

con los votos de la ceremonia. Quería correr y arrancarse el velo de la cabeza para usarlo como un látigo y golpear a todos los invitados. Si no hubiera sido por ellos, quizás Jessie se hubiera negado a casarse. Como un imán, llegó al lado de Eduardo y con un beso Oscar la entregó.

—Invitados y amigos — dijo el sacerdote —, estamos aquí para celebrar la unión de esta pareja... Jessie y Eduardo.

La ceremonia empezó y Jessie se sintió completamente sola. Tantas personas presentes, sin embargo, el vacío en su alma era inhumano. Al órgano dejar de tocar, ella oyó los gritos de su corazón. No se recordaba exactamente cómo llegó al altar, pero por lo que pudo observar, se había perdido mitad de la ceremonia. "¿He repetido yo los votos indicados por el sacerdote?" — pensó. No esperando una respuesta, pero menos esperaba oír de lejos el eco de las palabras de Eduardo.

—Yo, Eduardo, te tomo Jessie para ser mi esposa, para tener y sostener de hoy en adelante, para bien o para mal, en la riqueza o en la pobreza, en la salud o enfermedad, para amar y......"

Capítulo 10

El sueño de mi madre

Rosa le pagaba al chofer del carro público, mientras Jessie sacaba las maletas del baúl. Una sensación cálida la cubrió al enfrentarse con el panorama de su casa en Ensenada. Conmovida por lo que veía, sintió los mangos de las maletas resbalar de sus manos. Del *oeste* al *este* y con sus ojos fijos, Jessie contemplaba la renovación hecha en la casa. Se acercó lentamente al portón, para inspeccionar cada detalle y con escalofríos de pie a cabeza, se sacudió.

La casa de dos pisos, de cemento y ventanas de cristal; reposaba en su aceitunado pasto. Su terreno, alimentado por la lluvia, el calor del sol y rodeado por árboles, arbustos y flores, lo aromatizaban con su fragancia.

En el fondo y como un susurro, el kiosco de más abajo con los nietos como dueños, entretenían a los vecinos con su música amplia y rica. Música borinqueña con la cual ella bailaba cuando niña. Con sus ojos provocados e inspirados, escudriñó los paisajes de las montañas de la Banderita. Un momento perfeccionado por el recuerdo de su niñez; el de su tierra borinqueña. Estaba parada en la tierra en donde su madre Gloria nació, se crió y murió.

—No creo lo que veo — sin poder parpadear —. Me siento tan emocionada.

Todavía intercambiando dinero con el conductor del carro público, Rosa oyó su comentario.

—Tienes que ver esto — en alta voz —, no lo vas a creer.

—Ya voy — con prisa —. Espérate un momento que le estoy pagando al chofer.

—Es un sueño realizado — expresando Jessie con emoción, la finalización del proyecto de un año.

Como si los planetas se hubieran alineado, el kiosco tocaba una canción de su isla borinqueña. Sin poder Rosa ignorar el patriotismo que durante su ausencia no pudo demostrar, saludó la bandera que ondeaba en el poste de su casa.

Se reflejaron emociones internas a través de sus rostros. Contemplaban los muchos cambios mejorados de lo cual una vez era... su casa de madera.

—Estoy maravillada — exclamó Rosa —. No se parece a la casa que dejamos años atrás.

—Se ve completamente diferente — sin poder Jessie despegar su mirada con lágrimas en los ojos —. No puedo creer que este sea nuestro hogar.

—¡Es nuestro hogar! — consumida Rosa con la belleza que tenían al frente —, y vamos a disfrutar de ella por muchos años.

—Me siento tan emocionada tía — conmovida —, y juré no llorar.

—Yo me siento como un soldado que acaba de regresar a su patria después de la guerra.

La caminata del portón a la casa parece más corta — dijo Jessie sorprendida —. Se veía mucho más larga antes.

—Eras chiquita — dándole Rosa una explicación —, y los niños en general ven todo más grande.

—Ese palo de aguacates está ahora al otro lado de la cerca — sospechando Jessie que los vecinos le habían robado parte de su terreno.

—Eso fue el gobierno — dijo Rosa —, que aseguró que las medidas de los terrenos estuvieran correctas. Parece que le pertenecía a ellos.

El árbol de aguacates estuvo en su propiedad por muchos años. Con suerte, la vecina se recordaría del temperamento de Rosa y le ofrecerá unos cuantos.

—Veinte años y pico — confirmando Jessie su ausencia —. Como pasan los años.

Al recordar ellas su último viaje para el funeral de Don Jacinto, se entristecieron.

—Esperamos demasiado tiempo para volver — mirando Rosa las montañas —. La pintoresca escena de nuestras montañas es increíble.

—¿Por qué esperamos tanto tiempo tía? — preguntó Jessie —.

¿Por qué evitamos este paraíso?

—Después de las muertes de Don Jacinto, del Padre Chilo y nuestra monjita Elsa — esclareció Rosa —, no había razón para volver.

—Ahora hay razón, — todavía hipnotizada con su nuevo alojamiento —, y estoy loca porque los otros lleguen.

Los hijos de los vecinos que Rosa conoció durante su juventud, todavía rodeaban la casa del cerro. Las cercas de zinc que dividían las propiedades y que ella recordaba cuando era niña, se han convertido en cercas de hierro con diferentes diseños; enfocando ella su singularidad, rechazando ahora todo modo de encarcelamiento.

El espacio que acomodaba la letrina, el baño y el corral de los cerdos se ha transformado en un jardín maravilloso.

—Tengo las semillas de las *matas* de Brooklyn en la cartera — al ojear Jessie su florecimiento.

—¿Y las cenizas del perro?

—Tengo un local especial para las cenizas de Boo-Boo, — recordando ella el florecimiento alrededor de la maldita cerca—, alrededor de los postes de la cerca vieja.

Hacía años que la maldita cerca no se mencionaba. Oscar había prohibido esas conversaciones; considerándolo como cosa de espiritistas. Se quejaba que no podía dormir por días al nombrarla.

—¿Recuerdas la carta del Padre Chilo? — misteriosamente dijo Rosa —. Se deshizo de ella en un lugar secreto.

—No entiendo por qué — reviviendo su memoria Jessie —, esa cerca no molestaba a nadie.

—Todos le temían — prefiriendo Rosa no saber adónde la había enterrado —, especialmente Oscar que no quiere ni recordarla.

—Yo no le temía — teniendo grabada la cerca protectora en su mente —, pero sí la culpo por mi soledad.

—La reacción de Oscar al conocer el misterio de la cerca fue aterradora — forrando Rosa sus labios con una sonrisa —. El muy condenado corrió estos callejones, como si estuviera en una pista y a una velocidad que hasta ahora no la han podido registrar.

Nunca olvidaría Jessie el chiste de Oscar que por generaciones compartiría.

—*"Oscar vs la maldita cerca de alambre,"* — riéndose Jessie—. Y lo lindo fue que la cerca ganó.

—Me gustaría ver la cerca de alambre por última vez — al resurgir Jessie el impacto de la cerca —. Una vez más... es lo único que pido.

—¡Estás loca muchacha! — en serio Rosa —. ¿Querrás tú ver a Oscar gritar como una nena?

La temporada de la primavera era una época de rejuvenecimiento y Jessie estaba encantada de poder sembrar las semillas. A la vez que florezcan, se las llevará al cementerio, para los que descansan en paz y que le dieron significado a su vida. Era su símbolo de gratitud, por el amor que recibió.

La portón de la marquesina de la casa del lado se abrió y salió un caballero de la casa de Don Jacinto.

—Buenas — dirigiéndose a ellas.

—Buenas — saludando Jessie al desconocido —. ¿Cómo está?

—Hace muchos años — mirándolo Rosa y sacando su mano para saludarlo.

—Demasiado tiempo — saludándola Ramón Alberto —, si me preguntas tú a mi.

Ramón Alberto se sonrió al saludarla y cargó las dos maletas que descansaban cerca de la orilla de la carretera.

—Éste es Ramón Alberto — presentándolo Rosa —, el tío de Eduardo.

—Mucho gusto — saludándolo Jessie con una sonrisa y sin poder olvidar el hombre que dejó a su madre —, es un placer.

—Recuerdo cuando eras así de chiquitita — soltando una maleta y señalando con su mano la estatura —, y ahora estás hecha una linda dama.

—Gracias.

—Me informaron que somos familia — anunció Ramón Alberto —. Es un placer conocer a la esposa de mi sobrino.

—Eso me dicen — sonriendo.

Ramón Alberto miró la casa nueva. Ansiosamente esperaba sus opiniones.

—¿Qué creen ustedes? — orgulloso de su trabajo —. ¿Les gusta?

—Se ve bella — fascinada Rosa —, y estoy muy impresionada con tu trabajo.

Ramón Alberto participó en la construcción de la casa desde el principio de la renovación. Oyó los rumores de la modernización y consultó con Rosa. Se ofreció para la construcción como un pacto de paz después de años de enojo. No era Rosa solamente la amiga de la mujer que fue su prometida, sino la vecina que con mucho cariño le dio de comer a su padre. Confió en las palabras de Rosa para esta oportunidad y la ayudó a realizar su sueño, como el sueño de la otra mujer que él había abandonado.

—Vamos — cargando las maletas Ramón Alberto —, le voy a enseñar la casa por dentro.

Ellas lo siguieron hasta llegar a la entrada de la casa y pacientemente esperaron que él abriera la puerta con las llaves. La casa pintada con colores suaves y típicos de la Isla de Puerto Rico, las hicieron sentir bienvenidas a su ambiente.

—Has escogido colores perfectos para este tipo de casa — exaltando Rosa los esfuerzos de Ramón Alberto —. Combinan perfectamente.

—Me alegro que te haya gustado — aliviado —, porque yo estaba un poco preocupado.

Jessie y Rosa entraron e inspeccionaron todos los cuartos. Rosa estaba completamente conforme con los colores, decoraciones y la ubicación de todos los muebles.

—Está todo muy lindo Ramón Alberto — admirando Rosa los muebles en su sitio —. Yo no hubiera hecho un trabajo tan bueno.

—Me alegro que les guste — exclamó Ramón Alberto.

Al salir del primer piso se encontraron con las escaleras dirigiéndolos al segundo nivel. Rosa emocionada, controló el nudo que sintió en su garganta. Era la casa que Gloria y ella se habían imaginado. No permitiría que sus recuerdos intervinieran con la alegría de Jessie y disimuladamente secó sus lágrimas.

—¡Dios mío, — encantada Jessie —, que espacio más bello!

—El espacio se ve perfecto — escudriñando Rosa cada detalle —. Es increíble.

Su casa de vacaciones está ahora preparada para que todos la aprovechen. Será el lugar que todos visitarán, para escaparse de los inviernos fríos.

Jessie y Rosa viajaron a Puerto Rico juntas para prepararle el camino a los demás. Esperaban a Evelyn e Iris el día siguiente, con sus esposos y también a Oscar.

—¿Me acompañas mañana para buscar al resto de la familia? — dijo Ramón Alberto —. Estoy loco por verlos.

—El único que tienes que buscar es a Eduardo — le informó Jessie —. El resto de la familia va a alquilar un automóvil.

—Está muy bien entonces — menos ansioso —. Las dejo a solas para que descansen.

—Esta es la información del vuelo de Eduardo — entregándole un papel Jessie —. Él quería estar seguro de que yo te la diera.

—Muy bien entonces — leyendo Ramón Alberto el papel —. Si necesitan cualquier otra cosa, me lo dejan saber. Estoy aquí para servirle.

—Dios mío, Ramón Alberto — conmovida Rosa —, me recordaste tanto a Don Jacinto.

—Se me pegó mucho su forma de ser — compartió —, y no puedo negar que soy su hijo.

—Increíble — movida Rosa.

—Gracias por llenarnos los gabinetes y la nevera con comida y refrescos — agradecida Jessie —, aunque eso no era parte del trato — sonriendo —. Te lo agradezco de todo corazón.

—Fue un placer ayudar a la esposa de mi sobrino.

Rosa perdió su conexión con la casa de madera. Caminó por el primer piso con sus ojos cerrados, suponiendo que estaba en la casa vieja, sin ventanas y paredes de astillas. Recordaba la gotera del techo en el dormitorio, cuando llovía; sin olvidar cuando doblaba el colchón por la mitad, para que Gloria y ella brincaran encima.

Había oscurecido y los coquíes habían orquestado las notas musicales y sus melodías. Rosa sustituirá sus sonidos con una máquina que hacía ruido la cual usaba para dormir. Sufría de insomnio y era lo único que la ayudaba para poder dormirse.

Jessie bajó las escaleras con su almohada en mano. Revisó el juego de comedor nuevo que había llegado; dando vueltas sentada en varias de las sillas, hasta que se mareó.

— ¿Estás contenta ahora que todo está en su sitio? — adivinando su respuesta al ver a su tía sonriendo —. Te veo demasiado contenta.

— Estoy estática.

— Yo estoy loca por ver la reacción de los demás — acostándose Jessie para ver televisión —. Van a estar muy sorprendidos.

Jessie durmió con Rosa como acostumbraba cuando era niña. Los cuartos en la parte posterior de la casa estaban situados como en la casa de madera.

— Recuerdo nuestro sacrificio para renovar esta casa — tocando Rosa las paredes nuevas —. Gloria y yo ahorramos por tantos años.

— Tu sueño se ha hecho una realidad tía — acomodándose cerca de ella —, y todos ustedes podrán vivir aquí en su vejez.

— No estaba pensando tan lejos — sonriendo —. Todavía nos queda una vida de plenitud por delante.

— Ni tanto tía — bromeando Jessie con la mujer que la había criado —. Ya ustedes están más viejos que las Tetas de Cayey.

— ¿A ti no te da vergüenza ofender a tu tía de esa manera? — haciéndola reír —. Quizás te estás refiriendo a Elba y Red que verdaderamente se ven más viejos que yo.

Ramón Alberto tocó la bocina del automóvil al frente de la casa, como señal de que salía para el aeropuerto. Era temprano y viajaba hacia San Juan para recoger a Eduardo. Todos llegaban más o menos a la misma hora desde Nueva York, aunque habían decidido coger diferentes vuelos. No querían que falleciera una familia completa en caso de una tragedia.

Oscar fue designado como el guardia de las cuatro maletas de Rosa. Ella iba a estar en Puerto Rico todo el verano y se había aprovechado comprando en las tiendas de ropa.

—Que no se atreva a llegar aquí sin ellas — preocupada porque Oscar se entretuviera en otras cosas —, porque lo dejo afuera.

—No creo que seas tan cruel tía — reprendiendo a Rosa —. ¿Crees tú que él va a permitir que se pierdan?

—Lo único que estoy diciendo es que no se atreva a llegar aquí sin ellas.

Evelyn, Iris e Isabel fueron las primeras en llegar al mediodía con Oscar. Se arriesgaron al comprar frituras en las calles de Ponce. Han llegado con sus manos mantecosas, lamiéndose los dedos.

—Que ricas están estas alcapurrias — Iris comiendo de una bolsa de papel —. Me las voy a comer todas antes de que Antonio llegue.

—¿Cómo han podido ustedes estacionarse en Ponce para 'jartarse'? — preguntó Rosa, después de haberle cocinado —. Se van a envenenar.

—De lo más fácil — reveló Iris —. Estábamos hambrientas.

—No pude resistir los vendedores — exclamó Isabel —. Y deja que tú veas las guanábanas y tamarindo que tengo en la bolsa.

—No pensaron en nosotras — enojada Jessie —. Estábamos hambrientas esperándolas.

—Nosotras no pensamos en nadie al oler las frituras — compartió Evelyn.

—¿Y de nuestra barbacoa, — preguntó Rosa —, no se recordaron?

Al rato las muchachas se cambiaron de ropa y sin vacilar, empezaron la barbacoa. Esperaban a sus familiares y amigos para que los visitaran.

—La temperatura está alta — sudando Jessie —, y no hay señal de mejoría.

—Vamos a abrir las sombrillas de mesa — recomendó Isabel —, para que la gente no se tueste del sol en el patio.

—Y tenía que ser hoy — quejándose Jessie —, el día más caluroso.

—Y eso que estamos en primavera — dijo Oscar, con las gotas de sudor rodando por su frente—. No quiero ni pensar en las temperaturas que se aproximan para el verano.

—No se preocupen, — echándole hielo Iris a la neverita con los refrescos —, los invitados se sentirán mejor con los refrescos y botellas de agua.

—Y además — añadió Evelyn —, esta gente está acostumbrada al calor.

—Se han olvidado de otra cosa — anunció Iris —. Los zancudos que nos están comiendo.

—Dicen que las ramitas de romero fresco en carbón caliente — educándolos Jessie —, pueden disuadir a los zancús con su humo aromático.

—¡Hombre, caramba! — dándose Oscar un cantazo en la pierna —. Estos demonios me han dejado sin sangre y voy a necesitar una transfusión.

Oscar estaba enfocado en un proyecto familiar. Ha caracterizado a la familia en grupos. Las *muchachas,* los *viejitos* y los *hermanos;* sin saber qué hacer con Red; el colorado pecoso. Red acababa de venir de la casa que era de sus padres y ya Oscar lo estaba molestando.

—Oscar — defendiendo Jessie a su tío —. Deja al pobre Red quieto.

—Más nunca — riéndose Oscar —. Red es mi persona favorita.

—No jorobes más — con coraje Rosa —, porque me estás poniendo de mal humor — viendo ella a Red *enfunchado*.

—Por favor Rosa — dijo Oscar —. Red sabe que estoy bromeando. ¿Por qué te vas a ofender? — mirando su trompa —, cuando Red sabe defenderse muy bien.

—Déjalo quieto — pidió Rosa —. Red no encuentra tus chistes graciosos.

—Tu marido se cree que es un charlatán — se quejó Red —. Oye… pero que mucho joroba el mamao ese — bromeando —. Deja que siga que lo voy a correr por la cerca.

—Ni la menciones — persignándose Oscar —, porque después no duermo.

Jessie sembró las semillas y enterró las cenizas del perro antes de empezar la barbacoa. Con las manos todavía llenas de tierra entró a la cocina para evaluar el progreso del bufet.

—No me toques con esas manos sucias — amenazándola Eduardo acabado de llegar —, porque te voy a rociar con la manguera — saludándola Eduardo con un beso.

—¿Cómo te fue en el viaje?

—Agradable — satisfecho Eduardo —. No he viajado hace un tiempo y estaba un poco nervioso.

—Oye — dijo Isabel —, pero que rápido llegaron ustedes — dándole un beso a Eduardo y abrazándolo.

—Este tío mío es todo un personaje — mirando Eduardo a Ramón Alberto —. Voló por la carretera como un avión.

—Mi automóvil tiene alas — relajando Ramón Alberto —, y son para usarlas.

—Hay comida afuera — les notificó Isabel —, para los que quieran comer.

—Salgo en un momento — dijo Eduardo —. Quiero primero ver la renovación de la casa.

—Tu tío hizo un trabajo magnífico — expresó Jessie —, y te va a gustar la casa.

La barbacoa fue un éxito y todos los familiares y vecinos se fueron minutos antes de oscurecer. Los hermanos Orgega estaban por llegar tarde en la noche y los colchones extendidos en el piso los esperaban. Eduardo había llenado el refrigerador con cerveza en preparación para su llegada. Se iban a amanecer jugando dominó, bebiendo y haciendo chistes.

Como acostumbraban, las muchachas esperaban a Jessie en el segundo piso, para rememorar su *historia de amor*. Podían borrar las primeras tres líneas del orden del día, ahora que han organizado el vino, las papas fritas y pañuelitos desechables para sus lágrimas.

—¿Estás preparada? — le preguntó Iris excitada a Jessie —. Estoy preparada para ser cautivada por tu cuento.

—¿Cuántas veces tengo yo que repetir lo mismo? — cansada Jessie de la misma historia —. ¿No están ustedes cansadas de lo mismo?

—Nunca — intrigada Evelyn —. Acostúmbrate a nuestras majaderías.

—Estoy cansada y tengo sueño — descargando su cabeza sobre la almohada con sus manos inertes a los lados —. ¿Por qué no lo dejamos para otro día?

—Espérate un momentito señorita Jessie — interrumpió Evelyn —. No vamos a permitir que te duermas sin cumplir tu promesa.

—¿Por qué no se memorizan el trapo de cuento ya? — no creyendo su persistencia —. Nada del cuento ha cambiado.

Evelyn preparó cuatro copas de vino y las repartió. Excitadas de poder festejar la noche juntas, se acomodaron en la cama gigantesca. Iris estaba preparada con una caja de "kleenex", para derramar sus lágrimas garantizadas.

—¿Desde dónde quieren ustedes que yo empiece? — pretendiendo contarles los últimos cinco minutos del cuento.

—Por favor, empieza cuando Eduardo te confesó la verdad — recordando Isabel el alboroto en la iglesia —. Lo recuerdo como si hubiera sido ayer.

—Al Eduardo confesarme la verdad — recordando cada detalle —, me sentí traicionada — enfatizó Jessie —. Yo no podía creer que el hombre que yo amaba estaba tan fácilmente dispuesto a entregarme a su hermano — dramatizando cada palabra —. Luis Ángel acababa de conocer a su hermano Eduardo y me pregunté: "¿qué le importa a Luis Ángel, si tiene que herirlo?"

—Luis Ángel no quería destruir su nueva relación — analizó Evelyn —, por una mujer.

—Y además — añadió Isabel —, Eduardo le confesó a Luis Ángel lo mucho que sufrió con la tragedia de su familia.

—Me imagino que Luis Ángel se sentía culpable por la angustia que le causó también a tu familia, después del secuestro — exclamó Evelyn.

—Todos creían que tú estabas muerta — recordando Isabel lo mucho que sufrieron su ausencia —. Algo muy doloroso para Eduardo, Rosa y Oscar.

—Pero tú le habías hecho una promesa al hombre — le recordó Evelyn —, y la tenías que cumplir un Día de Reyes frío.

—Creía que era mi hermano y lo tenía que olvidar.

—Al final — recordando Isabel a su amiga en el altar —, tomaste una buena decisión.

Las muchachas se rieron al expresar dramáticamente sus comentarios al costo del sufrimiento de Jessie.

—Durante la ceremonia — viéndose Jessie vestida de novia al frente de todos los testigos —, me sentí como si estuviera arrebatada con gas de óxido nitroso — confesó.

Ahora involucradas en el cuento por horas, Jessie pidió no ser interrumpida.

—Al frente del altar oía yo a Eduardo de lejos diciendo sus votos sin yo poder reaccionar.

—" Yo, Eduardo, te tomo Jessie para ser mi esposa, para tener y sostener de hoy en adelante, para bien o para mal, en la riqueza o la pobreza, en la salud o enfermedad, para amar y " — observando Eduardo a su prometida… completamente distraída… dejó de hablar.

Convencida Jessie de que los ejercicios musicales terapéuticos la ayudarían a relajarse, se concentró en una canción. Sus esfuerzos le fallaron, al recordar la canción que ella bailó en las bodas de sus hermanos. Inesperadamente, como si estuviera en un trance, sintió convertirse en una difusión enérgica. Se separó de todos en la iglesia y se transportó a una pista de baile. Allí, bailaba ella con su padre… y la sombra de su madre.

Agraciada, Gloria danzaba como una sombra cerca de ellos. Jessie sintió su paz, su amor y alegría. Como un ángel y con sus alas cubriéndolos, Gloria se movía. Un remolino, inesperadamente la desnudó y arrancó de su alma… todo su dolor. Envuelta y cubierta por su melena rubia, Gloria miraba al hombre en la silla de ruedas, en un estado de perdón. Jessie oyó un susurro suave como las olas del mar que le dijo: "ya te hemos entregado al hombre… que con nuestro permiso interrumpió nuestro baile." De repente, los dos se desaparecieron en una nube ventosa, hasta evaporarse en el aire por completo.

Esta revelación cambió todo. Al Eduardo mirarla comprendió que algo terrible había pasado. Los susurros de la congregación la despertaron de su trance emocional y la trajeron al presente. Al abrir sus ojos, Jessie notó que Eduardo la contemplaba incrédulamente... y entregándose él a lo inevitable... lloró.

—¿Sabes que hoy es el Día de Los Reyes? — revelando Eduardo la promesa de su hermano, con lágrimas en sus ojos —. Qué día más bello para dos personas que se aman unirse.

Entendiendo Jessie sus palabras, respondió sin temor.

—¿Crees que él estará esperándome?

Con una sonrisa forzada, Eduardo respondió.

—Y tú Jessie... ¿Qué tú crees? — resignado.

—No sé Eduardo.

—Pues yo sí — completamente seguro —. Con esta temperatura bajo cero — dispuesto Eduardo a perderla por fin —, mi hermano te espera en un banco.

—Lo amo Eduardo — alzando su traje de novia para no tropezar al ver que ya Oscar la esperaba.

Oscar ya había cogido su posición para ayudar y proteger a Jessie. La limusina la esperaba con Boo-Boo adentro. Oscar la ayudó a entrar a su método de transportación para prevenir más conmoción.

—Me comunico contigo a la vez que me encuentre con Luis Ángel —le aseguró Jessie —. Confío que me está esperando.

—No lo conozco — declaró Oscar —, pero sin duda confío en él.

Oscar besó a Jessie y cerró la puerta del automóvil. Ahora a solas en la limusina con su perro, Jessie dejaba toda su ansiedad en el pasado.

—¿Para dónde la puedo llevar señorita? preguntó el conductor de la limusina y sorprendido al ver a la novia sola.

Había oscurecido y la congestión del Puente de Brooklyn la retardó un poco. No podía esperar más al hombre que cicatrizaría sus heridas. Más de dos años han pasado sin ella tener comunicación con Luis Ángel. ¿Perdonaría Luis Ángel su tardanza?

En la calle paralela al Parque Central, el conductor de la limusina disminuyó la velocidad, mientras Jessie se fijaba en los bancos al cruzar la calle y cerca del "Edificio Dakota" en la Calle 72. Cerca del parque en un banco, Luis Ángel la esperaba. Consciente de los latidos de su corazón, Jessie abrió la ventana de la limusina. Luis Ángel miraba al lado contrario cuando ella gritó su nombre. Su voz, como la de una mujer colgando de un edificio alto gritando auxilio, resonó por toda la avenida.

—¡Luis Ángel! — gritó sin poder controlar sus lágrimas — ¡Luis Ángel!

El perro saltó por la ventana de la limusina y corrió hacia Luis Ángel, haciendo que las flores en su mano cayeran al suelo. Lamiendo y azotándolo con su cola, Boo-Boo lo saludó. Luis Ángel lo abrazó, olvidándose de Jessie que desesperadamente trataba de salir de la limusina. Con su taco encajado en el dobladillo del traje de novia, Jessie rodó de la silla y en una voltereta horizontal, aterrizó en la acera fría.

El público observaba la escena en la intersección muy transitada, esperando ver el final de la comedia. Con rapidez Luis Ángel fue a su rescate, mientras el perro fielmente lo seguía.

—Ahora entiendo — arrodillado Luis Ángel a su lado —, porque te quiero tanto.

—Me imaginé nuestro encuentro más romántico — reveló Jessie avergonzada y con lágrimas en sus ojos —. Quiero que olvides este episodio de nuestra vida.

—¡Jamás! — sonriendo —. Este será el chiste de nuestro encuentro.

Luis Ángel observó el gentío y se acordó de que su familia lo había acompañado.

—Siempre te las ingenias para hacerme reír — cogiéndola en sus brazos —, y es lo más que me encanta de ti.

Con sus brazos fuertemente alrededor de su cuello, Jessie lloraba sin poder hablar.

—¿Te has golpeado, — al verla llorar tanto —, o estás avergonzada?

—No — contestó —, estoy bien Luis Ángel. Es que me siento tan feliz al verte aquí esperándome.

Tiernamente, Luis Ángel la besó. Por ese segundo, el

mundo dejó de existir y los únicos que importaban eran ellos.

—¿Y qué te pasó el año pasado? — sonriendo —. Me dejaste en la avenida congelado.

El bochinche en la avenida alertó a Jessie que el resto de la familia la esperaba. Sus hermanos y esposas se turnaron ese día, para evitar que Luis Ángel se congelara como el año pasado. De la ventana de la furgoneta lo vigilaban; asegurando que se calentara cada hora por un ratito.

Al ver ellos a Jessie y Luis Ángel los rodearon; abrazándolos y enjaulándolos en una rueda de amor. Eddie agarró a Jessie de los brazos seguros de Luis Ángel y brúscamente le dio varias vueltas en el centro de la avenida.

—¡Deténganse! — suplicó Luis Angel —, porque la van a matar — apoderándose de ella.

—Me toca a mí — exigió Antonio, adueñándose de ella, como un malabarista… y tirándola en el aire.

Jessie parecía una muñeca de trapo sin zapatos en el aire. Si Don Berto hubiera estado presente, hubiera dicho "*esto es cosa de locos.*"

—Me siento verdaderamente feliz — declaró Jessie —, y hoy soy una mujer completa.

Luis Ángel y Jessie se casaron por lo civil unos días después. La familia inmediata e Isabel asistieron a la ceremonia.

—Si tú eres feliz — reveló Rosa —, entonces Oscar y yo somos felices.

—Me siento muy feliz tía — declaró —, y no me arrepiento ni por un segundo haberme casado con Luis Ángel — mirándolo de lejos —. Me enamoré de él… al primer instante.

El sacrificio de su amor hirió a su hermano Eduardo. La pareja juró celebrar su matrimonio formalmente cuando Eduardo encontrara otro amor.

Después de su cuento de amor, las muchachas se quedaron dormidas. Era tarde y hubo un toque suave en la puerta del cuarto.

—Mi amor — susurró Luis Ángel dándole un beso —. Creía que estabas dormida.

—¿Llegaste bien del aeropuerto? — consciente de que su esposo había estado despierto por muchas horas —. La próxima vez tenemos que viajar juntos.

—Llegué de lo más bien — dijo —. ¿Por qué estás todavía despierta? — oyendo Luis Ángel a las muchachas roncar.

—Me hicieron hacerle el cuento otra vez — le chismeó —. Son egoístas y no les importó lo cansada que yo estaba.

—¿No es esto lo que ustedes acostumbran a hacer cuando se reúnen?

—¿Quieres decir entonces, que tendré que repetirlo en tres meses? — odiando ella cuando Luis Ángel era comprensivo —. Tú sabes que nos reunimos cuatro veces al año.

—¿Les diste las buenas noticias? — sonriendo —. Porque no quiero que vengan adonde mí y me pregunten por qué esperamos tanto tiempo para compartirlo.

—No me dieron la oportunidad — consciente de que su esposo estaba mirando las copas de vino vacías —. Yo no tomé vino.

—Sé que te cuidas bien — despidiéndose —, y que no le harías daño a nuestro niño que todavía no ha nacido.

—Estamos aquí para llevar a cabo la recepción de nuestra boda —besándolo —, y quiero disfrutar de cada momento.

Jessie y Luis Ángel cumplieron su promesa cuando juraron no celebrar su boda hasta que Eduardo encontrara otro amor. Hace dos años que ese momento llegó, cuando Eduardo los llamó. Después de siete años de matrimonio, Jessie y Luis Ángel esperaban a Eduardo ansiosamente. Estaba cortejando a Isabel y creían que venían para anunciar su boda. Aunque Luis Ángel y Eduardo se han reunido varias veces en la ciudad para cenar, Eduardo los visitaba con su prometida por primera vez.

Eduardo no ha visto a Jessie desde que lo dejó plantado en el altar, aunque han hablado por teléfono.

—¿Estás nerviosa? — curioso Luis Ángel —. No debes de estarlo porque te ves más bella que nunca.

—No seas tan bobo — sonriendo —. Estoy segura que Eduardo no viene para ver si me veo bella.

—Siete años… — no creyendo Luis Ángel como ha transcurrido el tiempo —. Es mucho.

—¿Estás celoso que el hombre que me amó más que tú, nos visita hoy? — bromeó Jessie.

—Nadie te ama más que yo — le aseguró —. Así que estás enganchada conmigo para el resto de tu vida.

—Que castigo más bueno — besándolo —. Si sólo me castigaras más a menudo.

Eduardo e Isabel disfrutaron su visita en 'Upstate Nueva York' el fin de semana. Regresaban a la ciudad pronto y antes de su partida querían hablar en serio con Jessie y Luis Ángel.

—Sería un honor para mí e Isabel — compartió Eduardo —, si ustedes fueran nuestros padrinos.

—¡Que honor — considerándolo un privilegio Luis Ángel —, poder ser los padrinos de su boda!

—No, Luis Ángel — preparado Eduardo para ver a su hermano brincar de gozo —. Quiero que sean los padrinos de nuestros gemelos.

—¿Gemelos? — sorprendida Jessie —. ¡No lo creo! — abrazando a Isabel.

—Que sorpresa tan fantástica — sin soltarlos Luis Ángel —. Voy a ser tío.

—Eso no es todo — sonriendo Isabel —. También nos vamos a casar.

—Esto es demasiado para digerir en un día — dijo Luis Ángel —. Me voy a morir de la alegría.

—Una boda civil entre familia es nuestro plan — declaró Isabel —, porque ya tengo tres meses de embarazo.

La amistad entre Isabel y Jessie ha sido sagrada y sólida. Ella le tiene a Isabel mucha estima y le da gracias a Dios que ellos son parte de su vida. Recordó la última vez que habló con Isabel, cuando ella le pidió su bendición al confesarle su relación con Eduardo. Él ha sido como un hermano para Jessie y le desea felicidad.

Las gemelas nacieron y son el tesoro de la familia. Hasta ahora, Isabel y Eduardo no han tenido que preocuparse por una niñera. Sus abuelitos Rosa, Oscar, Red y Elba se han ofrecido como 'nanas', y han cumplido con sus deberes. Convencidos ellos de que Eduardo ha encontrado la felicidad, Jessie y Luis Ángel anunciaron la fecha para la celebración de su boda.

La familia y amigos íntimos han viajado para Ensenada, Puerto Rico, en anticipación de la boda formal de Jessie y Luis Ángel. Después de resolver algunos asuntos importantes en Nueva York, Luis Ángel se reunió con su familia. Sus hermanos han buscado una excusa para emborracharse y le han hecho una 'despedida de soltero". Con la nueva construcción de la casa, han podido economizar los gastos de un hotel.

—Tengo ocho años de casado — comentó en forma jocosa Luis Ángel —. No tengo nada de soltero.

—Tú eres la única persona que conozco que se casa dos veces con la misma persona — haciéndolo Eddie reír —. Yo aprendí a no cometer el mismo error dos veces.

En el día antes de su boda, Jessie se antojó de visitar la Banderita; una montaña con cuevas, túneles y jeroglíficos de los indios del pasado. Rosa le advirtió del peligro de la carretera nueva que dividía a la Banderita de la Joya de los Zancú.

—Estás loca muchacha — inquieto Oscar —. ¿Quieres que te mate un carro?

—Esos carros pasan demasiado rápido — confirmó Rosa —, y no queremos una tragedia un día antes de la boda.

Luis Ángel alzó a Jessie y se la puso sobre el hombro.

—No se preocupe Doña Rosa, — determinado —, Jessie no va para ningún sitio.

—Aprovéchense de su casa nueva — le aconsejó Rosa —, y déjate de estar buscando aventuras en la Banderita.

Luis Ángel y Jessie volteaban las páginas de un álbum que Rosa había guardado y asegurado. Jessie lo aceptó como un dulce recuerdo mientras reflexionaba sobre los pocos recuerdos vivos de su madre.

En el álbum veía a una mujer rubia con ojos azules y una sonrisa contagiosa como un brote de sarampión, que bailaba con Red. El amor entre ellos se manifestaba a través de las páginas viejas y manchadas de un retrato.

—Entiendo ahora de donde sacaste tus buenas facciones — conectándose Luis Ángel con la mujer en el retrato —. Fuera de ti Jessie... nunca he visto una mujer tan bella.

—Era bella de verdad — mirando el retrato de su madre sin poder parpadear —. Todavía recuerdo su sonrisa.

—¡Bellísima!... verdaderamente bellísima — deslumbrado Luis Ángel —, y su hija no se queda atrás.

Luis Ángel y Jessie estuvieron horas leyendo las cartas de amor escondidas en una lata de galletas que Ramón Alberto le escribió a Gloria. Cartas de amor que todavía producían emociones.

—No puedo imaginarme a Ramón Alberto tan poético, — revisando Luis Ángel las cartas —. Que triste que sus palabras perdieron su significado al abandonarla.

—No era un poeta muy sincero — exclamó Jessie —, porque la dejó cuando ella más lo necesitaba.

—De acuerdo a Eduardo — compartió —, nuestro tío se arrepintió de haberla abandonado.

—Tía Rosa me contó que mamá lo insultó — repitiendo el suceso Jessie —, al venir Ramón Alberto a pedirle perdón.

—¿Y tú Jessie, me perdonarías si algo así sucediera?

—Te amo demasiado para no perdonarte — con las cartas todavía en sus manos —, y esa fue la promesa que hice ante Dios.

Ocho años no ha sido bastante tiempo para Luis Ángel conocer cada detalle de la vida de Jessie. Descubre algo nuevo siempre que se sientan para hablar.

—No puedo creer que me caso contigo por segunda vez — dándole vuelta Luis Ángel a su anillo —, cuando por poco te casas con otro.

—Luis Ángel — acariciando su rostro —, ni la muerte hubiera podido intervenir en nuestra unión.

—¿De verdad que así lo crees?

—Lo que creo sin duda es que Dios nos unió — sin pensar por un segundo lo contrario —, y eso lo considero un milagro.

Jessie se preparó para la ceremonia en la playa que por tantos años esperó. Relajada y con sus seres queridos presentes, Jessie caminó hacia el altar de flores, vestida de novia y de la mano de Oscar. Ahí la esperaba Luis Ángel con sus tres madrinas y los padrinos a su lado. Boo-Boo, vestido con su nuevo 'esmoquin,' cargaba los nuevos anillos de boda asegurados con alfileres. De lejos Rosa pensaba, mientras observaba al perro, "que *eso era verdaderamente cosa de locos.*"

El viento costero soplaba delicadamente el traje blanco de novia, el cual era largo y adecuado para la playa. Al llegar Jessie al frente, le entregó el ramo de flores a Isabel para abrazar y besar a Oscar, como no pudo hacerlo la primera vez.

—Déjate de estar sonriendo tanto — bromeó Oscar —, antes de que ese labio de arriba empiece a pelear.

—Oscar — dijo Jessie —, ni me mires el párpado derecho que está

temblando como un perro con frío.

—Por favor — le pidió Oscar —, no me hagas reír.

Luis Ángel todavía obsesionado con su esposa, la miró como muchos miran la luna en una noche perfecta. A la mujer que se paró como una estatua en el medio de la cocina y corrió; una vez más la hacía su esposa.

Los ensayos para la boda fueron cortos y simples. Todos los participantes sabían exactamente lo que tenían que hacer para no retrasar la ceremonia de diez minutos. Impredeciblemente, Luis Ángel cogió otro rumbo. Lleno de confianza se dirigió a los invitados.

—Gracias a todos ustedes por estar aquí en este día tan precioso para compartir nuestro amor y juramento.

Sorprendida Jessie con los cambios en la ceremonia, escuchó atentamente a su compañero.

—Esta mujer con la cual yo tengo el honor de compartir toda mi alma — mirándola —, es el amor de mi vida.

Los cachetes de Jessie se pusieron rojos al oír las alabanzas de su esposo.

—Con Jessie — sin poder quitar sus ojos sobre ella —, yo aprendí a vivir mi vida y a tomar decisiones *con paz en mi alma.*

Preocupada Jessie que la ceremonia se convirtiera en un sermón, le dio un codazo a Luis Ángel.

—Esto no es un sermón — consciente de lo que Jessie estaba pensando —, pero si es un testimonio.

La audiencia lo apoyó con sus vítores.

—¡Viva la pareja! — dijo un invitado —. ¡Viva el amor! –dijo otra.

—Algunas veces Dios habla a través de un susurro — compartió Luis Ángel —, y tenemos que estar sintonizados para oír su voz — recordando su experiencia personal —, y siempre recordar que las dificultades son sólo temporarias.

Había un total de veinte personas y Luis Ángel se sintió cómodo al compartir esta parte de su vida.

—No fue fácil para Eduardo o para mí — confesó Luis Ángel—, experimentar esta paz que he compartido — tirándole una guiñada a su hermano.

—El mismo día que mi hermano gemelo me confesó que éramos hermanos — con un nudo en la garganta Luis Ángel —, descubrimos que amábamos a la misma mujer.

Eduardo se movió del lado de su esposa Isabel y le dio un abrazo a Luis Ángel; manteniendo su presencia visible como forma de apoyo.

—Yo estaba dispuesto a renunciar a mi amor por Jessie — confesó Luis Ángel —, para no herir a mi hermano, el cual al conocer, amé instantáneamente.

Las lágrimas bajaban por los cachetes de los familiares presentes. Apreciaban a los hermanos y el pasado los entristeció.

—Siempre recuerdo despidiéndome de Eduardo el primer día que lo conocí, con un dolor terrible en mi alma y corazón — secando Luis Ángel sus lágrimas. —. En sólo días él se casaba con Jessie.

Todos en silencio esperaban ansiosamente el resto de la aventura.

—Pero con dolor y todo — compartió Luis Ángel —, sentí paz. Y como quiera, ya yo la había llorado por unos años.

Eduardo y Luis Ángel habían compartido ese momento en varias ocasiones anteriormente. Eduardo estuvo de acuerdo con Luis Ángel y admitió que él no era el hombre para Jessie.

—En el día de su boda — continuó Luis Ángel —, los dos milagrosamente obedecieron a sus instintos y renunciaron a su unión — finalizando su historia sin más detalles —, mientras yo la esperaba ese día friolento, en un banco del Parque Central rezando por un milagro.

La gente en la ceremonia empezó a aplaudir.

—Dios es siempre fiel y ha bendecido a mi hermano Eduardo con su bella esposa Isabel y dos niñas gemelas — haciendo al gentío aplaudir hasta más —, Yessie y Yezenia, mis bellas sobrinas.

Jessie besó a Luis Ángel y le dio la espalda a los invitados para continuar con la ceremonia.

—"Yo, Luis Ángel, te tomo a ti Jessie, como mi esposa. Prometo serte fiel en lo próspero y en lo adverso, en la salud y en la enfermedad; amarte y respetarte todos los días de mi vida."

Francisco, un misionero en la iglesia de Mayagüez se preparaba para predicar en una convención religiosa. Había invitado a todos sus amigos, familiares y a sus padres Jessie y Luis Ángel. El tema de la convención era '*Casados para siempre,*' un tema que sus padres encontrarían muy interesante.

Su hermana Virginia, una joven misionera, se ha dedicado al cuido de sus abuelitos Rosa, Oscar, Elba y Red los fines de semana. Hoy en particular, Virginia estaba preocupada, en cómo iba a anunciar la visita de sus padres. Los viejitos se excitaban demasiado al oír que Jessie venía.

—¿A qué hora llega Jessie? — ansiosa Rosa y sentada en un sillón del balcón —. Nunca se había tardado tanto.

—Abuelita — repitió Virginia —, te dije que llegan a las dos.

—¿Y Luis Ángel viene con ella? — agitando Rosa más a su nieta —. Yo no quiero que le vaya a pasar algo por el camino a esa muchachita sola.

—Tú sabes que ellos siempre viajan juntos — le aseguró Virginia —. Esos dos son inseparables.

—¿A qué hora vienen? — haciendo Rosa sonreír a Virginia —. ¿Quién es que viene?

—¡Déjala quieta ya! — consciente Elba de que Rosa estaba repitiendo las mismas preguntas —. ¡La estás volviendo loca!

—¿A qué hora viene Gloria? — sufriendo Red de Alzheimer también —. No me dijo para dónde iba.

—Mira… otro loco — alzando Elba las manos al cielo —. ¿Por qué Señor… por qué?

—Estos viejos enloquecidos — acostumbrado Oscar a sus repeticiones —, los deben de meter en un manicomio.

—No seas tan cruel abuelito — corrigiéndolo Virginia —, porque ellos no son ninguna molestia.

—Tú eres una santa — dijo Oscar —. ¿Qué haces aquí con todos estos viejos arrebatados?

Era una comedia conversar con sus abuelitos cuando estaban todos juntos en la marquesina.

—No es Gloria la que viene, sino Jessie — oyó Virginia a Elba repetir —. Gloria se fue con el Señor hace años.

—Dios mío — dijo Elba asintiendo con la cabeza —, dame la misma enfermedad de estos dos *zánganos* — haciendo Elba la señal de la cruz —, para acompañarlos con sus locuras.

—¡No digas eso tía! — reprendiendo Virginia a su tía Elba —. Tú no quieres que Dios te oiga.

Oscar todavía guiaba su carrito desde su casa al pueblo. Virginia se encargaba de todos los viajes largos y de hacer la compra.

—¿Y Carmen y Margarita? — olvidándose Rosa que ellas los cuidan los días de semana —. Se han olvidado venir a cuidarnos.

—No abuelita — le informó Virginia —. Ellas vienen el lunes.

—Si esta vieja loca hace otra pregunta más, — molesta Elba—, voy a gritar e irme a dormir.

—Por eso se mató tu esposo — combativa Rosa —, para no oírte más la boca.

—¡Abuelita! — decepcionada —. Que cosa terrible has dicho.

—Él no se mató vieja chismosa — disgustada Elba —, sino que se murió de un ataque al corazón.

—Y por eso no te visita tu hijo, — revolviendo Rosa problemas del pasado —, que ni a su boda te invitó.

—Sigue Rosa — tratando Elba de levantarse de la silla —, porque hoy, te voy a meter un bombazo.

—¡Que lindo! — con las manos en la cintura Virginia —. Las dos viejas peleando.

Red fue a abrirle el portón a Oscar. Había llegado del quiosco con antojos para Jessie. A ella le encantaban los dulces de ajonjolí y Oscar le había comprado un paquete.

—Gracias Red — dijo Oscar —. Acabo de comprarle a Jessie sus dulces favoritos.

—De nada Gloria — dijo Red, caminando lo más campante —. A ella también le gustaban las flores naturales en la cabeza.

—Dios mío… dame paciencia con todos estos viejos — dijo Oscar —, porque de aquí me sacan muerto.

—Pero, ¿qué te pasa abuelito?, — viéndolo excitado —. Ya tú sabes como son ellos… así que ni caso le hagas.

—Es que Red se cree que Gloria está todavía por allí — poniendo Oscar las bolsitas en la mesa del balcón —. Y tú sabes Virginia, que a mí no me gustan esas cosas…… me asustan.

Hacía años que todos los viejitos se habían retirado. Jessie le había añadido cuartos adicionales a la casa y todos tenían su espacio privado. .

—Carmen dijo que iba a cocinar arroz con gandules — exclamó Rosa —, y yo ya estoy cansada de estar comiendo lo mismo.

—Carmencita viene el lunes para cuidarlos — le recordó Virginia —. Los fines de semana los cuido yo y hoy te voy a hacer unas sopitas de salchichón.

—Elba — llamándola Oscar —, Esteban llamó y dijo que llega a las seis de la tarde para ir a la convención.

—Gracias Oscar — contestó Elba —. Me alegro mucho que pueda venir para compartir con nosotros.

—¿Quién es Esteban? — confundida Rosa —. ¿Otro novio?

Luis Ángel se jubiló del trabajo al mismo tiempo que Eduardo. Antonio, Eddie, Luis Ángel y Eduardo, con sus esposas, habían viajado el mundo entero. Están conscientes de las edades y salud frágil de los viejitos y habían decidido viajar mientras todavía estaban jóvenes. Luis Ángel vendió cuerdas de terreno e invirtió millones de dólares para él y su familia.

El garaje lo manejaba Robertito, el hijo de Eddie y Evelyn. Después de estudiar mecánica automotriz y graduarse, los tíos le vendieron el garaje por un precio que él no pudo rechazar.

Iris fue incapaz de concebir y Evelyn fielmente se ofreció como 'madre de alquiler.' Con éxito en el primer intento, Evelyn engendró y dio a luz a la hija de Iris, Milagros. Era la niña más joven de la familia y los hacía a todos felices con su sonrisa y travesuras.

Las visitas de Jessie y Luis Ángel a Puerto Rico eran más frecuentes ahora que sus hijos Virginia y Francisco habían hecho su residencia permanente en la isla. Los viejitos estaban avanzados en edad y requerían compañía.

Jessie llegaba a la casa en diez minutos y Virginia quería evitar que los viejitos se emocionaran demasiado. Era la responsabilidad de Oscar como el más equilibrado, informarle tranquilamente que ya ella estaba cerca.

—Viejos chochos — anunció Oscar —, Jessie ha llegado, Jessie ha llegado — cantaba Oscar… contrario a lo que Virginia le había aconsejado.

—Abuelito — cansada Virginia —, tú no puedes darle esas noticias de esa manera.

—¿Qué importa si le provoco un ataque al corazón a uno de estos viejos? Sería uno menos que tengas que cuidar.

—¡Se lo voy a decir a mami! — lo amenazó —. Ella no va a estar muy contenta con tus acciones y comentarios.

Rosa, Elba y Red cogieron la velocidad de una tortuga al oír a Oscar. Crearon unas notas musicales arrastrando las chanclas en las losetas.

—Mira lo rápido que corren esos viejos — muerto de la risa Oscar y burlándose de ellos —. Así llegarán donde Jessie mañana.

Oscar había dejado el portón abierto para que Jessie y Luis Ángel entraran. Al verlos Oscar llegar, se le adelantó a Virginia.

—¡Dios mío! — exclamó Rosa todavía en el balcón —, si es Jessie — con sus brazos en posición para darle un abrazo.

—Mi querido Oscar — abrazándolo Jessie — que guapo te ves.

—Me dicen que cada día me veo más joven — abrazándola —. No creas Jessie, todavía este viejito puede encontrar otra novia.

—Ni lo digas Oscar — riéndose —. Tú sabes lo violenta que es

Rosa.

Virginia sin querer empujó al pobre Oscar para el lado.

—Pero esta muchachita me va a matar.

—Mamá — besándola Virginia —, te extraño mucho.

Jessie fue recibida por Rosa y sus tíos con lágrimas, besos y muchos abrazos. Los había visto hacía tres meses y cualquiera diría que hacía años que no los veía.

—¿Y cómo está mi viejita changa y preciosa? — abrazando a Rosa sin poderla dejar ir —. Me has hecho tanta falta.

—M'ija — dijo Rosa aguantando el lado derecho de su cadera —, con este dolor en la trapo de cadera por días.

Jessie saludó a Elba y a Red que la esperaban en el balcón.

—Fuera de todos sus achaques — evaluando Jessie sus condiciones físicas —, se ven todos bastante bien.

—Virginia los trata como reyes y reinas — quejándose Oscar—, y lo que hacen es molestarla cada día más.

Luis Ángel y Jessie estaban muy orgullosos de Virginia y agradecidos del tiempo que le dedicaba a sus abuelitos, durante la ausencia de Jessie.

—Esto no va a durar para siempre — abrazando Elba a su sobrina Virginia —, porque ella tiene su vida.

En los últimos cinco años Rosa desarrolló Alzheimer y tenían que asegurar todas las puertas, portones y verjas para que no se escapara. Los viejitos ya estaban en sus ochentas y Jessie se preocupaba mucho por ellos. Ella consultó con Luis Ángel para residir en Puerto Rico y Luis Ángel le prometió que consideraría esos cambios, para el próximo año.

La conferencia empezaba a las siete de la noche y Francisco con su familia los esperaba al frente de la iglesia.

—¡Mamá! — abrazándola y haciendo a su padre esperar su turno —. Pero mira que linda estás.

Francisco no soltó a su madre fácilmente. Eran muy apegados y hacía meses que la extrañaba.

—Dale una oportunidad a tu hija y esposa — dijo la esposa de Francisco sonriendo —, porque yo también quiero saludarla.

—¿Quién es este muchachito? — preguntó Rosa turbada al encontrarse con su nieto Francisco —. Yo como que lo conozco.

—Abuelita linda — alzando a su abuelita en el aire —. ¿No me conoces?

—Dios mío... si es Francisco — abrazándolo —. Estás gordito — apretándole los cachetes.

—No puedo creer que ustedes estén aquí — dijo Francisco saludando a Elba y a Red.

—No íbamos a perdernos tu conferencia — dijo Oscar —, por nada del mundo.

Francisco vio a su padre esperando para saludarlo pacientemente. Amaba a su padre y lo honraba como la Biblia le había enseñado. Como hijo mayor se preocupaba por ellos y los animaba para que residieran en la bella isla de Puerto Rico.

—Papá, cada día estás más guapo — dijo Francisco acariciando el pelo de su padre —. Cuidado que no estés tratando de enamorar a mamá otra vez.

—Mira sinvergüenza — abrazando Luis Ángel a su hijo —, lo dices porque te pareces a mí.

Eran casi las siete de la noche y los miembros de la iglesia y visitantes se alinearon afuera de la puerta principal. Francisco los saludó cordialmente y les dio un programa, con el tema de la convención.

—Entren ya — le aconsejó Francisco —. La convención está a punto de empezar.

Los primeros tres bancos de la iglesia se llenaron por completo a la vez que los hermanos de Luis Ángel llegaron con sus esposas y niños.

—Tenemos tanto que agradecerle a Dios — mirando Jessie a sus hijos y nietos —. Me siento tan orgullosa de ellos.

Luis Ángel le echó el brazo a su esposa y la apretó contra él.

—No puedo creer que después de todos estos años todavía esté enamorado de ti.

—Me haces el corazón palpitar con rapidez cuando me besas — murmuró Jessie —, haciendo mi sangre hervir.

—Te estás propasando conmigo — murmuró Luis Ángel —, ¿en la misma iglesia?

—Eres mi esposo — sin convicción ninguna —, y yo puedo confesar mi amor y deseos adonde quiera que estemos.

La congregación se levantó y aplaudieron al Francisco entrar al púlpito. La banda de músicos colaboraron y compusieron un himno especialmente para él, durante su introducción. Los alborotos celestiales de los jóvenes con sus manos alzadas y estampidas de pie en el piso, le dieron la bienvenida a su pastor. La congregación por fin se sentó, dándole la oportunidad a Francisco para que hablara.

—Amo a nuestros jóvenes — dijo Francisco mirándolos y riéndose —. Pero que muchachos más alborotosos —, haciendo a los miembros de la iglesia gritar "Amén."

—Yo prefiero que estén aquí haciendo ruido — orgulloso Francisco de sus jóvenes —, y no en las calles haciendo cosas que no deben de estar haciendo.

Después de muchos himnos y testimonios; Francisco se preparó para empezar la conferencia.

—Quiero saludar a mis padres y al resto de mi familia, quienes están en los primeros bancos — presentándolos Francisco a la iglesia —. Los amo.

—Nosotros también — levantándose Iris del asiento —. ¡Mucho!

—Les presento a mi tía Iris — sonriendo Francisco al mirarla—, la dama más alborotosa de la familia.

—¿De qué dama hablas Francisco? — haciendo Antonio a todos reír.

Miembros fieles y trabajadores de la iglesia vinieron a recoger a todos los niños antes del comienzo de la convención. Los padres se alegraron al decirle adiós a sus niños, ahora que podían oír bien el mensaje sin interrupción.

Todos los años la iglesia de Mayagüez presentaba una conferencia. Están en el centro del pueblo y son muy activos con sus miembros y en la comunidad. Se presentan temas interesantes, para atraer a la personas solteras, familias y especialmente a los jóvenes. Como ministro de la iglesia, Francisco ha dedicado mucho tiempo en crear programas para conquistar a la juventud.

—Estaremos aquí cantando, alabando y comiendo para el

Señor — oyendo Francisco a los hermanos reír a la vez que mencionó la comida.

—Los mensajes de las próximas dos noches están dedicados a todos nuestros matrimonios y claro... a los solteros también.

Virginia se volteó y se sonrió con sus padres.

—Oye bien el mensaje, — le aconsejó su mamá —, que la próxima que se casa serás tú.

—No — sonriendo Virginia —. Quizás, yo quiera imitar a una monjita llamada Elsa, que después de cumplir setenta años y pico, se casó.

—Y no solamente se casó, — con una sonrisa muy grande —, sino que se casó con el padre de la iglesia.

Francisco dirigió el servicio religioso con cánticos viejos. Hacía años que Jessie no los oía y le trajeron bellos recuerdos.

—Tengo un cuento grande que contarle — excitando Francisco a su familia que aplaudía sin cesar —. Que mucho ruido hacen esos hermanos en los primeros bancos — bromeó Francisco—. No parecen familia mía.

Curiosos por qué su familia había aplaudido tan exageradamente, Jessie y Luis Ángel se bajaron un poco en el banco.

—Luis Ángel, — tiernamente —, te amo... pero tu familia no es normal.

—Te amo Jessie — bromeando Luis Ángel —, pero la tuya tampoco.

—Hoy, mis queridos hermanos, — hablándole Francisco a la congregación —, le cuento una historia muy interesante que incluye los muchos obstáculos de la vida que nos separan y nos aíslan... como una *maldita cerca de alambre*.

Sus palabras inmediatamente le llamaron la atención a Jessie y Luis Ángel. Vieron una pantalla de televisión automáticamente bajar detrás de Francisco. Coordinado con música, estaban sus retratos; retratos del pasado, de su boda y de su familia.

—No habrá pareja aquí — confiado Francisco —, que no querrá dejar de renovar sus votos matrimoniales al terminar esta conferencia — emocionado un poco —. Yo tengo para ustedes una historia de amor, pérdida, traición, perdón y edificación — mirando Francisco a sus padres y tíos —. Es la historia del amor de mis padres, Jessie y Luis Ángel Orgega.

Capítulo 11

Maldita cerca de alambre

Luis Ángel, Francisco, Oscar y Red estaban con sus palas en la parte posterior en la casa de Ensenada. Hacía días que la perra estaba escarbando, como si hubiera algo enterrado. Ahora que Luis Ángel y Jessie han establecido residencia permanente en Puerto Rico, querían hacer algunos trabajos de jardinería en la propiedad.

—Yo tengo que averiguar — determinado Oscar —, lo que está escarbando esa perra.

—Lo único que se enterró aquí fueron las cenizas de Boo-Boo — le recordó Luis Ángel —. Pero fuera de eso, no me puedo imaginar que está buscando este animal. Quizás, un pedazo de hueso.

—Ojalá y que no sea un hueso de humano, — bromeó Francisco —, porque yo no se lo voy a decir a Oscar.

—Yo voy a seguir escarbando — determinado Luis Ángel —, porque encuentro todo esto muy extraño. No te pongas a hacer nada Oscar, — le aconsejó —, porque tú sabes que tienes la espalda mala.

—No m'jo...si ya no puedo hacer nada — dijo Oscar.

—Abuelo — exclamó Francisco —. Yo estoy aquí porque todavía estoy joven y fuerte — guiándolo suavemente a una silla de playa —. Así que no te pongas a hacer fuerza.

—Tú también Red — le aconsejó Luis Ángel —, no te pongas a escarbar.

—¿Y para qué estamos aquí? — enojado Red —, si no podemos hacer nada.

—Para que nos aguanten las palas — comentó Francisco en forma de broma —, y no tener que doblarnos.

Jessie y Virginia vinieron a buscar a los hombres para que almorzaran. Hacía tres horas que estaban escarbando y hasta ahora el hoyo de cuatro pies no ha soltado sus tesoros.

370

—"Demóntre" — dijo Red —. Sentí algo vibrar en mis pies.

—Sal de ahí — asustada Jessie —, antes de que te vayas a hundir en ese hoyo y matarte. Puede ser un terremoto.

—Mamá por favor — mirándola Francisco —, no sabía que eras tan exagerada.

—De veras Francisco — preocupada Jessie —. Tú no sabes qué demonios hay ahí en ese roto.

De repente, Luis Ángel y Francisco arrancaron corriendo; aguantándose de las raíces de los árboles enterrados en la tierra. Al llegar al nivel más alto en la tierra, los dos miraron el hoyo.

—¿Sentiste eso? — le preguntó Luis Ángel a su hijo —. Fue como un 'shock' de electricidad — soltando Luis Ángel la pala.

—A mí como que no me está gustando esto — mirando Francisco a su familia y echándose hacia atrás para alejarse del hoyo.

—No se acerquen a ese hoyo — le ordenó Jessie —. No queremos una tragedia; que después de escarbar cuatro pies, todavía no saben lo que están buscando.

—Ahora sí que estoy curioso — dijo Luis Ángel —. Yo lo terminaré solo.

—Papá, yo me quedo aquí contigo para velarte.

—Está bien hijo. Pero no te acerques al hoyo — encontrando Luis Ángel la situación peligrosa —. No quiero que tu madre me culpe si pasa algo.

—Muy bien — de acuerdo Francisco —. Me quedo aquí por si acaso necesitas algo.

Red y Oscar habían arrastrado más sillas para sentarse más arriba del hoyo. Con el bastón de caminar a su lado, Oscar se protegió del sol caliente del mediodía, debajo del árbol. Elba y Rosa venían de camino para averiguar qué era lo que le estaba tomando a Jessie tanto tiempo. Vieron a Luis Ángel brincar dentro del hoyo que hacía horas estaba escarbando.

—Hasta con las botas de trabajo, siento yo las vibraciones al pisar la tierra — anunció Luis Ángel —. Esto tiene que ser alguna batería o algo eléctrico.

—Ten cuidado Luis Ángel — preocupada Jessie —, no te vayas a electrocutar.

Luis Ángel inesperadamente dejó de trabajar y tiró la pala para el lado. Vio algo y con una herramienta plástica lo tocó. Como una serpiente, el objeto desconocido se movió.

—¿Qué es eso? , — preguntó Jessie —, observando algo que sobresalía.

Francisco se tiró al hoyo y con las dos manos ayudó a su padre a escarbar. Luis Ángel y Francisco pararon abruptamente y se sacudieron las manos llenas de tierra. Los dos miraron a Jessie como si ella tuviera algo que ver con lo que habían encontrado.

—¿Qué pasa? — observando Jessie sus miradas extrañas —. ¿Qué han encontrado? — repitió con curiosidad.

—Es la cerca Jessie — anunció Luis Ángel —. La cerca de alambre que Padre Chilo enterró.

Jessie sintió una emoción inexplicable y le rogó a Francisco que la ayudara a bajar al hoyo. Se arrodilló al lado de la cerca mohosa y con suavidad extendió su mano. Tocó la cerca y sintió un choque inofensivo… uno que entró y viajó por todo su cuerpo, hasta llegar a su cerebro. Como una película, Jessie vio la existencia completa de su niñez, las flores de los postes y su madre bailando.

—Todavía me recuerdas — murmuró —, después de tantos años.

—¿Qué hace Jessie allá abajo tanto tiempo? — no consciente Oscar de lo que habían encontrado —. ¿Qué pasa Jessie?… ¿Qué es eso? —, viendo algo extraño en su mano y un resplandor alrededor de su persona.

—Es la cerca Oscar — dijo Jessie —. La maldita cerca de alambre.

—¿La maldita cerca de alambre? — levantándose Oscar de la silla y corriendo hacia la casa… sin el bastón —. Hoy salgo yo de aquí para Nueva York.

POR ÚLTIMO...........

Por favor dejen sus comentarios cuando en:

www.Amazon.com

www.createspace.com/5914852

Ana López Anderson nació en Mayagüez, Puerto Rico, y se crió en Ensenada; en la Joya de los Zancú. A los cuatro meses de su madre quedar viuda, la familia viajó para los Estados Unidos en 1958, cuando Ana tenía sólo seis años y se establecieron en Brooklyn, Nueva York.

Estudió enfermería en el NYC Technical College y al graduarse, obtuvo su licencia de Enfermera Graduada. Trabajó en Lutheran Medical Center, Franklin Medical y en maternidad en el Beekman Downtown Hospital en Manhattan, a donde ella inició las primeras clases de 'Lamaze,' en español. Durante su carrera, se especializó en niños recién nacidos; en la sala de parto y postparto. En los últimos diez años de su carrera, se involucró en áreas fuera de su especialidad y trabajó en cirugía plástica, manejo del dolor, cirugía de ojos, geriatría, pediatría, obstetricia y por último, haciendo pruebas de alergia para niños autistas y otros pacientes.

Se jubiló en el 2013, después de 26 años como enfermera. Se acordó que 30 años atrás, dos profesores de diferentes universidades la motivaron para que 'escribiera,' insistiendo que ella tenía tal talento. Aunque se había olvidado por completo de esos consejos, pudo rescatar los muchos recuerdos y cuentos que por años habían estado grabados en su corazón y mente; los cuales ella no entendía por completo. Los resucitó y en los últimos dos años y medio escribió, *'Maldita cerca de alambre'*.

Fue un reto para Ana escribir esta novela, la cual le ofreció una magnífica oportunidad para volver a vincularse con sus raíces e identidad.

Notas:

28488266R00238

Made in the USA
Middletown, DE
16 January 2016